Folgende Titel der Reihe »CyberWorld« sind bisher erschienen:

E-Books
Band 1: Mind Ripper
Band 2: House of Nightmares
Band 3: Evil Intentions
Band 4: The Secrets Of Yonderwood
Band 5: Burning London

Informationen zu weiteren Projekten der Autorin
http://www.nadineerdmann.de

HOUSE OF NIGHTMARES

»You don't have a soul. You are a soul. You have a body.«
C.S. Lewis

Kapitel 1

»Mensch, Leute, seid ihr wahnsinnig? Die Teile sind doch viel zu teuer!« Zack zog die schwarzen Sportschuhe aus dem Karton. »Danke, Mann!« Begeistert schloss er Jemma in die Arme.

»Hey, lass ein bisschen was von deiner Dankbarkeit auch für die anderen übrig! Ich hab dir die Treter schließlich nicht allein gekauft. Von mir war nur die Idee, das Geld haben wir zusammengeschmissen.«

Zack sah in die Runde.

»Uns brauchst du nicht zu erdrücken«, grinste Sam und legte seine Arme um Meg. »Ein Danke reicht völlig.«

»Okay: Danke«, lachte Zack.

»Sehr gern geschehen.«

»Mich darfst du ruhig drücken, so fest wie du willst.« Charlie wartete gar nicht erst auf Zack, sondern schlang ihre Arme einfach selbst so ungestüm um seinen Hals, dass ihre Köpfe zusammenstießen. »Happy happy Birthday!«

»Danke, Süße.«

Als Charlie ihn wieder freigab, nickte Zack zu Will und Ned, deren Namen ebenfalls auf der Karte am Geschenkkarton standen. »Euch auch. Ich weiß, dass es nicht gerade billig war, diese Schuhe zu kaufen. Danke! Ich freue mich wirklich.«

»Keine Ursache«, winkte Will ab und Ned nickte beipflichtend.

»Die sind echt cool! Zieh sie mal an«, schlug Gordon vor und wies auf den Basketballkorb, der neben der Terrasse der Bennetts an der Hauswand angebracht war. »Du könntest sie gleich ausprobieren. Ich hätte Lust auf ein kleines Spielchen.«

»Klar, warum nicht?«, meinte Zack sofort und auch Tylor und Steven waren begeistert.

»Wir sind dabei!«

»Spielen wir drei gegen drei? Oder vier gegen vier?« Fragend sah Gordon zu Will, Ned und Sam. »Wollt ihr mitspielen?«

Jamie griff seine Krücken und stemmte sich von der Gartenbank. Beim Thema Mannschaftsaufstellung fühlte er sich nicht angesprochen, also konnte er sich genauso gut drinnen noch eine Cola organisieren. Langsam ging er über die Terrasse ins Wohnzimmer, wo auf dem Esstisch die Reste ihres Pizzabuffets standen, das sie am frühen Abend bestellt hatten. Max, ihr Hightechbutler, hatte die übrig gebliebenen Stücke sorgfältig auf Warmhalteplatten drapiert, damit niemand kalte Pizza essen musste, falls noch jemand Hunger bekam.

Jamie nahm eine der bereitgestellten Colaflaschen aus der Kühlbox und drehte sie mit etwas Mühe auf. Der lange Tag steckte ihm in den Knochen und allmählich verließen ihn die Kräfte. Seine Hände zitterten und er musste die Flasche mit beiden Händen fassen, um sich ein Glas einzugießen. Doch obwohl er vorsichtig war, ging ein dicker Schwall der braunen Flüssigkeit daneben.

»Mist.« Genervt stellte er die Flasche ab und angelte nach ein paar Papierservietten.

»Mann, Bennett, du bist so unglaublich erbärmlich.«

Die verächtliche Stimme in seinem Rücken ließ Jamie innehalten. Er schloss die Augen, atmete tief durch und wischte dann einfach weiter. Nur diesen Abend, nur noch ein paar Stunden musste er diesen Scheißkerl ertragen. Danach hatte er mit etwas Glück erst mal wieder Ruhe. Er spürte den Blick, der sich in seinen Rücken bohrte und schadenfroh dabei zusah, wie er den klebrigen See aufwischte, bevor er auf den Boden tropfen konnte.

Geh einfach, du Arschloch! Spiel Basketball und lass mich in Ruhe!

Doch diesen Gefallen tat Russell Grand ihm nicht. Im Gegenteil. Der breitschultrige Kerl baute sich provozierend neben ihm auf und deutete mit einem Kopfnicken auf die verschüttete Cola.

»Kriegst du's mit deinen krüppeligen Händen nicht mal hin, 'ne Cola einzuschütten, ohne dabei 'ne Riesensauerei zu veranstalten? Wie jämmerlich bist du eigentlich?«

Jamie presste die Lippen fest aufeinander und merkte, wie seine Hände erneut anfingen zu zittern. Doch diesmal war es eindeutig aus Wut. Nur mit Mühe zwang er sich, weiter ruhig zu bleiben.

Lass dich nicht auf sein Niveau herab! Das hier ist Zacks Tag, versau ihm den nicht durch einen dämlichen Streit. Das ist genau das, was dieses Arschloch will!

»Ich hoffe, dir ist klar, dass Zack nur so nett zu dir ist, weil er bei euch wohnen kann, wenn seine Eltern unterwegs sind. Er hat einfach keine Lust, auf irgendein beknacktes Internat zu gehen. Nur deshalb und weil er aus irgendeinem mir völlig schleierhaften Grund Mitleid mit dir zu haben scheint, gibt er sich mit dir ab. Aber nur noch ein Jahr, dann ist er volljährig. Ein Jahr. Dann braucht er dich und deine kuschelige kleine Familie nicht mehr und er kann machen, was er will. Was glaubst du wohl, wie schnell er einen Krüppel wie dich dann fallen lässt und weg ist?«

Jamie gab den mühsamen Kampf um seine Selbstbeherrschung auf und wandte sich wütend zu ihm um. »Keine Ahnung! Wollen wir rausgehen und ihn fragen? Bin gespannt, was er dazu sagt, dass du ihn für ein berechnendes Charakterschwein hältst!«

Kalter Zorn blitzte in Russells Augen, als seine Hand vorschoss und sich in Jamies T-Shirt krallte. »Du mieser kleiner–«

»Gibt's hier irgendein Problem?«

Die schneidende Stimme ließ den Muskelprotz herumfahren. Russell musterte Ned finster und gab Jamie nur widerwillig wieder frei, allerdings nicht ohne ihm einen unsanften Stoß gegen die Brust zu verpassen. Fluchend kämpfte Jamie um sein Gleichgewicht und krallte hastig seine Hände in die Tischplatte, um nicht zu stürzen.

»Nein, es gibt hier kein Problem.« Russell hielt Neds frostigem Blick betont lässig stand und nickte dann verächtlich zu Jamie hinüber. »Krüppel sind für mich kein Problem.«

Neds Blick wurde noch eisiger. »Tja, dumm nur, dass aggressive, intolerante Arschlöcher für mich eins sind. Und wenn du nicht willst, dass wir beide mein Problem ausdiskutieren, solltest du dir draußen vielleicht besser ein paar andere Gesprächspartner suchen.«

Einen Moment lang schien Russell durchaus diskussionsbereit, doch dann zuckte er nur mit den Schultern und wandte sich zum Gehen. »Die Gesellschaft draußen ist ohnehin viel anregender als die hier drin.« Ohne große Eile schlenderte er zur Terrassentür.

Ned sah ihm hinterher und trat dann zu Jamie an den Esstisch. »Alles in Ordnung?«

Jamie nickte finster.

»Der Typ ist definitiv ein ganz heißer Anwärter auf den Titel *Mistkerl des Monats.*« Ned goss sich eine Cola ein. »Er macht dich schon den ganzen Abend über blöd an, wenn er denkt, dass es keiner mitkriegt. Was ist sein Problem?«

Jamie verzog das Gesicht. »Russell ist nicht nur heißer Anwärter auf *Mistkerl des Monats*, er ist auch heiß auf Zack und kriegt es nicht in seinen verdammten Schädel, dass Zack einen mickrigen Krüppel wie mich vorzieht, wenn er auch Mister Muskelbody Russell Grand haben könnte.«

»Ah, das erklärt natürlich so einiges.« Ned musterte ihn von der Seite. »Und ich hoffe, das mit dem Krüppel ist Russells Wortwahl und nicht deine.«

Gleichgültig zuckte Jamie mit den Schultern, doch Ned kannte ihn mittlerweile gut genug, um zu merken, dass ihn dieses Wort nicht so kalt ließ, wie Jamie es gerne gewollt hätte.

»Weiß Zack, dass Russell scharf auf ihn ist?«

Jamie nickte. »Zack hat ihm klargemacht, dass er keine Chance hat, aber so richtig geschnallt hat Russell das offensichtlich nicht.«

»Und weiß Zack, wie mies der Typ dich behandelt?«, fragte Ned stirnrunzelnd. »Denn ehrlich gesagt fällt es mir schwer zu glauben, dass er ihn dann hierher eingeladen hätte.«

Jamie lehnte sich gegen den Esstisch und sah hinaus in den beleuchteten Garten. Obwohl es schon recht spät war, war der Juliabend angenehm warm. Die Jungen spielten auf dem kleinen Innenhof Basketball, während sich die Mädchen auf die Terrasse zurückgezogen hatten und miteinander plauderten. Zack dribbelte geschickt um Gordon herum, sprang und versenkte den Ball im Korb. Jubelnd riss er die Arme hoch und Tylor und Sam klopften ihm anerkennend auf die Schultern. Jamie lächelte, seufzte aber dann.

»Zack weiß, dass Russell ein Problem mit mir hat, aber in der Regel gehe ich ihm einfach aus dem Weg. Zack und er spielen zusammen Basketball und sie treffen sich ein oder zwei Mal in der Woche im Park, um gegen andere Streetteams zu spielen. Das war schon vor dem Unfall nicht mein Ding, aber Zack liebt es.« Jamie zuckte mit den Schultern. »Warum sollte ich es ihm vermiesen und sagen, dass Russell mich blöd anmacht, sobald er mich sieht, wenn die Lösung ganz simpel ist: Ich geh einfach nicht mit zu den Spielen. Basketball interessiert mich eh nicht wirklich und dumm danebensitzen und zusehen ist mir zu langweilig. Also muss ich Russell nur heute ertragen, weil Zack sein Team natürlich eingeladen hat. Aber für die paar Stunden ignoriere ich die blöden Sprüche eben, um Zack seine Party nicht kaputtzumachen.«

Ned zog eine Augenbraue hoch. »Du musst ihn wirklich verdammt lieben, wenn du es für ihn schaffst, bei so bescheuerten Sprüchen nicht viel früher zurückzuschießen.«

Jamie lächelte verlegen. Er sah auf seine Hände und seine Finger glitten über einen schlichten schmalen Silberring an seiner rechten Hand. Ned folgte seinem Blick. Der Freundschaftsring war neu und Ned hatte bei Zack den gleichen gesehen, es war also nicht schwer zu erraten, was Jamies Geburtstagsgeschenk gewesen war. Vermutlich hatte Russell die Ringe ebenfalls bemerkt und das mochte mit ein Grund dafür sein, dass er Jamie gegenüber so aggressiv war.

Ned beneidete seine beiden Freunde für das, was zwischen ihnen war. Genauso wie er Will und Jemma um das beneidete, was sie sich gerade aufbauten, und er hoffte, dass er irgendwann vielleicht auch mal so tiefe Gefühle für ein Mädchen empfinden würde – und sie diese erwidern konnte, wenn sie wusste, wer – oder *was?* – er war.

Seufzend schob er den Gedanken von sich und sah hinaus in den kleinen Garten, wo Zack mit seinen Mitspielern gerade versuchte, einen gegnerischen Angriff auf den Korb zu vereiteln.

»Warum spielst du nicht mit?«, fragte Jamie, der sein Seufzen offensichtlich falsch gedeutet hatte. »Du musst mir hier nicht Gesellschaft leisten. Wie gesagt, Basketball war noch nie mein Ding.«

Ned schüttelte den Kopf. »Meins auch nicht. Will hat die gesamten Sportlergene in unserer Familie abbekommen und als ich gemacht wurde, waren für mich keine mehr übrig. Dafür hab ich die volle Ladung Computernerd eingeheimst.« Er grinste, verzog dann aber das Gesicht. »Außerdem hab ich keine Lust, wie der letzte Trottel dazustehen, weil mein Superkörper und ich noch nicht für so schnelle Abläufe aufeinander eingestellt sind.«

Jamie nickte verständnisvoll. Seit gut drei Monaten steckte Neds Bewusstsein nun in einem Bioroboter, nachdem sein menschlicher Körper durch eine schwere Krebserkrankung zu geschwächt zum Weiterleben geworden war. Ned machte zwar tolle Fortschritte und er und sein neuer Körper spielten sich immer besser aufeinander ein, aber Jamie wusste, dass das Steuern sämtlicher Bewegungsabläufe Ned trotzdem immer noch oft vor viele Herausforderungen stellte, an denen er täglich arbeiten musste. Und wie unglaublich frustrierend das sein konnte, konnte Jamie nur allzu gut nachvollziehen.

»Vielleicht solltest du dein Training auf Ballsportarten erweitern. Wer weiß, wofür es gut sein kann?«

Ned zog die Nase kraus und schüttelte erneut den Kopf. »Nee, lass mal. Wie gesagt, ich bin der Computernerd, nicht die Sportskanone. Ich konzentriere mich lieber weiter auf meine Feinmotorik, um meine Finger über eine Tastatur fliegen zu lassen, als irgendwelchen Bällen hinterherzujagen. Den Sinn darin hab ich nämlich noch nie verstanden.«

Jamie lachte. »Lass das nicht Zack hören, sonst startet er einen enthusiastischen Erklärungsversuch.«

»Das wäre absolut vergebliche Mühe, glaub mir.« Ned nahm sich seine Cola, reichte auch Jamie sein Glas und eine Weile sahen die beiden dem Basketballspiel zu.

»Stimmt es eigentlich, was Russell gesagt hat? Dass Zack

in ein Internat gehen müsste, wenn er nicht bei euch wohnen könnte?«, brach Ned schließlich das Schweigen.

Jamies Miene verfinsterte sich. »Da hätte er schon als Sechsjähriger hingemusst. Vermutlich sogar noch früher, wenn seine Eltern eine Schule gefunden hätten, die noch jüngere Kinder aufnimmt.« Er seufzte. »Zack war mit Jem und mir zusammen im Kindergarten und schon damals ständig bei uns, weil seine Eltern kaum Zeit für ihn hatten. Meine Mum hatte ihn sehr gern und sie konnte den Gedanken nicht ertragen, dass die Watts ihn schon so früh ins Internat stecken wollten, nur um beruflich unabhängiger zu sein. Sie hat ihnen vorgeschlagen, dass er zu uns kommen kann, wenn sie zu beschäftigt sind, und ich glaube, ihnen war es völlig egal, wo ihr Sohn untergebracht war, solange sie sich bloß nicht selbst um ihn kümmern mussten. Seitdem wohnt Zack hier, wenn seine Eltern unterwegs sind, und sie überweisen uns jeden Monat einen recht großzügigen Unterhalt dafür, dass sie ihn vom Hals haben.«

Missbilligend runzelte Ned die Stirn. »Sie scheinen sich ja nicht besonders für ihren Sohn zu interessieren.«

»Er feiert seinen siebzehnten Geburtstag bei uns und außer einer kurzen E-Mail mit ein paar Grüßen und einem dicken Geldzugang auf seinem Konto haben sie ihn heute nicht mal angerufen. Beantwortet das deine Frage?«

Kopfschüttelnd verzog Ned das Gesicht. »Warum manche Leute Kinder in die Welt setzen, wird mir ewig ein Rätsel bleiben. Es ist ja völlig in Ordnung, wenn man seinen Beruf liebt und komplett darin aufgehen möchte, aber dann sollte man sich eben gegen Kinder entscheiden, wenn man nicht bereit ist, sich auch um sie zu kümmern.«

Jamie nahm einen Schluck Cola und zog die Schultern hoch. »Ich glaube, Zacks Eltern sehen ihren Sohn als eine Art

Statussymbol. Als etwas, das im Portfolio ihres Lebens nicht fehlen durfte. So nach dem Motto: Kind bekommen, erledigt, Häkchen dahinter, fertig.«

»Was machen sie denn beruflich?«

»Sie sind ziemlich gefragte Innenarchitekten und designen sehr erfolgreich ihre eigene Möbelreihe. Frag mich nicht, wen und was sie schon alles ausgestattet haben, aber es sind etliche High-Society-Namen darunter. Bei der Möbelmesse im Frühling haben sie irgendwelche megawichtigen Kontakte nach Übersee geknüpft und fanden es daher unausweichlich, dorthin umzusiedeln, um den amerikanischen Markt auch noch zu erobern. Also sind sie mit Sack und Pack nach New York gezogen, Zack wohnt seitdem bei uns und ihr Stadthaus hier in London steht leer bis auf einen Hausroboter, der nach dem Rechten sieht.«

»Kommt Zack denn damit klar, dass seine Eltern sich nicht für ihn interessieren?«

»Nicht immer.« Jamie seufzte. »Aber er redet kaum darüber und wenn, dann versucht er meistens es runterzuspielen und sagt, dass es ihm mittlerweile egal ist.« Er sah zu, wie Zack einen weiteren Korbleger versuchte. »Als wir noch kleiner waren, hatte er sich noch nicht so gut im Griff. Wenn seine Eltern über Weihnachten lieber mit Freunden zum Skilaufen in die Schweizer Alpen gefahren sind als die Festtage mit ihm zu verbringen, hat ihn das jedes Mal ziemlich fertiggemacht.«

Ned leerte sein Colaglas und stellte es geräuschvoller als nötig auf dem Tisch ab. »Wie gesagt, manche Leute sollten einfach keine Kinder bekommen.«

Jamie nickte langsam. »Ja, vielleicht.« Doch dann grinste er verschämt. »Aber ich werde mich bestimmt nicht darüber beschweren, dass die Watts es trotzdem getan haben.«

Lachend knuffte Ned ihm in die Rippen. »Schon klar.«

Jamie leerte ebenfalls sein Glas und drehte sich zum Tisch um. Seine Hände klebten von der verschütteten Cola genauso wie das Glas und die Tischplatte. Er würde Max bitten müssen, das zu säubern.

»Ich muss mir die Hände waschen.« Mit einem Kopfnicken wies er auf die matschigen Servietten und griff nach seinen Krücken. »Meine Feinmotorik lässt in den späten Abendstunden leider deutlich zu wünschen übrig.«

Ned zuckte mit den Schultern. »Dass deine Muskeln müde sind, wenn du den ganzen Tag an Krücken gelaufen bist, ist doch kein Wunder. Der wievielte Tag ohne Rollstuhl ist das jetzt?«

»Heute genau drei Wochen.« Der Stolz in Jamies Stimme war nicht zu überhören. »Seit die Sommerferien angefangen haben.«

Langsam gingen die beiden durch den Wohnraum hinüber zur Küche.

»Das ist echt cool. Dann brauchen wir das Ding ja eigentlich gar nicht mitzunehmen, wenn wir nach Schottland fliegen, was?«

»Ja, sicher!«, schnaubte Jamie. »Dir ist schon klar, dass das in etwa so wäre, als würdest du von jemandem, der vor drei Wochen mit dem Joggen angefangen hat, verlangen, dass er nächste Woche einen Marathon schafft, ja?«

Ned hob die Schultern. »Bei dir würde mich das kaum wundern.«

»Klar.« Jamie verzog das Gesicht und wandte sich dann an seinen Hausroboter, der gerade dabei war, die Spülmaschine auszuräumen. »Max, ich hab auf dem Esstisch Cola verschüttet und es klebt überall. Kannst du das bitte wegwischen?«

»Ja, natürlich.« Der Roboter ließ seine Arbeit liegen und musterte ihn einen Moment lang intensiv. »Du bist erschöpft und deine Muskeln werden langsam müde. Es war ein langer Tag und du solltest dich bald ausruhen.«

Jamie bedachte ihn mit einem genervten Blick. »Es geht mir gut! Du musst nicht jedes Mal gleich einen Körperscan bei mir machen, wenn ich was verschütte oder fallen lasse.«

»Tut mir leid, so bin ich programmiert.« Max nahm ein Wischtuch und verschwand ins Wohnzimmer.

»Glaub mir, bei deinem nächsten Update wird sich daran einiges ändern«, grummelte Jamie leise.

»Du bist nicht befugt, über meine Updates zu entscheiden«, antwortete Max gelassen über seine Schulter hinweg. Offensichtlich hörten seine akustischen Sensoren selbst Flöhe husten. »Und ich glaube nicht, dass dein Vater an meiner Sorgfaltspflicht dir gegenüber Veränderungen veranlassen wird.«

Jamie rollte mit den Augen. Künstliche Intelligenz war ja wirklich fantastisch. Es nervte nur ungemein, wenn sie anfing, das letzte Wort haben zu müssen.

»Ich muss mal kurz für kleine Bioroboter.«

Ned verschwand in Richtung Gästebad, während Jamie sich an die Spüle lehnte, um endlich seine klebrigen Finger zu waschen. Als er die Griffe seiner Krücken sauberwischte, hörte er Schritte hinter sich.

»Das ging schnell. Sieh mal im Vorratsschrank nach, da müsste noch eine Tüte Chips sein. Die Schale draußen war fast leer.«

Er zuckte zusammen, als Russell statt Ned neben ihm erschien und spöttisch auf ihn herabsah.

»Wie armselig muss man sich eigentlich fühlen, wenn man zu behindert ist, um im eigenen Haus alleine klarzukommen?«

Jamie spürte, wie er langsam wirklich die Geduld verlor und all seine Beherrschung brauchte, um Russell nicht doch die Meinung zu geigen. Hatte dieses Arschloch etwa nur darauf gewartet, dass Ned verschwand, um ihn wieder alleine zu erwischen und mit seinen dämlichen Sprüchen weiterzumachen?

»Das hier ist Zacks Party und es gibt genügend andere Gesprächspartner, mit denen du dich unterhalten kannst. Wir müssen nicht miteinander reden.« Eisig sah er Russell an. Der Dreckskerl sollte bloß nicht denken, dass er ihn einschüchtern konnte, nur weil er zufällig wie ein wandelnder Kleiderschrank aussah und keine kaputte Wirbelsäule hatte.

Russell grinste abfällig. »Hey, ich versuche doch nur herauszufinden, was Zack in einer krüppeligen Missgeburt wie dir sieht. Denn ehrlich gesagt hab ich keine Ahnung, was das sein könnte.«

Auch wenn er wusste, dass es ein Fehler war, merkte Jamie, wie seine Beherrschung sich endgültig von ihm verabschiedete. Er pfefferte das Handtuch in die Spüle und fuhr zu Russell herum.

»Okay, tut mir leid, dass ausgerechnet ich es bin, der dir das sagen muss, aber die Dinge, von denen du keine Ahnung hast, würden selbst die Datenbanken bei Google sprengen. Außerdem solltest du nicht immer von dir auf andere schließen! Nur weil du in mir nichts als einen mickrigen Krüppel siehst, sind andere nicht genauso blind und blöd. Zack schon gar nicht! Und wenn hier jemand armselig ist, dann bist du es! Du bist nichts weiter als ein sexuell unterzuckertes Arschloch, das eine Zurückweisung nicht akzeptieren kann und seinen Frust darüber ständig an mir auslassen muss! Begreif es endlich, Russell: Zack will nichts von dir! Selbst wenn es mich nicht geben würde, würde zwischen ihm und dir niemals was laufen, weil Zack einfach nicht auf schikanierende Dreckskerle steht! Also komm drüber weg, such dir jemand anderes und lass mich in Ruhe!«

Der Faustschlag kam aus dem Nichts. Schmerzen explodierten zwischen seinen Rippen und Jamie stürzte zu Boden. Keuchend krümmte er sich zusammen und rang mühsam nach Luft, doch bevor er sich wehren konnte, beugte Russell sich über ihn und schlug ein weiteres Mal zu.

Panik stieg in Jamie hoch. So wie es sich anfühlte, war beim Sturz nichts passiert, aber wenn Russells Fäuste seine Wirbelsäule trafen –

»Du mieser kleiner Scheißkerl«, zischte der Muskelprotz und hob die Faust für einen dritten Boxhieb, doch bevor er erneut zuschlagen konnte, wurde er gepackt und jemand drehte ihm den Arm auf den Rücken. Ohne große Anstrengung zog Max den kräftigen Jungen weg, während Ned sich schützend vor Jamie stellte. Mit tiefster Verachtung bohrte er seinen Blick in Russell, der vergeblich versuchte, sich zu befreien.

»Max, bring Russell zur Tür. Für ihn ist die Party vorbei.«

»Wer bist du eigentlich, dass du glaubst, dich hier so aufspielen zu können?«, fuhr Russell Ned höhnisch an. »Sein zweiter Lover? Sein Bodyguard? Du hast mir gar nichts zu befehlen!« Erneut versuchte er sich loszumachen, doch Max hielt ihn eisern fest.

»In diesem Haushalt werden keine Handgreiflichkeiten geduldet«, sagte der Roboter streng. »Daher stimme ich Neds Vorschlag zu.« Fragend sah er zu Jamie.

»Wirf ihn raus.«

»Sehr gerne.«

»Das wird dir noch verdammt leidtun, Bennett!«, fauchte Russell.

»Mit solchen Drohungen vor Zeugen wäre ich an deiner Stelle sehr vorsichtig.« Warnend funkelte Ned ihn an. »Solltest du Jamie noch ein einziges Mal auf die Pelle rücken, handelst du dir weit größeren Ärger ein als nur einen Partyrausschmiss, das garantiere ich dir!«

Hasserfüllt starrte Russell von Ned zu Jamie, während Max ihn mit Nachdruck aus der Küche führte.

»Alles in Ordnung? Bist du verletzt?« Besorgt kniete Ned sich neben Jamie.

»Nein, ich bin okay.« Mühsam versuchte Jamie sich aufzusetzen, als ihm ein stechender Schmerz in die linke Seite fuhr. Stöhnend sank er zurück und presste eine Hand gegen seine Rippen.

»Ganz sicher?«, fragte Ned skeptisch.

Jamie biss die Zähne zusammen und nickte unwirsch. »Ja, der Mistkerl schlägt wie ein Kleinkind.«

Ned hob eine Augenbraue. »Nach Kleinkind sah das aber nicht aus.«

»Ich bin in Ordnung! Okay?«

Überzeugt war Ned nicht, doch statt nachzuhaken half er Jamie, sich aufzusetzen. »Ehrlich gesagt, wundert es mich nicht, dass Russell so ausgetickt ist. Und ich hab vermutlich bloß die Hälfte von dem mitgekriegt, was du ihm an den Kopf geworfen hast.«

»Ich hab nur die Wahrheit gesagt!«

»Ja schon, aber wie!« Kopfschüttelnd sah Ned ihn an. »Dir ist aufgefallen, dass der Typ zwei Köpfe größer ist als du, ja? Und ungefähr doppelt so breit? Und seine Aggressionsschwelle ist niedriger als die Themsemündung bei Ebbe.«

»Sehr witzig!«, knurrte Jamie biestig und hielt sich noch immer die geschundenen Rippen. »Ich konnte mir seine beschissenen Sprüche einfach nicht mehr länger anhören.«

»Wie war das noch mit den ehrenhaften Vorsätzen Zack zuliebe?«

»Oh, halt die Klappe!«

Ned grinste und klopfte ihm versöhnlich auf die Schulter. »Schon gut. Sei nicht sauer. Du hattest ja mit allem, was du gesagt hast, recht. Und wenn ich mir Russells Bullshit hätte anhören müssen, wäre ich auch irgendwann ausgerastet.«

»Nur hättest du dich besser verteidigen können.« Jamie verzog das Gesicht, als er eine besonders schmerzhafte Stelle seiner Rippen berührte.

»Bist du wirklich okay?«

»Ja, bin ich. Kannst du mir hochhelfen? Ich kann nicht alleine aufstehen.«

»Na klar.«

Jamie verkniff sich nur mit Mühe ein Keuchen, als Ned seine Arme um ihn legte und ihm auf die Beine half. Wacklig stützte er sich auf die Küchenzeile. Ihm war ein bisschen übel und zu tiefes Atmen fand seine linke Seite nicht besonders toll.

Ned musterte ihn besorgt. Jamie sah blass aus und dass er Schmerzen hatte, war auch nicht zu übersehen, doch bevor Ned etwas sagen konnte, kehrte Max in die Küche zurück.

»Ich habe Russell Grand zur Tür begleitet und sichergestellt, dass er das Grundstück verlässt. Die Wahrscheinlichkeit, dass er noch einmal Unfrieden stiften wird, strebt gegen Null.«

Jamie lächelte matt. »Danke.« Dann wurde sein Blick ernst. »Max, das ist ein direkter Befehl: Du sagst niemandem, was hier gerade passiert ist. Weder dass Russell und ich gestritten haben noch dass er handgreiflich geworden ist. Bestätige das.«

Der Hightechhausmann sah ihn ruhig an. »Bestätigt.«

»Wenn dich jemand fragt, wo Russell ist, sagst du, dass er gegangen ist. Warum, weißt du nicht. Bestätige das.«

»Bestätigt.«

»Gut, danke«, seufzte Jamie. »Für alles andere gilt wie sonst dein freier Wille.« Damit entließ er seinen Roboter wieder in die Selbstständigkeit.

»Verstanden.« Statt seine Aufgaben im Haushalt wieder aufzunehmen, scannte Max ihn einen Moment lang intensiv, dann sagte er: »Die stumpfe Gewalteinwirkung auf deinen linken Brustkorb hat glücklicherweise nicht zu Brüchen deiner Rippen geführt und deine Wirbelsäule wurde weder durch den Sturz noch durch die Schläge in Mitleidenschaft gezogen.«

Jamie schloss die Augen und atmete erleichtert auf.

»Dennoch liegt zu neunundneunzig Komma neun acht Prozent eine Rippenprellung vor. Diese Verletzungsart wird als äußerst schmerzhaft beschrieben und es ist mit der Bildung eines Hämatoms zu rechnen. Als Behandlungsmöglichkeiten sind Kühlung sowie das Einreiben der betroffenen Stelle mit einer diclofenachaltigen Salbe vermerkt, außerdem Schonung und bei Bedarf die Einnahme von Schmerzmitteln. Du solltest dich also hinlegen und ich bringe dir ein Kühlpad und die entsprechende Salbe aus unserer Hausapotheke.«

Jamie schüttelte den Kopf. »Danke, Max, aber so schlimm ist es wirklich nicht.« Er nahm seine Krücken. »Ich setze mich einfach auf die Terrasse und ruh mich da aus. Das reicht völlig.«

»Wie du meinst. Melde dich, falls du deine Meinung ändern solltest.« Damit wandte Max sich wieder dem Ausräumen der Spülmaschine zu.

Jamie stützte sich auf die Krücken und machte vorsichtig die ersten Schritte. Seine Rippen schmerzten dabei deutlich mehr, als ihm lieb war, aber ihm war nichts Ernsthaftes passiert und das war alles, was zählte. Also biss er die Zähne zusammen und ging langsam mit Ned hinüber ins Wohnzimmer.

»Bist du sicher, dass du dich nicht doch lieber hinlegen willst?«

»Ja, ganz sicher.« Jamie hielt an und sah zu ihm auf. »Sag den anderen bitte nicht, was passiert ist, okay?«

Ned atmete tief durch und erwiderte seinen Blick ernst. »Ich finde, Zack sollte wissen, was Russell getan hat. Das war kein blödes Anmachen mehr, Jamie, er ist dir gegenüber handgreiflich geworden und damit hat er ganz eindeutig eine Grenze überschritten. Das sollte Zack wissen. Außerdem wird er spätestens morgen den Bluterguss auf deinen Rippen sehen und wissen wollen, wo du den her hast. Willst du ihn dann anlügen, nur um ihm sein Basketballspiel nicht zu vermiesen? Glaubst du wirklich, er würde mit Russell noch in einem Team spielen wollen, wenn er wüsste, was der gerade eben getan hat?«

Jamie biss sich auf die Unterlippe und schüttelte den Kopf. »Nein, sicher nicht. Ich werde ihm sagen, was passiert ist. Aber nicht jetzt. Ich will ihm seine Party nicht wegen einem Dreckskerl wie Russell kaputtmachen.« Damit war das Thema für ihn erledigt und er ging hinaus in den Garten.

Ned sah ihm hinterher, wie er die Terrasse betrat und sich zu den Mädchen in die Sitzecke setzte, ohne sich etwas anmerken zu lassen. Seufzend griff Ned eine Schüssel mit Popcorn vom Esstisch und folgte ihm.

Gute zwei Stunden später lag Jamie im Bett und hörte zu, wie Zack im Badezimmer herumhantierte und sich die Zähne putzte. Es war spät geworden und auch ohne das dumpfe Pochen in seinen Rippen hatte er das Gefühl, jeder einzelne Muskel in seinem Körper tat weh. Doch er wusste, dass das Schmerzmittel, das er gerade geschluckt hatte, bald wirken würde, und solange er ruhig auf dem Rücken lag, ließ sich die Zeit bis dahin ganz gut ertragen.

Das Wasserrauschen stoppte und kurz darauf erschien Zack im Zimmer, zog die Tür hinter sich zu und kroch zu ihm ins Bett.

»Die Party war klasse«, gähnte er glücklich. »Erinnere mich morgen daran, dass ich deinem Dad noch das Geld für die Pizza geben muss.«

»Spinnst du? Er wird mit Sicherheit kein Geld von dir nehmen.«

»Er hat mir schon die coole Trainingsjacke von Devilition geschenkt. Er muss nicht auch noch das Essen und die Getränke für die Party bezahlen. Meine Eltern haben ihr Gewissen mal wieder äußerst großzügig beruhigt und ich hab mehr als genug Geld, um das alles selbst zu bezahlen.«

»Dad hat dich gern, Zack. Und vermutlich haben deine Eltern ihm eh eine Bonuszahlung für die Party überwiesen. Man kann ihnen ja vieles vorwerfen, aber geizig sind sie sicher nicht. Behalte dein Geld für dich und kauf dir irgendwas davon. Dad hat diese Party gern für dich gegeben und er hat noch nie Geld von dir für irgendwas genommen. Warum sollte er also jetzt damit anfangen?«

Zack lächelte. »Ja, er ist echt cool.« Liebevoll fuhr er mit zwei Fingern über Jamies Stirn und seine Wange entlang. »Du siehst ganz schön erledigt aus. Der Tag war ziemlich anstrengend, hm?«

Jamie lächelte müde. »Geht schon.«

»Sagst du mir dann, was zwischen dir und Russell los war?«

Jamies Lächeln verschwand. »Hat Ned seine Klappe doch nicht gehalten?«, fragte er verärgert.

Stirnrunzelnd schüttelte Zack den Kopf. »Nein. Ich brauche Ned nicht, um zu sehen, dass dir irgendwas zu schaffen macht. Und weil Russell plötzlich kommentarlos verschwunden war, hab ich nur eins und eins zusammengezählt. Was ist passiert?«

Seufzend wich Jamie seinem Blick aus und sah stattdessen an die Zimmerdecke. Es war spät, er war wirklich müde und eigentlich hatte er keine große Lust, jetzt noch alles zu erzählen. Doch als seine Antwort ausblieb, musterte Zack ihn argwöhnisch.

»Was ist los? Hat Russell dich wieder blöd angemacht?« Er schnaubte. »Tut mir leid. Ich dachte, er hätte es jetzt endlich mal geschnallt.« Sanft strich er über Jamies Oberkörper, doch als seine Hand über die Rippen fuhr, zuckte Jamie zusammen. »Alles in Ordnung?« Alarmiert setzte Zack sich auf.

Es war nicht ungewöhnlich, dass Jamie nach einem anstrengenden Tag Muskelschmerzen hatte, aber in der Regel reagierte er nicht so empfindlich auf eine so leichte Berührung. Als Zack versuchte, ihm das T-Shirt hochzuziehen, hielt Jamie ihn erst zurück, gab dann aber seinen Widerstand resignierend auf. Für einen langen Moment starrte Zack auf den bereits deutlich erkennbaren Bluterguss, der sich über Jamies linke Rippenhälfte spannte.

»Was ist passiert?«, fragte er bestürzt.

Da Jamie nicht lügen wollte, entschied er sich widerwillig für die Wahrheit. »Russell.«

Während er knapp erzählte, was vorgefallen war, wurde Zacks Gesicht immer finsterer und als Jamie geendet hatte, ballte er wütend die Fäuste.

»Gut, dass ihr ihn rausgeworfen habt, sonst …« Grimmig sah er auf Jamies geschundene Rippen und rammte seine Faust ins Kopfkissen. »Hat Max dich gescannt, um sicherzugehen, dass nichts gebrochen ist?«

Jamie nickte. »Ist nur eine Prellung. Ich soll es kühlen und Schmerzsalbe draufschmieren.«

»Und warum tust du das dann nicht?!«

Jamie seufzte. »Weil ich dir den ganzen Mist eigentlich erst morgen erzählen wollte, um dir deinen Geburtstag nicht zu versauen. Und wenn ich hier mit einem Kühlpad gekuschelt hätte, wärst du doch sofort misstrauisch geworden.«

Einen Moment lang starrte Zack ihn nur fassungslos an, dann verbarg er sein Gesicht in den Händen und presste die Finger auf die Augen. »Ich liebe dich, das weißt du, oder?«

Jamie runzelte die Stirn. »Ja, sicher. Warum?«

»Was, glaubst du, ist mir dann wohl wichtiger – ein perfekter Geburtstag oder dass es dir gut geht?« Zack tauchte wieder aus seinen Händen auf und sah ihn leicht entnervt an.

Jamie verzog das Gesicht.

»Ich hol dir das Kühlpad und die Salbe und dann reiben wir deine Rippen ein. Du machst im Moment so tolle Fortschritte, da darf dich so eine dämliche Verletzung nicht ausbremsen. Außerdem fliegen wir übermorgen nach Schottland und dafür willst du ja wohl fit sein, oder nicht?«

Jamie nahm seine Hand. »Das bin ich«, versicherte er. »So schlimm ist es nicht.«

»Es ist schlimm genug!« Aufgebracht malträtierte Zack erneut sein Kopfkissen. »Mann! Der Dreckskerl ist so hirnlos, der weiß vermutlich gar nicht, was er hätte anrichten können. Wenn er deine Wirbelsäule getroffen hätte …« Er brach ab und schüttelte den Kopf.

Jamie nickte beklommen. »Ja, ich weiß«, murmelte er und legte seine Hand um Zacks Faust. »Hat er aber nicht.«

Kein bisschen besänftigt schüttelte Zack noch immer den Kopf. »Trotzdem. Das war pures Glück! Wenn ich Russell das nächste Mal sehe –«

»Lass es gut sein, ja? Ich will nicht, dass du dir Ärger einhandelst. Das ist Russell nicht wert. Außerdem ist er schon gestraft genug.«

Ungläubig sah Zack ihn an. »Womit denn?! Damit, dass er ein Arschloch ist, das dich zusammengeschlagen hat?!«

Jamie schüttelte den Kopf und grinste böse. »Nein. Damit, dass ich dich habe und er nicht!«

Kapitel 2

Die Sonne glitzerte auf dem Wasser des langgezogenen Sees, der im Tal zwischen zwei Hügelketten lag. Der Pilot war extra einen Schlenker geflogen, um ihnen einen atemberaubenden Ausblick auf das sagenumwobene Loch Ness zu bieten, aber Jemma wusste nicht, ob sie ihm dafür dankbar sein sollte. Zu viele Erinnerungen hingen an diesem Ort und sie war sich nicht sicher, ob sie sich denen wirklich stellen wollte. Doch sie hatte Ned nicht hängen lassen wollen, als er sie, Jamie und Zack gebeten hatte, mit nach Schottland zu kommen, also saß sie jetzt im Privatjet von Neds Dad und war auf dem Weg in die Highlands, wo ein reicher Geschäftspartner von Edward Dunnington auf seinem Landgut lebte. Angus McLean war Besitzer von *McLean Medical Supplies*, der größten Herstellerfirma von medizinischen Gerätschaften in Großbritannien, und viele seiner Produkte liefen mit Software, die Dunningtons Firma entwickelt hatte.

»Na? Hast du Nessie schon entdeckt?« Will ließ sich auf den Ledersitz neben Jemma sinken und blickte ebenfalls hinunter auf die eindrucksvolle Landschaft.

Rasch zwang sie sich zu einem Lächeln. »Nein, kein Ungeheuer in Sicht.«

»Schade, aber vielleicht haben wir ja mehr Glück, wenn wir direkt vor Ort sind.« Er grinste, doch als er sah, dass ein trauriger Schatten über ihr Gesicht glitt, wurde er ernst. »Alles in Ordnung?«

»Ja, klar. Alles gut.«

Will betrachtete sie noch einen Moment länger, dann schüttelte er seufzend den Kopf. »Nein, ist es nicht.« Er nahm ihre Hand und verschränkte seine Finger mit ihren. »Jamie hat mir erzählt, dass ihr vor drei Jahren mit euren Eltern hier in Schottland wart. Im Sommer bevor eure Mum gestorben ist.«

Jemma warf einen finsteren Blick hinüber zu der kleinen Sitzgruppe des Lear Jets, in der ihr Bruder, Ned und Zack um einen Laptop saßen und vermutlich an ihrem neuen CyberGame herumtüftelten.

»Jamie sollte seine Klappe halten.« Sie versuchte ihre Hand aus Wills zu ziehen, doch der hielt sie fest.

»Sei nicht sauer auf ihn. Es war ziemlich offensichtlich, dass ihr nicht gerade begeistert wart, als wir euch von der Schottlandreise erzählt haben. Aber jedes Mal, wenn ich dich darauf angesprochen habe, hast du immer nur gesagt, dass alles gut wäre. Also hab ich ihn gefragt, was mit euch los ist.« Liebevoll strich Will ihr eine blonde Haarsträhne aus dem Gesicht. »Warum wolltest du es mir nicht sagen? Ich hab meine Mum auch verloren. Glaubst du, ich hätte kein Verständnis dafür, dass du deine Mum vermisst und dass es dir schwerfällt, an einen Ort zurückzukehren, an dem so viele Erinnerungen hängen?«

»Doch, sicher.« Sie drückte seine Hand. »Aber das ist etwas, mit dem ich allein klarkommen muss. In letzter Zeit vermisse ich Mum einfach oft und es tut immer wieder verdammt weh, dass sie fort ist. Aber das hat nichts mit dir zu tun. Oder mit Ned. Schottland ist einfach voller Erinnerungen, die eigentlich mal schön waren. Jetzt machen sie aber irgendwie nur noch traurig.«

Will ließ ihre Hand los, zog Jemma stattdessen in seine Arme und grub sein Gesicht in ihre hellen Haare. »Es wird auch wieder besser, glaub mir«, flüsterte er. »Und ich verspreche dir, wir beide werden dort unten in der nächsten Woche ein paar neue Erinnerungen für dich machen. Das hilft bestimmt.«

Jemma musste lächeln und schmiegte sich an ihn. »Ja, vielleicht.«

Als sie Loch Ness hinter sich ließen, informierte ihr Pilot sie, dass sie sich nun im Anflug auf Inverness befanden. Edward Dunnington, der in einem der Sessel im vorderen Teil des kleinen Fliegers an seinem Laptop gearbeitet hatte, stand auf und ging in Richtung Cockpit.

Jemma sah ihm nach. »Werden wir vom Flughafen abgeholt oder nehmen wir einen Mietwagen?«

»Sowohl als auch. Der alte McLean schickt uns einen Wagen, aber damit wir in der Einöde von Abberton Coille ein bisschen flexibler sind, hat Dad uns auch einen Mietwagen organisiert. Und bei dem ganzen Gepäck werden wir den auch sicher brauchen.«

Jemma schnaubte. »Selbst schuld! Wenn dein Vater uns mit zum schottischen Hochadel schleppt und wir uns abends in vornehme Klamotten schmeißen müssen, um in feiner Runde zu dinieren, dann können wir das ja wohl nicht jedes Mal im selben Dress machen, oder?« Sie stöhnte. »Obwohl ihr Jungs es da deutlich leichter habt. Zwei dunkle Hosen und den Rest könnt ihr mit ein paar Hemden erledigen. Ich brauche rein theoretisch für jeden Abend ein neues Kleid, wenn ich von der High Society nicht mit gerümpften Nasen angeguckt werden will.«

Will grinste. »Nur theoretisch? Praktisch nicht?«

»So viele feine Kleidchen hab ich gar nicht!«

»Es gibt da so Einrichtungen, die heißen Geschäfte. Da kann man hingehen und Kleider kaufen. Hätten wir zusammen machen können. Ich hätte dich liebend gern begleitet.«

Jemma lachte und zwickte ihn in den Bauch. »Ja, klar! Vor allem in die Umkleidekabine, wie?«

»Dahin ganz besonders!«

»Blödmann!«

Will lachte erleichtert, als er sah, dass sie wieder fröhlicher war.

»Ich hoffe immer noch, dass dein Dad nur übertrieben hat und die McLeans nicht so vornehm sind, wie er meint.«

»Mach dir deshalb keine Gedanken. Wir müssen uns nur zum Dinner mit ihnen abgeben. Und mit etwas Glück noch nicht mal jeden Abend, wenn wir sagen, dass wir ein paar längere Tagestouren in die Highlands vorhaben. Die Leute sind alter schottischer Adel. Wenn wir denen genug Honig um den Mund schmieren und sagen, wie gerne wir ihre Heimat erkunden wollen, dann haben sie dafür bestimmt Verständnis und wir sind den einen oder anderen Abend aus der Dinner-Nummer raus.«

»Hört sich gut an«, gab Jemma zu. »Aber es wäre Ned gegenüber unfair, oder? Wenn er McLean Rede und Antwort zu seinem neuen Körper stehen muss, wird er auf die meisten Ausflüge bestimmt nicht mitkommen können. Da wäre es ziemlich mies, ihn abends auch noch allein zu lassen.«

Will gab ihr einen Kuss. »Ja, das wäre es. Aber ich hoffe, dass McLean ihn nicht jeden Tag bei sich antanzen lässt. Ned soll ja eigentlich nur der lebende Beweis dafür sein, dass man ein menschliches Bewusstsein in einen künstlichen Körper übertragen kann. Sobald McLean davon überzeugt ist und seinen eigenen Bioroboter ausprobieren will, kann er das mit Dad alleine tun. Dafür braucht er Ned nicht. Wie man mit der Steuerung umgeht, muss er schließlich selbst lernen.«

Anfang des Jahres hatte Angus McLean ein schwerer Schicksalsschlag in Form eines Schlaganfalls ereilt. Seitdem zwang ihn eine halbseitige Lähmung in den Rollstuhl und da er sich starrsinnig weigerte, in seiner Firma kürzerzutreten, sahen die Ärzte ein hohes Risiko für einen zweiten Schlaganfall. So war Edward Dunnington mit einem Angebot an McLean herangetreten, das dieser nicht hatte ausschlagen können: Dunnington würde McLeans Bewusstsein in einen neuartigen Bioroboter transferieren, der dem alten Mann nicht nur täuschend ähnlich sah, sondern auch kerngesund und resistent gegen einen weiteren Schlaganfall war.

Jemma nickte nachdenklich. »Ich hoffe, du hast recht.«

Eine gute Viertelstunde später waren sie auf einem kleinen Privatflughafen nördlich von Inverness gelandet und Will und Jemma stiegen die Treppe des Lear Jets hinab auf den Vorplatz des Flugzeughangars. Die Nachmittagshitze staute sich auf dem Boden und traf sie nach der angenehm temperierten Maschine wie eine Wand. Die Luft flimmerte und Jemma konnte die Wärme des Asphalts durch die dünnen Sohlen ihrer Sandalen spüren.

»Mann, ist das heiß!« Stöhnend schwang sie sich ihren Rucksack über die Schulter. »Und ich dachte, hier in den Highlands wäre es kühler als bei uns in der stickigen Großstadt.«

»Sobald wir weiter draußen sind, ist es das sicher auch«, meinte Will und sah hinüber zum Hangar, vor dem zwei Autos parkten: ein schwarzer Rolls Royce und ein blauer SUV. Sein Vater sprach mit dem Fahrer der Limousine, während zwei Flughafenangestellte das Gepäck auf die Wagen verteilten.

Will nickte zufrieden, verzog dann aber das Gesicht. »Eigentlich wollte ich dich ja fragen, ob du mit mir fährst, damit wir ein bisschen Zeit für uns allein haben, aber ich kann gut verstehen, wenn du eine Fahrt in einem Rolls Royce einem simplen Geländewagen vorziehst.«

Jemma sah zu den beiden Fahrzeugen und zuckte unbeeindruckt mit den Schultern. »Für mich sind das nur zwei Autos, die dazu da sind, uns von A nach B zu bringen. Solange das, das du fährst, eine Klimaanlage hat, hab ich absolut nichts gegen ein bisschen Zweisamkeit einzuwenden.«

Er zog sie an sich und küsste sie. »Ich liebe dich.«

»Ach, wirklich?« Sie grinste frech und küsste ihn zurück.

Jamie lächelte, als er vorsichtig die Flugzeugtreppe betrat und seine Schwester mit Will sah. Es freute ihn, dass die beiden sich nach allem, was im Frühjahr geschehen war, doch noch zusammengerauft hatten. Er lehnte seine Krücken an die schmale Gangway, fasste das Geländer und stieg langsam die Treppe hinab, doch zwischen der letzten Stufe und dem asphaltierten Untergrund klaffte ein Abstand von fast dreißig Zentimetern.

Super …

Mal wieder eine der vielen verdammten Hürden, die er täglich irgendwie meistern musste. Allerdings war die hier ein bisschen zu groß, als dass er sie sich allein zutraute.

Er seufzte. Es fühlte sich fantastisch an, den Alltag mehr oder weniger an Krücken bewältigen zu können. Es war großartig, sich wieder freier und beweglicher zu fühlen, doch genau diese Beweglichkeit barg auch das Risiko, zu stürzen, und was ein unglücklicher Sturz für seine Wirbelsäule bedeuten konnte, wusste er ganz genau: Im schlimmsten Fall konnte er endgültig im Rollstuhl landen, ohne Hoffnung, noch einmal Laufen lernen zu können. Jon, sein Physiotherapeut, hatte ihm zwar einige Techniken für ein ungefährliches Fallen gezeigt, doch Jamie wusste, dass seine Muskeln sich noch viel zu oft zu kraftlos und unkooperativ zeigten, um sich im Ernstfall wirklich sicher abfangen zu können.

Abschätzend betrachtete er den Abstand zwischen Stufe und

Boden. Lieber nichts riskieren, was er bitter bereuen konnte. Er schaute zur Treppe hoch und sah sich nach Zack um, doch der war nicht zu sehen. Resignierend blickte Jamie zurück zu Will und Jemma, die gerade Hand in Hand zu den wartenden Fahrzeugen hinüberschlendern wollten.

»Will?«

Die beiden wandten sich zu ihm um und Will zog eine Augenbrauen hoch. »Hey, du willst mir jetzt nicht ernsthaft sagen, dass du Hilfe brauchst, oder? Du bist in den letzten Wochen so gut geworden, da schaffst du die letzte Stufe bestimmt auch ohne mich.«

Jamie verzog das Gesicht. »Es ist zu tief. So sicher bin ich noch nicht.«

»Okay.« Will trat ans Ende der Treppe. »Halte dich an mir fest, aber versuch es alleine.« Er grinste. »Es ist nur ein kleiner Schritt diese blöde Treppe hinunter, aber ein großer für dein Selbstvertrauen.«

»Sehr witzig. Nicht, wenn ich stürze.«

»Keine Angst. Wenn du es wirklich nicht schaffst, pass ich schon auf, dass du nicht fällst.«

Jemma trat zu den beiden. »Will hat recht.« Sie funkelte ihn hinterhältig an und zwinkerte Jamie zu. »Er wird aufpassen. Wenn er dich fallen lässt, rede ich nämlich eine ganze Woche lang kein Wort mehr mit ihm.«

Will rollte mit den Augen. »Na, schönen Dank auch!«

Jamie musste grinsen. Dann ließ er das Geländer los und hielt sich stattdessen an Will fest. Der hob seine Hände, bereit ihn zu stützen, falls es nötig sein sollte. Vorsichtig verlagerte Jamie sein Gewicht, um mit seinem stärkeren Bein voran die letzte Stufe hinabzusteigen, doch durch die Bewegung geriet die Flugzeugtreppe unter ihm ins Schwanken. Erschrocken grub er seine Finger in Wills Arme und kämpfte für einen bangen Moment um sein Gleichgewicht. Es pochte dumpf in seiner linken Seite, aber das ignorierte er trotzig und schob sein rechtes Bein die Stufe hinunter.

Das Auftreten war ziemlich unsanft, da er den Schritt in die Tiefe kaum abfedern konnte. Heftiger Schmerz fuhr durch seine Rippen, doch er biss die Zähne zusammen, zog rasch das linke Bein nach und atmete tief durch, als er wieder sicher stand.

»Na bitte!« Anerkennend klopfte Will ihm auf die Schulter. »War doch ein Kinderspiel. Ich musste überhaupt nichts machen.«

Jamie schnitt ihm eine Grimasse und rieb sich vorsichtig die linke Seite.

»Deine Rippen?«, fragte Jemma mitfühlend.

Jamie nickte knapp. »Geht aber gleich wieder.«

Will musterte ihn. »Was ist denn mit deinen Rippen?«

»Nichts. Ich hab sie mir nur ein bisschen geprellt.«

»Es muss wohl eher heißen, Russell hat sie dir geprellt«, grollte Zack, der in diesem Moment gemeinsam mit Ned die Flugzeugtreppe hinabpolterte.

»Russell?« Stirnrunzelnd sah Will zu Jamie. »Dieser Typ, der dich am Samstag ein paar Mal blöd angemacht hat und dann auf einmal verschwunden war?«

»Genau der.« Zack reichte Jamie seine Krücken. »Und ich wünschte wirklich, mir hätte jemand gesagt, wie unmöglich er sich aufgeführt hat. Dann hätte ich ihn schon viel früher rausgeschmissen und es hätte gar nicht erst soweit kommen müssen.«

Ungläubig starrte Will ihn an. »Ist der Mistkerl etwa handgreiflich geworden?!«

»Ja, und zwar nicht zu knapp«, antwortete Ned.

»Was für ein Arschloch!«

Jamie rollte mit den Augen. »Vergessen wir's, okay? Das ist Schnee von gestern.«

»Wohl eher von vorgestern.« Empört schüttelte Will den Kopf und wies auf Jamies linke Seite. »Und offensichtlich taut er nur verdammt langsam!«

Leicht angenervt wandte Jamie sich ab und ging in Richtung Autos. »So schlimm ist es nicht, okay? Und jetzt kommt. Euer Dad wartet. Außerdem ist es hier affenheiß und ich hoffe sehr, dass dieser Rolls Royce da nicht nur nobel aussieht, sondern auch mit einer fantastischen Klimaanlage ausgestattet ist.«

Der kleine Privatflughafen lag nördlich von Inverness, der größten Stadt in den schottischen Highlands. Von der Citylage war allerdings nicht viel zu erahnen, als die Limousine durch die spärlich besiedelten Außenbezirke fuhr, sie schließlich hinter sich ließ und einer schmalen Landstraße durch hügelige Felder folgte, auf denen unzählige Schafe grasten oder in der Hitze des späten Nachmittags vor sich hin dösten.

Ned sah hinaus auf die fernen Bergketten der Highlands. Er war zum ersten Mal in Schottland und genoss die fremde Landschaft, die so völlig anders aussah als seine Heimatstadt.

Es tat sooo gut, endlich mal rauszukommen.

Die letzten beiden Jahre hatte er kaum das Haus verlassen können, geschweige denn London, weil er durch Krebs und Chemo meistens zu schwach und sein Immunsystem zu angegriffen gewesen war, sodass Ausflüge oder gar ein Urlaub eine zu große Infektionsgefahr dargestellt hätten. Manchmal war er sich wie ein Gefangener vorgekommen. Gefangen im Haus. Gefangen in seinem Körper. Hätte er sich an besseren Tagen nicht in die CyberWorld flüchten können, wäre er vermutlich irgendwann durchgedreht.

Doch Krankheit, Schmerzen und Angst vor dem Tod waren vorbei. Er hatte die Chance auf ein neues Leben bekommen und versuchte jetzt, die Vergangenheit hinter sich zu lassen. Manchmal fiel das noch schwer, besonders da das Leben in seinem neuen Körper auch nach gut drei Monaten immer noch viele Herausforderungen für ihn bereithielt. Es hatte Wochen gedauert, bis er sich sicher genug gefühlt hatte, um in die Öffentlichkeit zu gehen, und auch dann hatte er es nur getan, weil Will, Jamie, Zack und Jem ihm nicht durchgehen ließen, dass er sich weiter versteckte.

Ned riss seinen Blick von der Landschaft los und sah zu Jamie und Zack, die ihm in den hellen Ledersitzen der Luxuslimousine gegenübersaßen.

Freunde. Er hatte zum ersten Mal in seinem Leben richtig gute Freunde. Und das schlechte Gewissen nagte fies an ihm, als er sah, dass Jamie nicht gerade glücklich aus dem Fenster starrte. Seine rechte Hand lag in Zacks und auch der wirkte bedrückt, während er still auf die vorbeiziehenden Felder schaute.

Ned ballte die Fäuste. Er hatte seinen Dad dazu überredet, Jamie, Zack und Jemma mit auf diesen Trip zu nehmen. Es war nicht gerade eins seiner persönlichen Highlights, diesem Angus McLean in den nächsten Tagen Rede und Antwort zu seinem neuen Körper stehen zu müssen. Ihm war klar, dass diese Gespräche nichts waren im Vergleich zu dem, was ihm bevorstünde, wenn er an McLeans Stelle an die Öffentlichkeit gehen müsste. Ein Bioroboterkörper, der todkranken Menschen ein Überleben sichern konnte – Ned war seinem Vater unendlich dankbar dafür, dass er ihn aus dem Pressewirbel heraushalten wollte, den diese Sensation mit Sicherheit auslösen würde.

Trotzdem hasste er die bevorstehenden Gespräche mit McLean schon jetzt, denn sie würden ihm immer wieder vor Augen führen, was er war – und was nicht mehr. Er hatte zwar sein Überleben gewonnen, doch der Preis, den er dafür zahlen musste, war hoch und er hatte eine Heidenangst davor, dass man ihn und alle anderen, die sich zu einem Leben in einem Biokörper entschieden, als Freaks ansehen würde.

Oder als Menschen zweiter Klasse.

Oder gar nicht mehr als Menschen …

Diese Vorstellung war schrecklich und er verdrängte sie so gut er konnte. Und er war unglaublich erleichtert, dass seine Freunde ihn so akzeptierten, wie er jetzt war. Deswegen war es ihm so wichtig, sie hier bei sich zu haben. Und sie waren mitgekommen, obwohl es ihnen offensichtlich schwerfiel, und das rechnete Ned ihnen hoch an.

»Denkt bitte daran, dass ihr McLeans Familie nichts über Ned, die Bioroboter oder McLeans Vorhaben sagen dürft«, brach Edward Dunnington plötzlich die Stille. »Darauf legt Angus sehr viel Wert und ich musste ihm eure absolute Verschwiegenheit zusichern. Seine Familie weiß anscheinend noch von nichts und er will es ihnen zum richtigen Zeitpunkt mitteilen.«

Zack und Jamie nickten.

»Ist doch verständlich«, murmelte Ned. »Er muss ihnen schließlich klarmachen, was aus ihm wird und dass die Medien nicht nur ihm, sondern vermutlich auch seinen Angehörigen das Leben zur Hölle machen werden. Das würde ich meinen Leuten auch lieber schonend beibringen.«

Dunnington rieb sich über die Augen. »Im Prinzip hast du recht. Ich fürchte nur, dass Angus sich nicht aus Rücksicht auf seine Familie unsere Verschwiegenheit erbeten hat.«

Irritiert sah Ned ihn an. »Warum dann?«

»Ich weiß es nicht«, seufzte sein Dad. »Angus ist kompliziert und nicht gerade das, was man einfühlsam nennen würde. Eher das Gegenteil.«

»Na toll! Und warum vertraust du ihm dann?«

»Das eine hat mit dem anderen nichts zu tun, Ned. Nur weil ich Angus menschlich nicht unbedingt sympathisch finde, ist er trotzdem ein anständiger und respektabler Geschäftspartner, auf dessen Wort man sich verlassen kann. Außerdem kann ich ihm mit einem neuen Körper etwas geben, das er unbedingt haben will, also wird er sich an den Deal halten, den ich ihm vorgeschlagen habe.« Er schenkte seinem Sohn ein beruhigendes Lächeln. »Ich habe einen unanfechtbaren Vertrag mit ihm ausgehandelt. Er wird kein Wort über dich verlieren. Zu niemandem. Sonst würde er viel zu viel aufs Spiel setzen.«

Ned nickte stumm, spürte aber, wie sein Unbehagen wegen der bevorstehenden Gespräche mit McLean deutlich zunahm.

Ein Fuß stupste gegen sein Schienbein.

Jamie lächelte ihm aufmunternd zu. »Du kriegst das schon hin.«

»Jamie hat recht«, sagte Dunnington mit einem dankbaren Blick in Jamies Richtung. »Und ich bin auf jeden Fall dabei, wenn Angus dich befragt.«

Ned rang sich ein Lächeln ab, atmete tief durch und nickte. »Wird schon werden.«

»Weiß McLean eigentlich, dass Jamie auch einen Übergang in einen Biokörper geschafft hat?«, fragte Zack.

Dunnington schüttelte den Kopf. »Nein. Das geht ihn nichts an. Niemand außer uns weiß, was Jamie für Ned getan hat, und das wird auch so bleiben.« Er schaute die drei ernst an. »Wenn Angus seinen neuen Körper hat und wir damit an die Öffentlichkeit gehen, wird die Hölle losbrechen und aus dem ganzen Rummel will ich euch heraushalten. Nach allem, was Ned durchgemacht hat, verdient er jetzt ein selbstbestimmtes Leben und keins, das auf Schritt und Tritt von den Medien verfolgt, dokumentiert und analysiert wird.« Er sah zu Jamie. »Und wenn bekannt würde, dass du einen Übergang in einen Roboter ausprobiert und dich trotz deiner Behinderung gegen ein Leben in einem künstlichen Körper entschieden hast, würde die Presse dich genauso mit Fragen bombardieren.«

Jamie schluckte. Das war so ziemlich das Letzte, was er wollte.

Dunnington bedachte die Jungen mit einem beruhigenden Lächeln. »Aber dazu wird es nicht kommen, weil Angus das Medienspektakel auf sich ziehen wird.« Dann wurde er wieder ernst und sah die drei eindringlich an. »Seid aber trotzdem vorsichtig. Die McLeans sind eine seltsame Familie. Vertraut auf Abberton Coille also besser niemandem.«

Kapitel 3

Abberton Coille war riesig. Nachdem man eine gut vier Meter hohe Mauer mit eindrucksvollem Schmiedeeisentor und hochmoderner Überwachungskamera passiert hatte, schlängelte sich eine Zufahrtsstraße durch einen Wald zum Herrenhaus. Als die Bäume sich lichteten, gaben sie den Blick auf einen gepflegten Vorplatz mit einem steinernen Springbrunnen frei, in dessen Mitte Wasser aus der Blüte einer monströsen Distel plätscherte.

»Warum denn ausgerechnet eine Distel?«, wunderte Ned sich, als er aus der Limousine stieg und den ungewöhnlichen Wasserspeier inspizierte.

»Die Distel ist eine Art Nationalsymbol für die Schotten.« Jamie trat neben ihn. »Das geht auf eine uralte Legende zurück. Mum hat sie uns erzählt, als wir hier waren. Sie stand total auf solche Sachen. Mythen, Legenden, alte Geschichten und so'n Zeug. Das war genau ihr Ding.« Er schluckte und schaute zu Jem, die mit Will aus dem SUV ausstieg.

»Tut mir leid«, murmelte Ned schuldbewusst. »Wenn ich geahnt hätte, wie schwer das hier für euch ist, hätte ich euch nicht gebeten, mitzukommen.«

Jamie schüttelte den Kopf und lächelte schnell. »Nein, schon okay. Wir machen das gerne.« Wieder atmete er tief durch. »Und irgendwann wird es sicher einfacher. Das wurde es zu Hause schließlich auch.«

Zack trat hinter ihn, schlang seine Arme um ihn und zog ihn kurz an sich. »Bestimmt.« Er gab ihm einen Kuss in den Nacken und deutete dann auf den Distelbrunnen. »Die Legende besagt, dass ein paar Wikinger sich nachts an ein schottisches Lager heranschleichen wollten. Dabei trat einer von ihnen barfuß in eine Distel und schreckte durch seinen Schrei die Schotten aus dem Schlaf, die daraufhin die Angreifer erfolgreich vertrieben.«

»Und die Moral von der Geschichte?«, fragte Will grinsend, als er mit Jemma zu ihnen herüberkam.

Ned zog eine Augenbraue hoch. »Für die einen ist es nur ein stacheliges Unkraut, für die anderen die umweltfreundlichste Alarmanlage der Welt?«

Will lachte. »Nein! Latsche niemals barfuß durch die schottische Wildnis!«

Jemma verdrehte die Augen. »Stand ohnehin nicht unbedingt auf meiner To-Do-Liste, wenn ich ehrlich bin.« Sie wandte sich um und warf einen skeptischen Blick auf das Herrenhaus. »Obwohl … wenn ich mir den Klotz da so ansehe, hört sich die schottische Wildnis trotz Disteln fast schon gemütlich an.«

Abberton Hall war ein kastenförmiges Bauwerk, das selbst im sanften Licht der Spätnachmittagssonne düster und abweisend wirkte. Vermutlich hätte man das alte Herrenhaus mit seinen zinnenbewehrten Außenmauern und den protzigen Türmen, die an den Hausecken wie drohende Speerspitzen in den Himmel stachen, ohne großen Aufwand als Kulisse in jedem Horrorfilm einsetzen können. Selbst die üppigen Rosenranken, die sich um die Säulen des Vordachs wanden, konnten den finsteren Gesamteindruck kaum mildern.

»An grauen Wintertagen bekommt man hier doch Albträume«, murmelte Jemma.

»Auch wenn ich dir durchaus zustimme, lass das nicht unbedingt unseren Gastgeber hören, okay?« Dunnington zwinkerte ihr zu.

Jemma lächelte. »Keine Sorge. Ich hatte eigentlich nicht vor, mich beim Hausherren unbeliebt zu machen.«

Aus dem Eingangsportal traten zwei Männer, die trotz der Wärme hochgeschlossene Butlerfräcke trugen. Der ältere der beiden blieb mit einer kurzen Verbeugung vor Dunnington stehen.

»Willkommen auf Abberton Hall, Sir. Seine Lordschaft erwartet Sie in der Eingangshalle. Wir kümmern uns um Ihr Gepäck und bringen Ihren Wagen zu unserem Fuhrpark.«

»Vielen Dank.«

Der Butler verbeugte sich erneut und wandte sich dann dem Rolls Royce zu, aus dessen Kofferraum der Chauffeur bereits etliche Gepäckstücke auf den Vorplatz gestellt hatte.

Unbehaglich strich Jemma über ihre schlichte Sommerbluse und den hellen Jeansrock, um einen halbwegs ordentlichen Eindruck zu machen. So vornehm, wie allein die Butler hier schon auftraten, machte sie sich langsam wirklich Sorgen, ob sie vielleicht doch nicht die richtige Auswahl an Abendgarderobe eingepackt hatte.

Will trat neben sie. »Keine Sorge, du siehst fantastisch aus«, flüsterte er ihr zu. »Wenn wir nicht aufpassen, löst du gleich den zweiten Schlaganfall bei dem alten Lord aus und dann muss Dad sich jemand Neues suchen, um mit seinen Biorobotern an die Öffentlichkeit zu gehen.«

Grinsend pikste Jemma ihm in die Seite und zog ihn mit sich zu den anderen, die bereits in den Schatten unter das rosenumrankte Vordach des Herrenhauses getreten waren. Über der dunklen Eingangstür befanden sich zwei weitere, in den Stein gemeißelte Disteln. Dazwischen stand in schwungvollen Buchstaben: *Nemo Me Impune Lacessit.*

»*Niemand fordert mich ungestraft heraus?*«, kramte Jemma stirnrunzelnd ihre Lateinkenntnisse zusammen.

»Yep.« Zack blies die Backen auf. »Klingt jetzt nicht gerade wie das Lebensmotto überzeugter Pazifisten, oder?« Diese sonderbare Adelsfamilie sammelte nicht gerade Sympathiepunkte.

»Soweit ich weiß, ist das das Motto eines schottischen Ritterordens, dem bereits mehrere Generationen der McLeans angehören«, erklärte Dunnington und trat als Erster in die Eingangshalle.

»Ganz recht, Edward. Es freut mich, dass du diese noble Verbindung meiner Familie nicht vergessen hast. Obwohl leider Gottes längst nicht mehr alle Mitglieder dieses Hauses ehrenvoll genug sind, um einen Platz in diesem Orden zu verdienen.«

Die tiefe, leicht schleppende Stimme kam aus dem Nichts. Das lag allerdings vor allem daran, dass man nach dem Sonnenschein draußen in der düsteren Eingangshalle kaum etwas sehen konnte. Erst als sich ihre Augen an die schummrigen Lichtverhältnisse gewöhnt hatten, erkannte Jemma hohe Wände, die mit edlem dunklem Holz vertäfelt waren. Schwere dunkelgrüne Tartanvorhänge vor den Fenstern waren zwar nur halb zugezogen, schluckten aber dennoch eine Menge Licht. Dicke Teppiche, in denen man bei jedem Schritt ein Stück zu versinken schien, lagen auf dem uralten Steinfußboden und an den Wänden hingen riesige Portraits. Von den meisten starrten grimmige Schotten auf die Neuankömmlinge herab, musterten sie durchdringend und schienen jeden ihrer Schritte mit Argusaugen zu verfolgen.

Na, das kann ja heiter werden.

Jemma kam sich schon jetzt so vor, als würde sie auf einem Seziertisch liegen, und das, obwohl sie die eigentliche Familie noch gar nicht kennengelernt hatte. Aber allein deren Vorfahren reichten aus, um ihr ein unangenehmes Kribbeln im Nacken zu verursachen.

Dunnington trat einige Schritte vor. »Angus. Schön dich wiederzusehen. Danke, für die großzügige Geste, uns alle unter deinem Dach zu beherbergen. Ich hoffe, das macht nicht zu viele Umstände.«

Aus dem Dämmerlicht der Halle ertönte ein leises Surren, als ein älterer Mann in einem elektrischen Rollstuhl auf sie zusteuerte. Er mochte Mitte siebzig sein und war mit Sicherheit einmal ein respekteinflößender Mann gewesen, doch nun, da er im Rollstuhl saß und seine linke Körperhälfte schlaff und ungelenk schien, wirkte er deutlich weniger beeindruckend.

»Schnickschnack«, winkte er ab und schüttelte Dunningtons Hand. »Wo kämen wir denn hin, wenn die schottische Gastfreundschaft nicht ausreichen würde, einen alten Freund und seine Familie zu beherbergen. Besonders, da wir ja noch viel gemeinsam vorhaben, nicht wahr?« McLean warf Dunnington einen bedeutungsvollen Blick zu, bevor er sich abwandte und die fünf Jugendlichen musterte. »Als du mir sagtest, du reist mit einer halben Schulklasse an, war ich zugegebenermaßen ein wenig überrascht. Bisher wusste ich nur von zwei offiziellen Söhnen.« Er drehte seinen Rollstuhl wieder zu Dunnington um und sah ihn mit hochgezogener Augenbraue an.

Der lächelte. »Dabei ist es auch geblieben.« Er trat zu Will und Ned und legte seine Hände auf ihre Schultern. »Nur die beiden hier habe ich selbst zu verantworten.«

McLean steuerte zu ihnen herüber und betrachtete sie eingehend. »Ja, die kannst du nicht leugnen.« Er streckte Will seine Hand entgegen. »William, nehme ich an?«

Will nickte und schüttelte die Hand.

»Ich hoffe, du trägst den Namen deines Großvaters mit Würde. Er war ein großartiger Mann und guter Freund, der viel zu früh von uns gegangen ist. Es würde mir äußerst missfallen, wenn du ihm Schande machst und seinem Namen keine gebührende Ehre erweist.«

Zack warf Jemma und Jamie einen verstohlenen Blick zu und verdrehte die Augen. Der alte Lord bewegte sich definitiv auf der unteren Hälfte der Sympathieleiter.

Will hingegen blieb freundlich und nickte selbstbewusst. »Ich bin mir sicher, Grandpa hätte keinen Grund zur Klage, Sir.«

»Sehr gut! So soll es sein!« Der Lord musterte ihn noch einen Augenblick lang, dann wandte er sich Ned zu.

»Dann musst du Edward junior sein.«

Der intensive Blick, mit dem McLean ihn von oben bis unten betrachtete, war Ned unangenehm, auch wenn er mit dieser Musterung gerechnet hatte. Die Neugier und Faszination des Schotten waren nur zu verständlich, immerhin sah er hier gerade den Prototyp eines künstlichen Körpers, in den er selbst in den nächsten Tagen umziehen wollte. Da war es kaum überraschend, dass McLean ihn mit unverhohlenem Interesse studierte. Trotzdem fühlte Ned sich zutiefst unwohl unter dem durchdringenden Blick und brachte nur ein knappes Nicken zustande.

»Ich habe schon sehr viel von dir gehört, mein Junge. Dein Körper war zu schwach, um weiter gegen den Krebs zu kämpfen, doch dein Vater hat dir eine faszinierende Möglichkeit auf ein zweites Leben geschaffen. Ich hoffe, die Krankheit hat deinen Geist nicht verweichlicht und du weißt diese unglaubliche Chance zu nutzen. Das Leben stellt uns unzählige Prüfungen und nur die, die wir mit Anstand und Würde meistern, machen uns zu starken, ehrbaren Menschen, die Respekt verdienen.«

Ned sah McLean sprachlos an und ließ sich von ihm die Hand schütteln. Auch Jamie, Jemma und Zack konnten den Lord nur ungläubig anstarren und mussten das Gehörte erst mal verdauen. Klar war aber, dass seine Worte den alten Schotten noch etliche weitere Sprossen die Sympathieleiter hinunterkatapultiert hatten.

»Ich freue mich sehr auf die Gespräche, die wir beide führen werden.« Trotz seines körperlichen Gebrechens hielt McLean Neds Hand erstaunlich fest im Griff. »Ich bin sehr gespannt darauf, dich näher kennenzulernen.«

Ned schluckte und es war mehr als deutlich, dass die Vorfreude allein auf der Seite des Schotten lag. Trotzdem nickte Ned und war froh, als McLean ihn endlich freigab und der Alte stattdessen Zack, Jemma und Jamie ansteuerte, um nun sie einer Musterung zu unterziehen.

»Ihr drei seid dann wohl die Freunde der beiden, auf die Edward senior so große Stücke hält.«

»Ja. Das sind James und Jemma Bennett und Zachary Watts«, stellte Dunnington sie vor.

Rasch quetschten die drei ein freundliches Lächeln in ihre Gesichter.

McLeans dunkle Augen prüften Zack, blieben recht wohlwollend an Jemma hängen und hefteten sich dann auf Jamie. Der Blick des Lords glitt über die Krücken hin zum Rollstuhl, den einer seiner Butler mit dem restlichen Gepäck vor die Treppe gestellt hatte.

»Ist dein Gebrechen dauerhaft oder nur temporär, mein Junge?«

Jamie erwiderte den forschenden Blick, fest entschlossen sich durch McLeans seltsame Einstellungen zu Ehre, Würde und Respekt nicht verunsichern zu lassen. Schließlich konnte ihm doch herzlich egal sein, was der Alte von ihm dachte, oder nicht? Das Einzige, wozu er sich ihm gegenüber verpflichtet fühlte, war eine gewisse Höflichkeit und Dankbarkeit für die Gastfreundschaft, die er ihnen erwies.

»Sie sind dauerhaft, aber ich arbeite daran, Sir.«

»Ein echter Kämpfer also?« McLeans Augenbraue wanderte nach oben.

Jamie zuckte nur unverbindlich mit den Schultern und schwieg. Der Tonfall des Lords ließ seinen Kommentar wie eine Fangfrage klingen und Jamie war dankbar für Dunningtons Vorwarnung. McLean war auf jeden Fall nur mit Vorsicht zu genießen. Jamie hatte keine Ahnung, was der Alte mit seiner merkwürdigen Nachfrage bezweckte, doch er würde sich auf keinen Fall von ihm einschüchtern lassen.

McLeans Augen blitzten, als er merkte, dass Jamie sich nicht provozieren ließ. »Da du offensichtlich laufen kannst, wundert es mich, dass du einen Rollstuhl mitgebracht hast.«

»Er dient als Sicherheit und für längere Strecken.«

Die Miene des Lords wurde unerbittlich und seine Stimme streng. »Du kannst laufen. Punkt. Sich von der Länge einer Strecke einschränken zu lassen, ist ein Zeichen von Schwäche.« Provokation trat nun in seinen Blick. »Wenn es also darum geht, durchzuhalten, scheinst du wohl doch kein Kämpfer zu sein.«

Empört funkelte Jemma McLean an und Zack ballte die Fäuste.

Das war's!

Der Alte hatte offiziell die unterste Sprosse der Sympathieleiter erreicht und es fehlte nicht mehr viel und Zack würde ihn samt Rollstuhl komplett hinunterstoßen.

Auch Jamie merkte, wie eine gehörige Portion Gereiztheit in seinem Magen zu brodeln begann und er musste aufpassen, dass seine guten Vorsätze bezüglich Höflichkeit nicht ganz plötzlich verpufften. »Ich glaube nicht, dass es ein Zeichen von Schwäche ist, wenn ich nicht krampfhaft an etwas festhalte, das nun mal verloren ist. Aber das heißt sicher nicht, dass ich kein Kämpfer bin. Ich kämpfe jeden Tag für meine Beweglichkeit. Aber dabei gibt es eben Grenzen, die ich akzeptieren muss, weil mein Körper sich leider nicht mehr komplett nach meinen Wünschen richten kann. Doch ich denke, dass gerade *Sie* das sicher nachempfinden können, oder nicht?«

Er warf einen bedeutungsvollen Blick auf den Rollstuhl, in dem McLean saß, und sah dem Alten dann wieder fest in die Augen. Für einen Moment glaubte er einen winzigen Anflug von Wohlwollen in der Miene des Lords zu erkennen, doch bevor er sich sicher sein konnte, wandte McLean sich ab und lenkte seinen Rollstuhl zurück zu Dunnington.

»Ich glaube, ich habe gerade einen recht guten Eindruck davon bekommen, wo deine Wertschätzung für die Freunde deiner Söhne herkommt, Edward.«

Dunnington schüttelte seufzend den Kopf. »Wir schätzen völlig unterschiedliche Dinge an unseren Mitmenschen, Angus, glaub mir. Auch wenn ich es bemerkenswert finde, wie Jamie sein Leben meistert, beruht meine Wertschätzung für ihn nicht darauf, wie er mit seiner Behinderung oder deinen Provokationen umgeht, sondern auf seiner Loyalität gegenüber mir und vor allem gegenüber meinen Söhnen.«

Zwischen McLean und Dunnington wanderten einige schwer zu deutende Blicke hin und her, bis McLean ihren stummen Meinungsaustausch schließlich mit einem knappen Nicken beendete und wieder in die große Runde sah.

»Ich bin mir sicher, es warten einige sehr interessante Gespräche auf uns alle. Ich freue mich bereits auf unser gemeinsames Abendessen.« Er warf einen Blick auf seine teure Armbanduhr. »Das wird übrigens in gut einer Stunde im Speisezimmer serviert. Wir essen heute etwas früher als üblich. Bis dahin könnt ihr euch oben einrichten. Johnston und Davis werden euch die Gästezimmer zeigen und mit eurem Gepäck helfen. Die Jungen werden sich jeweils zu zweit ein Zimmer teilen, die junge Lady bekommt selbstverständlich ein eigenes. Wenn der Gong euch ruft, werdet ihr hier in der Halle abgeholt und ins Speisezimmer geführt. Ich erwarte zum Dinner ordentliche Kleidung und nicht diesen schrecklichen Jeansfirlefanz, den alle Welt so gerne trägt und der aus Gründen, die mir auf ewig verborgen bleiben werden, offensichtlich nie aus der Mode kommt. Ich hoffe, ihr habt etwas Anständiges dabei. Des Weiteren wünsche ich nicht, dass in meinem Haus herumgestöbert wird. Wenn ihr wissen wollt, wo etwas ist, fragt, dann wird euch geholfen. Aber so, wie ich Edward verstanden habe, habt ihr ja wohl ohnehin vor, euch Schottland anzusehen und nicht im Haus herumzulungern. Das begrüße ich außerordentlich.«

Es wurde nicht so recht klar, ob er damit die Tatsache meinte, dass sie seine Heimat erkunden wollten oder nicht vorhatten, unendlich viel Zeit in seinem Haus zu verbringen.

Vermutlich beides.

Offensichtlich war das Gespräch für den Hausherren damit beendet, denn McLean lenkte seinen Rollstuhl zurück in den dämmrigen Durchgang, aus dem er zuvor aufgetaucht war. Doch bevor er verschwand, drehte er sich noch einmal um und warf einen letzten Blick in die Runde.

»Willkommen auf Abberton Hall.«

Kapitel 4

Die beiden Butler führten sie die Treppe hinauf in den ersten Stock. Hier wurde deutlich, dass es sich bei dem altehrwürdigen Herrenhaus gar nicht um einen rechteckigen Kastenbau handelte, sondern um ein Gebäude mit einen hufeisenförmigen Grundriss. Von einer breiten Empore, auf der in mehreren Glasvitrinen alte Jagdgewehre ausgestellt waren, führten zwei Gänge jeweils in den Ost- und Westflügel des Hauses. Die Gästezimmer befanden sich im Ostteil. Ein langer Korridor führte in den Trakt, der vermutlich nicht annähernd so finster gewesen wäre, wenn nicht jedes einzelne der bodentiefen Spitzbogenfenster mit einem Vorhang verhängt gewesen wäre, der bis auf einen kleinen Spalt zugezogen war. So wirkte alles düster und ein bisschen unheimlich, denn nicht nur die Vorhänge, auch die dunkle Wandvertäfelung und der grüne Teppich schluckten jedes Licht. Nur schemenhaft waren einige Ölschinken mit Jagdmotiven an den Wänden zu erkennen und von der Decke hingen altmodische Kristallleuchter. Wären die nicht gewesen, hätte Jemma sich ernsthaft gefragt, ob man in der Abgeschiedenheit von Abberton Hall überhaupt Strom hatte. Irgendwie kam sie sich mehr und mehr so vor, als hätte man sie zwei Jahrhunderte in die Vergangenheit katapultiert.

Die Gästezimmer des Herrenhauses lagen nebeneinander und waren durch angrenzende Badezimmer miteinander verbunden. Jemmas Zimmer befand sich neben Jamies und Zacks. Auch hier lag dunkelgrüner Teppichboden und wie im Rest des Hauses war der allgegenwärtige Tartanvorhang vor dem Fenster zugezogen. Sie wusste, dass viele schottische Adelsfamilien ihre eigenen Farben und Muster hatten, die sich in den

Stoffen ihrer Kleider und Häuser wiederfinden ließen. Die Farbe der McLeans war offensichtlich dunkelgrün.

»Verzeihung, Miss, ist etwas davon Ihr Gepäck?« Davis, der jüngere Butler, wies fragend auf die beiden Koffer, die er hinaufgetragen hatte.

»Ja, der blaue, danke. Der andere gehört meinem Bruder.« Jemma wies nach nebenan.

Davis trat ins Zimmer, hievte ihren Koffer auf eine Holztruhe am Fußende des breiten Himmelbetts und deutete auf die zugezogenen Vorhänge. »Möchten Sie, dass ich sie für Sie öffne? Es war in den letzten Tagen ungewöhnlich heiß und Abberton Hall besitzt leider keine Klimaanlage, daher sind diese Vorhänge die einzige Möglichkeit, die Hitze aus dem Haus zu halten.«

Das erklärte so einiges.

»Gegen Abend wird es meist erträglicher, besonders hier im Gästeflügel, da die Sonne auf der anderen Seite des Hauses untergeht.«

Jemma nickte sofort. »Ein bisschen Licht wäre fantastisch.«

»Sehr gerne.« Davis trat ans Fenster und zog die Vorhänge zurück. Das milde Licht, das nun ins Zimmer fiel, ließ den Raum gleich deutlich freundlicher wirken.

»Danke.« Jemma lächelte bemüht und kam sich blöd vor, weil sie die Vorhänge schließlich auch selbst hätte aufziehen können.

Doch Davis nickte nur höflich und zeigte auf die Tür zum Badezimmer. »Ich hoffe, es bereitet Ihnen keine Umstände, sich im Bad mit den jungen Gentlemen abzusprechen? Wir haben weitere Gästezimmer ein Stockwerk höher, aber Seine Lordschaft dachte wohl, Sie wären lieber in der Nähe Ihres Bruders und Ihrer Freunde.«

Na, aber hallo!

»Alles prima, vielen Dank.«

Davis nickte erneut und deutete auf ein Handy, das auf dem Nachttisch lag. »Das ist unser Haustelefon. Alle wichtigen Nummern des Anwesens wie Dienerschaft, Küche, Garage und Stallungen sind darin abgespeichert. Falls Sie irgendwelche Fragen oder Wünsche haben, zögern Sie nicht, uns anzurufen. Wir kümmern uns dann gerne darum.«

»Danke. Ich werde sicher zurechtkommen.«

Vor der offenen Tür erklang ein Räuspern. Johnston, der ältere Butler, stand mit weiteren Taschen auf dem Flur.

»Verzeihen Sie, Miss, Mister William Dunnington meinte, dies sei Ihr Gepäck?« Er hielt eine Reisetasche und einen Rucksack hoch.

»Ja, danke. Das sind meine.«

Johnston trat ins Zimmer und legte die Taschen neben ihren Koffer.

»Das ist dann alles. Was immer vielleicht noch an Gepäck unten ist, gehört den anderen.« Jemma lächelte unsicher.

»Sehr wohl.« Die beiden Diener verbeugten sich kurz vor ihr und traten dann hinaus auf den Flur. »Wir wünschen einen angenehmen Aufenthalt auf Abberton Coille.«

»Ja, ehm, danke schön.«

Als die Tür sich hinter ihnen geschlossen hatte, blies Jemma die Backen auf.

Halleluja …

Sie war ganz gewiss nicht unter Wilden aufgewachsen. Im Gegenteil. Ihr Dad legte großen Wert auf gute Manieren und einen ordentlichen Umgang miteinander, doch die steife Etikette von Abberton Hall war von normaler Höflichkeit Lichtjahre entfernt.

Seufzend machte sie sich daran, ihre Taschen auszupacken und dachte mit Grauen an das bevorstehende Abendessen.

Eine Stunde später führte Johnston sie zum Speisezimmer des Herrenhauses. Jemma hatte sich die Haare hochgesteckt und trug ein weißes Sommerkleid, das ihr Dad ihr für die Ausstellungseröffnung in der Nationalgalerie vor den Sommerferien gekauft hatte.

»Warum trägst du so was nicht viel, viel öfter?«, raunte Will ihr zu und schlang seinen Arm um ihre Taille.

Mit hochgezogener Augenbraue sah sie ihn an. »Wann denn? Wenn ich dich in Chemie abfrage? Oder doch eher, wenn wir zusammen Geschichte pauken?«

Gequält verzog er das Gesicht. »Besser nicht. Dann kann ich mich ja noch schlechter auf den ganzen Mist konzentrieren.« Er grinste. »Aber ich könnte dich ja mal nett ausführen?«

Jemma schenkte ihm ein Lächeln, nahm seine Hand und verschränkte ihre Finger mit seinen. »Sehr gerne. Aber tausendmal lieber irgendwohin, wo es deutlich weniger verkrampft zugeht als hier«, flüsterte sie leise, damit der Butler sie nicht hören konnte.

Wie die übrigen Räume von Abberton Hall sah auch das Speisezimmer edel und reichlich steif aus, doch da man hier zumindest alle Vorhänge aufgezogen hatte und eine breite Flügeltür zu einer großen Terrasse hin offenstand, wirkte der Raum trotz seiner dunklen Eichenmöbel nicht so erdrückend wie der Rest des Hauses.

»Was für ein Aufwand für ein simples Abendessen«, murmelte Zack und ließ seinen Blick verständnislos über die festlich eingedeckte Tafel wandern. Edles Porzellan und Silberbesteck, antike

Kerzenleuchter und Blumenschmuck mochten stilvoll aussehen, waren für seinen Geschmack aber entschieden too much.

»Ich fürchte, so simpel wird das nicht«, flüsterte Jamie zurück. »Die fahren hier richtig auf.« Er nickte zu den Gedecken, die verrieten, dass mehrere Gänge auf sie warteten. »Ob das hier jeden Abend so zugeht? Oder nur, wenn Besuch da ist?«

Zack zuckte mit den Schultern. »Keine Ahnung. Hauptsache, die machen uns zu Ehren nicht so was Ekliges wie Haggis, denn dann weiß ich nicht, ob ich davon was runterwürgen kann.«

»Will ich wissen, was Haggis ist?«, wisperte Ned unbehaglich.

»Glaub mir, falls es das gleich gibt, ist es besser, du weißt es nicht. Vermutlich wärst du dann nämlich zum ersten Mal froh, dass deine Geschmacksnerven noch nicht hundertpro funktionieren.«

Böses ahnend sah Ned ihn an, doch bevor er weiter nachfragen konnte, tönte eine schrille Frauenstimme durch die offene Verandatür.

»Oh, sie sind hier! Geoffrey, Vaters Gäste sind hier!«

Eine Frau um die fünfzig erschien in der Tür. Ihr schwarzes Haar war zu einem eleganten Knoten zurückgesteckt und sie trug ein dunkelgrünes Tweedkostüm, das nicht nur wahnsinnig teuer, sondern an einem heißen Sommertag wie diesem auch wahnsinnig warm aussah. Mit trippelnden Schritten trat sie ins Speisezimmer und ging mit einem übertrieben herzlichen Lächeln auf Dunnington zu.

»Edward! Wie schön dich endlich einmal wiederzusehen! Wie viele Jahre ist das jetzt her, seit du das letzte Mal hier warst? Drei oder gar vier?«

»Und du siehst noch genauso reizend aus wie damals, Prycilla.«

Ned bewunderte, wie schamlos sein Dad lügen konnte.

Prycilla McLean lachte affektiert und strich über den Ärmel von Dunningtons Sakko. »Und du bist noch genauso charmant!«

Die fünf tauschten Blicke und jeder kämpfte damit, sich das Grinsen zu verkneifen. Abwartend blieben sie im Durchgang zur Halle stehen, als ein hochgewachsener schlanker Mann mit grau meliertem Haar seiner Gattin von der Terrasse folgte. Auch sein Lächeln wirkte mehr aufgesetzt als echt, als er Dunnington die Hand schüttelte.

»Edward. Willkommen auf Abberton Hall.«

»Vielen Dank, Geoffrey.«

»Ich bin äußerst gespannt, was dich hierher treibt. Vater hat uns erst heute Morgen beim Frühstück darüber in Kenntnis gesetzt, dass du kommst, aber aus dem Grund macht er ein riesiges Geheimnis. Ich hoffe, dein Besuch bedeutet, dass er sich endlich dazu durchringen kann, einige Produktionsabläufe in der Firma auf Roboter umzustellen. Die Investition in eine solche Umstrukturierung wäre zwar erst einmal sehr kostspielig, aber die Hightechhelfer sind langfristig gesehen einfach die bessere Wahl. Gibt es Anlass zu hoffen, dass Vater in dieser Hinsicht endlich einsichtig wird und du uns diesbezüglich ein gutes Angebot machen wirst?«

Erwartungsvoll sah er Dunnington an, doch der schüttelte nur unverbindlich den Kopf.

»Tut mir leid, Geoffrey. Dazu kann ich dir nichts sagen. Dein Vater hat mich um Verschwiegenheit gebeten.«

Das falsche Lächeln verschwand. »Natürlich.«

»Höre ich da einen gewissen Unmut aus deiner Stimme, mein Sohn?« McLean senior steuerte seinen Rollstuhl in den Speisesaal und bedachte Geoffrey mit einem spöttischen Blick. »Du wirst den Grund von Edwards Besuch erfahren, wenn ich es für richtig halte. Verstanden?«

»Ich finde, wenn es um unsere Firma geht, sollte ich von Anfang an an allen Entscheidungen beteiligt sein«, sagte Geoffrey grimmig. »Ich bin immerhin der ausführende Geschäftsleiter von *McLean Medical Supplies*!«

»Du bist ein ausführender Hampelmann in *meiner* Firma und nichts weiter.« Sein Vater drängte ihn mit dem Rollstuhl zur Seite und manövrierte sich zum Kopf des Tisches. »Aber das ist ein Problem, das wir nicht heute Abend lösen werden.« Er ignorierte den zornigen Blick seines Sohnes.

»Genau!«, zwitscherte Prycilla eine gute Oktave zu hoch, um noch angenehm zu klingen, und tätschelte ihrem Mann die Hand. »Beim Essen redet man nicht übers Geschäft. Setz dich. Ich muss noch unsere anderen Gäste begrüßen.«

Während Geoffrey sich widerwillig zu seinem Vater und Dunnington an den Tisch setzte, trippelte Prycilla mit anstrengender Fröhlichkeit auf die fünf Jugendlichen zu, die sich wohlweislich im Hintergrund gehalten hatten. Gezielt steuerte sie Will und Ned an und betrachtete sie verzückt.

»Na, ihr beiden müsst William und Edward junior sein, das sieht man sofort! So hübsche Jungs! Ganz der Vater, wirklich! Edward muss so stolz auf euch sein!«

Ned und Will lächelten und begrüßten die Lady des Hauses, wobei Wills Umgang mit der Adeligen deutlich souveräner wirkte als Neds. Offensichtlich bewegte Will sich nicht zum ersten Mal in solchen Kreisen.

Prycilla lachte gekünstelt. »Wirklich, ganz der Vater!« Sie machte eine einladende Geste ins Speisezimmer. »Bitte, setzt euch! Ich freue mich darauf, euch kennenzulernen.« Dann wandte sie sich zu Jemma, Zack und Jamie. »Und euch natürlich auch. Es ist immer ein Vergnügen, Gäste im Haus zu haben.« Ihr Blick fiel auf Jamies Krücken und sie schlug theatralisch die Hand vor den Mund. »Oh, du liebe Güte, du Armer! Musst hier die ganze Zeit stehen! Wie schrecklich unaufmerksam von uns! Los doch, setz dich! Setz dich! Wenn ich das doch nur gewusst hätte! Warum hat denn niemand etwas gesagt? Ich hoffe, du hast keine Schmerzen?«

»Nein, es ist alles in Ordnung«, versicherte Jamie und setzte sich schnell an den Tisch, in der Hoffnung, so dem Getue der Lady ein Ende zu machen.

»Bist du dir sicher? Wenn wir etwas für dich tun können …? Wenn du irgendetwas brauchst …?«

»Nein, wirklich. Es ist alles in bester Ordnung, danke.« Der Aufstand, den Prycilla McLean um ihn machte, war Jamie sichtlich unangenehm.

»Ganz bestimmt? Wir –«

»Prycilla, lass den Jungen in Ruhe!«, donnerte McLean senior über den Tisch. »Halte den Mund und setz dich. Oder besser noch: Mach dich nützlich und läute nach dem Essen.«

Die Angesprochene zuckte unter den harschen Worten ihres Schwiegervaters zusammen und nickte hastig. »Natürlich, Vater.« Schnell huschte sie zur Anrichte, bimmelte mit einer kleinen Silberglocke und setzte sich dann still an den Tisch.

Zack, Ned, Will und die Zwillinge waren sich wortlos einig, dass eine erträgliche Portion Fremdschämen schon jetzt deutlich überschritten war und das, obwohl das Essen noch nicht einmal angefangen hatte. Zum Glück traten jetzt Johnston und Davis ins Speisezimmer und stellten mehrere Warmhalteplatten auf die Anrichte.

»Wo sind meine Enkel?«, knurrte der alte Lord. »Erwarte ich etwa zu viel, wenn ich verlange, dass sie einmal am Tag pünktlich zu einer gemeinsamen Mahlzeit erscheinen?«

»Nein, Großvater, das tust du nicht. Bitte verzeih meine

Verspätung.« Ein schlankes, dunkelhaariges Mädchen in einem maßgeschneiderten Etuikleid aus dem dunkelgrünen Tartanstoff ihrer Familie betrat den Speisesaal. Sie bedachte die fünf Jugendlichen am Tisch mit einem Lächeln, begrüßte Edward Dunnington mit galanter Selbstsicherheit und beugte sich dann zu ihrem Großvater hinab, um ihm einen flüchtigen Kuss auf die Wange zu geben. »Ich bin mit Arabian Queen ausgeritten und habe das nördliche Jagdrevier für dich inspiziert. Der Wildhüter hat recht. Die Fuchspopulation dort nimmt wirklich überhand.« Sie setzte sich neben ihre Mutter an die Tafel. »Wenn du willst, kümmere ich mich darum.«

»Oh, Emilia«, keuchte Lady McLean mit leidvoller Miene. »Du weißt, ich mag es nicht, wenn du jagen gehst. Das ist so martialisch! So etwas sollten junge Ladys nicht tun. Das kann der Wildhüter erledigen.«

»Mutter, du solltest nicht von Dingen reden, von denen du keine Ahnung hast«, gab Emilia scharf zurück. »Wir leben im einundzwanzigsten Jahrhundert. Da wissen auch junge Ladys wie man mit einem Jagdgewehr umzugehen hat.«

Prycilla presste die Lippen aufeinander, griff mit zittriger Hand nach ihrem Weinglas und gönnte sich nach dieser Zurechtweisung einen großzügigen Schluck.

Der alte Lord lachte und warf seiner Enkelin einen wohlwollenden Blick zu. »Manchmal habe ich das Gefühl, außer mir ist dieses Mädchen die Einzige in diesem Haus, die den Namen McLean halbwegs mit Recht trägt.«

Emilia lächelte geschmeichelt, während Geoffreys Miene immer verkniffener wurde. Auch er griff nach seinem Wein und leerte grimmig sein Glas.

McLean senior ignorierte dies jedoch geflissentlich. »Wo ist

Finley?«, fragte er stattdessen ungehalten. »Hat der Junge etwa nicht mitbekommen, dass wir heute früher essen?«

»Wenn mein lieber Bruder im Cybernetz ist, bekommt er doch kaum etwas mit«, meinte Emilia spitz. Dann sah sie entschuldigend zu Dunnington. »Bitte verzeihen Sie, Mr Dunnington. Ich schätze die Kommunikationsplattform, die Sie erschaffen haben, wirklich außerordentlich. Sie bietet eine fantastische Möglichkeit, über die Ferien meine internationalen Kontakte zu pflegen –«

»Emilia geht nämlich auf eine höchst renommierte multinationale Schule in der Schweiz, Edward«, trällerte Prycilla dazwischen und schwenkte ihr Weinglas.

»Mutter, unterbrich mich nicht!«

»Entschuldige.« Rasch nahm Prycilla einen weiteren Schluck.

Emilia bedachte sie mit einem ungnädigen Blick, dann zauberte sie ein Lächeln zurück in ihr Gesicht und wandte sich wieder an Dunnington. »Wie gesagt, ich schätze die Entwicklung des Cybernetzes sehr, allerdings verleiten die Spiele dieser virtuellen Welt Kleingeister wie meinen Bruder dazu, nichts mehr um sich herum wahrzunehmen, den ganzen Tag in irgendwelchen Fantasywelten zu vertrödeln und den Bezug zur Realität völlig zu verlieren.«

Wow …

Ungläubig starrte Jamie sie an. Wenn das, was hier bei Tisch ablief, der normale Umgang in dieser Adelsfamilie war, konnte er gut verstehen, dass dieser Finley sich in die CyberWorld flüchtete. Anders hätte er das Leben hier wohl auch nicht ertragen.

Dunnington erwiderte Emilias Lächeln freundlich. »Deswegen ist der Aufenthalt im Cybernetz eigentlich auf maximal vier Stunden begrenzt. Aber offensichtlich hat Ihr Bruder einen Weg gefunden, diese automatische Sperre in seinen CyberSpecs auszuschalten.«

Emilia schüttelte den Kopf. »So clever ist er nicht. Er hat bloß drei verschiedene CyberSpecs und sobald sich ein Paar ausschaltet, meldet er sich einfach mit dem nächsten wieder an.«

»Und da sagst du, er ist nicht clever«, murmelte Zack so leise, dass nur Ned und Jamie ihn hören konnten.

In diesem Moment betrat ein schlaksiger, dunkelhaariger Junge das Speisezimmer. Er mochte etwas jünger sein als seine Schwester – sechzehn oder siebzehn vielleicht – und sein finsterer Gesichtsausdruck verriet nur allzu deutlich, dass er keine große Lust auf dieses Dinner im Kreise seiner Familie plus Gäste hatte.

McLean senior strafte ihn mit einem kalten Blick, doch mehr schien er für seinen Enkel nicht übrig zu haben. Stattdessen wandte er sich an seinen Butler. »Jetzt, da Finley sich endlich dazu herabgelassen hat, uns mit seiner Anwesenheit zu beehren, können Sie die Vorspeise servieren, Johnston.«

»Sehr wohl, Mylord.«

Finley warf seinem Großvater einen hasserfüllten Blick zu, dann brachte auch er das Kunststück fertig, innerhalb von Bruchteilen einer Sekunde ein freundliches Lächeln in sein Gesicht zu zaubern, als er Edward Dunnington höflich begrüßte.

»Ich freue mich sehr, Sie kennenzulernen, Sir. Ihre CyberWorld ist einfach fantastisch. Besonders die technischen Neuerungen, die Sie mit *Doom of Dark Grove* auf den Markt gebracht haben, waren wirklich grandios.«

Dunnington lächelte und wies auf Ned. »Bedank dich

dafür bei meinem Sohn. Er hat das Spiel programmiert und die sensorischen Fähigkeiten in der Cybertechnik weiterentwickelt.«

Finley wirkte überrascht und auch der Rest der McLeans betrachtete Ned auf einmal äußerst interessiert.

»Wirklich?« Finley setzte sich auf den freien Platz neben ihn. »Du hast das Spiel geschrieben?«

Ned nickte verlegen. Er mochte es nicht, im Mittelpunkt des Interesses zu stehen.

»Wow! Mann, das ist echt cool!«

»Ja, wirklich beeindruckend.« Der alte Lord McLean musterte Ned eingehend.

»Du arbeitest also bereits in der Firma deines Vaters?«, fragte Emilia, während Johnston und Davis ihnen hübsch arrangierte Salatteller zur Vorspeise servierten. »Darf ich fragen, wie alt du bist?«

»Siebzehn.«

Emilia betrachtete ihn überrascht. »Das ist sehr jung, obwohl du älter aussiehst. Bewundernswert, dass du neben der Schule dafür Zeit findest.«

»Ich gehe nicht zur Schule. Mein Bruder und ich lernen online. So können wir uns das Pensum selbst einteilen und Prüfungen machen, wann wir wollen.«

»Oh.« Erstaunt sah Emilia von Ned zu Will. »Das stelle ich mir aber schrecklich einsam vor. Außerdem ist der Besuch der richtigen Schule doch ungemein wichtig, um entscheidende Kontakte für die Zukunft zu knüpfen.«

Will merkte, wie ihm das affektierte Getue und die falsche Freundlichkeit dieser Familie immer mehr auf den Keks gingen und er fand, dass es langsam Zeit wurde, mal ein paar grundsätzliche Dinge klarzustellen. »Ich glaube, die Einstellung zu dem, was im Leben wichtig ist, geht bei uns sehr stark auseinander. Bei uns zählen Zusammenhalt in der Familie und echte Freunde mehr, als ein Adressbuch voll oberflächlicher Bekanntschaften, von denen keiner zur Stelle sein wird, wenn man wirklich Hilfe braucht.«

Emilia hob kurz die Augenbrauen, doch sie ließ sich weder von Wills Worten noch von seinem Blick aus der Ruhe bringen. »Eure Einstellung ist offensichtlich sehr … idealistisch. Ich habe gar nicht die Absicht, mich von irgendjemandem abhängig zu machen und jemals Hilfe zu brauchen. Mein Ziel ist es, ein durchweg eigenständiges Leben zu führen und dabei meine bisher geknüpften Kontakte sinnvoll einzusetzen.«

»Dann kann man dir nur wünschen, dass dein Leben niemals aus der Bahn geworfen wird«, gab Will knapp zurück.

»Streitet euch nicht, Kinderchen«, flötete Prycilla beschwichtigend und ließ sich von Johnston ihr Weinglas auffüllen. »Beim Essen dulde ich keine Zwistigkeiten.«

»Seit wann bestimmst du, was bei Tisch geduldet wird und was nicht?«, wies ihr Schwiegervater sie zurecht. Mit einem vergnügten Funkeln in den Augen musterte er Will. »Ich empfinde die heutigen Tischgespräche als sehr anregend.«

Während Prycilla sich schweigend ihrem Weinglas widmete, warf Emilia ihrem Großvater einen missgestimmten Blick zu. Doch dann wandte sie sich plötzlich um und fixierte Jemma mit einem zuckersüßen Lächeln.

»Dein Kleid ist ganz reizend. Aus der neuen Sommerkollektion von Linda Travis, nicht wahr?«

Völlig überrumpelt von dem abrupten Themenwechsel konnte Jemma nur stumm nicken.

»Sehr schlicht, aber dir steht es außerordentlich gut.«

Die Kunst, eine Beleidigung in Komplimentform zu

verpacken, hätte Jemma auch gern besessen. Oder zumindest genug Schlagfertigkeit, um irgendwas Gepfeffertes zurückzuschießen. Mann, wie sehr wünschte sie jetzt, Charlie wäre hier! Die hätte dieser arroganten Alphazicke schon einen passenden Spruch reingewürgt!

Emilia quittierte ihr Schweigen mit einem triumphierenden Lächeln. »Da ihr aus London kommt, hätte ich allerdings eigentlich ein bisschen mehr Extravaganz erwartet.«

»Vielleicht reichen in deinem Luxusinternat ja ein paar teure Kleider aus, um Eindruck zu schinden.« Obwohl Zacks Stimme ruhig klang, sprühten seine Augen Funken. »Bei uns in London kommt man mit solchen Oberflächlichkeiten aber nicht besonders weit. Da muss man schon wirklich etwas leisten, um sich Respekt zu verdienen.«

»Ach ja?« Emilia ließ sich nicht provozieren und blickte eher amüsiert als verärgert von ihm zu Jemma. »Und was hast du geleistet, das dir meinen Respekt verdienen würde?«

Miststück!

Doch Jemma lächelte jetzt genauso zuckersüß wie zuvor Emilia. »Sieh mal auf der Homepage der Britischen Nationalgalerie nach. Da gibt es einen Link zur Sonderausstellung *Young British Artists*. Dort werden zur Zeit einige meiner Bilder ausgestellt.«

Mit schadenfroher Genugtuung stellte sie fest, dass Emilias Gesicht plötzlich reichlich verkniffen wirkte.

»Oh, wie bezaubernd!«, säuselte Prycilla voll überschwänglicher Begeisterung. »Die Malerei ist ein wunderbares Talent! Wer hat dich denn entdeckt, meine Liebe?«

»Meine Kunstlehrerin hatte eine Ausstellung in der Aula unserer Schule organisiert und zu der Vernissage war der Leiter der Sonderausstellung der Nationalgalerie eingeladen. Ihm gefielen meine Bilder und er wollte sie für die *Young British Artists* haben.«

»Wie entzückend!« Lady McLean bedachte ihre Tochter mit einem vielsagenden Blick. »Daran solltest du dir ein Beispiel nehmen, Liebes. Die Malerei ist ein Hobby, das einer jungen Lady ziemt. Nicht diese martialischen Fuchsjagden!«

Jemma hatte Mühe, sich ein böses Grinsen zu verkneifen, als sie Emilias wütenden Blick sah.

»Halt den Mund, Mutter!«

»Die Britische Nationalgalerie ist übrigens nicht die Einzige, die sie entdeckt hat«, setzte Will noch eins drauf. »Jemma und Jamie arbeiten außerdem als freie Grafiker für VanguardArts Entertainment.«

Emilia zog es vor, ihn zu ignorieren. Dafür blickte Finley nun von seinem Teller auf. Bisher hatte er es seinem Vater gleichgetan, sich stoisch aus allen Gesprächen ausgeklinkt und nur schweigend seinen Salat gegessen. Jetzt schaute er jedoch interessiert von Ned zu Jemma und Jamie, doch bevor er etwas sagen konnte, flötete die Stimme seiner Mutter bereits wieder über den Tisch.

»Nein, wie interessant! Es muss wunderbar sein, wenn man gemeinsam so kreativ sein kann!« Sie nickte Johnston zu, der ihr anbot, ihr Glas noch einmal aufzufüllen, obwohl offensichtlich war, dass sie bereits mehr als genug Wein intus hatte. »Ich stelle mir das sehr aufregend vor. Und so inspirativ!«

Während die beiden Butler die Vorspeisenteller abräumten und das Hauptgericht servierten – das sehr zu Zacks Erleichterung nicht aus dem befürchteten Haggis, sondern aus schottischem Wildlachs bestand – fixierte Lady McLean Jamie mit glasigen Augen.

»Was ist eigentlich dein Problem, mein Junge? Warum musst

du an Krücken gehen? Ist es nur eine Verletzung oder bist du richtig behindert?«

»Mutter!«, fauchte Emilia zornig. »Merkst du gar nicht, wie peinlich du bist?«

»Warum denn?«, fragte ihre Mutter entrüstet. »Selbst wenn der Junge behindert ist, ist das doch keine Schande! Er kann doch trotzdem ein netter Mensch sein und im Rahmen seiner bescheidenen Möglichkeiten ein sehr erfülltes Leben führen. Ich habe schon an ein paar wirklich netten Wohltätigkeitsveranstaltungen für solche Leute teilgenommen und äußerst großzügig gespendet. Das sind auch nur Menschen!«

Jamie saß wie versteinert da und starrte auf seinen Teller, um bloß niemandem in die Augen sehen zu müssen. Jemma, Zack, Will und Ned waren sprachlos vor Wut und Empörung und auch Edward Dunnington wirkte zum ersten Mal sichtlich verärgert.

Der Blick, mit dem Emilia ihre Mutter bedachte, triefte vor Abscheu und es schien, dass selbst ihr kein Kommentar einfiel, der boshaft genug war. Hilfesuchend sah sie zu ihrem Großvater.

»Prycilla, damit du dich und diese Familie nicht noch weiter blamieren kannst, wirst du den Rest dieser Mahlzeit schweigend einnehmen.« Die Stimme des alten Lords klang so eisig, dass seine Schwiegertochter schnell den Blick senkte und sich mit zittrigen Händen ihrem Lachs widmete.

Emilias Augen wanderten zwischen ihrem Großvater und ihrer Mutter hin und her und ihr Gesicht war eine verkniffene Grimasse. Es war mehr als offensichtlich, dass sie wütend und enttäuscht war, weil ihr Großvater ihre Mutter nicht heftiger zur Räson gebracht hatte. Doch McLean schenkte weder seiner Schwiegertochter noch seiner Enkelin weiter Beachtung. Stattdessen richtete sich sein Blick auf Jamie, der seine Hände um sein Besteck gekrampft hatte und es immer noch eisern vermied, irgendjemanden anzusehen.

»James – ich entschuldige mich für diese äußerst taktlosen Bemerkungen meiner Schwiegertochter. Leider hat mein Sohn keine besonders glückliche Hand bei der Wahl seiner Frau bewiesen.«

Jamie nickte nur stumm und wünschte nichts sehnlicher, als dass dieses Albtraumdinner im Kreis dieser fürchterlichen Familie bald vorbei sein würde.

Kapitel 5

»Was für eine Horrorshow!«, stöhnte Zack, als er sich eine elend lange Dreiviertelstunde später im Zimmer von Will und Ned in einen Sessel warf.

Jamie ließ sich rücklings aufs Bett sinken und starrte an die dunkle Deckenverkleidung. »Wie die miteinander reden – unglaublich …« Fassungslos rieb er sich über die Augen und strich seine Haare zurück.

»Inzest.« Jemma hockte sich neben ihn auf die Bettkante. »Das kommt dabei heraus, wenn sich arrogante, selbstherrliche Blaublüter jahrhundertelang nur untereinander paaren: boshafte Giftspritzen, die nicht einen Satz miteinander wechseln können, ohne dass Außenstehende vor lauter Fremdschämen im Erdboden versinken möchten.«

Ned trat an einen wuchtigen Schreibtisch und schaltete seinen Laptop ein. Er wollte das grässliche Dinner einfach nur abhaken, denn sonst wurde er vor seinem Gespräch mit Angus McLean nur noch nervöser. »Vergessen wir die Bekloppten einfach. Ich hab *House of Nightmares* dabei. Wollen wir gucken, was die Konkurrenz mit unserer Technik auf den Markt gebracht hat?«

Will trat zu ihm. Er konnte verstehen, dass sein Bruder eine Ablenkung brauchte, doch er hatte eine weitaus bessere Idee als ein CyberGame. Für seinen Geschmack zog Ned sich noch immer viel zu oft vor seinen Computer oder in die CyberWorld zurück. Nach zwei Jahren, in denen der Krebs ihn immer wieder für Wochen, manchmal sogar Monate ans Haus gefesselt hatte, schien sein Bruder seine neu gewonnene Freiheit oft noch gar nicht richtig auszuschöpfen – und dagegen musste dringend etwas unternommen werden.

»*House of Nightmares* hatten wir heute Abend eigentlich schon mehr als genug, oder?« Will knuffte Ned und klappte den Laptop wieder zu. »Wie wäre es, wenn wir den Wagen nehmen und für ein paar Stunden von hier verschwinden?« Er sah in die Runde. »Es ist gerade mal halb neun. Wir könnten runter zum See fahren. Loch Ness ist nicht weit entfernt.«

Sofort stemmte Zack sich aus dem Sessel. »Coole Idee. Ich wette, selbst wenn Nessie auftauchen sollte, ist seine Gesellschaft immer noch angenehmer als die des McLean-Clans.«

Es klopfte und Edward Dunnington trat ein. »Dachte ich mir doch, dass ihr nach dem Erlebnis irgendwo zusammenhockt.«

»Du hättest uns ruhig vorwarnen können, wie furchtbar es sein würde«, knurrte Ned.

Sein Vater hob entschuldigend die Schultern. »Dass es so schlimm wird, habe ich selbst nicht erwartet. Mein Kontakt zu den McLeans beschränkt sich meistens auf E-Mails und Videokonferenzen mit Angus. Hier auf Abberton Hall war ich zuletzt vor gut vier Jahren. Damals waren Emilia und Finley im Internat und Prycilla hatte –«

»– noch nicht mit Alkohol den Großteil ihrer Gehirnzellen gekillt?«, fiel Zack ihm ins Wort.

Dunnington lachte freudlos auf. »Ja, so ungefähr.« Er sah von einem zum anderen. »Es tut mir leid, dass der Abend für euch so schrecklich war.« Doch dann lächelte er. »Obwohl ich finde, dass ihr euch sehr wacker geschlagen habt.«

»Na, geht so«, murmelte Jemma. »Mir graust es jetzt schon vor dem nächsten Dinner.«

»Mir auch«, pflichtete Zack ihr bei. »Wie oft können wir dieser Horrorshow entgehen, indem wir die *Wir-machen-eine-lange-Tagestour-um-uns-Schottland-anzusehen*-Karte ausspielen?«

»Morgen jedenfalls nicht«, meinte Jamie. »Wenn der alte McLean Ned den ganzen Tag ausfragt, können wir ihn nicht auch noch abends mit den Hyänen da unten alleine essen lassen.«

Ned warf ihm einen dankbaren Blick zu, doch bevor er etwas sagen konnte, sprach sein Dad.

»Angus wird Ned nur morgen Vormittag befragen. Für den Nachmittag hat er seinen Arzt herbeordert, damit wir ein paar medizinische Details abklären können. Da der Arzt nichts von Ned wissen soll, wird Ned bei dem Gespräch nicht dabei sein.« Er wandte sich zu seinem jüngeren Sohn. »Gegen Mittag bist du erlöst. Dann kannst du die anderen anrufen, damit sie dich abholen.« Dunnington zwinkerte verschwörerisch. »Und dann werde ich euch für den Rest des Tages entschuldigen und ihr könnt machen, was ihr wollt.«

Die Gesichter der fünf hellten sich schlagartig auf.

»Das hört sich klasse an!«

Dunnington warf einen leidvollen Blick auf seine Armbanduhr. »Ich muss mich wieder sehen lassen. Angus hat mich in sein Arbeitszimmer eingeladen, um noch einige Dinge für den Schritt an die Öffentlichkeit abzusprechen. Was habt ihr noch vor?«

»Wir wollen runter an den See.«

»Ich beneide euch«, seufzte Dunnington. »Klärt das mit dem Personal, damit ihr bei eurer Rückkehr keine Probleme am Tor bekommt. Und bleibt nicht zu lange.« Er blickte zu Ned. »Angus erwartet uns morgen um neun. Das bedeutet, es gibt kein langes Ausschlafen.«

Ned nickte und schaute niedergeschlagen zu seinen Vater auf. »Bist du dir wirklich sicher, dass McLean der Richtige ist, um mit den Biorobotern an die Öffentlichkeit zu gehen? Er ist ein richtiger Fiesling.«

»Angus mag kein besonders netter Mensch sein, aber durch seine Firma ist er in ganz Großbritannien bekannt und trotz seiner rauen Art wird er von vielen sehr geschätzt, weil er Krankenhäuser in ärmeren Gegenden großzügig ausstattet und unterstützt. Er mag ein paar seltsame Einstellungen zu Ehre, Würde und Respekt haben, und ich habe keine Ahnung, was für ein Problem seine Familie hat, aber er ist ein anständiger und verlässlicher Geschäftspartner, der sich an unseren Vertrag halten wird.« Versichernd drückte er Neds Schulter. »Er wird dein Geheimnis wahren, weil sein eigenes Leben davon abhängt.«

Ned schluckte hart und nickte knapp. Einen Moment lang betrachtete Dunnington seinen Sohn mitfühlend, dann klopfte er ihm aufmunternd auf den Rücken und sah in die Runde. »Jetzt seht zu, dass ihr noch für ein paar Stunden hier rauskommt.« Er warf einen Blick zu Will. »Fahr vorsichtig. Die dunklen kurvigen Landstraßen hier sind etwas anderes als die gut beleuchteten Straßen von London.«

»Keine Sorge, ich pass schon auf.« Er sah zu den anderen. »Los, umziehen! In den Klamotten fahren wir nicht zum See.« Er nahm das Haustelefon vom Nachttisch. »Ich sag Bescheid, dass wir unseren Wagen brauchen und kläre das mit dem Tor. Abfahrt ist in spätestens fünfzehn Minuten!«

Grillen zirpten und die Abenddämmerung war deutlich fortgeschritten, als Jemma mit Will und Ned auf den Vorplatz des Herrenhauses hinaustrat. Ihr Wagen parkte bereits neben dem Distelbrunnen und Will warf die Wolldecken, die sie aus ihren Zimmern mitgenommen hatten, in den Kofferraum. Gerade als er und Jemma einsteigen wollten, um im Wagen auf Zack und Jamie zu warten, winkte Ned sie hektisch zu sich und gab ihnen gleichzeitig zu verstehen, dass sie leise sein sollten. Stirnrunzelnd schlichen sie zu ihm und er deutete auf das geöffnete Fenster, durch das deutlich die weinerliche Stimme von Prycilla McLean nach draußen drang.

»– sooo gemein, Geoffrey!«

Hinter dem Fenster lag der Salon von Abberton Hall und ganz offensichtlich hatte die Lady des Hauses sich dort seit dem Abendessen noch den ein oder anderen Drink gegönnt, denn sie sprach mit schwerer Zunge. Was sie allerdings nicht davon abhielt, sich mehr und mehr in Rage zu reden.

»Das kleine Biest verhält sich mir gegenüber immer unmöglicher. Ich bin ihre Mutter! Ich verdiene Respekt! Für wen hält dieses Miststück sich eigentlich?!«

»Dann weise sie in ihre Schranken!«, entgegnete ihr Mann genervt und auch seine Zunge klang schleppend vom Alkohol.

»Aber wie denn?« Jetzt war der jammernde Tonfall zurück. »Sie macht doch, was sie will! Kannst du nicht mal ein Machtwort mit ihr reden? Du bist ihr Vater! Auf dich muss sie hören!«

Geoffrey schnaubte bitter. »Der Einzige, auf den sie hört, ist ihr Großvater und der hetzt sie gegen uns auf.«

Prycilla schluchzte. »Er war beim Dinner heute auch schon wieder so gemein zu mir. Er ist immer gemein …« Wieder wechselte ihr Tonfall und ihre Stimme klang jetzt voller Hass. »Er ist ein Widerling, der es nicht verdient, ein Lord zu sein! Ich wünschte, er wäre bei dem verdammten Schlaganfall verreckt! Dann wäre er endlich fort und du wärst der alleinige Lord von Abberton Hall. So wie es sein sollte! Aber nein! Das Scheusal musste ja überleben und macht uns selbst als Krüppel noch das Leben zur Hölle!« Wieder Schluchzen. »Warum ist das Leben so grausam zu uns, Geoffrey? Warum kann dein verdammter Vater nicht einfach krepieren?«

Einen Augenblick lang herrschte Schweigen und man konnte hören, wie ein Glas aufgefüllt wurde. Dann erklang Geoffreys hasserfüllte Stimme.

»Glaub mir, Liebes, nichts wünsche ich mir mehr.«

»Meint ihr, wir sollten dem alten McLean sagen, was wir gehört haben?« Jemma kuschelte sich an Will und schaute hinaus auf das dunkle Wasser des Sees.

Die fünf hockten auf dicken Wolldecken am Ufer, froh, das kleine Fleckchen Wiese hier am Wasser nicht mit anderen Touristen teilen zu müssen. Die Sonne war hinter den umliegenden Hügelkuppeln verschwunden und lange Schatten fielen ins Tal von Loch Ness. Die uralte Landschaft strahlte Ruhe und Frieden aus, die man auf Abberton Hall vergeblich suchte.

»Warum?« Zack strich über Jamies Rücken und massierte sanft seine verspannten Muskeln. »Dass in dieser schrecklich netten Familie jeder jeden hasst, ist ja wohl mehr als offensichtlich. Dem alten McLean wird also klar sein, dass sein Sohn und seine Schwiegertochter nicht gerade hurra geschrien haben, als er bei seinem Schlaganfall nicht ins Gras gebissen hat. Dafür braucht er uns nicht.« Er verzog das Gesicht. »Und wer weiß, was der mit uns anstellt, wenn wir ihm sagen, dass wir seine Familie belauscht haben. Vermutlich fängt er dann wieder irgendeinen abgefahrenen Vortrag über Ehre, Würde und Respekt an und sperrt uns in seinen hauseigenen Folterkeller, um uns Anstand beizubringen. So willst du die Ferien hier nicht wirklich verbringen, oder?«

Jemma lachte und boxte ihm gegen die Schulter. »Idiot.«

Seufzend lehnte Jamie sich zurück und Zack schlang seine Arme um ihn. »Ich finde, Zack hat recht. Wir sollten uns da nicht einmischen. Das kann nur schiefgehen. Und so wie ihr das Gespräch beschrieben habt, wünschen Geoffrey und Prycilla sich vielleicht, dass der alte Lord gestorben wäre, aber es klang ja wohl nicht so, als hätten sie einen Mordanschlag auf ihn vor, um jetzt nachträglich ein bisschen nachzuhelfen, oder?«

»Nein«, bestätigte Will.

Jemma verzog das Gesicht. »Das könnte sich aber ganz schnell ändern, wenn sie erfahren, dass er ihnen noch verdammt lange erhalten bleiben wird, nachdem dein Dad ihm zu seinem neuen Körper verholfen hat.«

»Ja, die Gesichter würde ich gerne sehen!«, lachte Zack schadenfroh.

Ned schüttelte den Kopf. »Wirklich? Ich lieber nicht. Die zerfleischen sich ja jetzt schon. Was werden sie dann erst tun, wenn sie erfahren, dass McLean senior in einen mehr oder weniger unsterblichen Roboterkörper einziehen will? Dann rasten die doch komplett aus.«

Jemma nickte beipflichtend. »Ich glaube, bei dem Gespräch muss ich auch nicht unbedingt dabei sein. Ich finde, schon ein ganz normales Abendessen mit der Sippe grenzt an Psychofolter.«

Für eine Weile herrschte Schweigen und jeder hing seinen Gedanken nach. Schließlich rieb Ned sich über die Augen und sah zu Jemma, Jamie und Zack.

»Es tut mir leid.«

Obwohl Jamie ahnte, was Ned meinte, tat er ahnungslos. »Was denn? Dass die McLeans eine kaputte Familie voller Freaks sind? Dafür kannst du doch nichts. Das haben die ganz alleine verbockt.«

Ned lächelte müde. »Du weißt genau, was ich meine: Ihr drei seid nur meinetwegen mit nach Schottland gekommen und ich weiß, dass euch das ohnehin schon nicht leicht gefallen ist.

Und jetzt müsst ihr euch auch noch mit diesen ätzenden Leuten abgeben und blöd anmachen lassen. Das tut mir leid.«

Zack schlang seine Arme fester um Jamie und gab ihm einen Kuss in den Nacken. Für einen Moment schloss Jamie die Augen und genoss den Halt und die vertraute Nähe. Dann sah er zu Jem, die eng an Will geschmiegt dasaß und ihre Hände in seinen vergraben hatte. Sie erwiderte seinen Blick und Jamie spürte genau, was sie gerade fühlte. Er lächelte traurig und Jemma nickte.

»Jem, Zack und ich sind gerne als moralische Unterstützung für dich mitgekommen und dass die McLeans so bescheuert sind, ist nicht deine Schuld«, sagte er dann zu Ned gewandt. »Mach dir deswegen keinen Kopf. Damit kommen wir schon klar. Außerdem können wir ihnen ja vermutlich die meiste Zeit ganz gut aus dem Weg gehen.« Er hielt inne und sah noch einmal zu Jem. »Und was die Erinnerungen an Mum angeht –« Er musste schlucken und schaute hinaus auf den dunklen See. Der Mond war über den Hügeln der Highlands aufgegangen und sein silbriges Licht glitzerte auf dem Wasser. »Das wird schon«, murmelte er leise und schmiegte sich in Zacks Arme.

Zack lag im Bett und starrte durch die Finsternis an die düstere Holzverkleidung der Decke. Kurz vor Mitternacht waren sie nach Abberton Hall zurückgekehrt und hatten sich in ihre Zimmer verkrochen. Pünktlich zur Geisterstunde. Nur dass sich der Horror in diesem Haus nicht an seine traditionelle Zeit hielt, sondern vermutlich Vierundzwanzig-Stunden-Schichten schob. Und zwar sieben Tage in der Woche.

Der Tag war durch ihre Anreise und die unerfreuliche Begegnung mit der Adelsfamilie lang und anstrengend gewesen und Zack war müde und erledigt. Trotzdem fand er keinen Schlaf. Die Nacht war schwülwarm und obwohl sie die Vorhänge zurückgezogen hatten und das Fenster weit offen stand, drang kaum ein Luftzug ins Zimmer. Es war drückend und stickig. Doch das war nicht der einzige Grund, warum er keine Ruhe fand.

»Was ist los?« Trotz der Wärme lag Jamie dicht bei ihm und seine Hand streichelte über Zacks Oberkörper.

»Nichts.« Zack atmete tief durch und rieb sich über die Augen. »Mir liegt nur das Abendessen irgendwie schwer im Magen.«

»Na, sooo schlecht hat es aber gar nicht geschmeckt.« Neckend stupste Jamie ihm in den flachen Bauch.

»Blödmann. Du weißt genau, was ich meine. Diese Emilia …«

Jamie wurde wieder ernst. »Ja, die ist wirklich ein Biest. Wie die mit ihrer Mutter und ihrem Bruder geredet hat …«

Zack seufzte. »Wer weiß, wie wir wären, wenn wir eine peinliche Trinkerin zur Mutter und einen rückgratlosen Vater hätten. Oder was für selbstgefällige Arschlöcher wir wären, wenn wir auf irgendeinem ach so tollen Luxusinternat mit Sprösslingen der High Society zusammengepfercht wären, die sich alle für superwichtig und was Besseres halten.«

Jamie lachte ungläubig auf. »Echt jetzt? Du versuchst das Verhalten dieser blöden Kuh mit einer schweren Kindheit zu entschuldigen?«

Zack blieb ernst und zuckte nur ausweichend mit den Schultern. »Ich glaube, ich hatte einfach verdammtes Glück. Mir hätte es schließlich genauso gehen können.«

Jamie stemmte sich auf seinen Ellbogen und suchte in der Dunkelheit Zacks Blick. »Du glaubst nicht wirklich, dass du wie Emilia wärst, wenn deine Eltern dich in ein teures Internat gesteckt hätten, oder? Das ist totaler Schwachsinn. Du bist kein bisschen so wie sie.«

Zack schwieg. Er mied Jamies Blick und starrte weiter an die Decke. »Bist du dir da sicher?«, fragte er schließlich mit seltsam dumpfer Stimme. »Ich weiß nur, dass ich mir schon mehr als einmal gewünscht hab, dass meine Mutter statt deiner Mum gestorben wäre. Das sagt ja wohl eine ganze Menge über mich, oder?«

Jamie seufzte. Auch wenn Zacks Worte hart klangen, konnten sie ihn nicht schocken. Mühsam setzte er sich auf, ignorierte den Schmerz, der dabei durch seine Rippen zuckte, und nahm Zacks Hand. »Es sagt nur, dass du Mum genauso gern gehabt hast wie sie dich.« Sanft glitten seine Finger über Zacks Stirn und er spielte mit einer rotbraunen Haarsträhne.

Mit einem traurigen Lächeln sah Zack zum ihm auf. »Deine Mum war immer mehr eine Mum für mich als meine eigene. Genauso wie dein Dad eher mein Dad ist als mein richtiger Vater. Meine Eltern sind keine Eltern.« Er setzte sich ebenfalls auf und fuhr sich übers Gesicht. »Sie sind sicher nicht so schrecklich wie die McLeans und ich hasse sie auch nicht. Aber sie –« Er suchte nach den richtigen Worten. »– sind mir irgendwie – egal?« Ein wenig hilflos schüttelte er den Kopf. »Nein. Ich weiß nicht. Es wäre schon ätzend, wenn ihnen was passieren würde. Aber es wäre mit Sicherheit nicht so verdammt schlimm wie der Tod deiner Mum.« Er sah hinunter auf seine Hände, die Jamies Hand hielten, und schwieg.

Jamie schlang seinen Arm um ihn und lehnte seinen Kopf gegen Zacks Schulter. »Du und deine Eltern, ihr steht euch einfach nicht besonders nahe. Ihr seid halt völlig verschieden. Sie haben ihren Job und ihre Erfolge. Du hast andere Prioritäten und teilst dein Leben eben lieber mit Menschen, die so ticken wie du. Aber selbst wenn bei deinen Eltern ihre berufliche Karriere im Vordergrund steht – egal bist du ihnen sicher nicht. Sie hätten dich schließlich auch einfach in irgendein teures Internat stecken können. Stattdessen haben sie deinen Wunsch, bei uns zu leben, respektiert.«

Zack nickte langsam. »Dafür bin ich ihnen auch echt dankbar.« Er lächelte. »Und deinem Dad bin ich dankbar, dass er mich selbst nach dem Unfall nicht weggeschickt hat. Sonst hätte ich mich wohl doch in irgendeinem Luxusinternat mit so ätzenden Leuten wie Emilia abgeben müssen.«

Stirnrunzelnd zog Jamie seinen Arm zurück. »Was meinst du?«

Zack seufzte. »Meine Eltern haben ihm das damals angeboten. Sie meinten, deine Familie wäre durch den Unfall ziemlich durcheinander geraten und sie fanden, dass dein Vater sich da nicht auch noch mit der Verantwortung für ein fremdes Kind herumschlagen sollte. Weil sie selbst zu der Zeit aber mal wieder viel unterwegs waren, wollten sie mich ins Internat schicken.«

Geschockt starrte Jamie ihn an.

Davon hatte er nichts gewusst.

Er hatte generell nicht viele Erinnerungen an die Zeit direkt nach dem Unfall, als er im Krankenhaus aus dem Koma erwacht war. Er wusste nicht, ob es daran lag, dass er sich wirklich nicht erinnern konnte, oder ob er es einfach nur nicht wollte.

Wer erinnerte sich schon gern an die schrecklichsten Momente seines Lebens?

Daran, dass man gesagt bekam, dass seine Mum tot war.

Wie man merkte, dass man sich kaum mehr bewegen konnte.

Dass man begreifen musste, dass sein altes Leben mit all seinen Plänen und Wünschen und Träumen plötzlich vorbei war und man stattdessen mit Verzweiflung, Trauer, Schmerzen, Frust und jeder Menge Angst vor der Zukunft klarkommen musste.

Jamie atmete tief durch und verdrängte auch jetzt die Erinnerung daran.

Nicht zurückblicken.

Das Leben ging weiter.

Im November schon drei Jahre lang.

Und er konnte, er *wollte* sich gar nicht vorstellen, wie er die ohne Zack hätte schaffen sollen.

»Dein Dad wollte aber, dass ich bei euch bleibe.« Zack spielte mit dem schmalen Silberring an Jamies Hand. Nachdenklich sah er ihn an. »Glaubst du, er hatte da schon geahnt, was uns beiden erst später klargeworden ist?«

Jamie ließ sich in die Kissen zurücksinken. »Dass wir mehr als Freunde sein wollen?«

Zack legte sich zu ihm, lächelte und küsste seine Schulter. »Genau.«

Jamie dachte einen Moment lang nach. »Keine Ahnung, wann er es geahnt hat, aber er hat es definitiv eher begriffen als wir zwei.«

Beide mussten grinsen.

Als sie sich ein gutes halbes Jahr nach dem Unfall über ihre Gefühle füreinander klargeworden waren und Robert anvertrauten, dass sie mehr als nur brüderliche Freundschaft füreinander empfanden, hatte der sie bloß lächelnd in den Arm genommen, Jamies Stirn geküsst und Zack durchs Haar gestrubbelt und sein einziger Kommentar war: »Das weiß ich längst.«

Jamie lächelte.

Sein Dad war definitiv der Beste.

Er seufzte glücklich, kuschelte sich an Zack und der streichelte ihm zärtlich über den Rücken. Zufrieden genossen sie die

Nähe und Vertrautheit des anderen und bis auf das Zirpen der Grillen in der schwülwarmen Nacht herrschte friedliche Stille.

»Vielleicht lag es aber auch an etwas anderem.«

»Hm?«, nuschelte Zack, da er nun doch langsam schläfrig wurde. »Was meinst du?«

»Dass Dad dich nicht hat gehen lassen«, murmelte Jamie. Der Schlaf hatte auch ihn schon fast übermannt, aber das hier musste er noch loswerden, bevor er endgültig kapitulierte. »Wir hatten doch schon Mum verloren. Warum hätte Dad also noch einen Menschen gehen lassen sollen, den er, Jem und ich verdammt gern haben? Das hätte unsere Familie ja nur noch mehr kaputtgemacht, oder nicht?«

Kapitel 6

Mit großer Erleichterung stellten die fünf am nächsten Morgen fest, dass sie beim Frühstück allein waren und diese Mahlzeit deutlich weniger steif als das Abendessen organisiert war. Wie in einem Hotel war auf der Anrichte im Speisezimmer ein kleines Buffet aufgebaut und jeder kam und ging, wann er wollte. Jemma und die Jungs nahmen sich Müsli und Toast und genossen die friedliche Stimmung ohne die zänkischen McLeans. Die beiden Butler hantierten mit Tellern, Tassen und Müslischalen an der Anrichte und verteilten sie auf mehrere Tabletts. Offensichtlich hatten einige Familienmitglieder sich ihr Frühstück aufs Zimmer bestellt.

»Guten Morgen.« Edward Dunnington betrat das Esszimmer, nahm sich einen Tee und setzte sich mit an den Tisch. »Ich hoffe, ihr habt gut geschlafen?«

Verschlafenes Gemurmel war die wenig informative Antwort.

Er lächelte. »Na, wirklich wach klingt das aber noch nicht. Wart ihr gestern doch zu lange unterwegs?«

Mühsam unterdrückte Will ein Gähnen. »So spät war es gar nicht. Aber ohne Klimaanlage war es letzte Nacht so verdammt stickig in diesem Kasten hier, dass man kaum ein Auge zugetan hat. Ein Gewitter wär echt nicht schlecht.«

Johnston wandte sich zu ihm um. »Bitte entschuldigen Sie meine ungefragte Einmischung, Sir, aber ich denke, Sie sollten wissen, dass laut Wetterdienst ein solches für den Abend angekündigt ist. Es gibt sogar eine ausdrückliche Unwetterwarnung vor Starkregen und orkanartigen Sturmböen. Nicht, dass ich in die Tagesplanung der jungen Herrschaften intervenieren möchte, aber Sie sollten das Wetter berücksichtigen. Hier in den

Highlands ist es oft sehr unberechenbar und es empfiehlt sich, vorsichtig zu sein.«

»Danke für die Warnung«, sagte Will. »Wir werden aufpassen.«

Johnston verbeugte sich knapp, dann nahm er eins der Tabletts und verschwand aus dem Speisezimmer.

Davis sah von seiner Arbeit auf und schaute fragend in die Runde. »Wenn die jungen Herrschaften den ganzen Tag unterwegs sein werden, wünschen Sie dann vielleicht ein Lunchpaket?« Der besonders freundliche Blick, mit dem er Jemma bedachte, war nicht zu übersehen.

Die schenkte ihm ein liebes Lächeln. »Das ist nicht nötig, vielen Dank. Wir organisieren uns unterwegs irgendwas. Bei der Hitze sind Sandwiches im Auto selbst in einer Kühlbox vermutlich keine besonders gute Idee.«

»Aber vielleicht etwas Wasser und Obst? Das sollte diese Temperaturen problemlos überstehen. Und bei der Wärme ist es wichtig, viel zu trinken.«

»Wasser und Obst wären toll.« Jemma schenkte ihm ein weiteres Lächeln und Davis strahlte sie an.

»Bringe ich Ihnen sofort.« Er nahm das Tablett, das er bestückt hatte, und verließ eiligst das Esszimmer.

Stirnrunzelnd blickte Will ihm hinterher und sah dann mit hochgezogener Augenbraue zu Jemma. »Hat da gerade der Butler mit dir geflirtet?!«

Sie lachte auf. »Der war nur freundlich!«

»Ja, so freundlich, dass es mich nicht wundern würde, wenn er dir kleine Herzchen ins Obst schnitzt«, grummelte Will, musste aber gleichzeitig grinsen.

»Wahrscheinlich ist der arme Kerl einfach nur total davon geflasht, dass es weibliche Wesen gibt, die sich nicht bodenlos peinlich oder wie die letzten Miststücke verhalten. So was sieht er hier nicht allzu oft«, meinte Zack und verschluckte sich fast an seinem Toast, als Jemma ihm einen Tritt gegen sein Schienbein verpasste. »Autsch! Mann, wofür war das denn?!«

»Dafür, dass du denkst, ein Typ könnte mich nur nett finden, weil die Alternativen grässliche Schreckschrauben sind! Das ist nicht gerade ein Kompliment, klar?«

Mit übertrieben schmerzverzerrtem Gesicht rieb Zack sich über sein Bein und schüttelte den Kopf. »Jetzt weiß ich wieder, warum ich auf Jungs stehe. Mädchen sind viel zu anstrengend!«

»Soll das etwa heißen, du hältst mich für ein schlichtes Gemüt, das ein bisschen einfach gestrickt ist?« Jamie sah ihn mit gespielter Verletztheit an.

Fassungslos blickte Zack von ihm zu Jemma und wieder zurück. »Ist das mal wieder so ein Zwillingsding zwischen euch? Habt ihr zwei euch gegen mich verschworen? Falls ihr vorhabt, mich noch vor neun Uhr in den Wahnsinn zu treiben, macht nur weiter so! Viel fehlt nicht mehr, aber ihr habt ja auch noch eine Viertelstunde Zeit.«

Alle lachten. Selbst Ned rang sich ein Lächeln ab, obwohl er wegen des bevorstehenden Gesprächs immer nervöser wurde.

»Was habt ihr heute Vormittag vor?«, fragte Dunnington, als wieder mehr Ruhe am Tisch eingekehrt war.

Will zuckte mit den Schultern. »Nicht viel. Wir fahren runter zum See, bis Ned uns Bescheid gibt, dass wir ihn von hier abholen können. Danach wollen wir dann nach Urquhart Castle und Drumnadrochit.«

»Hört sich nach einem spannenden Tag an. Soweit ich weiß, sollen viele der Nessie-Sichtungen von der Burg aus geschehen sein.« Dunnington warf einen kurzen Blick auf seine Uhr und sah zu Ned. »Wie sieht es aus, Champ? Angus wartet in seinem Arbeitszimmer auf uns und je eher wir dort auftauchen, desto schneller hast du es hinter dir.«

Ned nickte wenig begeistert und raffte sich auf.

»Du schaffst das schon«, machte Jamie ihm Mut und Jemma und Zack nickten bekräftigend.

»Und sobald du fertig bist, holen wir dich hier raus«, versprach Will.

Ned lächelte gequält. »Ich kann es kaum erwarten.«

Will sah ihnen nach, als Ned und sein Dad das Speisezimmer verließen. »Ich hoffe wirklich, dass der alte McLean ihm gegenüber nicht genauso das Arschloch raushängen lässt wie bei seiner Familie.«

Jemma legte ihren Arm um ihn und zog ihn kurz an sich. »Das glaube ich nicht. Ned hat das geschafft, was er noch erreichen will, und er kann ihm wertvolle Informationen geben. Da wäre McLean schön blöd, wenn er sich Ned gegenüber nicht anständig benehmen würde. Außerdem ist dein Dad ja dabei und ihm gegenüber hat McLean sich bisher immer korrekt verhalten.« Sie gab ihm einen Kuss und lächelte zuversichtlich. »Jamie hat recht. Ned schafft das schon. Mach dir nicht immer so viele Sorgen um ihn.«

Will nahm ihre Hand und küsste Jemma zurück.

»Wollen wir los?« Fragend sah Zack in die Runde.

In diesem Moment trat Davis zurück ins Speisezimmer. Mit einem strahlenden Lächeln hielt er Jemma einen riesigen Korb hin, in dem mehrere Wasserflaschen, Äpfel, Bananen, frischgebackene Scones und eine Packung Shortbread-Kekse lagen.

»Ihr Proviant.« So wie er Jemma ansah, hätte man meinen

können, der gesamte Korbinhalt wäre ganz allein für sie bestimmt.

»Vielen Dank!« Galant nahm Will ihm den Korb ab. »Ich denke, den werde ich lieber tragen. So großzügig wie der bestückt ist, ist er sicher sehr schwer.«

Falls Davis sich über Wills Dazwischendrängen ärgerte, war er zu sehr Profi, um es sich anmerken zu lassen. Er lächelte nur höflich und verbeugte sich knapp.

»Ich wünsche einen schönen Tag.« Dann wandte er sich dem Tisch zu und begann das Geschirr abzuräumen.

Will nahm Jemmas Hand, nickte in Richtung Ausgang und die vier gingen durch die Eingangshalle auf den Vorplatz des Herrenhauses. Wie am Abend zuvor hatte jemand ihren Mietwagen neben dem Distelbrunnen geparkt. Als Will den Proviantkorb in den Kofferraum hievte, trat Zack neben ihn.

»Und?«, fragte er grinsend. »Hat er Herzchen in die Äpfel geschnitzt?«

»Nein, aber sieh dir das mal an!« Mit einem Blick, der Bände sprach, hielt Will die Kekspackung hoch. *Sweetheart's Shortbread Delights* stand in schnörkeliger Schrift auf der Verpackung.

Während die anderen vier Abberton Hall in Richtung Loch Ness verließen, empfing Angus McLean Ned und Edward Dunnington in seinem Arbeitszimmer. Auch dieser Raum wirkte mit der allgegenwärtigen dunklen Wandverkleidung, seinen alten Ölschinken und wuchtigen Bücherregalen altmodisch und steif, aber die grünen Tartanvorhänge vor den Fenstern waren zurückgezogen und das Sonnenlicht machte das Ambiente zumindest ein bisschen angenehmer.

McLean saß in seinem Rollstuhl hinter einem wahren

Ungetüm von Schreibtisch, das fast die Hälfte des nicht gerade kleinen Arbeitszimmers einnahm. Er begrüßte sie überraschend freundlich und deutete auf zwei edle Ledersessel, die ihm gegenüber standen.

»Setzt euch. Ich sehe unserer Unterhaltung mit großem Interesse entgegen.« Er ließ Ned nicht aus den Augen, während dieser Platz nahm, und wies auf eine silberne Teekanne und drei Tassen. »Der Tee steht schon bereit. Wenn du vielleicht so freundlich wärst, mein Junge? Da dieses Gespräch vertraulich bleiben soll, habe ich Johnston weggeschickt, und meine eigene Fingerfertigkeit lässt seit dem Schlaganfall leider zu wünschen übrig.«

So viel zum Thema *Schwächen.*

Verärgert dachte Ned an die harschen Worte, mit denen der alte Lord am Tag zuvor Jamie angegangen war.

»Wie sieht es mit deiner aus?«

Schnell besann Ned sich auf Höflichkeit. Er wollte dieses Gespräch so rasch wie möglich hinter sich bringen, und das würde vermutlich schneller und einfacher gehen, wenn er dabei freundlich blieb.

»Mit meiner Fingerfertigkeit?« Er stand auf und griff die Kanne. »Getränke einzugießen ist kein Problem.«

McLean beobachtete ihn, während Ned den Tee einschenkte und die Tassen auf dem Tisch verteilte.

»Wirklich, sehr bemerkenswert, dieser Körper, den du da geschaffen hast, Edward. Man würde niemals ahnen, dass er nicht menschlich ist.«

Ned zuckte zusammen. Natürlich wusste er, dass er nicht mehr hundertprozentig menschlich war, seitdem er in einem Roboterkörper steckte. Aber seine Gedanken und Gefühle, Wünsche und Hoffnungen hatten sich nicht geändert. Sein

Bewusstsein und seine Seele waren immer noch dieselben – und waren nicht genau das die Dinge, die ihn wirklich menschlich machten?

Er wusste, dass genau diese Diskussion hochkochen würde, sobald sein Dad mit den Biorobotern an die Öffentlichkeit ging und sich alle Welt mit dieser Frage auseinandersetzen würde. Auch Ned ließ sie oft keine Ruhe, doch jetzt war nicht der richtige Zeitpunkt für ethisch-moralisches Herumgrübeln. Jetzt galt es, das Gespräch mit dem alten McLean hinter sich zu bringen.

»Allerdings sehen auch die Hightechhelfer, die du bereits vor einigen Jahren auf den Markt gebracht hast, mittlerweile echten Menschen zum Verwechseln ähnlich. Was genau ist der Unterschied zwischen deren Körpern und diesem neuen, den du entwickelt hast?«

»Die Hightechhelfer sind nichts weiter als hochmoderne Maschinen, die mit Computergehirnen ausgestattet sind«, erklärte Dunnington. »Mit Hilfe ihrer künstlichen Intelligenz sind sie zwar in der Lage, Dinge dazuzulernen und eigene Entscheidungen zu treffen, manche entwickeln sogar bestimmte Vorlieben oder Abneigungen, aber all das können sie nur im Rahmen der Möglichkeiten, die man ihnen zuvor einprogrammiert hat. Ihre Körper bestehen nur aus Technik und Mechanik.« Er schaute zu seinem Sohn. »Neds Körper funktioniert völlig anders. Sein Skelett besteht aus einer Mischung aus Titan, Keramik und verschiedenen Kunststoffen und die Knochen sind durch künstliche Gelenke verbunden, wie man sie schon lange in der Medizin einsetzt. Umgeben sind sie von Muskelgewebe und Nervensträngen aus genetisch produzierten Biozellen. In Neds Kopf laufen all diese Stränge in einer Art Schaltzentrale zusammen und von dort aus kann er alle Muskeln und Nerven steuern und sich entsprechend bewegen.«

»Hört sich für mich wie ein künstliches Gehirn an«, meinte McLean.

Dunnington nickte zustimmend. »Wenn man das Gehirn als zentrale Schaltstelle sieht, die alle Körperfunktionen koordiniert, hast du recht. Und natürlich ist diese Schaltstelle bei Ned biotechnischer Art, also künstlich. Er kontrolliert sie allerdings mit seinen Gedanken, genauso wie normale Menschen es auch tun. All seine Bewegungen oder auch Worte, die er spricht, werden zwar von der Biotechnik ausgeführt, aber es ist nur eine Umsetzung der Entscheidungen, die Neds Bewusstsein getroffen hat.«

Der alte Lord nickte nachdenklich. »Es funktioniert also vom Prinzip her genauso, wie die Steuerung der Avatare in der CyberWorld.«

»Exakt«, bestätigte Dunnington. »Nur dass die Bewegung von Bits und Bytes, aus denen ein Körper in der virtuellen Welt besteht, leichter ist als die Bewegung echter Gliedmaßen. In der realen Welt die nötige Feinmotorik zu entwickeln, braucht ein wenig Übung.« Stolz blickte er auf seinen Sohn. »Aber Ned hatte die wichtigsten Abläufe in kaum einer Woche gemeistert.«

Ned nickte. Einfache Bewegungen wie Sitzen, Aufstehen, Laufen, Dinge greifen und festhalten hatte er recht schnell gelernt. Die Grobmotorik war für ihn kein großes Problem gewesen – vielleicht, weil er mit der CyberWorld aufgewachsen war, einen Großteil seiner Freizeit als Avatar verbrachte und die Bewegungsabläufe in der virtuellen Figur wirklich fast identisch zu steuern waren.

Eine echte Herausforderung war dagegen die Feinmotorik, die ihm auch jetzt immer noch Grenzen aufzeigte und für jede

Menge Frust sorgte. Alltägliche Dinge, wie sich die Schuhe zu binden, einen Stift zu halten und leserlich damit zu schreiben, halbwegs würdevoll mit Messer und Gabel zu essen oder Tastatur, Maus und Touchpad zu bedienen, hatte er seinen Fingern erst wieder mühsam beibringen und zigmal üben müssen.

Er sah zu Angus McLean. Wie würde der Übergang in seinen neuen Körper für ihn werden? Der alte Lord hatte zwar bemerkt, dass die Steuerung des Biokörpers der eines Avatars ähnelte, aber irgendwie fiel es Ned schwer zu glauben, dass McLean viel Zeit im Cybernetz verbrachte.

»Sind Sie oft in der CyberWorld?«, fragte er deshalb. »Wenn Sie Übung darin haben, einen Avatar zu lenken, dann wird Ihnen die Umgewöhnung auf Ihren neuen Körper nicht so schwerfallen.«

»Ich verkaufe die Produkte von *McLean Medical Supplies* im ganzen Land, viele nach Europa, einige sogar weltweit. Die Kommunikationsplattform deines Vaters, die viele schändlicherweise des reinen Vergnügens wegen nutzen, dient mir dabei als Möglichkeit, meine Geschäftspartner von Angesicht zu Angesicht zu treffen, was ich bei Verhandlungen als sehr großen Vorteil ansehe. Also lautet die Antwort auf deine Frage: Ja, ich bin oft im Netz und ich habe durchaus Übung darin, einen Avatar zu steuern. Seit meinem Schlaganfall haben mir meine Ärzte allerdings davon abgeraten, da die Cybertechnik zu einer Reizüberflutung in meinem angeschlagenen Gehirn führen könnte, was das Risiko eines weiteren Anfalls deutlich erhöht.« Ohne Ned aus den Augen zu lassen, nahm er einen Schluck Tee, bevor er weitersprach. »Ich werde ehrlich zu dir sein, mein Junge, und ich erwarte, dass du es auch zu mir bist.«

Ned schluckte unbehaglich und nickte knapp.

»Die Entwicklung dieses Biokörpers und das Angebot, das

dein Vater mir gemacht hat, finde ich äußerst reizvoll. Halbgelähmt an diesen Stuhl gefesselt zu sein und jeden Moment damit rechnen zu müssen, dass ein weiterer Schlaganfall mich ins Jenseits befördert, ist mir zuwider. Besonders, da meine Firma dann in die Hände meiner nichtsnutzigen Familie fiele und dieser Gedanke ist eine noch größere Qual. Daher stand mein Entschluss bereits fest, bevor ich dich als lebenden Beweis hierher einlud. Ich werde ebenfalls meinen menschlichen Körper verlassen und stattdessen in einem künstlichen weiterleben.« Er blickte zu Dunnington. »Du kannst den Übergang dokumentieren und damit publik gehen. Außerdem bin ich bereit, der Öffentlichkeit für Fragen und der Medizin für Tests und Untersuchungen zur Verfügung zu stehen.«

Dunnington nickte und McLean sah wieder zu Ned.

»Und ich werde Stillschweigen über dich bewahren, damit du das normale Leben führen kannst, das du nach deinem jahrelangen Kampf gegen den Krebs verdient hast.«

Fast glaubte Ned so etwas wie Mitgefühl und den Anflug eines Lächelns in dem strengen Gesicht des alten Mannes zu sehen. Überrascht runzelte er die Stirn. Solch eine Anteilnahme passte so gar nicht zu dem Eindruck, den der Lord bisher hinterlassen hatte. Außerdem hütete Ned sich davor, darauf zu hoffen, dass er so einfach aus diesem Gespräch herauskommen würde. Außer ihn anzustarren und sich ein paar biotechnische Details von seinem Dad abzuholen, hatte McLean ihn bisher noch nichts gefragt. Es sei denn, man zählte die Frage, ob er Tee eingießen könne, und das konnte wohl kaum alles sein, was der alte Lord von ihm wissen wollte.

»Danke, dass Sie sich an die Abmachungen, die Sie mit meinem Vater ausgehandelt haben, halten werden«, sagte Ned daher höflich, aber auch sichtlich argwöhnisch. »Ich bin natürlich dankbar, dass Sie bereit sind, den Schritt in die Öffentlichkeit auf sich zu nehmen und mein Geheimnis zu bewahren. Aber ich glaube nicht, dass Sie mich heute hierher zitiert haben, nur um mir das persönlich zu sagen, oder?«

McLean lachte auf, bedachte Ned mit einem wohlwollenden Nicken und sah zu Dunnington. »Kompliment, Edward – dein Junge denkt mit! Darauf kannst du stolz sein. So was kann nicht jeder von seinem Sohn behaupten.«

Dunnington verzog das Gesicht. Offensichtlich war er die boshaften Seitenhiebe langsam leid, die McLean senior, wann immer er konnte, an seine Familie austeilte. Er seufzte. »Ich bin aus vielen Gründen stolz auf meine beiden Kinder, aber das ist hier nicht das Thema, Angus. Ned wäre jetzt bedeutend lieber bei seinen Freunden, um mit ihnen Schottland zu erkunden, aber er ist bereit, dir deine Fragen zu beantworten. Daher wäre es schön, wenn du sie jetzt stellen würdest.«

McLean sah zwischen Vater und Sohn hin und her. Dann nickte er und sein Blick ruhte wieder auf Ned. »In der Tat habe ich ein paar Fragen an dich, mein Junge, und wie gesagt, ich erbitte mir Ehrlichkeit bei ihren Antworten.«

Ned nickte.

»Erzähl mir von den Dingen, die dir mit deinem neuen Körper schwerfallen.«

Ned atmete tief durch. Mit dieser Frage hatte er gerechnet, also erzählte er von dem frustrierenden Neuerlernen der Feinmotorik.

»Es ist ein bisschen so, als wäre man wieder ein Kleinkind«, schloss er seine Ausführungen schließlich. »Am Anfang muss man sich mächtig darauf konzentrieren, wie man zum Beispiel Messer und Gabel hält, aber irgendwann denkt man nicht mehr darüber nach und die Finger können es wieder von alleine.«

McLean nickte nachdenklich und schien mit Neds Erklärungen zu diesem Punkt zufrieden. »Abgesehen von der Steuerung deiner Bewegungen, wie fühlt sich das Leben in deinem neuen Körper sonst an? Wirst du müde? Spürst du Hunger?«

Ned nickte. »Ja, man wird müde. Am Anfang sogar sehr schnell. Es ist eine seltsame, eher geistige Müdigkeit. So ähnlich wie nach einer anstrengenden Prüfung, bei der man sich stark konzentrieren musste. Aber das wird besser, wenn die ersten Bewegungsabläufe wieder intuitiver werden und man sich nicht mehr so sehr darauf konzentrieren muss. Mittlerweile ist es fast wieder genauso wie früher: Die Tage halte ich gut durch, aber abends werde ich müde.«

»Und das Essen? Wie funktioniert das? Gestern Abend sah es ganz normal bei dir aus. Musstest du das auch lernen?«

Ned seufzte. »Kauen und Schlucken schon. Den Rest übernimmt dann die Technik.« Er sah zu seinem Dad, da er hoffte, dass der die entsprechenden Einzelheiten für ihn erklären würde.

Dunnington lächelte ihm zu, dann wandte er sich an McLean. »Die Biokörper haben künstliche Organe, die selbsttätig arbeiten, ohne dass man sie bewusst steuern muss. Ihre Aufgaben sind relativ simpel und standardisiert, sodass man sie programmieren kann, um dem Bewusstsein, das den Körper steuert, Arbeit abzunehmen.«

McLean nickte verstehend und machte eine Geste, dass Dunnington fortfahren sollte.

»Die Biozellen, aus denen Neds Muskeln, die Nerven, seine Haut – eben der Bioteil seines Körpers – bestehen, müssen wie alle Zellen mit Energie und Nährstoffen versorgt werden. Diese werden, wie bei normalen Menschen auch, aus der Nahrung gewonnen. Ned kann also ganz normal essen und die Nährstoffe werden in einem künstlichen Magen herausgefiltert und an die Zellen weitergegeben. Was nicht verwertbar ist, wird ausgeschieden. Das Filtern der Nährstoffe übernimmt die Technik, sodass das Bewusstsein damit keine Last hat. Ebenso wie die Sauerstoffversorgung der Zellen. Es gibt eine künstliche Lunge, die den Sauerstoff aus den Atemzügen filtert und an die Zellen weitergibt.«

»Das hört sich gut durchdacht an«, brummte der alte Lord zufrieden und sah wieder zu Ned. »Ich hoffe, es funktioniert auch so einwandfrei, wie dein Vater es hier darstellt?«

Ned zögerte, nickte dann aber. »Im Prinzip ja.«

McLean hob eine Augenbraue. »Aber?«

Ned seufzte. »Die Biozellen brauchen eine ganze Menge Energie und zumindest bei mir funktioniert es nicht, dass ich die nur mit der normalen Nahrung aufnehmen kann. Ich muss mir zweimal am Tag eine hochkonzentrierte Nährstofflösung spritzen. Tue ich das nicht, gehen mir die Kräfte aus und es fällt mir schwer, mich zu bewegen.«

McLean blickte von Ned zu Dunnington. »Klingt ein bisschen wie ein Diabetiker, der täglich sein Insulin braucht, um seinen Körper in Schuss zu halten.«

Dunnington nickte. »Das ist ein ziemlich guter Vergleich. Neds Körper besitzt eine Pumpe, die dem menschlichen Herzen sehr ähnlich ist. Damit verbunden ist ein Kreislaufsystem aus feinen Adern, in die der Magen die ausgefilterten Nährstoffe der Nahrung abgibt und in die Ned sich die Nährstofflösung spritzen kann. Die Adern durchziehen den gesamten Körper. Das künstliche Herz und die Lunge pumpen Sauerstoff und Nährstoffe hindurch und diese werden dort an die Zellen abgegeben, wo sie gebraucht werden. Das ist besonders stark bei den Muskeln der

Fall. Wenn Ned sich also anstrengt und einen aktiven Tag hat, braucht er mehr Nährstoffe, als wenn er nur vor dem Computer hockt.«

»Es hat ein bisschen gedauert, bis wir herausgefunden hatten, was die optimale Nährstoffkonzentration ist und wann ich sie spritzen muss, aber mittlerweile funktioniert es an den meisten Tagen ganz gut«, sagte Ned. »Und wenn ich merke, dass Bewegungen, die ich eigentlich schon ohne große Anstrengung ausführen kann, plötzlich schwierig werden, weiß ich, dass ich meine Werte kontrollieren sollte.«

»Was passiert, wenn du dir zu viel spritzt?«

»Muskeln und Nerven überreizen und fangen an zu zucken. Das ist nicht schön, aber auch nicht dramatisch. Und es ist bisher nur zweimal vorgekommen und da haben Dad und ich es absichtlich ausgelöst, um zu sehen, was passiert. In der Regel fehlt mir eher die Energie, aber das kann bei jedem Biokörper anders sein, weil jeder Benutzer andere Ansprüche an ihn hat.«

McLean nickte nachdenklich. »Es scheint wirklich ähnlich wie bei einem Diabetiker, der auf sein Insulin eingestellt werden muss.«

Ned zuckte mit den Schultern und nickte. »Ja, vermutlich schon. Allerdings falle ich nicht ins Koma, wenn mir die Nährstoffe ausgehen. Ich kann mich nur nicht mehr bewegen.«

»Schmerzen deine Muskeln dann?«

Ned schüttelte den Kopf und ein Schatten flog über sein Gesicht. »Nein. Ich fühle keine Schmerzen.«

Der alte Lord musterte ihn überrascht. »Gar keine?«

Ned schüttelte erneut den Kopf und wies auf einen altertümlichen Brieföffner, der auf McLeans Schreibtisch lag – wohl mehr zu dekorativen als zu praktischen Zwecken. Wer schickte heute denn noch Briefe aus Papier?!

»Würde ich mir das Ding da in meine Hand rammen, würde ich nichts spüren. Außer, dass ich die Finger nicht mehr bewegen könnte, wenn Muskeln, Nerven oder Knochen kaputtgehen. Aber es würde nicht wehtun.«

Dunnington warf einen mitfühlenden Blick auf seinen Sohn. »Neds künstliche Nerven lernen langsamer als seine Muskeln. Sie leiten Reize zwar weiter, aber Empfindungen zu unterscheiden, fällt ihm noch schwer.«

»Keine Schmerzen also?«, meinte McLean stirnrunzelnd. »Na, das muss aber nicht unbedingt schlecht sein.«

Ned verzog das Gesicht. »Mich stört es. Und es ist ja nicht nur das Schmerzempfinden, das fehlt. Auch das Empfinden von Berührungen ist schwierig. Anfangs habe ich nicht mal gemerkt, wenn mich jemand angefasst hat. Mittlerweile wird es besser und ich spüre die Berührung, aber ich kann nicht sagen, wer mich anfasst. Umgekehrt ist es genauso.« Missmutig betrachtete er seine Handflächen. »Wenn Sie mir einen Gegenstand in die Hand geben, kann ich Ihnen mit geschlossenen Augen nicht sagen, ob er aus Stein, Holz oder Glas ist.« Er seufzte. »Und das ist ziemlich ätzend.«

McLean schwieg und nickte langsam.

»Das kommt noch, Ned«, versicherte sein Dad zuversichtlich. »Dein Tastsinn und die Fähigkeit, Berührungen zu unterscheiden, entwickeln sich bei dir eben leider nur sehr langsam. Aber wie du ja selbst gesagt hast: Du machst Fortschritte.«

Ned zuckte mit den Schultern und schwieg.

McLean blickte von ihm zu Dunnington. »Was denkst du, wie lange es dauern wird, bis Körper und Geist sich komplett aufeinander eingestellt haben?«

»Das kann ich nicht sagen. Die Körper werden vom Bewusstsein gelenkt und trainiert und jedes Bewusstsein ist anders. Also wird jeder anders reagieren und sich vermutlich auch mit unterschiedlichen Dingen schwertun.«

McLean nickte. »Da ein Teil des Körpers biologisch ist – wie lange wird er halten, bis er verfällt?«

»Auch das kann ich nicht genau sagen. Ich schätze fünfzehn bis zwanzig Jahre, natürlich abhängig davon, was der jeweilige Benutzer seinem Körper abverlangt. Wie genau die Zellalterung ablaufen wird, werden wir sehen müssen.« Dunnington schaute zu seinem Sohn. »Ned sieht jetzt wie achtzehn oder neunzehn aus. Wenn keine sichtbare Alterung einsetzt, würde er bereits in ein paar Jahren in einen entsprechend älter aussehenden Körper umziehen müssen, wenn er weiter geheim halten möchte, dass er in einem künstlichen Körper lebt.«

Neds presste verdrossen die Lippen aufeinander.

Entweder blieb er in diesem Körper und die Leute würden irgendwann misstrauisch werden und Fragen stellen, warum er ewig jung aussah. Dann käme sicherlich bald die Wahrheit ans Licht und er würde sich mit der Presse herumschlagen müssen. Oder er wechselte in einen neuen, älter aussehenden Körper, bevor man etwas merkte. Dann hätte er zwar weiter seine Privatsphäre, aber er musste sich schon viel früher als in fünfzehn oder zwanzig Jahren an einen neuen Körper gewöhnen und ihm wieder alles neu beibringen.

Er atmete schwer durch. Beide Möglichkeiten klangen im Moment wenig reizvoll, doch als Preis für sein Überleben waren sie vergleichsweise sehr gering.

Aufmunternd klopfte sein Dad ihm auf den Oberschenkel. »Noch wissen wir nicht, wie der Alterungsprozess ablaufen wird und du hast noch ein paar Jahre Zeit, bis du dir darüber Gedanken machen musst.«

Ned mühte sich ein halbherziges Lächeln ab und nickte.

Dunnington sah von ihm zu McLean, der Ned nachdenklich betrachtete. »Gibt es noch irgendwas, das du von Ned wissen möchtest? Deine technischen Fragen kann ich dir auch alleine beantworten.«

Der alte Lord bedachte den Wissenschaftler mit einem wissenden Lächeln. »Du möchtest wohl, dass dein Sohn mich so schnell wie möglich los ist, wie? «

Ungerührt erwiderte Dunnington das Lächeln und nickte. »Ja. Ich denke, er hat dir alles gesagt, was du von ihm wissen musst, und jetzt verdient er seine Freizeit mit seinen Freunden.«

McLean nickte knapp. »Vermutlich hast du recht.«

Überrascht blickte Ned auf. Würde man ihn wirklich schon gehen lassen? Dann wäre McLeans Verhör weit weniger unangenehm und vor allem schneller vorbei gewesen, als er zu hoffen gewagt hatte.

Für einen langen Moment musterte der alte Lord ihn. »Ich schätze deine Ehrlichkeit mir gegenüber, mein Junge, und du hast dir meinen Respekt verdient. Du kannst jetzt gehen. Falls ich noch weitere Fragen an dich haben sollte, werde ich später noch einmal darauf zurückkommen.«

»Cool, danke!«

Als Ned aufstand und zur Tür gehen wollte, hielt McLean ihn jedoch noch einmal zurück. »Dein Bruder und deine Freunde bedeuten dir sehr viel, nicht wahr?«

Ned wandte sich wieder zu ihm um. Sein Misstrauen war zurück und er nickte vorsichtig.

»Dass dein Bruder dein Geheimnis kennt, versteht sich von selbst. Ich nehme an, die anderen drei wissen es auch?«

»Ja, sie wissen alles.«

»Hm.« Der alte Lord fixierte ihn mit forschendem Blick. »Dein Freund James – was ist mit ihm passiert?«

Ned zögerte und sah von McLean zu seinem Dad. Sein Vater hatte sie gewarnt, niemandem in Abberton Hall zu vertrauen, und auch wenn das Gespräch mit dem Lord angenehmer verlaufen war als Ned befürchtet hatte, fand er ihn noch lange nicht sympathisch. Daher hatte er eigentlich nicht vor, dem Alten mehr Infos in die Hände zu spielen als unbedingt nötig.

»Jamie hatte einen Unfall und erobert sich seitdem seine Beweglichkeit zurück«, antwortete Dunnington an Neds Stelle und hielt seine Erklärung so allgemein wie möglich.

McLean ließ seinen Blick zwischen Vater und Sohn hin und her wandern. »Dann wäre ein neuer Körper für ihn doch sicher eine fantastische Chance, sein altes Leben zurückzubekommen, oder nicht?«

»Jamie ist nicht unser Thema, Angus.« Dunningtons Tonfall machte deutlich, dass er in dieser Richtung keine weiteren Fragen beantworten würde.

McLeans Augen blitzten auf, als er den Wissenschaftler scharfsinnig musterte. »Ich verstehe. Die Entscheidung für oder gegen einen künstlichen Körper muss wohl jeder selbst treffen, nicht wahr?«

Kapitel 7

Mann, das Wasser war eisig!

Vermutlich war das der Grund, warum kein Mensch in Loch Ness schwimmen ging, und nicht das angebliche Ungeheuer. Jemma trat einen Schritt weiter in den See und das Wasser stieg ihr sofort bis an die Waden. Gut, dass sie ihren kurzen Jeansrock trug. Das Ufer sackte an vielen Stellen des Sees stark ab und das Wasser wurde schnell sehr tief. Wahrscheinlich auch ein Grund, warum er so badeunfreundlich war. Die Kühle des Wassers tat aber gut und machte sie munter. In der Hitze der letzten Nacht hatte sie nicht sonderlich gut geschlafen und obwohl es erst kurz vor zehn war, war der Tag schon jetzt entsetzlich drückend und schwül. Hoffentlich kam heute wirklich das erlösende Gewitter.

Gedankenverloren ließ sie ihren Blick über den See und die umliegenden Hügel wandern.

Alles sah noch genauso aus wie vor drei Jahren.

Vieles hatte sie sofort wiedererkannt.

Gut, was sollte sich auch in nur drei Jahren großartig an einer Landschaft verändern, die seit hunderten von Jahren gleich geblieben war?

Bei dem Gedanken kam sie sich klein und unwichtig vor. Und fühlte gleichzeitig Wut und beißende Ungerechtigkeit.

Hier war alles beim Alten.

Hügel und See, die sie mit ihrer unerschütterbaren Unvergänglichkeit zu verspotten schienen.

Unberührt.

Unversehrt.

Während ihr eigenes Leben in der Zwischenzeit völlig aus der Bahn geworfen worden war.

Ihre Mum war tot und Jamie hatte das Leben verloren, das ihm eigentlich zugestanden hatte.

Das war nicht fair …

Das war einfach nicht fair!

Wütend ballte sie die Fäuste und grub ihre Zehen zwischen Matsch und Steine. Doch bevor die Gefühle sie übermannen konnten, zwang sie sich, tief durchzuatmen und lockerte ihre Hände wieder.

Hör auf.

Das bringt nichts …

So war nun mal das Leben.

Die wenigsten Menschen bekamen Fairness und Glück in riesigen Geschenkkartons. In der Regel musste man sich mit kleinen Streichholzschachteln zufriedengeben.

Wenn überhaupt.

Genervt kickte sie unter Wasser nach einem Stein.

Sie konnte sich gerade selbst nicht leiden.

Mann! Es war ein toller Tag und sie hatte ein paar coole Dinge mit ihren besten Freunden geplant! Was wollte sie denn mehr?!

Sie sollte aufhören, Trübsal zu blasen, und die dunklen Gedanken einfach vor die Tür setzen!

Wenn das nur so einfach wäre …

Sie seufzte.

Sie hatte sich schon so oft gewünscht, nicht so ein grüblerischer Mensch zu sein. Dinge einfach mal abhaken zu können und sich nicht immer von irgendwelchen Gedanken gefangen nehmen zu lassen.

Genau das war das Problem!

Sie dachte einfach zu viel. Und wahrscheinlich fühlte sie auch zu viel.

Normalerweise half ihr das Zeichnen dabei, Gedanken und

Gefühle aus ihrem Inneren herauszulassen, bevor sie sie zu kribbelig machten. Jetzt gerade hatte sie allerdings weder Stift noch Papier zur Hand.

Dann denk einfach in Bildern! Das machst du doch sowieso ständig!

Also: Kaum ein Mensch bekommt das Gratisglück in riesigen Paketen frei Haus geliefert. Meistens gibt's nur Streichholzschachteln.

Nachdenklich stupste sie einen weiteren Stein mit dem Zeh durchs Wasser.

Es hieß doch, dass es auf die Größe gar nicht ankäme.

Und dass Dinge oft gar nicht das waren, was sie zu sein schienen.

Ein kleines Lächeln huschte über ihr Gesicht.

Was, wenn sich die mickrige Streichholzschachtel als etwas ganz anderes entpuppte? Als ein maskiertes Schmuckkästchen, das etwas unendlich Wertvolles enthielt.

Jamie hatte den Unfall überlebt.

Sein Verstand war völlig gesund und auch seine Beweglichkeit wurde immer besser. Mittlerweile ging das Laufen sogar schon so gut, dass er seit über drei Wochen keinen Rollstuhl mehr brauchte. Für ihren Ausflug heute hatten sie ihn zur Sicherheit natürlich mitgenommen, falls es doch irgendwann zu anstrengend für ihn wurde, aber bislang lag das Ding unbeachtet im Kofferraum und Jamie schlug sich wacker ohne ihn.

Jemma atmete tief durch.

Glück gab es nur selten geschenkt, meistens musste man es sich selbst erarbeiten. Jamie tat das jeden Tag, also sollte sie es ja wohl auch hinkriegen.

Dann hör endlich auf mit den dunklen Gedanken! Oder glaubst du, Mum hätte gewollt, dass dich die Erinnerungen an sie so runterziehen?

Sie lächelte wehmütig.

Nein, Mum, das hättest du ganz sicher nicht …

Will saß im Schatten einer dicken Eiche und beobachtete, wie Jemma gedankenversunken durchs Wasser watete. Es war nicht schwer zu erraten, dass sie gerade mal wieder irgendeinen Kampf an ihrer Gefühlsfront ausfocht.

Vermutlich Erinnerungen an ihre Mum.

Er wünschte, sie würde mit ihm darüber reden, doch sie wiegelte das Thema meistens schnell ab, wenn er sie darauf ansprach. Wollte es lieber mit sich selbst ausmachen.

Irgendwie verständlich, vielleicht sogar bewundernswert.

Aber auch mächtig frustrierend.

Was ihre Gedanken und Gefühle anging, vertraute Jem sich nur wenigen Menschen an. Jamie stand ganz oben auf dieser Liste. Zack auch. Und Charlie.

Will fragte sich oft, wo er darauf zu finden war. Manchmal glaubte er sich recht weit oben, dann wieder fragte er sich, ob er überhaupt darauf stand, wenn Jemma sich zurückzog und Gedanken und Gefühle lieber in ihren Bildern rausließ, statt mit ihm darüber zu reden.

Er seufzte.

Ob das anders wäre, wenn ihr Kennenlernen unter einem besseren Stern gestanden hätte? Wenn er sie nicht angelogen und hintergangen hätte, um Neds Leben zu retten? Vor ein paar Monaten war Ned das einzig Wichtige für ihn gewesen, aber heute bereute er seine Vorgehensweise, weil sie vielleicht dazu geführt hatte, dass das Mädchen, das er so sehr liebte, ihm niemals wirklich vertrauen würde.

Unwirsch fuhr er sich über die Augen und wischte den

Gedanken fort. Quatsch! Das war Unsinn. Jem und er hatten das geklärt und sie waren jetzt seit fast drei Monaten zusammen. Das wäre ganz sicher nicht der Fall, wenn sie an ihm zweifeln und ihm nicht vertrauen würde. Jemma hasste Oberflächlichkeit und Heuchelei. Sie hätte sich also niemals auf ihn eingelassen, wenn sie es nicht ernst meinen würde.

Und was war denn so schlimm daran, dass sie die Erinnerungen an ihre Mum für sich behielt und mit ihrer Trauer allein klarkommen wollte? Diese Gefühle gehörten nur ihr und wenn sie sie mit niemandem teilen wollte, dann konnte er das gut verstehen. Ihm ging es mit manchen Erinnerungen aus seinem Leben schließlich nicht anders. Die gehörten auch nur ihm allein.

Wichtig war vielleicht einfach nur, dass sie sich genügend gemeinsame Erinnerungen schufen.

Gute Erinnerungen. Nicht solche, in denen die Leben ihrer Brüder in Gefahr waren.

Er atmete tief durch und gab sich einen Ruck.

»Pass auf, dass dich der Geist nicht beißt!«

Jemma zuckte zusammen, als er sie aus ihrer Gedankenwelt holte, doch als sie sich zu ihm umdrehte, sah er erleichtert, dass sie lächelte und fragend eine Augenbraue hochzog.

»Geist? Welcher Geist? Nessie soll ein waschechtes Seeungeheuer aus Fleisch und Blut sein!«

Will grinste. »Ja schon, aber da seine Sichtungen sich über Jahrhunderte verteilen und ich nicht glaube, dass dieses mysteriöse Wesen den Schlüssel zum ewigen Leben in sich trägt, bleibt nur die Erklärung, dass es sich um einen Geist handelt. Laut sämtlichen Reiseführern gibt es davon in Schottland schließlich mehr als genug.«

Jemma lachte und kam aus dem Wasser zu ihm herüber. »Die

Erklärung ist natürlich total logisch.« Sie hockte sich neben ihn ins Gras und lehnte sich halb an ihn und halb an den dicken Eichenstamm. »Ich kann mich allerdings nicht daran erinnern, dass sie vor drei Jahren im Besucherzentrum als eine Variante aufgeführt war. Da hieß es, dass nach irgendeiner Gletscherverschiebung in der Eiszeit vermutlich eine ganze Familie von Urzeitsauriern im See eingeschlossen worden ist. Die haben es sich dann hier für etliche Jahrhunderte schön gemütlich gemacht und ihre nette kleine Familie hat sich über Generationen hinweg fröhlich immer wieder fortgepflanzt.«

»Ach so!«, lachte Will. »Und die ganze Sippe hat sich dann immer schön brav abgesprochen, wer von ihnen in welchem Jahr mal kurz den Kopf aus dem Wasser stecken darf, um an Land für mächtig viel Wirbel zu sorgen. Klar! Diese Erklärung ist natürlich viel einleuchtender, als der spukende Wassergeist eines Urzeitwesens, das irgendwann an Langeweile und Einsamkeit zugrunde gegangen ist.«

»Auf jeden Fall ist die Geschichte um die Urzeitfamilie bedeutend schöner! Verwaiste Wesen, die mutterseelenallein an Einsamkeit sterben, sind total traurig!« Empört knuffte sie ihm gegen den Oberschenkel und er legte grinsend seinen Arm um sie.

»Das ist auch der Grund, warum die wenigsten Menschen die Wahrheit kennen. Sie ist ein absoluter Stimmungskiller, der sich natürlich gar nicht gut in familienorientierten Touristenhochburgen macht, deshalb kehrt man sie schön unter den Teppich. Was dem Geist von Nessie verständlicherweise überhaupt nicht gefällt. Deshalb opfert der schottische Touristikverband zweimal im Jahr in einer geheimen Nacht- und Nebelaktion ein hübsches junges Mädchen, um den Geist zu besänftigen.«

»Zweimal im Jahr?«

»Yep. Immer zur Sommersonnenwende und Wintersonnenwende.«

»Hm. Schade, dann haben wir den rituellen Opfermord ja gerade verpasst.«

»Ja, leider.«

»Und warum ausgerechnet hübsche junge Mädchen? So wahnsinnig viel anfangen kann der Geist eines Urzeitsauriers damit ja nicht gerade, oder? Wäre da nicht ein heißes Walweibchen oder so was irgendwie passender?«

»Die Geste zählt.«

»Ach so. Natürlich.«

»Außerdem finde ich hübsche junge Mädchen viel attraktiver als Walweibchen, egal wie heiß die sind.«

»Du vielleicht! Aber Nessie doch nicht!«

»Und wen genau interessiert Nessie?!« Lachend zog er Jemma an sich und küsste sie.

»Gutes Argument«, brachte sie hervor, als er sie wieder Luft holen ließ. »Wer war noch mal Nessie?«

Eine Weile lang saßen sie im Schatten des Baums und blickten auf den See hinaus.

»Es ist wirklich schön hier«, brach Will schließlich das Schweigen.

»Ja, das ist es«, antwortete sie leise und schmiegte sich an ihn.

Sanft ließ er seine Fingerspitzen über ihren Arm wandern und zog mit der anderen Hand etwas Glänzendes aus seiner Hosentasche. Es war ein Armkettchen aus zierlichen Silberblüten, in deren Mitte ein winziger roter Glasstein eingesetzt war. Er hielt es ihr hin.

»Für mich?« Überrascht setzte sie sich auf.

Will nickte. »Gefällt es dir? Ich dachte, es passt ganz gut zu dem da.« Er deutete auf den Rubinring aus *Shirewood*, den sie ständig trug.

Sie nahm das Kettchen. »Es ist wunderschön.« Verwundert musterte sie ihn. »Aber warum? Mein Geburtstag ist erst im Oktober.«

»Das weiß ich.« Liebevoll strich er ihr eine Haarsträhne aus dem Gesicht und lächelte. »Aber ich hab dir versprochen, dass wir hier ein paar schöne Erinnerungen für dich – für uns – machen und das hier ist hoffentlich die erste.«

»Wie wär's mit einer Pause?« Zack wies auf eine verwitterte Bank, die irgendwann in grauer Vorzeit an diesem abgelegenen Uferweg aufgestellt und danach offensichtlich vergessen worden war.

Jamie betrachtete das gute Stück zweifelnd. »Ein bisschen weiter geht noch. Ich bin noch nicht müde.«

»Ich aber.« Stöhnend streifte Zack den Rucksack ab und ließ sich auf die Bank fallen, die dies erstaunlicherweise ohne protestierendes Knarzen oder gar einen Spontanzusammenbruch hinnahm. »Es ist einfach zu heiß.«

Jamie seufzte, setzte sich aber zu ihm. »Wir sind nicht mal eine halbe Stunde gelaufen.«

»Du hast Ferien.« Zack kramte eine Wasserflasche aus der Tasche. »Nicht nur von der Schule, sondern für eine Woche auch mal von deiner Physio. Außerdem müssen wir den Weg ja immerhin auch wieder zurück und wir haben heute noch eine Menge vor. Über zu wenig Training musst du dir also wohl kaum Sorgen machen.« Er drehte die Flasche auf und ließ das Wasser gierig seine Kehle hinunterlaufen. »Mann«, keuchte er schließlich. »Ich hasse diese Hitze!« Er nahm einen weiteren Schluck. »Bin definitiv eher ein Winterkind.«

Jamie lachte. »Dein Geburtstag ist am vierten Juli!«

»Gegensätze ziehen sich halt an.« Zack reichte ihm die Wasserflasche. Dann lehnte er sich zufrieden zurück, sah auf den See und die umliegende Landschaft hinaus und grinste. »Was Jem und Will wohl gerade machen?«

»Hoffentlich ihre Zweisamkeit genießen.«

Zacks Grinsen wurde noch ein bisschen breiter. »Nur gut, dass die Touristenmassen dieses nette kleine Uferwäldchen hier noch nicht entdeckt haben. Sonst könnte das mit dem Genießen der Zweisamkeit womöglich peinlich werden.«

Jamie verzog das Gesicht und stopfte die Wasserflasche zurück in den Rucksack.

»Was denn? Dass Will sie liebt, sieht ein Blinder, und Jem mag ihn auch. Warum sollten die beiden also keinen Spaß zusammen haben?«

»Sollen sie ja! Ich will mir nur nicht vorstellen müssen, dass ihnen dabei womöglich irgendwer zusieht.«

»Manche stehen drauf.«

»Jem sicher nicht! Und könnten wir jetzt vielleicht das Thema wechseln? Sie ist meine Schwester!«

Lachend zog Zack ihn in seine Arme und gab ihm einen Kuss. »Seit wann bist du denn so prüde?«

Jamie runzelte die Stirn und fing Zacks Finger ab, die sich vorwitzig einen Weg unter sein T-Shirt suchen wollten. »Ist es prüde, wenn ich finde, dass so was niemanden was angeht? Ich würde niemals irgendwem erzählen, wie es ist, wenn wir beide miteinander schlafen. Oder wann und wie oft wir es tun. Ich versteh nicht, warum manche Leute so was aller Welt erzählen müssen. Für mich ist das was ganz Persönliches, was Besonderes, das nur uns beiden gehört, und das will ich mit niemandem teilen.«

Liebevoll schlang Zack seine Arme fester um ihn und seine Lippen kitzelten an Jamies Halsbeuge. »Nein, das ist nicht prüde. Das ist ein Grund, warum ich dich so unglaublich liebe.«

Jamie lächelte und dirigierte Zacks Lippen dahin, wo er sie am liebsten hatte, nämlich auf seinen eigenen. Dann kuschelte er sich trotz der drückenden Hitze in Zacks Arm und für eine ganze Weile schauten sie hinaus auf den See.

»Es ist noch genauso wie vor drei Jahren«, brach Zack schließlich die Stille.

Jamie schwieg. »Bis auf die Tatsache, dass Mum tot ist und ich ein Krüppel bin«, murmelte er dann.

Erschrocken sah Zack zu ihm hinab. »So hab ich das nicht gemeint.«

»Schon gut, das weiß ich doch.« Jamie schmiegte sich noch ein bisschen enger an ihn. »Tut mir leid, mein Kommentar war blöd.«

Zack streichelte durch Jamies hellen Haarschopf. »Ich vermisse sie auch«, sagte er leise.

Jamie dachte an ihr Gespräch in der letzten Nacht. Er schlang seinen Arm um Zacks Taille und drückte ihn an sich. »Ich weiß.«

Zack gab ihm einen Kuss auf den Kopf. »Und ich hasse es, wenn du dich so nennst.«

Krüppel.

Noch immer eng an ihn geschmiegt, zuckte Jamie nur müde mit der Schulter. »Vielleicht nutzt es sich so ja irgendwann ab und es tut nicht mehr weh, wenn andere es sagen.«

Zack runzelte die Stirn. »Das funktioniert doch nicht. Es ist ein beschissenes Wort, und wenn du dich selbst so nennst, dann klingt das so, als würdest du dich selbst kleinmachen und das hasse ich. Du arbeitest so hart an dir und deine Fortschritte sind in den letzten Monaten echt riesig gewesen. Darauf kannst du wahnsinnig stolz sein.« Seine Hand wanderte unter den Ärmel von Jamies T-Shirt und streichelte seinen Oberarm. »Ich bin es jedenfalls.«

Jamie seufzte und schaute auf das dunkle Wasser von Loch Ness hinaus. »Trotzdem wird es nie wieder so werden wie früher. Wenn ich Glück hab, bekomme ich mit viel Training vielleicht irgendwann das Laufen ohne Krücken hin. Aber Skateboarden, Slackline oder Kletterhalle – das kann ich für immer vergessen. Das schaff ich mit Sicherheit nie wieder.«

Zack atmete tief durch. Er wusste, wie schwer es Jamie fiel, seine alten Hobbys nicht mehr ausüben zu können. Als er aus der Reha gekommen war, waren sie einmal in eine Kletterhalle der CyberWorld gegangen, doch Jamie hatte es dort nicht ertragen und sie hatten den Versuch schnell abgebrochen. Skaten in virtuellen Halfpipes hatten sie danach gar nicht erst ausprobiert. Offensichtlich rissen diese Aktivitäten Wunden auf, die zu schmerzhaft waren. Klettern und Skaten gehörten zu seinem alten Leben und Jamie schien besser damit abschließen zu können, wenn er nicht versuchte, diese Hobbys künstlich in der CyberWorld aufrechtzuerhalten.

Zacks Hand strich weiter über Jamies Arm. »Aber dafür machst du jetzt andere richtig coole Dinge. Wie viele Sechzehnjährige können schon von sich behaupten, dass sie an der Geschichte und der Grafik eines der erfolgreichsten CyberGames mitgearbeitet haben? Und Ned bringt dir das Programmieren bei. In ein paar Jahren seid ihr beiden ein unschlagbares Team und eure Spiele erobern die Welt.«

Jamie musste grinsen. »Ja, klar.«

»Ich meine das ernst! Der Erfolg von *Dark Grove* spricht doch Bände!«

»Bei dem Spiel ist nur ein klitzekleiner Teil der Bits und Bytes auf meinem Mist gewachsen. Den riesigen Rest hat Ned alleine gemacht.«

»Bei *Dark Grove* vielleicht. Bei eurem nächsten Projekt sieht das aber mit Sicherheit schon ganz anders aus. Da werdet ihr die Geschichte komplett gemeinsam plotten und Ned wird den Großteil der Grafiken von dir und Jem zeichnen lassen und nicht von irgendwelchen Computerprogrammen.«

»Ja, vielleicht. Wenn nur die blöde Schule nicht noch ganze zwei Jahre nerven würde.« Seufzend setzte Jamie sich auf. »Ich glaube, ich werde Dad bequatschen, dass er mich mit Ned online lernen lässt.«

Überrumpelt sah Zack ihn an. »Das ist jetzt nicht dein Ernst.«

»Warum nicht? Den meisten Unterrichtsstoff gibt es im Internet und man kann ihn so durcharbeiten, wie man selbst es will. Aufgaben und Tests werden an die Onlinelehrer zurückgemeldet, wenn man Probleme hat, kann man bei ihnen nachfragen, und Klausuren und Abschlussprüfungen werden so gesetzt, wie man mit dem Stoff durch ist. Also ist man mit der Zeiteinteilung viel freier. Will hat in den Monaten, als Ned so krank war, kaum den Kopf dazu gehabt, zu lernen, deshalb hat er vor den Sommerferien seinen Abschluss nicht machen können. Er verliert dadurch aber kein ganzes Jahr. Er arbeitet das fehlende Pensum jetzt gerade nach und kann die Prüfungen Ende August machen und dann im September aufs College gehen.«

»Ja, schon –«

»Und Ned hat in den letzten Wochen auch wahnsinnig

aufgeholt. Er hinkt unserem Level kaum noch hinterher, obwohl er so oft krank war und nach der letzten Diagnose gar nicht mehr gelernt hat. Onlinelernen ist einfach viel praktischer und besser organisiert als die normale Schule. Was sollte Dad also dagegen haben? Immerhin hab ich es ja sogar schon mal gemacht!«

»Ja, in der Reha, damit du den Anschluss in der Schule nicht verlierst.« Zack musterte ihn und wusste nicht so recht, was er von der ganzen Sache halten sollte. »Ich verstehe ja, dass einiges fürs Onlinelernen spricht, besonders, wenn man wie Ned krank war. Der Krebs hatte ihn geschwächt und die Chemo sein Immunsystem zerstört. Für ihn war es gefährlich, das Haus zu verlassen. Aber das ist doch bei dir kein Problem! Im Gegenteil. Deine Ärzte und Therapeuten fanden es gut und wichtig, dass du nach der Reha wieder in die Schule gegangen bist. Du sollst dein Leben so normal wie möglich führen.« Er schüttelte den Kopf. »Und bisher dachte ich eigentlich auch, dass du gerne zur Schule gehst. Du bist clever, kommst mit den meisten Lehrern gut klar und bis auf Ned und Will sind alle deine Freunde in deinen Kursen. Mit dem Rollstuhl kommst du gut zurecht und so, wie es aussieht, wirst du den nach den Ferien ja nicht mal mehr brauchen. Wenn du so weitermachst, kannst du die Schultage locker an Krücken meistern. Warum also plötzlich dieses Gerede vom Onlinelernen?«

Jamie stützte die Ellbogen auf die Knie und verbarg sein Gesicht zwischen den Armen.

»Hey, was ist los?« Sacht legte Zack ihm eine Hand auf den Rücken.

Jamie schwieg, doch er wusste, dass Zack keine Ruhe geben würde, jetzt, da das Thema einmal angesprochen war.

»Jeder erwartet von mir, dass ich die Schule in Zukunft

ohne Rollstuhl hinkriege«, murmelte er zwischen den Armen hervor. »Aber das pack ich einfach noch nicht. Tut mir leid, dass ich euch alle enttäusche, aber –«

»*Was?!*« Abrupt setzte Zack sich auf. »Du denkst doch hoffentlich nicht wirklich, dass du irgendwen von uns enttäuschst, wenn du weiter im Rollstuhl zur Schule gehst!«

Jamie zuckte bloß mit den Schultern, mied seinen Blick und schwieg.

»Wer, denkst du denn bitte, sollte von dir enttäuscht sein?« Fassungslos schüttelte Zack den Kopf. »Dein Dad? Jem? Oder ich? Mann, Jamie, das ist doch totaler Schwachsinn! Kein Mensch ist enttäuscht von dir, wenn du irgendwas mal nicht hinkriegst oder wenn du für manche Dinge länger brauchst. Du arbeitest so hart an dir. Glaubst du da wirklich, du könntest uns enttäuschen? Im Gegenteil! Jeder von uns ist stolz auf dich und das, was du schon alles erreicht hast.«

Unwirsch richtete Jamie sich wieder auf und raufte sich die Haare. »Genau deshalb erwarten alle aber auch immer mehr von mir! Doch irgendwann ist Schluss. Irgendwann erreiche ich meine Grenzen. Dann wird es nicht mehr weiter gehen!«

Wieder schüttelte Zack den Kopf. »Aber das wissen wir doch. Und kein Mensch erwartet Unmögliches von dir.« Sanft begann er über Jamies empfindliche Wirbelsäule zu streicheln. »Aber ganz ehrlich, Süßer: Die Schule an Krücken zu schaffen, ist definitiv nicht unmöglich für dich. Du kommst seit Wochen ohne Rollstuhl klar und die Strecke, die du jetzt gerade ohne Probleme an einem Stück gelaufen bist, ist doppelt und dreimal so lang wie alles, was du in der Schule meistern musst. Warum glaubst du also, dass du das nicht packst?«

Schnaubend wischte Jamie sich über die Augen und mied weiter Zacks Blick. »Hier hab ich alle Zeit der Welt und muss mich nicht innerhalb von fünf Minuten durch ein Gebäude voll hetzender und rempelnder Mitschüler kämpfen, um pünktlich von einem Klassenraum zum nächsten zu kommen. Dafür bin ich bisher weder schnell genug noch sicher genug und ich hab keinen Bock auf dämliche Kommentare, wenn ich ständig überall zu spät komme.« Wütend krallte er die Finger in seine Jeans. »Und wenn ich stürze, ist das total peinlich, weil ich nicht alleine wieder aufstehen kann. Und ich will dann ganz bestimmt nicht um Hilfe betteln! Das tue ich mir nicht an. Außerdem könnte ein beschissener Sturz ja auch richtig miese Folgen haben.«

Zack brauchte einen Moment, um diese Ansage zu verdauen. »Was ist auf einmal los mit dir? Du weißt ganz genau, dass die meisten Leute an unserer Schule echt okay sind. Sie haben dich im Rollstuhl akzeptiert, also werden sie es auch tun, wenn du jetzt mit Krücken ankommst. Viele werden sich total freuen, wenn sie sehen, was du jetzt kannst! Und außerdem – falls du es vergessen haben solltest – du hast ein paar verdammt gute Freunde. Du hast noch nie irgendwen um Hilfe anbetteln müssen, wenn du alleine nicht klargekommen bist. Warum bist du also auf einmal so pessimistisch?«

»Ich bin nicht pessimistisch! Ich bin realistisch!«

Zack musterte ihn argwöhnisch. »Nenn es, wie du willst. Aber irgendwas passt hier nicht. Sicher wird die Schule an Krücken erst mal eine Herausforderung und ich kann verstehen, dass du Angst vor Stürzen hast. Aber du bist kein Schisser und viel zu ehrgeizig, um der Sache aus dem Weg zu gehen. Und normalerweise mutest du dir eher zu viel als zu wenig zu, warum –«

Jamie lachte bitter auf. »Es gibt aber ganz unterschiedliche Dinge, die man sich *zumuten* kann! Und wenn ich hinfalle oder ständig zu spät komme, werden blöde Sprüche kommen und die muss ich mir nicht *zumuten*! Unsere Schule trägt keinen Heiligenschein, Zack! Arschlöcher gibt's überall.«

»Na und? Dann gibst du halt die passenden Kommentare zurück! Du bist doch sonst auch nicht auf den Mund gefallen. Am Samstag hast du Russell erstklassig eins reingewürgt und gestern hast du den ollen McLean so wunderbar in die Schranken gewiesen, dass ich dich dafür immer noch küssen könnte! Wo ist also das Problem?«

Jamies Magen krampfte sich fies zusammen. »Das Problem ist, dass Russell mich dafür, dass ich ihm so *erstklassig* die Meinung gegeigt hab, auch ganz *erstklassig* zusammengeschlagen hat!«, fauchte er und rieb sich über die geschundenen Rippen. Die zwickten zum Glück zwar nicht mehr ganz so schlimm, erinnerten ihn aber trotzdem leider noch viel zu oft daran, wie unschön die Auseinandersetzung mit Russell für ihn ausgegangen war. Und sie waren eine verdammt gute Warnung davor, was noch alles hätte passieren können.

Einen Moment lang betrachtete Zack ihn forschend. »Darum geht es hier also eigentlich, ja? Weil Russell dich fertiggemacht hat, hast du jetzt Angst, dass andere auch handgreiflich werden könnten, wenn du bei ihren Sprüchen deine Klappe nicht hältst?«

Jamie kniff die Lippen zusammen und schwieg.

Seufzend zog Zack ihn an sich. »Arschlöcher wie Russell sind eine Ausnahme«, sagte er mit Nachdruck. »Außer ihm hat dich noch nie jemand angerührt, wenn du bei blöden Sprüchen zurückgeschossen hast, oder?«

Jamie zuckte bloß dickköpfig die Schultern. »Das war vermutlich reine Glückssache.« Er wand sich aus Zacks Armen und fuhr sich übers Gesicht. »Wenn mich jemand nervt, kommt einfach immer irgendwann der Punkt, an dem ich meine Klappe nicht mehr halten kann. Und das will ich auch nicht! Ich will mir nicht alles gefallen lassen müssen, nur weil ich eine kaputte Wirbelsäule hab und mich nicht richtig wehren kann! Aber ich will auch nichts riskieren, was ich womöglich für immer bereuen könnte.«

Entschieden schüttelte Zack den Kopf und strich ihm über den Rücken. »Du musst dir gar nichts gefallen lassen, Jamie. Aber selbst wenn deine Wirbelsäule tipptopp in Ordnung wäre, wärst du kein Herkules und hättest gegen Russell den Kürzeren gezogen. Also solltest du beim nächsten Mal vielleicht taktisch einfach ein bisschen klüger vorgehen und nicht einen auf Kamikaze-Einzelkämpfer machen, sondern dafür sorgen, dass du Rückendeckung hast.«

»Ja, super Idee!«, schnaubte Jamie biestig und schüttelte ihn ab. »Du bist auch kein Herkules. Und es fühlt sich bestimmt total genial an, wenn du dich dann für mich zusammenschlagen lässt.«

Zack grinste. »Wenn du danach Krankenschwester spielst, würde ich es glatt mal darauf ankommen lassen.«

»Das ist nicht witzig!«

»Nein, das ist es wirklich nicht.« Zack wurde wieder ernst. »Nicht, wenn du wegen dem Mist mit Russell ernsthaft darüber nachdenkst, von der Schule abzugehen. Der Vollidiot ist doch noch nicht mal bei uns auf der Liongate!«

Jamie biss sich auf die Unterlippe und schwieg. Verdammt, er hasste ja selbst, dass er wirklich darüber nachdachte. Mann, er war doch kein Feigling! Er lief nicht weg! Aber was, wenn –

Zack seufzte. »Ich hasse Russell für das, was er getan hat.«

Jamie schloss die Augen. Zacks Hand streichelte wieder über seinen Rücken und fühlte sich unglaublich gut an, doch sein nächster Satz wirkte wie eine eiskalte Dusche.

»Aber noch mehr hasse ich, dass du mich dafür bestrafen willst.«

»*Was?!*« Jamie fuhr zu ihm herum. »Spinnst du?!«

Ein verräterisches Funkeln trat in Zacks Augen. »Na, wenn du die Sache mit dem Onlinelernen wirklich durchziehst, wirst du damit wohl kaum Russell bestrafen, oder? Im Gegenteil! Der lacht sich vor Genugtuung höchstens halb tot, wenn er davon erfährt. Mich aber folterst du, wenn ich so ätzende Stunden wie Mathe, Physik und Chemie ohne dich durchstehen muss. Wie soll ich den Formelmist kapieren, wenn du mir das nicht in eine Sprache für Normalsterbliche übersetzt? Also werde ich in Zukunft wohl durch alle Prüfungen rasseln, meinen Abschluss nicht schaffen, aus lauter Verzweiflung zu trinken anfangen und in der Gosse landen.« Er stöhnte theatralisch. »Mann, du musst mich wirklich dafür hassen, dass ich dieses Arschloch in deine Nähe gelassen hab, sonst würdest du mir so was wohl kaum antun.«

Jamie verdrehte die Augen. »Du bist so ein Vollidiot.«

»Kommt ganz darauf an«, grinste Zack. »Hat es denn funktioniert? Ist diese bescheuerte Idee damit vom Tisch?«

Gegen seinen Willen musste Jamie ebenfalls grinsen, doch so leicht wollte er sich nicht geschlagen geben. »Nein, natürlich nicht! Jem kann dir helfen.«

»Falsche Antwort!« Blitzschnell zog Zack ihn in seine Arme und seine Hände glitten unter Jamies Shirt. »Jem ist zwar sicher nicht schlecht, aber ich lasse mir bedeutend lieber von dir Nachhilfe geben.«

Jamie lachte auf und versuchte, sich zu befreien, zuckte jedoch zusammen, als seine Rippen fanden, dass das alles ein bisschen zu viel Action war.

»Sorry.« Sofort ging Zacks Piesacken in ein sanftes Streicheln über und er lächelte schuldbewusst. »Wir sollten es wohl besser ein bisschen ruhiger angehen, was?« Er wollte seine Hände zurückziehen, doch Jamie schüttelte den Kopf.

»Nein, schon okay. So schlimm ist es nicht mehr.«

Rippenprellung hin oder her, Zacks Hände fühlten sich viel zu gut an, als dass Jamie gewollt hätte, dass sie aus seinem Shirt verschwanden. Doch bevor er seinen eigenen Fingern den gleichen Spaß erlauben konnte, meldete das Handy in seiner Hosentasche, dass eine Nachricht eingegangen war.

Oh bitte …

Augenrollend zog er sein Smartphone hervor.

»Jem«, grummelte Zack. Er kannte den Klingelton.

»Yep.« Jamie fing die Hand ein, die sich unter seinem Shirt viel zu selbstständig machte.

Zack stöhnte. »Eigentlich habt ihr zwei doch diesen seltsamen sechsten Zwillingssinn, oder nicht? Sollte sie da nicht wissen, dass sie jetzt besser nicht gestört hätte?«

Jamie grinste und hielt die Finger, die gerade unter den Bund seiner Jeans krabbeln wollten, gnadenlos fest. »Deshalb schickt sie ja eine Nachricht und ruft nicht an. Und sie hätte nicht gestört, wenn es nicht wichtig wäre. Ned ist beim alten McLean schon fertig. Sie und Will fahren nach Abberton Hall, um ihn abzuholen. Wir sollen zum Parkplatz zurückkommen, da sammeln sie uns dann ein.«

»Wow. Dann hat er das Verhör mit dem alten Fiesling ja echt schnell hinter sich bringen können.« Schicksalsergeben zog Zack seine Hände zurück.

Jamie textete Jemma eine kurze Antwort und stahl sich dann einen Kuss. »Merk dir, wo wir hier gerade aufgehört haben, ja? Ich denke, ich komme heute Abend noch mal darauf zurück.«

Kapitel 8

Bis zum Nachmittag verbrachten die fünf ihre Zeit mit Sightseeing am Nordufer von Loch Ness. Urquhart Castle lag auf einer Anhöhe direkt am See und zumindest Lage und Ausblick waren beeindruckend. Die Burg selbst war eher unspektakulär. Im Laufe der Jahrhunderte hatten sich erst Engländer und Schotten darum bekriegt, dann verschiedene Familienclans, bis die Burg schließlich bei einem Angriff größtenteils zerstört und nie wieder aufgebaut worden war. Dementsprechend war auch nur noch eine Ruine zu besichtigen. Das einzige Gebäude, das noch halbwegs stand und zu betreten war, war das Tower House, in dem man über eine enge Wendeltreppe auf eine Plattform gelangen konnte und mit einem eindrucksvollen Ausblick über Loch Ness und die umliegende Landschaft belohnt wurde. Leider wollten sich den an diesem Tag gleich ganze Heerscharen von Touristen ansehen. Massen an Menschen, angekarrt mit Reisebussen und Ausflugsschiffen, bevölkerten die Ruine und obwohl das Burggelände nicht gerade klein war, fühlten sich die fünf wie in einem Ameisenhaufen und hielten es nicht länger als eine Stunde dort aus.

Danach fuhren sie nach Drumnadrochit zum *Loch Ness Exhibition Centre*, einer Ausstellung mit vielen Fotos, Berichten und Filmen über die Nachforschungen im See. Doch genau wie die Burg war auch das Besucherzentrum hoffnungslos überlaufen und so quälten die fünf sich mit unerträglich vielen anderen Menschen durch die stickigen Ausstellungsräume, in denen die Klimaanlage schon seit Stunden des Besucheransturms nicht mehr Herr wurde.

Für Jamie war das Gedrängel die reinste Folter. Er war jetzt seit Stunden auf den Beinen und außer während der kurzen

Autofahrten hatte er sich kaum ausruhen können. Sein Rücken tat weh und seine Rippen fanden das Stützen auf die Krücken mittlerweile auch alles andere als prickelnd. Seine Beine fühlten sich bleischwer an und das Laufen wurde anstrengend. Mächtig anstrengend. Er merkte, dass er immer unsicherer und wackliger wurde und statt Drängeln und Schieben hätte er eher eine längere Pause gebraucht. Oder seinen Rollstuhl.

Als eine junge Französin ihn fast umrannte und er nur mit viel Mühe und noch mehr Glück sein Gleichgewicht halten konnte, hatte er endgültig genug.

»Mir reicht's. Ich muss hier raus.«

Ebenfalls reichlich genervt deutete Zack in Richtung Ausgang. »Geh. Ich sag den anderen Bescheid.«

Neben dem Center lag ein kleiner Teich, auf dem ein Plastiknessie träge in der Nachmittagssonne vor sich hin dümpelte. Etwas abseits saß ein älteres Ehepaar unter einem Baum auf einer Bank und machte sofort Platz, als Jamie sich zu ihnen in den Schatten setzen wollte.

»Schrecklich heiß heute, was, mein Junge? Da ist jede Bewegung gleich doppelt so anstrengend.«

Die Frau lächelte ihn an. Ihr Englisch war gut, doch ihr Akzent verriet, dass sie nicht von hier kam. Jamie tippte auf Deutschland. Oder die Schweiz. Vielleicht auch Österreich. Wirklich auseinanderhalten konnte er die verschiedenen Akzente nicht. Wenn er gewollt hätte, hätte er hier in den Touristenhochburgen vermutlich all seine Fremdsprachenkenntnisse live ausprobieren können, doch für die Suche nach der richtigen Grammatik und den passenden Vokabeln war er im Moment einfach zu kaputt. Daher lächelte er nur höflich zurück und hoffte, dass das nette Ehepaar ihm nicht irgendein ungewolltes Gespräch aufzwingen würde.

Er hatte Glück. Als Zack aus dem Ausgang auf ihn zusteuerte, verabschiedeten die beiden sich mit einem freundlichen Nicken und verschwanden in Richtung Parkplatz.

Zack ließ sich auf die Bank fallen und hielt Wills Autoschlüssel hoch. »Ich kann den Rolli holen, wenn du noch mal rein willst.«

Jamie schüttelte den Kopf. »Bei dem Gedrängel hätte ich nur Ellbogen, Taschen oder Hintern im Gesicht. Darauf kann ich verzichten, danke.« Er nahm Zack den Rucksack ab. »Aber du kannst ruhig zurück zu den anderen gehen. Ich warte hier auf euch.«

Zack winkte ab. »Ich kenne die Ausstellung ja schon. Und da ich mich nicht erinnern kann, dass es in den letzten drei Jahren spektakuläre Neusichtungen von Nessie gegeben hätte, wird sich wohl nicht viel geändert haben.« Er lehnte sich auf der Bank zurück und streckte die Beine aus. »Außerdem ist es da drin wirklich nicht auszuhalten. Das Gewühle ist noch tausend Mal schlimmer als unsere Schulflure in den Fünf-Minuten-Pausen.« Er grinste vielsagend. »Und du hast es fast eine halbe Stunde lang ausgehalten. Respekt!«

Jamie rollte bloß müde mit den Augen. »Lass es gut sein, okay?« Er hatte keine Lust auf irgendwelche Diskussionen und wollte einfach nur ein paar Minuten Ruhe haben. Und ein Wasser.

Zack musterte ihn von der Seite. Jamies Hände zitterten, als er eine ihrer Wasserflaschen aus dem Rucksack kramte, und ihm fehlte die Kraft, sie zu öffnen. Mit einem frustrierten Schnauben reichte er sie Zack. Der drehte die Flasche auf und gab sie zurück.

»Ich glaube, ich hol den Rolli trotzdem. Du hast erst mal genug Action gehabt.«

Jamie trank ein paar Schlucke und sah ihn genervt an.

»Hatten wir nicht abgemacht, dass ich so was selbst entscheide?« Er pfefferte die Wasserflasche zurück auf den Rucksack.

Zack nickte unbeeindruckt. »Hatten wir. Aber wir hatten auch abgemacht, dass ich dir immer sage, was ich denke.« Sanft strich er über Jamies Hände. »Und ich schätze mal, wenn die hier nicht mehr genügend Kraft haben, um eine Wasserflasche aufzukriegen, haben sie auch nicht mehr genug Kraft, dass du sicher an Krücken laufen kannst, oder?«

Resignierend ließ Jamie sich gegen die Lehne der Bank sinken und musste zugeben, dass Zack damit nicht ganz unrecht hatte. »Lass uns einfach sehen, wie es später ist, okay?«

»Okay.«

Jamie schmiegte sich in Zacks Arme und sie sahen still dem bunten Treiben auf dem Vorplatz des Besucherzentrums zu. Eiswagen, Popcornstand, Ballonverkäufer, Hotdogbude – und jede Menge fröhliche Familien …

»Es tut weh, daran zu denken, dass deine Mum das letzte Mal mit uns hier war«, sagte Zack schließlich leise und streichelte über Jamies Arm.

Jamie nickte stumm.

»Aber weißt du, was noch viel schlimmer wäre?«

»Was?«

»Wenn ich hier jetzt ohne dich sein müsste.«

Jamie musste schlucken und vertraute seiner Stimme nicht genug, um etwas zu sagen.

»Du hättest bei diesem beschissenen Unfall genauso sterben können. Wärst es beinah ja auch. Zweimal mussten die Ärzte dich zurückholen, weil du fast unter ihren Händen weggestorben bist.« Zack atmete tief durch, um die unerträgliche Vorstellung bloß nicht zu nah an sich heranzulassen. »Aber du hast gekämpft und du lebst. Das ist alles, was zählt. Und weißt du, was deshalb absolut scheißegal ist? Rollstuhl oder Krücken. Das ist mir egal, Jem egal und deinem Dad egal. Und allen anderen, denen du wichtig bist, auch. Weder Ned noch Will, und schon gar nicht Jem oder ich erwarten, dass du hier alles an Krücken schaffst. Dafür haben wir den Rollstuhl dabei. Wenn du also eine Auszeit brauchst, dann nimm sie dir. Du musst niemandem was beweisen. Uns nicht und dir selbst auch nicht. Das hier ist keine Generalprobe dafür, ob du die Schule an Krücken schaffen kannst oder nicht. Das hier sind Ferien und du sollst Spaß haben und alles andere einfach mal vergessen. Okay?«

»Okay«, flüsterte Jamie. Er schloss die Augen und drückte sich fest an Zack. Eine ganze Weile lang saßen sie einfach nur still da und lauschten Stimmengewirr und Gelächter, während der Duft von Hotdogs und Popcorn zu ihnen herüberwehte und die schwüle Sommerluft sie herrlich schläfrig machte.

»Zack?«

»Hm?«

»Wenn du noch ein einziges Mal denkst, dass du wie diese Emilia-Bitch sein könntest, lass ich dich nach den Ferien wirklich alleine zurück zur Schule gehen, verstanden?«

Zack musste lächeln. »Verstanden.«

Eine gute Dreiviertelstunde später erschienen die anderen drei mit Eiswaffeln aus dem Souvenirshop und Jemma trug eine verräterische Papiertüte mit Nessie-Logo.

Misstrauisch beäugte Zack sie aus schmalen Augenschlitzen. »Sag mir jetzt bitte nicht, dass du dir schon wieder irgendeinen überteuerten Merchandise-Mist gekauft hast!«

Jemma grinste und zog die Eiswaffel in letzter Sekunde aus seiner Reichweite. »Sei nett, sonst gibt es kein Eis!« Sie reichte die Waffel stattdessen Jamie und hockte sich neben ihren Bruder auf die Bank. »Außerdem hab *ich* mir gar nichts gekauft.«

Ungläubig blickte Zack zu Will und nahm von ihm sein Eis entgegen. »Das ist nicht dein Ernst, oder? Erst schenkst du ihr ein Armkettchen und jetzt kaufst du für sie den halben Souvenirladen leer?! Hast du irgendwas ausgefressen und wiedergutzumachen?«

Will setzte sich vor die Bank und schleckte vergnügt sein Eis, das in der Affenhitze viel zu schnell zu schmelzen begann. »Erstens ist es nicht der halbe Laden, sondern nur ein Schlüsselanhänger, und zweitens fand ich, dass Jem etwas haben sollte, das sie an diesen Besuch hier erinnert.«

»Stimmt! Stickige, völlig überfüllte Ausstellungsräume mit verschwitzten Touristen aus aller Herren Länder, von denen höchstens jeder dritte die Erfindung des Deos mitbekommen hat, sind auf jeden Fall eine Erinnerung wert!«

Jamie verdrehte die Augen und bevor Zack noch weiter sticheln konnte, würgte er ihn ab. »Hört nicht auf ihn.« Er legte seinen Arm um Jemma. »Das ist total süß. Lass dich von ihm nicht ärgern, kleine Schwester.«

Jemma lachte und lehnte ihren Kopf an seine Schulter. »Von Zack?! Niemals! Er ist ja nur neidisch!«

»Genau!« Anklagend blickte Zack zu Jamie. »Warum kaufst *du* mir keine überteuerten schottischen Plastikmonster made in China?«

Alle lachten.

Ned hatte sich neben Will vor die Bank gehockt und sah von Jemma zu Jamie. »Bist du wirklich der Ältere von euch beiden?«

»Yep, fast zehn Minuten!«

Jemma rollte mit den Augen. »Und darauf bildet er sich mächtig was ein … Dabei war ich einfach nur nett und hab ihm den Vortritt gelassen! Schließlich ist ja allgemein bekannt, dass Jungs in allem etwas langsamer als Mädchen sind. Ich wollte ihm einfach nur ein bisschen Vorsprung gönnen.«

Jamie funkelte sie an. »Schwesterchen, dir ist schon klar, dass du hier das einzige Mädchen unter vier Jungs bist und dich gerade nicht sonderlich beliebt bei uns gemacht hast, ja?«

Eine knappe Stunde später lagen die fünf auf zwei Wolldecken in dem kleinen Uferwäldchen, in dem sie am Vormittag auf Ned gewartet hatten. Keiner von ihnen hatte große Lust darauf verspürt, in irgendeinem überfüllten Touristencafé zu essen. Stattdessen hatten sie sich Sandwiches und kalte Getränke gekauft und das Getümmel in Drumnadrochit verlassen.

Glücklicherweise hielt das Wetter weiterhin, doch selbst im Schatten der Bäume war die Hitze drückend und machte alle schlapp und müde. Jamie war eingeschlafen, kaum dass er sein Sandwich gegessen hatte, und auch Ned hatte sich zusammengerollt und schlief. Jemma lehnte an Wills Seite und blickte schläfrig durch die Bäume aufs Wasser hinaus, während Zack gedankenversunken mit einer von Jamies hellen Haarsträhnen spielte. Will dagegen blickte auf Jamies T-Shirt, das ein Stück hochgerutscht war und einen breiten Streifen Haut freigab. Dunkle Verfärbungen waren unter dem Shirtsaum zu erkennen.

»Wie schlimm ist es?«, flüsterte er, um Jamie und Ned nicht aufzuwecken.

Fragend schaute Zack auf und Will nickte zu Jamie. »Seine Prellung.«

Zack sah das verrutschte Shirt und zögerte einen Moment, doch dann fasste er den dünnen Stoff und zog ihn vorsichtig zurück. Will stieß einen leisen Fluch aus. Russells Boxhiebe hatten auf Jamies kompletter linker Rippenseite einen riesigen Bluterguss hinterlassen, der in allen Farben des Regenbogens schillerte.

»Was für ein Arschloch«, knurrte Will. »Hast du ihn dafür schon zur Rede gestellt?«

Zack schüttelte den Kopf und zog Jamies Shirt wieder runter. »Sonntag war keine Zeit, da mussten wir packen. Ich hab ein paar Mal versucht, ihn auf dem Handy zu erreichen, aber er ist nicht rangegangen.«

Will schnaubte. »Ein Feigling ist er also auch noch, ja?« Verächtlich schüttelte er den Kopf. »Sag Bescheid, wenn du ihn dir vorknöpfst. Ich bin sofort dabei.« Er grinste hinterlistig. »Ich könnte den Fluchtwagen fahren.«

Zack grinste zurück. »Coole Idee. Danke!«

Jemma wand sich aus Wills Arm und blickte warnend von einem zum anderen. »Ich hoffe, das ist nur ein Scherz.«

Ungläubig sah Will sie an. »Das sagst ausgerechnet du? Als ich Jamie vor ein paar Monaten manipuliert und ausgenutzt hab, um Neds Leben zu retten, hast du mir die Freundschaft gekündigt und mit einem fingerdicken Dolch in meinem Herz herumgestochert! So hat es sich jedenfalls angefühlt. Und da ist Jamie nicht mal was passiert! Jetzt kommt ein feiges Arschloch daher, das zwei Köpfe größer und doppelt so breit wie dein Bruder ist, schlägt ihn zusammen, bloß weil er Zack nicht für sich haben kann, und das willst du diesem Mistkerl nicht heimzahlen?!«

Verärgert erwiderte Jemma seinen Blick. »Mann, natürlich würde ich Russell am liebsten meine Füße dahin rammen, wo es euch Jungs am meisten wehtut! Aber was soll das bringen? Damit schaukelt sich doch alles nur immer weiter hoch! Was, wenn Russell sich Jamie dann aus Rache noch einmal vornimmt? Wie du ganz richtig bemerkt hast, ist der Mistkerl größer und stärker! Und offensichtlich ist ihm scheißegal, dass Jamie sich kaum wehren kann! Wer weiß also, wie Russell ihn dann womöglich zurichtet?« Angst und Sorge standen jetzt in ihren Augen, als sie Zack vorwurfsvoll ansah. »Du weißt doch, dass Jamies Wirbelsäule das nicht aushält. Prügeleien, Stürze – so was kann er sich nicht leisten! Ich will jedenfalls nicht, dass er verletzt wird und dann womöglich nicht noch einmal Glück hat, sondern für immer im Rollstuhl landet! Du vielleicht?!«

Zack zog eine Augenbraue hoch. »Das war eine rhetorische Frage und darauf muss ich jetzt nicht wirklich antworten, oder?«

Jemma biss sich auf die Unterlippe. »Ja – nein. Tut mir leid.« Unwirsch wischte sie sich über die Augen. »Ich will nur einfach nicht, dass ihm irgendwas passiert. Das ertrag ich nicht noch mal, okay?« Sie sah von Zack zu Will. »Und ich will auch nicht, dass euch beiden was passiert oder dass ihr euch wegen einem Scheißkerl wie Russell Ärger einhandelt. Lasst ihn also einfach in Ruhe!«

»Schon gut.« Sanft zog Will sie zurück in seine Arme. »Niemandem wird irgendwas passieren, versprochen.«

Jemma ließ seine Umarmung zwar zu, doch vollständig besänftig war sie noch nicht. »Du weißt, dass Jamie nicht will, dass du wegen Russell irgendwas unternimmst.« Sie bohrte ihren Blick in Zacks. »Also hör auf ihn und vergiss deine Rachegelüste. Wenn Russell wirklich immer noch in dich verknallt ist, dann muss ihm nach der Aktion von Samstag ja wohl endgültig klar sein, dass er bei dir nicht mehr landen kann. Also ignorier ihn einfach, das ärgert ihn am meisten. Damit ist er gestraft genug und wir haben alle unsere Ruhe vor ihm.«

Zack sah von ihr zu Jamie, der noch immer friedlich schlief. Sacht fuhr er durch den strubbeligen Haarschopf, dann nickte er und blickte zurück zu Jemma.

»In Ordnung. Wenn Russell uns in Ruhe lässt, belassen wir es dabei. Sollte er sich allerdings noch ein einziges Mal an Jamie vergreifen, schwöre ich, wird er es bitter bereuen.«

Müde rieb Will sich über die Augen.

Mann, er musste tatsächlich eingeschlafen sein.

Ein dumpfes Grollen klang aus der Ferne über den See und er blickte alarmiert auf, als die Baumwipfel über ihnen plötzlich von einer heftigen Windböe aufgewirbelt wurden.

Oh Mist.

Er setzte sich auf. Jemma lag zusammengerollt neben ihm und er strich ihr über die Schulter. »Wach auf. Das Gewitter kommt.«

Sie blinzelte und bemerkte sofort das düstere Zwielicht, das unter den Bäumen herrschte. »Himmel, wie lange haben wir denn geschlafen?« Rasch rappelte sie sich auf, streifte ihre Sandalen über und begann die Vorräte in Rucksäcke und Korb zu packen.

»Nicht mal eine Stunde. Das Gewitter muss verdammt schnell aufgezogen sein.« Will weckte die anderen.

Wieder donnerte es und diesmal klang es bereits deutlich lauter.

»Shit! Wir müssen aus dem Wald raus.« Zack war sofort hellwach und schlüpfte in seine ausgelatschten Chucks. »Wer weiß, wie schlimm so ein Unwetter hier am See werden kann.«

»Ins Auto«, murmelte Jamie verschlafen. Er hatte mit dem Wachwerden deutlich mehr Mühe und seine steifen Muskeln machten es ihm schwer, seine Schuhe anzuziehen. »Da sind wir sicher. Faraday'scher Käfig und so.«

Zack rollte mit den Augen. »Süßer, komm mir jetzt nicht mit Physik!« Er fasste ihn unter den Armen und half ihm auf die Beine. Grinsend wollte Jamie etwas erwidern, doch ein lauter Donnerschlag ließ ihn verstummen. Auch die anderen hielten erschrocken inne und starren durch die Bäume auf den See, dessen finsteres Wasser durch den Wind aufgewühlt wurde.

»Wir müssen hier weg. Und zwar schnell!« Will fuhr zu Zack und Jamie herum, während er gleichzeitig Jemma und Ned half, alle Sachen in die Taschen zu stopfen. »Geht, los! Wir packen hier zusammen und holen euch ein!«

Zack nickte und wandte sich zu Jamie um. »Komm!« Er beugte sich hinunter, damit Jamie sich auf seinen Rücken ziehen konnte.

Jamie hasste es, sich tragen zu lassen, doch an Krücken war er einfach zu langsam, also schluckte er seinen Stolz hinunter und schlang seine Arme um Zacks Schultern. »Tut mir leid.«

»Sei nicht blöd.« Zack zog ihn auf seinen Rücken. »Beeilt euch!«, rief er den anderen zu und lief so schnell er konnte quer durch den Wald den Hang hinauf in Richtung Feldweg, auf dem sie ihren Wagen geparkt hatten.

Will, Ned und Jemma rafften ihre Sachen zusammen und folgten ihnen. Der Weg den Hügel hinab zum See hatte keine fünf Minuten gedauert. Bergauf kam er ihnen jetzt ewig vor. Donner hallte immer lauter über sie hinweg und der Wind peitschte mittlerweile so heftig durch die Baumkronen, dass er Blätter und kleinere Äste abriss und durch die Luft schleuderte. Blitze zuckten und durch das aufgewühlte Blätterdach drangen immer häufiger Regentropfen bis zu ihnen durch.

Keuchend biss Zack die Zähne zusammen. Jamie war zwar

nicht schwer, dennoch hatte Zack mit seinem zusätzlichen Gewicht zu kämpfen. Schon bald spürte er bei jedem Schritt ein fieses Stechen in Waden und Oberschenkeln und auf dem unebenen Boden musste er höllisch aufpassen, dass er nicht stolperte. Trotzdem kämpfte er sich eisern Meter für Meter vorwärts. Als der Waldrand endlich in Sicht kam, stöhnte er erleichtert auf und hielt einen Moment lang inne, um zu Atem zu kommen.

»Lass mich runter.« Jamie wand seine Beine aus Zacks Griff. »Du kannst nicht mehr.«

Zu erschöpft, um ihn bei seinem Gezappel festzuhalten, ließ Zack ihn los, schüttelte aber gleichzeitig den Kopf, als erneut ein greller Blitz über den Himmel flackerte.

»Wir müssen weiter«, stieß er hervor und wollte Jamie wieder auf seinen Rücken ziehen.

»Nein.« Will stoppte neben ihnen und drückte Zack den Picknickkorb und eine Decke in die Hand. »Jamie hat recht. Du kannst nicht mehr.«

Bevor Zack etwas sagen konnte, zog Will den Autoschlüssel aus seiner Hosentasche und drückte ihm den auch noch in die Hand. »Schließ das Auto auf. Das letzte Stück ist plattes Feld, da müssen wir so schnell wie möglich drüber weg. Das Gewitter ist fast über uns. Mit Jamie schaffst du das nicht mehr schnell genug, also helfe ich ihm.«

Zack zögerte.

»Geh schon!«, drängte Jamie. Er ließ Zack los und suchte auf dem abschüssigen Waldboden Halt bei Will.

Zack rannte los.

Will nahm Jamie auf den Rücken und folgte ihm. Als sie den Waldrand hinter sich ließen und aufs freie Feld hinaushetzten, trafen Regen und Sturmböen sie mit voller Wucht.

Der Wind zerrte an ihren Kleidern und Haaren und innerhalb von Sekunden waren sie bis auf die Haut durchnässt. Düstergrauer Himmel tobte über ihnen, doch als Jamie einen Blick zurückwarf, sah er eine nachtschwarze Wolkenwand, die sich erschreckend schnell vom See aus auf sie zu schob. Das Gewitter, das bisher um sie herum wütete, war vermutlich noch gar nichts verglichen mit dem Unwetter, das sie gnadenlos einholte.

Ein weit verästelter Blitz flackerte über die Wolkendecke und nur zwei Herzschläge später krachte der Donnerschlag. Unheilvoll hallte er zwischen den Hügeln nach, als Will sich die letzten Meter über die Wiese zum Auto kämpfte. Durch die dichten Regenschleier konnte er verschwommen sehen, dass Ned und Jemma bereits in Sicherheit waren, während Zack die Türen für ihn und Jamie aufriss. Sie erreichten den Wagen, als ein weiterer Blitz grell zuckte und nur einen Sekundenbruchteil später der Donner knallte. Mit zittrigen Gliedern ließ Jamie sich von Wills Rücken gleiten. Seine Arme und Rippen schmerzten und er war froh, dass Zack ihn festhielt, denn seine Beine wollten ihm nicht gehorchen. Hastig half Zack ihm ins Auto und Will warf die Tür hinter ihnen zu. Dann stieg auch er schnell ein.

Die Dunkelheit zog sich über ihnen zusammen, nur unterbrochen vom gleißenden Licht der Blitze, die immer wieder vom Himmel zuckten. Donnerschläge schienen von allen Seiten zu hallen und der Regen trommelte so laut auf das Autodach, dass sie kaum ihre keuchenden Atemzüge hören konnten.

»Himmel, das war knapp.« Stöhnend wischte Will sich die tropfnassen Haare aus dem Gesicht. »Sind alle in Ordnung?«

Atemloses Nicken war die Antwort.

Jamie sah hinaus in das tobende Unwetter und schauderte. Ob es an der Horrorvorstellung lag, was alles hätte passieren können, oder daran, dass ihm seine nassen Klamotten kalt am Leib klebten, konnte er nicht sagen. Vermutlich an beidem.

»Danke«, murmelte er in Richtung Will und Zack.

»Kein Thema.« Will lächelte ihm kurz im Rückspiegel zu, dann wandte er sich an Ned. »Wie hast du den Sprint den Hügel hoch verkraftet?«

Ned hob die Schultern. »Ganz gut, denke ich. Meine Beine fühlen sich ein bisschen schwer und zittrig an, aber noch ist nichts dramatisch.« Er wies mit einem Kopfnicken zum Kofferraum. »Ich hab aber meine Nährstofflösung hinten im Rucksack, falls es schlimmer wird. Erst mal will ich aber abwarten, ob mein Superkörper es auch so hinkriegt, okay?«

»Klar, du bist der Boss.«

Auf der Rückbank massierte Jemma ihre schmerzenden Waden und Oberschenkel. »Dein Zaubermittel könnte ich jetzt auch vertragen. Meine Beine zittern nämlich auch wie blöde.«

»Wenn es danach geht, könnte Ned wohl 'ne Runde schmeißen«, stöhnte Zack.

Ned lachte und machte eine einladende Handbewegung. »Bitte, bedient euch nur!«

Jemma wandte sich um und beugte sich über die Rücklehne in den Kofferraum des SUVs.

Jamie warf ihr einen schrägen Blick zu. »Dir ist schon klar, dass das Zeug nur Ned hilft, ja?«

»Na, wenn es auch bei natürlichen Muskeln gegen Schwäche und Zittern helfen würde, hättest du es ja wohl längst schon ausprobiert, oder nicht?« Jemma warf eine der Wolldecken nach ihm.

Jamie verzog das Gesicht. »Ja, literweise.«

Jemma tauchte erneut in den Kofferraum ab, um auch noch die zweite Decke herauszuangeln. »Mir ist kalt und ihr seht auch ziemlich durchgefroren aus.« Eine der Decken behielt sie auf der Rückbank, die andere reichte sie zu Ned und Will nach vorne.

Ned seufzte und fuhr mit den Fingern über seinen Unterarm. Der Tastsinn in seinen Händen funktionierte mittlerweile und er konnte die Berührung in den Fingerkuppen spüren. Auf seinem Arm dagegen spürte er fast gar nichts. Und Kälte kannte er in seinem neuen Körper auch nicht mehr.

»Mir ist nicht kalt.« Er schob die Decke zu Will und starrte hinaus in den Gewittersturm.

Er wusste, dass er dankbar sein sollte. Dafür dass er lebte. Dafür dass er hier mit seinen Freunden war – dass er überhaupt Freunde hatte! – und mit ihnen Ferien machen konnte, statt wegen einer beschissenen Krankheit im Haus eingesperrt zu sein und sich krank und elend zu fühlen. Und er sollte dankbar dafür sein, dass er seinen neuen Körper schon so gut im Griff hatte, dass die Flucht den Hang hinauf kein Problem für ihn gewesen war.

Verdrossen ballte er die Fäuste.

Für all das war er ja auch dankbar. Unglaublich dankbar sogar.

Aber trotzdem …

»Hey, das kommt schon noch.« Sanft drückte Will seine Schulter und schlang die Wolldecke trotzdem um ihn.

Ned mied seinen Blick und schnaubte nur. Ein Blitz erhellte das Dunkel um sie herum.

»Vielleicht sollte ich rausgehen und hoffen, dass mich einer von denen trifft«, murmelte er. »Das hat Frankensteins Monster doch auch zum Leben erweckt, oder nicht?«

Er hörte ein Klacken, als Will die Zentralverriegelung einrasten ließ. Augenrollend drehte Ned sich zu seinem Bruder um. »Ernsthaft?! Mann, das war nur ein Scherz! Glaubst du wirklich, ich wäre so bescheuert?«

Will sah ihn durchdringend an. »Ich gehe nur auf Nummer sicher.«

Wieder rollte Ned mit den Augen und wandte sich ab.

»Ein Blitz wäre vielleicht übertrieben«, meinte Zack. »Wie viel Volt kann so ein Ding haben?«

Jamie hob die Schultern. »Wenn du Pech hast – ein paar Hunderttausend?«

»Klingt eher unangenehm.« Zack zog die Nase kraus. »Wie viel hat ein elektrischer Stuhl?«

»Keine Ahnung. Vielleicht zwei- oder dreitausend? Das sollte vermutlich schon reichen, um einen Menschen zu töten.«

»Aber das kann man dosieren, oder?«

»Wahrscheinlich schon.«

Jemma warf Zack einen schiefen Blick zu. »Will ich wissen, warum du das fragst?«

Zack grinste und knuffte Ned von hinten gegen die Schulter. »Na, vielleicht solltest du deinen Dad fragen, ob er dir nicht einen elektrischen Stuhl kaufen kann. Klingt irgendwie berechenbarer, sich damit die Nervenbahnen stimulieren zu lassen, als sich nach da draußen zu stellen. Dein Geburtstag ist zwar schon vorbei, aber unterm Weihnachtsbaum käme der sicher sehr schick.«

Gegen seinen Willen musste Ned lachen. »Blödmann!« Er boxte nach Zack, verfehlte ihn aber.

Ein Blitz zuckte durch die Dunkelheit und im gleichen Moment krachte der Donner so laut, dass die Autoscheiben vibrierten.

»Definitiv ein paar Hunderttausend«, murmelte Jamie, während der Sturm an ihrem Wagen rüttelte.

»Kannst du bei dem Wetter überhaupt fahren?« Unbehaglich sah Jemma hinaus in das Unwetter.

Will schüttelte den Kopf. »Nicht solange es so heftig regnet. Das ist mir zu gefährlich. Gegen die Wassermassen kommt kein Scheibenwischer an und einen Blindflug werde ich garantiert nicht riskieren. Dafür sind mir unsere Leben zu lieb.«

»Warten wir halt ab, bis das Schlimmste vorübergezogen ist«, meinte Zack schulterzuckend. »Hier drin sind wir ja sicher.« Grinsend legte er seinen Arm um Jamie. »Und wenn du willst, darfst du mir jetzt auch gerne diesen Faraday'schen Käfig erklären.«

Kapitel 9

Da seid ihr ja endlich!« Dunnington war die Erleichterung deutlich anzusehen, als er aus dem Salon trat. »Wo wart ihr denn so lange? Ich hab mir Sorgen gemacht!«

Die Fahrt zurück nach Abberton Hall war die Hölle gewesen und obwohl Will den Wagen so dicht wie nur möglich vor dem Eingang des Herrenhauses geparkt hatte, waren die fünf auf den wenigen Metern bis zur Tür erneut patschnass geworden.

Prycilla erschien im Durchgang zum Salon und hielt sich an ihrem obligatorischen Weinglas fest. »Oh, dem Himmel sei Dank, ihr seid endlich zurück!«

Will bedachte sie der Höflichkeit halber mit einem knappen Lächeln, dann wandte er sich an seinen Vater. »Tut uns leid, Dad.« Er wischte sich die nassen Haare aus dem Gesicht. »Wir wollten anrufen, aber in dem Unwetter gab es keinen Empfang.«

»Ich weiß. Ich hab auch versucht, euch zu erreichen.« Dunnington musterte die fünf, die nass und zerzaust den edlen Teppich in der Eingangshalle volltropften. »Was ist passiert?«

»Wir waren am See und sind eingeschlafen«, antwortete Zack. »Das Gewitter hat uns überrascht, aber wir konnten uns im Auto in Sicherheit bringen, bevor es richtig schlimm wurde.« Er zupfte an T-Shirt und Jeans, die ihm unangenehm feucht an der Haut klebten. »Nur der Regen war leider ein bisschen schneller.«

Dunnington nickte und warf einen kurzen Blick auf Ned und Jamie. »Geht hoch und zieht euch um.«

Die fünf wandten sich schon zur Treppe, als Prycillas schrille Stimme sie zurückhielt.

»Ihr seid ja völlig durchnässt!« Offensichtlich hatte sie für diese Erkenntnis etwas länger gebraucht. Jetzt trippelte sie durch die Eingangshalle und musterte jeden Einzelnen mit theatralisch besorgten Blicken, bis sie schließlich bei Jamie ankam. »Lieber Himmel, armer Junge! Du musst dich sofort umziehen!«, quäkte sie herzzerreißend und Jamie wich entsetzt zurück, als sie ihm allen Ernstes durch die nassen Haare streicheln wollte. »Sonst bekommst du noch eine Lungenentzündung und du bist ja nun wirklich schon krank genug!«

Einen Moment lang starrte er sie einfach nur an, dann zwang er sich, tief durchzuatmen und presste fest die Lippen aufeinander, um nicht etwas zu sagen, das ihm gewaltigen Ärger eingebracht hätte. Mit aller Selbstbeherrschung, die er aufbringen konnte, wandte er sich ab und stieg so rasch er konnte die Stufen hinauf.

»Ja, geh schnell!«, wedelte Lady McLean ihm mit ihrer freien Hand hinterher, während sie sich mit der anderen einen ordentlichen Schluck Wein gönnte. Dann sah sie in die Runde. »Zum Glück haben wir heute einen Arzt im Haus. Doktor Alastor hat sich wegen des Unwetters entschieden, die Nacht hier zu verbringen und nicht nach Inverness zurückzufahren. Sehr vernünftig, der Mann, wirklich. Sehr vernünftig.« Sie warf mit einem nervtötend gönnerhaften Lächeln um sich. »Ihr müsst euch also keine Sorgen um euren Freund machen. Falls er einen Anfall oder so was bekommt, ist er in guten Händen.« Leicht schwankend wandte sie sich um und wankte zurück in Richtung Salon.

Zack ballte die Fäuste und funkelte ihr hinterher. »Den Anfall krieg ich gleich, wenn die alte Kuh noch einen einzigen bescheuerten Spruch von sich gibt!«, zischte er durch zusammengebissene Zähne und machte tatsächlich einen Schritt hinter Lady McLean her, doch Will packte ihn am Arm und hielt ihn zurück.

»Lass es. Die kriegt doch kaum mehr mit, was sie da für einen Müll von sich gibt.«

»Das ist keine Entschuldigung!«, fauchte Zack und schüttelte Wills Arm ab.

»Nein, das ist es nicht«, gab Dunnington ihm recht. »Aber ich fürchte, selbst wenn du sie zurechtweisen würdest, käme davon nicht mal die Hälfte bei ihr an.« Er seufzte. »Und ändern würdest du sie auch nicht. Da ist schon seit geraumer Zeit Hopfen und Malz verloren.«

Zack schnaubte und warf Prycilla einen letzten zornigen Blick hinterher. Dann wandte er sich abrupt um und folgte Jamie die Treppen hinauf in den ersten Stock.

»Mann!« Zehn Minuten später ließ Jamie sich in trockenen Klamotten neben Ned aufs Bett fallen und starrte an die dunkle Deckenvertäfelung. »Wie stehen die Chancen, dass wir uns das Folterdinner mit den Freaks da unten gleich ersparen können? Denn ganz ehrlich, ich weiß nicht, ob ich heute noch mehr dämliche Sprüche von der bekloppten Lady ertrage, ohne irgendwann auszurasten.«

»Dich und Ned werde ich entschuldigen.«

Jamie rappelte sich auf und sah ein wenig zerknirscht zu Neds Dad, der unbemerkt ins Zimmer seiner Söhne getreten war. »Sorry«, murmelte er betreten.

Doch Dunnington winkte nur unbekümmert ab und setzte sich zu seinem Sohn auf die Bettkante. »Hast du deine Werte im Griff?«

Ned grinste matt. »Ja. Dauert nur noch ein bisschen, bis die Drogen wirken.« Er fühlte sich ziemlich steif und schwerfällig. Offensichtlich hatte der Sprint durch das Unwetter seinen

Superkörper doch zu viele Kraftreserven gekostet. Aber mit der Nährstofflösung, die er sich gerade gespritzt hatte, würde sich das rasch wieder geben, wenn er eine Weile ruhig liegen blieb.

Sein Vater nickte zufrieden und klopfte ihm auf die Schulter. »Ruh dich aus.« Dann sah er zu Jamie. »Und du auch. Es war für euch beide ein anstrengender Tag.«

Jamie verzog das Gesicht. »Die Anstrengung hatten eher Zack und Will, weil sie mich tragen mussten.«

Dunnington warf den beiden einen Blick zu, sah dann aber mit einem Augenzwinkern wieder zurück zu Jamie. »Es ist deine Entscheidung. Ich liefere dir hier gerade nur eine perfekte Ausrede, um dem Folterdinner mit den Freaks zu entkommen.«

Jamie grinste. »Okay. Danke.«

Zack stieß einen abgrundtiefen Seufzer aus. »Wie hoch stehen die Chancen, dass der Rest von uns aus der Nummer auch rauskommt?«

»Äußerst gering, fürchte ich.« Will schnitt ihm eine Grimasse.

Ächzend stemmte Zack sich aus seinem Sessel und trottete zur Verbindungstür. »Gib mir zehn Minuten, um mich dinnertauglich zu machen.«

Will warf einen Blick auf die Uhr. »Du hast acht bis der Gong uns zum Essen ruft.«

»Fein, dann reichen für die Freaks auch fünf.«

Als Will, Jemma und Zack das Speisezimmer betraten, saß die Adelsfamilie bereits an der Tafel, die genauso festlich gedeckt war wie am Vorabend. Außer den McLeans und Dunnington saß noch ein untersetzter Mann mit am Tisch. Er mochte um die sechzig sein, hatte mausgraues Haar, einen wichtigtuerischen

Gesichtsausdruck und stellte sich als Doktor Alastor, Leibarzt von McLean senior, vor.

Leibarzt? Echt jetzt?! Zack verdrehte innerlich die Augen.

»Wo sind denn die anderen beiden?«, fragte Lady McLean, als ihr auffiel, dass ihre Gäste nicht vollzählig erschienen waren.

Dunnington lächelte entschuldigend. »Für Jamie war der Tag sehr anstrengend und Ned hat die fürchterliche Hitze zu schaffen gemacht. Wir fanden, die beiden sollten sich ein wenig hinlegen und ausruhen.«

»Oh, die Armen«, säuselte Prycilla. »Es war aber auch wirklich den ganzen Tag über furchtbar unangenehm schwül. Und jetzt dieses grässliche Unwetter! Schrecklich, wirklich, ganz schrecklich. Und es soll morgen noch so weitergehen. Dabei habe ich doch vormittags einen Friseurtermin bei Donaldina! Wenn der ausfällt – nicht auszudenken! Sie ist unglaublich exklusiv, musst du wissen.« Dann schien sie sich plötzlich darauf zu besinnen, dass weder ihre drohende Haarkrise noch das Wetter eigentlich Thema gewesen waren. »Aber, meine Güte, dein armer Junge! Hoffentlich hat er keinen Hitzschlag! So was kann ja so entsetzlich schnell gehen! Vielleicht sollte Doktor Alastor nach den beiden sehen?«

Der Arzt blickte sie so entsetzt an, als würde sie von ihm verlangen, als Notfallsanitäter in ein hart umkämpftes Kriegsgebiet aufzubrechen.

»Ich denke, das wird nicht nötig sein«, wiegelte Dunnington ab. »Die beiden sind einfach nur müde und erschöpft.«

Doktor Alastor wirkte unverschämt erleichtert, dass ihm der Einsatz am Krisenherd der Jugendfront erspart blieb.

»Ich bitte ihr Fehlen zu entschuldigen, Angus.« Dunnington sah zu McLean senior, der in seinem Rollstuhl am Kopf der Tafel thronte.

Zack rechnete fest mit einem bösen Kommentar wie »*Keinen Respekt vor der schottischen Gastfreundschaft!*« oder alternativ: »*Bei so was Schwäche zu zeigen – eine Schande!*« Doch nichts dergleichen kam. Im Gegenteil. Zu Zacks Erstaunen nickte McLean nur und wandte sich dann an seinen Butler, der gerade dabei war, die Vorspeise zu servieren.

»Johnston, sorgen Sie dafür, dass man den Jungen das Dinner aufs Zimmer bringt.«

»Sehr wohl, Mylord.«

Wow.

Perplex sah Zack zu Jemma und Will, die ebenfalls verblüfft über so viel Freundlichkeit und Verständnis waren.

»Ich hoffe, ihr hattet einen netten Tag?«, wandte sich Lady McLean an Jemma. »Habt ihr euch unser schönes Schottland angesehen?«

»Ja.« Jemma lächelte höflich, froh, ein unverfängliches Thema angeboten zu bekommen, mit dem sich hoffentlich Konversation betreiben ließ, ohne dass sich irgendwer an die Gurgel ging. »Die Gegend hier ist wunderschön. Wir waren in Urquhart Castle und haben uns eine der Nessie-Ausstellungen angesehen. Leider war beides ziemlich überlaufen.«

»Oh ja«, seufzte Prycilla. »Diese schrecklichen Touristen sind eine wahre Plage! Ich weiß, sie bringen Geld, aber dieses Pack, das aus aller Herren Länder hier einfällt, ist wirklich kaum zu ertragen.«

»Ich hoffe, ihr habt euch von all den Fantasiegeschichten in dieser schrecklich reißerischen Ausstellung nicht blenden lassen.« Emilia musterte Zack, Will und Jemma in ihrer typisch überheblichen Art. »Es hat mit Sicherheit niemals irgendein Ungeheuer in Loch Ness gegeben. Das war von jeher nur ein billiger PR-Trick, um die Tourismusbranche mit der Leichtgläubigkeit von schlichteren Geistern anzukurbeln.«

»Na, ich weiß nicht«, meinte Will. »Die erste Sichtung geht auf das Jahr 565 zurück. Ich glaube kaum, dass man Geschichten von Ungeheuern zur dieser Zeit als PR-Gag für den schottischen Tourismus verbreitet hat.«

McLean senior lachte auf. »Da hast du wohl recht, mein Junge!«

Emilia warf ihrem Großvater einen beleidigten Blick zu, bevor sie sich wieder an Will wandte. »Nein, natürlich nicht. Zu dieser Zeit wurden sie eingesetzt, um den leichtgläubigen Menschen Angst und Respekt einzuflößen«, gab sie besserwisserisch zurück und warf erneut einen Blick auf ihren Großvater. »Natürlich kenne ich mich mit der Geschichte meiner Heimat aus und der Bericht, auf den du anspielst, stammt von einem Abt, der angeblich mit seiner ihm von Gott gegebenen Macht einen Mann vor einem schrecklichen Ungeheuer rettete, als der im See schwamm.« Sie lachte überlegen. »Als ob davon auch nur ein Wort wahr wäre! Das war nur ein Mittel, um den einfachen Leuten Gottesfurcht und Respekt vor den Kirchenmännern einzutrichtern. Nichts weiter.«

McLean senior nickte wohlwollend und Emilia lächelte zufrieden.

Wenig beeindruckt zuckte Zack mit den Schultern. »Mag schon sein. Trotzdem finde ich die Vorstellung, dass eine urzeitliche Plesiosaurierfamilie im See gehaust haben könnte, ziemlich cool. Die Natur bringt so viele unglaubliche Dinge zustande, die man sich manchmal nur schwer erklären kann. Wer weiß, was für Urzeitwesen vielleicht noch auf dem Grund der Meere leben, von denen die Kryptozoologie noch nicht mal was ahnt.«

»Ja, auf dem Grund eines riesigen Ozeans vielleicht«, gab

Emilia schnippisch zurück. »Aber sicher nicht in dem kleinen Loch Ness. Das ist schon hunderte Male mit den modernsten U-Booten abgesucht worden und man hat nichts gefunden.«

»Mittlerweile sind sie sicher auch längst tot und metertief unter Schlamm begraben.« Zack zuckte erneut mit den Schultern. »Vor ein paar tausend Jahren sah das aber vielleicht noch ganz anders aus.

Emilia bedachte ihn mit einem gönnerhaften Lächeln, als würde sie mit einem zurückgebliebenen Sechsjährigen sprechen. »Wenn du daran glauben möchtest, dann will ich dir dein kleines Weltbild natürlich nicht zerstören.«

Zack erwiderte ihr Lächeln, doch in seinen Augen blitzte es boshaft, als er so leise, dass nur sie ihn hören konnte, flüsterte: »Na, immerhin ist deine Familie doch der beste Beweis, dass sich hier am See gerne ein paar Monster zusammenrotten, oder nicht?«

Wenn Blicke töten könnten, hätte Zack augenblicklich das Zeitliche gesegnet. So aber grinste er nur, pickte eine Tomate aus seinem Salat und schob sie sich genüsslich in den Mund.

Neben ihm kochte Emilia vor Wut, doch zu einem Konter kam es nicht mehr, denn plötzlich meldete sich ihr sonst so schweigsamer Vater zu Wort.

»Edward.« Er fixierte den Wissenschaftler mit forschendem Blick. »Ich weiß immer noch nicht den Grund für deinen Besuch bei uns. Die Lieferung, die heute Mittag hier eingetroffen ist, lässt mich allerdings hoffen, dass ich mit meiner Vermutung richtigliegen könnte.«

»Ja, Himmel!«, zwitscherte Prycilla enthusiastisch über den Tisch. »Die Kiste war so riesig wie ein Kleiderschrank! Vier Männer mussten sie hoch in Vaters Räume tragen!« Sie sah zu McLean senior. »Was hast du dir da nur schicken lassen?«

Der alte Lord ignorierte seine Schwiegertochter und blickte stattdessen zu Geoffrey. »Was für eine unglaublich schlaue Vermutung hast du denn, mein Sohn?«

Der ließ sich durch den spöttischen Tonfall seines Vaters nicht provozieren. »Ich hoffe, du wirst auf deine alten Tage doch noch vernünftig und folgst meinem Ratschlag, endlich Hightechgehilfen statt Menschen in der Produktion einzusetzen, um so die Firma effizienter zu machen. Arbeitsplätze erhalten zu wollen, ist ja ganz ehrenhaft, aber auch reichlich antiquiert. Die Maße der Lieferung, die heute angekommen ist, sowie Edwards Besuch bei uns, lassen mich hoffen, dass du deine Einstellung endlich dem einundzwanzigsten Jahrhundert angepasst hast und dir von Edward einen Roboter zeigen lässt, der das Wohl unserer Firma noch lange sichern wird.«

Angus McLean lachte auf. »Oh, mein Sohn! Wie immer bist du ganz nah an der Wahrheit dran und doch Lichtjahre davon entfernt.«

Geoffrey blickte seinen Vater hasserfüllt an, doch den kümmerte das wenig, denn er sah stattdessen zu Dunnington. »Ich denke, es ist an der Zeit, die Katze aus dem Sack zu lassen, oder was denkst du, Edward?«

»Wie du meinst, Angus.« Ein deutliches Seufzen lag in Dunningtons Stimme und der entschuldigende Blick, den er Will, Zack und Jemma zuwarf, sagte nur allzu deutlich, dass er ihnen das unschöne Szenario, das jetzt unweigerlich folgen würde, gerne erspart hätte.

»Mann, ihr habt echt was verpasst.« Zack stupste Jamie, bis der ihm auf dem Bett genug Platz machte, damit er sich neben ihn setzen konnte.

»Seid bloß froh, dass ihr nicht dabei gewesen seid.« Stöhnend ließ Jemma sich am Fußende gegen die Bettlehne sinken und pfriemelte die ziependen Spangen aus ihren Haaren.

»So schlimm?«, fragte Jamie mitleidig.

Zack verzog das Gesicht. »Sagen wir so: Wenn das Dinner noch ein paar Minuten länger gedauert hätte, hätte sich das Esszimmer da unten vermutlich in einen Tatort verwandelt.«

»Wow«, grinste Ned. »Was ist denn diesmal passiert?«

Will atmete tief durch und sah seinen Bruder ernst an. »McLean hat seiner Sippe gesagt, warum Dad hier ist und was die beiden vorhaben.«

Für einen Moment konnte Ned ihn nur stumm anstarren und als er schließlich seine Stimme wiederfand, klang sie ziemlich gepresst. »Wie – wie haben sie reagiert?«

»Na, wie zu erwarten war.« Seufzend fuhr Will sich über die Augen. »Um es nett auszudrücken: Geoffrey und Prycilla sind wenig angetan davon, dass der alte Herr ihnen vermutlich noch wenigstens fünfzehn Jahre erhalten bleibt, statt eher kurzfristig das Zeitliche zu segnen. Auch wenn sie das natürlich nicht laut gesagt haben.«

»Nee, aber die Tatsache, dass Geoffrey angedroht hat, seinen Vater entmündigen zu lassen, weil der Schlaganfall ihm wohl mehr Sicherungen durchgebrannt hätte als gedacht, sprach Bände.« Zack zog die Nase kraus.

Jamie lachte freudlos auf. »Wow. Ich wette, diese Drohung hat dem alten McLean so richtig gut gefallen.«

»Und wie!« Jemma schnaubte. »Die beiden haben sich Beleidigungen an den Kopf geworfen, bis Geoffrey irgendwann wutschnaubend aus dem Zimmer gestürmt ist und seinem Vater angedroht hat, dass er schon noch sehen werde, was er davon hat. Ach ja, und Prycilla hat hysterisch rumgeheult und wie immer irgendwelchen Schwachsinn von sich gegeben, bis Emilia und ihr Großvater geschrien haben, dass sie mit dem Geplärre aufhören soll.«

Die Tatsache, dass Lady McLean ihrem Schwiegervater vorgeworfen hatte, sich in eine seelenlose Robotermissgeburt zu verwandeln, verschwieg sie. Ned sah ohnehin schon reichlich mitgenommen aus, da wollte sie ihm mit Prycillas idiotischem Gelaber nicht noch zusätzlich wehtun.

»Ich war echt froh, als der alte McLean dem Ganzen ein Ende bereitet und das Dinner für beendet erklärt hat.« Müde strich sie eine Haarsträhne aus ihrer Stirn und lehnte sich gegen Will. Der legte seinen Arm um sie und zog sie an sich.

»Kann ich mir gut vorstellen«, meinte Jamie mitfühlend.

»Wie haben Emilia und Finley reagiert?« Ned hatte die Knie mit den Armen umschlungen und wippte nervös vor und zurück.

»Wahrscheinlich wird Finley die Vorstellung, dass sein Großvater ihm noch recht lange erhalten bleibt, alles andere als toll finden«, vermutete Zack. »Allerdings ist das schwer zu sagen, denn der Typ spricht ja kaum. Als seine Eltern und sein Großvater sich gegenseitig an die Gurgel gegangen sind, blieb er stumm wie ein Fisch.«

»Und Emilia?«

Zack runzelte die Stirn. »Die war auch erstaunlich ruhig, oder nicht?«

Jemma nickte. »Ich denke, sie findet die Idee gut. Dass sie ihre Mutter hasst, ist ja offensichtlich, und ob das bei ihrem Vater anders ist, wage ich zu bezweifeln. Den alten McLean dagegen scheint sie zu mögen. Vermutlich wird sie also froh sein, dass ihr Großvater einen Weg gefunden hat, ihr noch länger erhalten zu bleiben, weil er der Einzige ist, den sie aus ihrer

Familie respektiert. Und McLean scheint ihr gegenüber ja auch deutlich wohlwollender als gegenüber dem Rest seiner Sippe. Hat er nicht gestern gesagt, sie sei die Einzige in der Familie, die den Namen McLean wirklich verdient hat?«

Jamie nickte langsam. »Ja, da war so was.«

»Jedenfalls ist Emilia bei ihm geblieben, als McLean der Kragen geplatzt ist und er das Dinner beendet hat«, sagte Zack und sah zu Jemma. »Vielleicht hast du recht und sie wollte ihm sagen, dass sie die Idee mit dem Roboter klasse findet. Sie schleimt sich bei dem Alten ja öfter mal ein. Ich glaube, die ist ein ziemlich berechnendes Biest und sorgt ganz gern dafür, dass sie bei ihrem Großvater einen Stein im Brett hat.«

Will nickte zustimmend und für einen Moment herrschte Schweigen.

»Dann ist es jetzt also raus«, murmelte Ned schließlich. »Der Bioroboter und die Möglichkeit sein Bewusstsein dort hinein zu transferieren sind kein Geheimnis mehr.«

Will beugte sich vor und legte seine Hand auf Neds Knie. »Hey, es ist kein einziges Wort über dich gefallen. Wie abgesprochen haben Dad und McLean es so dargestellt, als sei McLean der Erste, der den Übergang wagen wird. Keine Sorge, von dir erfährt keiner was. Erst dann, wenn du es selbst willst, okay?«

Seufzend nickte Ned. »Es wäre nur schöner gewesen, wenn Dad jemand anderes ausgesucht hätte«, sagte er leise und rieb sich über die Augen. »Jemanden mit einer Familie, die sich darüber freut, dass sie einen geliebten Menschen nicht verlieren muss, und nicht den alten McLean, dessen Leute ihn lieber tot als lebendig sehen wollen.«

»Klar wäre das schöner.« Jamie legte ihm einen Arm um die Schultern. »Aber das ist nicht dein Problem.«

»Das sagt sich so leicht.« Ned raufte sich die Haare und

verbarg dann den Kopf in den Armen, um niemanden ansehen zu müssen. »Es fühlt sich aber total ätzend an, dass die erste öffentliche Rückmeldung, die Dad zu seiner Entwicklung bekommt, so negativ ist.«

Will betrachtete ihn mitfühlend. »Ich glaube nicht, dass Dad darauf Wert legt. Zugegeben, mir wäre auch lieber, er hätte eine umgänglichere Familie als die McLeans gefunden. Aber der Alte hat großen Einfluss in der Medizinwelt und das wird Dad nützlich sein, wenn das Interesse der Öffentlichkeit erst mal geweckt ist. Ein paar einflussreiche Ärzte auf seiner Seite zu haben, wird für die Akzeptanz der Biokörper von unschätzbarem Wert sein. Und dass McLeans Familie Dad keine Rosensträuße dafür überreicht, dass sie sich noch länger mit dem alten Fiesling herumschlagen müssen, dürfte ihm relativ egal sein. Wenn die Biokörper und ihre Möglichkeiten bekannt sind, wird es Hunderte von anderen Familien geben, die ihm auf Knien danken werden, dass sie einen ihrer Lieben vor einem viel zu frühen Tod retten können. Obwohl ich ehrlich gesagt kaum glaube, dass Dad diese Anerkennung wahnsinnig wichtig ist. Viel wichtiger ist ihm, dass er dich rechtzeitig retten konnte und wir dich nicht verlieren mussten so wie Mum.«

»Ich weiß«, murmelte Ned. »Ich hab nur Angst davor, dass–« Er stockte, sprach es dann aber doch aus. »Dass man uns nicht mehr als Menschen sieht, sondern nur noch als Maschinen. Als gefühllose Roboter, die keine Seele haben.«

Entschieden schüttelte Will den Kopf. »Selbst wenn manche das glauben, sollte dich das nicht kümmern, denn du weißt, dass es anders ist.« Er nickte zu Jemma, Jamie und Zack. »Wir alle wissen das. Und was andere denken, ist völlig egal. Wichtig ist, dass du lebst und die Chance hast, all die Dinge zu tun, die du noch vorhast.«

Ned nickte stumm und für eine Weile waren nur das Heulen des Sturms und das Trommeln der Regentropfen gegen die Fensterscheiben zu hören.

Jamie musterte Ned, der gedankenverloren mit einem Finger die Muster auf der Tagesdecke nachzeichnete. Er hatte kein Problem damit, Ned in seinem neuen Körper zu akzeptieren. Für ihn war er einfach ein guter Freund. Jemand, den er gern hatte, dem er vertraute und auf den er sich verlassen konnte. Dass Neds Körper eine hochmoderne bionische Hülle war, spielte dabei für ihn überhaupt keine Rolle.

Ihm war klar, dass der Transfer des menschlichen Bewusstseins in einen Bio-Hightech-Körper unendlich viele Diskussionen lostreten würde und er konnte verstehen, dass Ned Angst davor hatte, dass man ihn, McLean und die anderen, die ihnen folgen würden, anfeinden oder als Menschen zweiter Klasse ansehen könnte. Oder vielleicht gar nicht mehr als Menschen.

Aber was machte einen Menschen denn aus?

Würde es in Zukunft allerlei furchtbar wichtige Kommissionen aus Ethik, Politik, Gesellschaft, Religion und Medizin geben, die sich zusammensetzten und eine Art Katalog dazu erstellten?

Kriterien, die auf jeden Fall erfüllt sein müssen, um ein Mensch zu sein – oder so ähnlich?

Die Welt, in der sie lebten, kam ihm so oft völlig verrückt und unnötig kompliziert vor, dass ihn so was nicht gewundert hätte.

Menschen waren doch ohnehin wahnsinnig verschieden. Was für einen Unterschied machte es da also, ob jemand in seinem natürlichen Körper steckte oder aus Gründen wie Krankheiten oder schweren Verletzungen in einen künstlichen umgezogen war? Ein Körper war schließlich nur eine verdammte Hülle. Und mit der, die Mutter Natur ihnen verpasst hatte, war vermutlich die Hälfte der Weltbevölkerung nicht mal zufrieden.

Wichtig war doch eigentlich nur das, was drinsteckte, oder nicht?

Ein Bewusstsein.

Eine Persönlichkeit.

Eine Seele.

Das war für ihn das, was einen Menschen ausmachte.

Sein Arm lag noch immer um Ned und er drückte seine Schulter. »Du hast gesagt, du hast Angst, dass man euch nicht mehr als Menschen, sondern nur noch als Roboter ansehen könnte, die keine Seele haben.«

Niedergeschlagen blickte Ned zu ihm auf und nickte stumm.

»Ich glaube, Menschen haben keine Seelen«, sagte Jamie leise. »Man hat einen Körper, aber eine Seele kann man nicht haben. Eine Seele muss man sein.«

Kapitel 10

Am nächsten Morgen lehnte Jamie am Schreibtisch vor dem Fenster und sah hinaus auf den Wald von Abberton Coille. Viel zu sehen gab es allerdings nicht. Obwohl es bereits nach neun war, wurde es draußen nicht richtig hell. Schwere Wolkenungetüme hingen so tief am Himmel, dass sie die umliegenden Hügel verbargen. Sturmböen peitschten durch die Baumwipfel, pfiffen heulend ums Gebäude und klatschten Regen und kleine Hagelkörner gegen die Scheiben.

»Ich glaube, heute sitzen wir hier fest.« Vorsichtig wandte er sich um. Seine Krücken lehnten neben ihm am Schreibtisch. Stehen konnte er mittlerweile ganz gut ohne die blöden Dinger, sich umzudrehen, ohne sich abzustützen war allerdings noch eine Herausforderung. Aber wenn er auf sein stärkeres Bein vertraute und sich auf sein schwächeres konzentrierte, bekam er auch das eigentlich schon ganz gut hin.

Zack stand am Kleiderschrank und beobachtete ihn. Als Jamie seinen Blick bemerkte, verzog er das Gesicht.

»Was? Wenn wir bei dem Wetter eh nicht vor die Tür gehen können, kann ich auch an meiner Beweglichkeit arbeiten und ein paar von Jons Übungen machen, oder nicht?«

Zack schnitt ihm eine Grimasse. »Weil du das ja auch sonst nie tust. Ehrlich, ich bewundere, welchen Enthusiasmus du schon vor dem Frühstück an den Tag legst.« Er tauchte in die Tiefen des Kleiderschrankungetüms. »Kurz oder lang?«

Jamie fröstelte. Er trug nur seine Jeans und der Temperatursturz, den das Unwetter mit sich gebracht hatte, war enorm. »Lang. Den dunkelblauen Hoodie.«

»Gute Wahl.« Grinsend zog Zack das gewünschte Teil aus dem Schrank und warf es ihm zu.

Jamie fing es auf und begutachtete mürrisch den hässlichen Bluterguss, der sich noch immer über seinen Rippen abzeichnete.

Zack zog sich ein T-Shirt und die schwarze Trainingsjacke über, die Robert ihm zum Geburtstag geschenkt hatte. Dann trat er zu Jamie. »Hast du es eingerieben?«

»Ja. Ständig. Sieht aber trotzdem immer noch ätzend aus.«

»Das Wichtigere ist aber doch, dass es sich wieder besser anfühlt, oder nicht?« Zack strich vorsichtig über den blauen Fleck und Jamie nickte resignierend. »Na, komm. Zieh dein Shirt an, dann musst du es nicht mehr sehen. Und dann lass uns runter zum Frühstücken gehen, bevor die das Buffet abräumen. Ich hab Hunger und du hast dein Dinner gestern kaum angerührt.«

Jamie zuckte mit den Schultern. »Ja, und? Du weißt doch, dass mir meine Medis manchmal auf den Magen schlagen.«

Zack sah ihn durchdringend an.

»Mann, mach da jetzt kein Drama draus«, schnaubte Jamie. »Freu dich doch lieber, dass ich so leicht bin! Schließlich hast du ja immer noch mehr als genug mit mir zu schleppen, wenn du mich tragen musst.«

»Ich wusste es!« Fluchend kickte Zack gegen den Schreibtischstuhl. »Dass du dein Dinner gestern nicht gegessen hast, hatte nichts mit deinen Medikamenten zu tun, stimmt's?«

Jamie wich Zacks bohrendem Blick aus und zuckte bloß erneut mit den Schultern.

»Mach das ja nicht!« Wütend funkelte Zack ihn an.

»Was denn? Mann, ich seh doch, wie anstrengend es für dich ist – oder für Will oder wer immer mir sonst helfen muss! Warum soll ich es euch dann nicht so leicht wie möglich machen? Wegen der Medis fällt es mir ja nicht sonderlich schwer, aufs Essen zu verzichten! Was ist also so schlimm daran?«

Ungläubig starrte Zack ihn an. »Was daran so schlimm ist?«

Er packte Jamie an den Oberarmen und drehte ihn zu dem uralten Wandspiegel, der neben dem Fenster hing. »Jamie, du bist jetzt schon zu dünn! Selbst dein Doc hat bei deinem letzten Check-up gesagt, dass du auf dein Gewicht aufpassen sollst!« Er schloss kurz die Augen und atmete tief durch, um wieder ruhiger zu werden. »Du bist zu clever, um nicht selbst zu wissen, dass du so mit deinem Körper nicht umgehen kannst. Das willst du dir nicht antun und uns anderen hoffentlich auch nicht! Außerdem weißt du ganz genau, dass du deine Medikamente noch schlechter verträgst, wenn du sie auf leeren Magen nimmst! Und was dann? Nimmst du sie dann gar nicht und riskierst Muskelkrämpfe, bei denen du dich vor Schmerzen kaum bewegen kannst? Das kannst du ja wohl nicht wollen!«

Jamie biss sich auf die Unterlippe und betrachtete widerwillig sein Spiegelbild. Er war noch nie besonders kräftig oder muskulös gewesen, sondern immer eher klein und zierlich. Doch jetzt musste er eingestehen, dass der Typ, der ihm dort im Spiegel gegenüberstand, wirklich alles andere als beeindruckend aussah.

Er seufzte. Natürlich wusste er, dass Zack recht hatte und er ein gefährliches Spiel mit seinem Körper trieb, wenn er nicht regelmäßig aß. Und ihm war auch klar, dass er seine Kräfte brauchte, wenn er weiterhin seine Beweglichkeit trainieren wollte. Genau deshalb hielt er sich eigentlich immer an die Mahlzeiten, auch wenn er nur selten wirklich hungrig war. Aber manchmal fiel das alles einfach verdammt schwer. Wenn er seinen Freunden im wahrsten Sinne des Wortes zur Last fiel, schien die Tatsache, dass er so dünn war, plötzlich ein Riesenvorteil zu sein. Und wenn er es ihnen noch ein bisschen leichter machen konnte …

Entschieden schob er den Gedanken von sich. Zack hatte

recht. Wenn er sich darauf tatsächlich einließ, wäre das ein gefährlicher Teufelskreis, mit dem er nicht nur sich, sondern auch seine Familie und Freunde kaputtmachen konnte und das war das Letzte, was er wollte.

»Ich weiß, dass ich aufpassen muss. Und eigentlich will ich auch gar nicht so dürr sein. Das sieht scheiße aus!« Verdrossen wies er auf sein Spiegelbild. »Aber ich weiß auch, dass ich gestern eine echte Last für dich und Will war. Wenn der Weg weiter gewesen wäre oder das Unwetter schneller ...« Wieder biss er sich auf die Unterlippe und schüttelte den Kopf.

»War es aber nicht.« Zack legte seine Arme um ihn und küsste seine nackte Schulter. »Gestern war eine extreme Ausnahmesituation und ich finde, die haben wir mit Bravour gemeistert. Und selbst wenn du dreimal so schwer wärst und keiner von uns dich hätte tragen können, hätten wir irgendwas improvisiert.« Sacht fuhr er mit zwei Fingern über die verblassten OP-Narben auf Jamies Rücken. »Du grübelst in letzter Zeit viel zu oft über Dinge nach, die eventuell und ganz vielleicht irgendwann mal Schwierigkeiten machen könnten. Lass das, damit machst du dich nur kaputt. Wenn wirklich Probleme auftauchen, dann finden wir dafür auch eine Lösung, okay? Bis jetzt haben wir doch schließlich auch immer alles ohne große Katastrophen hinbekommen.« Zack grinste ihn im Spiegel an. »Wir hätten dich schon nicht im Wald vergessen.«

Augenrollend verzog Jamie das Gesicht.

»Genauso wenig hätten wir Ned zurückgelassen, wenn er schlappgemacht hätte. Und er ist größer und schwerer als du. Aber wenn er Hilfe gebraucht hätte, hätten Will und ich uns eben was einfallen lassen.«

Jamie schnaubte gereizt. »Ja, du und Will! Ihr müsst ständig helfen und meistens mir!«

Zack zog seine Arme fest um ihn. »Na und? Ich glaube nicht, dass Will nach allem, was du für Ned getan hast, irgendein Problem damit hat. Ganz im Gegenteil. Er mag dich. Und ich liebe dich! Ich helfe dir gerne.«

»Ja, aber ich hasse es, ständig eine Belastung zu sein!« Schroff versuchte Jamie sich aus Zacks Umarmung zu befreien, doch da sie sich zu weit vom Schreibtisch entfernt hatten und er sich nirgendwo anders abstützen konnte, waren seine Versuche ziemlich fruchtlos, als Zack sich weigerte, ihn loszulassen. »Es ist beschissen, immer wieder zu merken, dass ich nicht alleine klarkomme! Und dich muss das doch auch nerven! Ich will nicht, dass du irgendwann nur noch aus Mitleid oder Pflichtgefühl mit mir zusammen bist!« Verbissen versuchte er weiter, sich aus Zacks Armen zu befreien. »Wenn dir also all der Scheiß mit mir zu viel wird und du lieber jemanden willst, mit dem es einfacher ist, dann – dann kann ich das verstehen und – und es ist okay für mich.«

Zack presste unwillkürlich die Kiefer aufeinander. Er hasste es, wenn Jamie so einen Müll redete. Solche dummen Sprüche gab er meistens dann von sich, wenn er verunsichert war und an sich zweifelte, weil irgendwas oder irgendwer ihm seine Grenzen aufgezeigt hatte.

So wie gestern ihre Flucht vor dem Unwetter.

Oder seine Auseinandersetzung mit Russell.

Zack wusste zwar, dass er die Dinge, die Jamie dann sagte, nicht auf die Goldwaage legen durfte, trotzdem nervte es tierisch. Abrupt ließ er ihn los und trat ein paar Schritte von ihm fort.

»Vielleicht hast du recht.« Er fuhr sich mit beiden Händen durch die Haare und brachte sie so völlig durcheinander. »Vielleicht sollte ich mir wirklich jemand anderes suchen.«

Mit fieser Genugtuung sah er, dass Jamie erschrocken zu

ihm aufblickte. Zack erkannte Ungläubigkeit in seinen Augen, Verletztheit und – Angst?!

Oh, bitte! Nicht wirklich!

Er wollte Jamie ganz sicher nicht wehtun, aber manchmal war so ein kleiner Schock ja durchaus ganz heilsam.

»Allerdings sollte ich mir das wohl gut überlegen.« Betont lässig grub er seine Hände in die Hosentaschen und ging langsam auf und ab. »Immerhin bekomme ich von dir erstklassige Nachhilfe in Mathe, Physik und Chemie und ohne die sehe ich für meine Prüfungen schwarz.«

Verletztheit und Angst verschwanden aus Jamies Blick, als er begriff, was Zack mit ihm abzog. Er wollte etwas sagen, doch Zack ließ ihn nicht zu Wort kommen.

»Unterbrich mich nicht. Ich plane gerade meine rosige Zukunft, wenn ich dich als unerträglichen Klotz am Bein endlich los bin.« Er seufzte übertrieben. »Also, wegen der Schule werde ich es wohl noch zwei Jahre mit dir aushalten müssen, damit ich mir mit den Naturwissenschaften meinen Abschluss nicht versaue. Danach brauche ich dich aber nicht mehr. Und weil ich dann ja auch volljährig bin, gilt das Gleiche für deine nette kleine Familie, die mich vor dem ätzenden Internat bewahrt hat. Die brauche ich dann auch nicht mehr. Also verlasse ich dich und ziehe mit Russell zusammen – mit dem ich übrigens jetzt schon hinter deinem Rücken eine ganz heiße Affäre laufen hab. Wir heiraten, adoptieren zehn, nein, zwanzig Kinder–«

»Hör auf.«

Zack blieb stehen und bohrte seinen Blick in Jamies. »Warum? Weil das Schwachsinn ist? Damit hast du doch angefangen!«

Hilflos hob Jamie die Schultern. »Ich will nur, dass du glücklich bist.«

Zack verdrehte die Augen. »Mann, das bin ich doch!« Er

trat zu ihm zurück, schlang wieder seine Arme um ihn und sah ihn im Spiegel an. »Gut, was den viel zu hohen Stellenwert von Fächern wie Mathe oder Physik in unserem Bildungssystem angeht, vielleicht nicht. Und eine Generalüberholung der elterlichen Gefühle meiner beiden Erzeuger fehlt mir auch zum Wunschlosglücklichsein. Aber was uns zwei angeht, würde ich mit Sicherheit nichts ändern. Wir haben beide unsere Stärken und Schwächen. Die hat doch jeder, und jeder muss sehen, wie er damit klarkommt. Und ich finde, wir zwei ergänzen uns eigentlich ganz prima, oder nicht?«

Jamie schloss die Augen und lehnte sich in Zacks Arme. »Ich liebe dich.«

Zack seufzte. »Ich dich auch. Genau deshalb wäre es auch fantastisch, wenn du in Zukunft nicht mehr sagst, dass du mich einfach so gehen lassen würdest.«

Verunsichert schaute Jamie ihn im Spiegel an.

»Ich weiß, du glaubst, mir damit einen Gefallen zu tun. Du willst, dass ich kein schlechtes Gewissen hab, falls mir irgendwann irgendwas zu viel wird und ich mit dir Schluss machen will.« Zack sah ihm fest in die Augen. »Aber das will ich nicht, kapiert? Und du tust mir damit auch keinen Gefallen. Im Gegenteil. Es fühlt sich verdammt scheiße an. So, als würdest du nicht nur an dir zweifeln, sondern auch an mir. Als ob du nicht auf mich vertraust.« Er ließ Jamie los und trat zwei Schritte von ihm weg. »Es fühlt sich so an, als wärst du nicht bereit um uns – um mich – zu kämpfen, wenn es jemals darauf ankommen sollte. Als würdest du mich einfach so aufgeben und gehen lassen können.« Er presste die Lippen aufeinander und wandte sich ab. »Und das tut verdammt weh. Wenn das also nicht wirklich dein Ernst ist, dann lass diesen Märtyrerscheiß!«

Jamie starrte Zacks Rücken an und fühlte sich, als hätte ihm jemand einen Schlag in den Magen verpasst. Er wandte sich um, streckte den Arm aus und versuchte Zack zu erreichen, aber der war zu weit weg. Verbissen wagte er einen Schritt und stolperte unsicher in Zacks Richtung.

Sein linkes Bein gehorchte ihm nicht, er strauchelte, konnte die Balance nicht halten.

»Mann, spinnst du?!« Erschrocken fuhr Zack zu ihm herum, packte ihn gerade noch rechtzeitig und hielt ihn fest, bis Jamie sein Gleichgewicht wiedergefunden hatte und wieder sicher stand. »Was tust du denn?«

»Ich will dich nicht einfach gehen lassen.« Jamies Finger gruben sich in Zacks Arme, ganz so, als befürchtete er, Zack könnte tatsächlich gehen. »Mann, ich lieb dich doch und ich will ganz sicher nicht, dass du gehst! Und es tut mir leid, wenn ich dir wehgetan hab. Das wollte ich nicht.«

»Schon gut, das weiß ich ja.« Zack hielt ihn weiter fest, trat aber eine Armlänge von ihm fort, um ihm besser in die Augen sehen zu können. »Aber um mir das zu sagen, musst du ja nicht gleich einen Sturz riskieren!«

Doch Jamie ging nicht auf seine Bemerkung ein. »Ich weiß nicht, wie ich das alles hier ohne dich hinkriegen sollte«, murmelte er und senkte den Blick. »Aber ich weiß auch, dass es für dich anstrengend ist, mir immer wieder helfen zu müssen.« Niedergeschlagen hob er die Schultern. »Ich bin bestimmt kein Märtyrer. Ich finde es nur nicht fair, von dir zu erwarten, dass du den Rest deines Lebens für mich da bist, wenn ich es dir nie gleichwertig zurückgeben kann.«

Stirnrunzelnd schüttelte Zack den Kopf. »Eine Beziehung oder eine Freundschaft beruht doch nicht darauf, dass man irgendwas gleichwertig zurückgibt.«

»Aber sie beruhen auf Geben und Nehmen.«

»Ja, und? Geben und nehmen – das tun wir doch beide!«

Jamie wollte etwas sagen, doch Zack war schneller. »Warum fixierst du dich so sehr auf deine Schwächen? Ich verstehe ja, dass deine Behinderung dein Leben enorm beeinflusst, aber du kannst dich doch nicht nur auf deinen kaputten Rücken und zwei unkooperative Beine reduzieren! Mann, du bist so viel mehr!« Wieder schüttelte er den Kopf. »Mag sein, dass du körperlich nicht alles so leisten kannst wie wir anderen und deshalb immer mal wieder Hilfe von uns brauchst. Na und? Big Deal! Du hilfst uns doch auch! Frag mal Ned! Mal ganz davon abgesehen, was du vor ein paar Monaten für ihn getan hast, und dass du immer für ihn da bist, wenn er mit seinem neuen Körper zu kämpfen hat, denk einfach mal an gestern Abend! Als er so niedergeschlagen und verunsichert war, hast du etwas Wunderschönes zu ihm gesagt und ihm damit unglaublich geholfen. Glaubst du nicht, diese Art für jemanden da zu sein und ihm zu helfen, ist genauso viel wert wie unsere Hilfe, wenn du erschöpft bist oder irgendwas alleine nicht hinbekommst?«

Jamie schwieg und sah ihn nur stumm an. Vorsichtig ließ Zack seine Finger über den Bluterguss an Jamies Rippen wandern. »Du hast Russells beschissene Sprüche ertragen, seine Prügel eingesteckt und mir nichts davon gesagt, weil du mir meinen Geburtstag nicht vermiesen wolltest. Du hilfst mir, wenn Mathe, Physik und Chemie mich fertigmachen und ich Angst hab, die Prüfungen nicht zu packen. Du bist jedes Mal für mich da, wenn ich wegen meinen Eltern genervt oder down bin, und du gibst mir so oft das Gefühl, dass ich dir wichtig bin, dass etwas ganz Besonderes zwischen uns beiden ist, und das tut unendlich gut.« Mit einem zärtlichen Lächeln sah er ihm tief in die Augen. »Muss ich dir noch mehr Gründe aufzählen, warum ich dich liebe? Warum ich dich brauche und du unglaublich wichtig für mich bist? Und warum ich deshalb gerne für dich da bin, wenn du Hilfe brauchst?«

Verlegen schüttelte Jamie den Kopf.

»Dann versprich mir, dass du nie wieder den Vorschlag machst, ich könnte dich verlassen, nur weil ich dich in irgendeinem dämlichen Gewittersturm einen noch dämlicheren Hügel hochschleppen musste.«

Empört verzog Jamie das Gesicht. »So hab ich das nie gesagt!«

Zack tat seinen Einwand mit einem Schulterzucken ab. »Im Prinzip läuft es aber darauf hinaus. Also, versprichst du es?«

Jamie sagte nichts. Stattdessen grub er seine Finger in Zacks Trainingsjacke, zog ihn zu sich herab und küsste ihn. Überrascht keuchte Zack auf, erwiderte den Kuss aber sofort und schloss Jamie fest in seine Arme.

»Ich glaube, das war mir Antwort genug«, grinste er äußerst zufrieden, als ihre Lippen sich wieder voneinander trennten.

Jamie suchte seinen Blick. »Ist zwischen uns dann wieder alles in Ordnung?«

Liebevoll strich Zack ihm eine Haarsträhne aus der Stirn. »Es war doch gar nichts wirklich in Unordnung, oder?«

Jamie musste lächeln und nickte.

Zack küsste ihn noch einmal und drückte ihm dann sein Shirt in die Hand. »Jetzt zieh dich an und lass uns endlich frühstücken gehen. Die anderen warten mit Sicherheit schon auf uns.«

Jemma, Will und Ned saßen allein im Speisezimmer, als Zack und Jamie eintraten.

»Hey, ihr Langschläfer! Hatten wir nicht neun Uhr gesagt?« Ned warf einen bedeutungsvollen Blick auf die uralte Standuhr in der Zimmerecke. »Jetzt ist es gleich halb zehn.«

»Na und?«, gab Zack nur unbekümmert zurück, während er Müsli und Toast für sich und Jamie organisierte. »Bei dem Mistwetter können wir es eh vergessen, rauszufahren.«

Jemma nickte. »Wegfahren ist zu gefährlich. Davis hat uns erzählt, dass das Unwetter ganz schönen Schaden angerichtet hat. Viele Straßen sind überflutet oder durch umgestürzte Bäume versperrt und Blitze haben mehrere Hochspannungsleitungen lahmgelegt. Viele kleinere Dörfer sind abgeschnitten und ohne Strom und weil die Sintflut da draußen immer noch ziemlich tobt, können die Rettungstrupps wohl auch noch nicht viel unternehmen.«

»Hört sich übel an.« Jamie zog die Teekanne zu sich und goss Zack und sich ein. »Dass es so schlimm ist, hätte ich nicht gedacht.« Er blickte hoch zum Kristallleuchter, der wegen des düsteren Wetters eingeschaltet war. »Abberton Hall scheint aber Glück gehabt zu haben. Wir haben noch Strom.«

»Im Moment läuft noch alles normal«, sagte Ned. »Aber falls es irgendwann doch noch Probleme mit den Leitungen geben sollte, haben die hier einen Notstromgenerator.«

»Wow«, meinte Zack beeindruckt. Er reichte Jamie seine Müslischale und setzte sich neben ihn. »Offensichtlich haben wir uns nicht den schlechtesten Ort ausgesucht, um in einem Unwetter festzusitzen.«

Will grinste zu Jemma. »Genau das hat der gute Davis seinem *Sweetheart* als Allererstes versichert«, neckte er. »Damit sie sich vor dem bösen Unwetter nicht fürchten muss.«

»Blödmann!« Sie klaute sich ein paar Weintrauben von seinem Teller. »Solange ich ein festes Dach über dem Kopf habe und weiß, dass alle meine Lieben in Sicherheit sind, kann da draußen von mir aus die Welt untergehen.« Dann seufzte sie und wurde wieder ernst. »Das Einzige, was nervt, ist, dass kein

Telefonnetz funktioniert.« Sie sah zu Jamie. »Dad wird sich tierische Sorgen machen, wenn er sieht, was hier los ist, und er uns nicht erreichen kann.«

Jamie nickte wenig begeistert.

»In den Nachrichten werden sie sagen, dass die Netze ausgefallen sind«, meinte Will beruhigend. »Und er weiß, dass wir eine sichere Unterkunft haben. Es ist ja nicht so, als ob wir zelten wollten.«

»Hattest du ihm gestern Abend nicht eine Nachricht geschickt?«, fragte Zack. »Wenn die rausgegangen ist, dann weiß er doch, dass bei uns alles in Ordnung ist.«

Jemma nickte, war aber trotzdem nicht glücklich. »Ich hoffe nur, dass er die auch wirklich bekommen hat.«

»Bestimmt«, meinte Ned zuversichtlich. »Ich hab nachgesehen. Du hast sie um kurz nach sieben abgeschickt und zu dem Zeitpunkt konnte der Hausserver sich noch ins Internet einwählen. Euer Dad hat deine Nachricht also sicher erhalten.« Er seufzte. »Kurz danach war laut Server die Leitung allerdings tot und das ist sie leider immer noch. Wir haben weder Zugang zum Internet noch zum Cybernetz. Im Moment sind wir also wirklich von der Welt abgeschnitten.«

»Na spitze«, brummte Zack. »Und vermutlich weiß kein Mensch, wie lange das so bleibt. Was machen wir dann heute? Raus können wir nicht und in die CyberWorld auch nicht. Vielleicht sollten wir Johnston oder Davis fragen, ob es hier in dem alten Kasten irgendwo ein paar antiquierte Brettspiele gibt. Dann könnten wir Finley und die reizende Emilia zu einer Partie Monopoly oder Mensch-ärgere-dich-nicht einladen.« Er grinste zu Jamie. »Lady McLean könnten wir natürlich auch noch fragen, die spielt mit Sicherheit auch wahnsinnig gerne mit.«

Stöhnend presste Jamie seine Finger auf die Augen. »Wenn du mich nicht im Jugendknast besuchen willst, sollte sich mein Kontakt mit der alten Schreckschraube besser nur auf die unvermeidbaren Abendessen beschränken.« Er wandte sich zu Ned. »Wir könnten an Dads Auftrag weiterarbeiten. Ich kann definitiv noch Übung gebrauchen, wenn ich dir jemals wirklich dabei helfen soll, ein CyberGame zu programmieren.«

Robert Bennett war Anwalt in einer renommierten Kanzlei in der Londoner City und hatte Ned gebeten, einen virtuellen Gerichtssaal zu programmieren, in dem man mit Mandanten und Zeugen ihre Aussagen und Befragungen durchspielen konnte, um sie so authentisch wie möglich auf ihre Verhandlungen vorzubereiten. Diesen Auftrag hatte Ned nur zu gerne angenommen. Für ihn selbst war es keine große Herausforderung, es war aber eine fantastische Möglichkeit, Jamie den Umgang mit einer Graphic-Engine beizubringen.

»Wollt ihr zwei wirklich arbeiten?«, fragte Will. »Ich hatte eigentlich eher darauf gehofft, dass wir *House of Nightmares* ausprobieren.« Er grinste. »Schließlich müssen wir ja auf dem Laufenden bleiben, was die Konkurrenz angeht.«

»Genau.« Ned grinste ebenfalls. »Wir sollten uns dringend ansehen, ob sie unsere Technik auch wirklich ordentlich umgesetzt haben.«

House of Nightmares war ein Mystery-CyberGame, das BeastyEnterprise, einer der größten Spielehersteller neben VanguardArts, der Firma von Edward Dunnington, vor wenigen Tagen auf den Markt gebracht hatte. Da Neds Spiel *Doom of Dark Grove* mit seiner neuen Technik der Sinneserweiterung eingeschlagen war wie eine Bombe, hatte BeastyEnterprise Dunnington für eine äußerst ansehnliche Summe die Lizenzen für die Nutzung dieser Technik in seinen Spielen abgekauft.

»Also ich hätte auf eine Geisterjagd in der CyberWorld deutlich mehr Lust als aufs Programmieren.« Ned sah zu Jamie.

Der grinste. »Ach, wirklich?«

Zack runzelte die Stirn. »Aber hast du nicht gerade gesagt, dass die Verbindungen zum Cybernetz tot sind? Wie sollen wir das Spiel dann spielen?«

»Stimmt, wir haben kein Netz«, bestätigte Ned. »Die Onlinebereiche der CyberWorld können wir daher nicht betreten. Aber wenn auf dem Hausserver hier genug Platz ist, kann ich *House of Nightmares* darauf installieren. Es hat eine LAN-Funktion und wir können es offline spielen. Eventuell funktioniert die ein oder andere Quest nicht, falls bestimmte Aufgaben nur online zu lösen sind, aber prinzipiell sollten wir es eigentlich spielen können.«

»Na, dann los!«

Kapitel 11

Eine Viertelstunde später machten die fünf es sich im Zimmer von Will und Ned bequem und Ned verschaffte sich Zugang zum Server von Abberton Hall, um *House of Nightmares* zu installieren, als es an der Tür klopfte.

»Ja, bitte?«

Edward Dunnington trat ins Zimmer.

»Hey, Dad. Wir haben dich beim Frühstück vermisst. Hat der alte McLean dich schon wieder mit Beschlag belegt?« Will rückte sich einen der Sessel vors Bett.

»So ungefähr.« Dunnington zog die Tür hinter sich zu.

Etwas am Tonfall seines Vaters ließ Will aufsehen. »Ist irgendwas passiert?«

»Das kann man wohl sagen.« Seufzend ließ Dunnington sich auf die Bettkante sinken und warf einen ernsten Blick in die Runde. »Angus wacht nicht auf.«

Alle fünf starrten ihn erschrocken an.

»Wie, er wacht nicht auf?«

»Hatte er etwa einen zweiten Schlaganfall?«

»Ich denke, ein Schlaganfall ist es nicht, aber ich bin kein Arzt.«

»Aber dieser Doktor Alastor ist doch hier«, meinte Zack. »Der muss das doch sagen können!«

»Er sagt nein. Aber er weiß auch nicht, was mit ihm los ist, und das macht mich ehrlich gesagt reichlich stutzig.«

»Warum? Was ist denn passiert?« Will setzte sich in den Sessel.

Sein Vater atmete tief durch. »Johnston ist wie jeden Morgen um sieben zu Angus gegangen, um ihm beim Waschen und Ankleiden zu helfen. Meistens ist Angus dann wohl schon wach, heute aber nicht. Johnston versuchte ihn zu wecken, doch das gelang ihm nicht. Also alarmierte er Doktor Alastor, weil er natürlich auch einen weiteren Schlaganfall befürchtete.«

Zack schnaubte. »Nach der ganzen Aufregung gestern Abend wäre das ja auch kein Wunder.«

Dunnington nickte. »Angus hat drüben im Westflügel so was wie seine eigene kleine Privatklink mit *McLean Medical Supplies* eingerichtet, sodass Doktor Alastor ihn gründlich untersuchen konnte. Seine Vitalwerte sind zwar nicht berauschend, aber es deutet bei Weitem auch nichts darauf hin, dass er einen Schlaganfall, Herzinfarkt oder ähnliches erlitten hat. Er wacht einfach nur nicht auf.«

»So, als würde er im Koma liegen?« Jamie beschlich eine üble Vorahnung.

»Ja, als wäre sein Bewusstsein aus seinem Körper verschwunden.« Dunnington sah in die Runde. »Und bevor ihr fragt, Angus und ich haben noch keinen Versuch mit seinem Bioroboter unternommen. Das hat Doktor Alastor auch vermutet, deshalb hat er mich zu den Untersuchungen dazugeholt. Aber wie gesagt, es haben noch keinerlei Versuche stattgefunden.«

»Und trotzdem sieht es so aus wie bei den Jungen, deren Bewusstsein wir in der C-World festgehalten haben?« Ned sah seinen Dad unbehaglich an.

Der nickte.

»Könnte es denn sein?«, fragte Will. »Dass das Bewusstsein vom alten McLean irgendwo in der CyberWorld ist?«

Dunnington seufzte. »Nach allem, was wir von unseren Versuchen mit den Jungen wissen, würde ich sagen, ja. Allerdings haben wir bei Angus keine CyberSpecs gefunden und es gibt auch sonst keine Anzeichen dafür, dass er im Cybernetz gewesen sein könnte.«

Ned wandte sich zu seinem Laptop um und begann zu tippen.

»Was sagt denn seine Familie dazu?« Jemma sah Geoffrey und Prycilla schon vor sich, wie sie sich frohlockend die Hände rieben und den Champagner kalt stellten.

Dunnington lachte bitter auf. »Geoffrey und Prycilla haben natürlich auch mich im Verdacht. Sie denken, ich hätte versucht, Angus' Bewusstsein in den neuen Körper zu transferieren und dabei ist etwas schiefgegangen, denn der Bioroboter steht noch leblos in seinen Räumen. Auch wenn ich ihnen versichert habe, dass das Ganze nichts mit mir zu tun hat, würden sie es mir wohl nicht mal übel nehmen, wenn es so wäre. Im Gegenteil.«

Für einen Moment herrschte Stille bis auf das Klicken der Laptoptasten, über die Ned seine Finger jagte.

Jemma trat ans Fenster und blickte hinaus in den Regensturm. »Abberton Hall ist von der Außenwelt abgeschnitten. Weder Handys noch Telefon, Internet oder Cybernetz funktionieren. Wir können also keine Hilfe holen.«

»Könnte nicht einer der Angestellten versuchen, mit dem Wagen hier wegzukommen?«, fragte Jamie. »Das Wetter ist zwar echt mies, aber sie kennen sich hier ja aus und können Straßen, die überflutet oder gesperrt sind, vielleicht umfahren.«

»Ob man sich hier auskennt oder nicht – bei diesem Wetter vor die Tür zu gehen, ist verdammt riskant«, warf Will ein.

»Und wen willst du denn holen? Ein Arzt ist ja schon hier«, gab Zack zu bedenken. »Medizinische Ausrüstung offensichtlich auch. Und selbst wenn man den alten McLean in eine Klinik bringen würde, könnte man da vermutlich auch nicht mehr für ihn tun, wenn sein Bewusstsein wirklich aus seinem Körper verschwunden ist. Bei den drei Jungen im Frühjahr waren die Ärzte ja auch machtlos.«

»Hinzu kommt noch, dass Geoffrey niemanden losschicken will«, sagte Dunnington grimmig. »Offiziell schiebt er natürlich das gefährliche Wetter vor, aber wem will er da etwas vormachen? Es ist offensichtlich, dass er hofft, dass sich der Zustand seines Vaters weiter verschlechtert und sich die Lebensverlängerung durch den Umzug in den Biokörper noch rechtzeitig von selbst erledigt.« Er seufzte. »Und das könnte schneller gehen, als sie in ihren kühnsten Träumen zu hoffen wagen. Im Gegensatz zu den drei Jungen sind Angus' Gehirn und sein ganzer Körper durch den Schlaganfall geschwächt. Ich bin mir daher nicht sicher, ob er dieses Koma lange durchhalten kann.«

Zack schüttelte angewidert den Kopf. »Diese Familie ist echt das Letzte!«

»Können wir ihm denn nicht irgendwie helfen?« Jamie fand den alten Lord zwar alles andere als sympathisch, aber einfach so zuzusehen, wie er womöglich sterben musste – diese Vorstellung war unerträglich.

»Was sollen wir denn machen?«, meinte Will ratlos. »Wir wissen ja nicht mal, was passiert ist.«

»Was passiert ist, weiß ich nicht«, meldete Ned sich plötzlich zu Wort, ohne seine Augen vom Bildschirm des Laptops zu nehmen. »Aber ich glaube, ich weiß, wo wir den alten McLean suchen können.«

Dunnington sprang von der Bettkante auf und trat zu seinem Sohn. »Was hast du gemacht?«

Die anderen folgten ihm zum Schreibtisch, um ebenfalls einen Blick über Neds Schultern zu werfen.

Der wandte sich um und sah in die Runde. »Wir waren uns

einig, dass es so aussieht, wie bei den Koma-Jungen im Frühling, richtig? Also so, als ob jemand den alten McLean ins Cybernetz gelockt und dort sein Bewusstsein gestohlen hat. Also hab ich in den Logfiles des Hausservers nachgesehen, was in der Zeit von gestern Abend bis heute Morgen hier auf Abberton Hall cybermäßig so passiert ist.«

»Und?«, fragte Zack. »Hast du was gefunden?«

»Ja, hier!« Ned wies auf mehrere Kommunikationsfenster und elend lange Reihen mit Zahlen und Buchstaben.

Zack schnaubte. »Du weißt genau, dass ich damit nichts anfangen kann«, knurrte er. »Erzähl es mir einfach!«

»Okay, dann kurz im Klartext.«

»Das wäre ganz fantastisch!«

»Also, durch das Unwetter hat der Server seit gestern Abend kurz vor acht keine Verbindung mehr zu Internet und Cybernetz. Die gute Nachricht ist also: Wir müssen nicht die komplette CyberWorld nach McLeans Bewusstsein absuchen. In Frage kommen nur zwei Bereiche. Eigentlich sogar nur einer.«

»Junge, wenn das für dich *kurz im Klartext* ist, solltest du Politiker werden«, grummelte Zack.

Jamie stützte sich auf die Tischplatte und las die Einträge in den Logfiles. »In den letzten zwölf Stunden werden nur zwei CyberGames als Offlinevariante aufgeführt!«

»Exakt!« Ned tippte ein paar Befehle ein und präzisere Details zu den Spielen erschienen auf dem Bildschirm. »Um acht Uhr sechsundfünfzig wurde *CyberRacer 2038* von einem Spieler gestartet und nach nur vierundzwanzig Minuten wieder beendet. Da das ein Autorennen ist, tippe ich mal auf Finley, aber sicher bin ich mir nicht. Ich hab seinen Authentifizierungscode noch nicht überprüft. Wirklich interessant ist aber vor allem das zweite Game.« Er öffnete ein neues Fenster.

»*House of Nightmares*?!« Ungläubig starrte Will auf den Bildschirm.

»Yep!« Ned wies auf ein paar Textzeilen. »Um neun Uhr siebenunddreißig wurde das Spiel gestartet und zunächst nur von einem Spieler betreten. Knappe zwei Stunden später, um elf Uhr dreiundzwanzig, folgten dann zwei weitere, die sich in exakt die gleiche Spielinstanz eingeloggt haben.«

Jemma runzelte die Stirn. »Das heißt, sie haben es nicht gestartet, um parallel ein eigenes Spiel zu spielen, sondern sie – ja was? – liefen dem ersten Spieler hinterher?«

Ned nickte. »Genau so scheint es zu sein.« Er zeigte auf eine weitere Textzeile. »Die erste Person ist dieselbe, die zuvor *Cyber-Racer* gespielt hat. Vermutlich also Finley. Er hat das Spiel um null Uhr siebzehn verlassen.«

»Und die anderen beiden?«, fragte Zack.

»Einer hat das Spiel nach einer guten Stunde wieder verlassen. Kurz nach dem ersten Spieler.«

»Und der andere?«

»Ist immer noch drin!«

»Was?! Mann, dann könnte das ja wirklich der alte McLean sein!«

»Sag ich doch!«, triumphierte Ned.

Verwirrt runzelte Jamie die Stirn. »Aber warum? Was ist passiert?«

»Vielleicht haben die beiden anderen ihn ins Cybernetz gelockt und halten dort jetzt irgendwie sein Bewusstsein fest, um zu verhindern, dass er in seinen künstlichen Körper überwechseln kann«, meinte Zack. »So wie diese Sippe sich gegenseitig hasst, würde mich das nicht mal großartig schocken.«

Will nickte grimmig. »Sie müssen einfach nur abwarten, bis McLeans alter Körper schlappmacht. Und wenn er stirbt, wird kein Arzt Verdacht schöpfen, weil es wie ein natürlicher Tod aussieht. Eigentlich das perfekte Verbrechen.«

Einen Moment herrschte Schweigen.

»Wenn – wenn McLeans Körper stirbt …« Jamie zögerte, sprach dann aber doch weiter. »Sein Geist ist ja nicht mehr durch die CyberSpecs mit seinem Körper verbunden. Merkt sein Bewusstsein trotzdem, wenn der Körper stirbt? Was passiert dann mit ihm?« Er warf einen unbehaglichen Blick von Dunnington zu Ned.

Dunnington hatte bisher geschwiegen. Jetzt suchte er den Blick seines Sohnes. »Willst du es wissen?«

Ned zögerte. Dann nickte er langsam.

Sein Vater legte ihm eine Hand auf die Schulter und drückte sie sanft. »Dreiundzwanzigster Mai. An diesem Tag ist dein alter Körper gestorben.«

Betroffene Stille folgte dieser Offenbarung.

Ned schluckte hart.

Fünf Tage vor seinem siebzehnten Geburtstag.

Und kaum sieben Wochen, nachdem er in seinen neuen Körper umgezogen war.

So schnell …

Wie knapp …

Er schauderte.

Auch Will war geschockt.

Was wenn –

Zwei schmale Hände fassten seine Hand und strichen sanft über seinen Arm.

Jem.

Sie lächelte zu ihm auf und er zog sie fest an sich. Unendlich dankbar vergrub er sein Gesicht in ihr Haar, atmete ihren vertrauten Duft ein und sah dann zurück zu seinem Bruder.

Die Hand seines Dads lag noch immer auf Neds Schulter und er schien zu ahnen, was in seinem jüngeren Sohn vorging. »Ich weiß, das hört sich sehr schnell an, aber du musst bedenken, dass dein alter Körper keine Chemo mehr bekommen hat. Und es war kein Bewusstsein mehr in ihm, das für ein Weiterleben kämpfen konnte. Auch wenn man die Selbsterhaltungskräfte des Geistes nicht mit physikalischen Einheiten messen kann, zeigt sich immer wieder, dass Menschen, die gegen eine Krankheit ankämpfen, größere Heilungschancen haben als die, die sich aufgeben. In deinem alten Körper war kein Geist mehr, der gekämpft hat. Das und die fehlenden Medikamente haben dem Krebs freie Hand gelassen.«

Ned nickte stumm und starrte auf seine Hände, ohne sie wirklich wahrzunehmen. Es war seltsam. Surreal und irgendwie ziemlich morbide, über den Tod des eigenen Körpers zu reden. Es ging ihm nahe – doch gleichzeitig war es auch unendlich weit weg.

Wie aus einem anderen Leben.

Einem alten Leben. Denn jetzt hatte er ein neues.

»Es ist okay«, sagte er schließlich leise. Er sah zu seinem Dad auf und lächelte unsicher.

Dunnington drückte noch einmal seine Schulter und strubbelte ihm dann durchs Haar. »Ja, das ist es.«

»Ich hab es nicht gemerkt. Ich weiß nicht, was ich am dreiundzwanzigsten Mai gemacht habe, aber wenn ich gespürt hätte, dass mein alter Körper gestorben ist, dann würde ich mich mit Sicherheit daran erinnern.«

»Ja, das denke ich auch.« Dunnington schenkte ihm ein stolzes Lächeln. »Du hast dich so gut auf deinen neuen Körper eingelassen, dass du dich komplett von deinem alten gelöst hast. Das ist gut und richtig und deshalb gab es zwischen dir und ihm schon sehr schnell keine Verbindung mehr. Ich denke, das ist der Grund, warum du den Tod nicht gespürt hast.« Er atmete tief durch und wirkte erleichtert. »Ich hatte gehofft, dass es so sein würde, denn wenn Bewusstsein und Körper eng miteinander verbunden sind, sterben beide gemeinsam. Es sei denn, man glaubt an Geister.«

»Und wenn das Bewusstsein in der CyberWorld ist?«, fragte Jamie. »Wenn McLean wirklich in der C-World ist und sein Körper stirbt, wie lange könnte sein Bewusstsein im Cybernetz überleben?«

Dunnington atmete tief durch und hob die Schultern. »Da so etwas noch nie vorgekommen ist, kann ich dir darauf keine Antwort geben. Bei meinen Versuchen mit den drei Jungen bestand nicht die Gefahr, dass sie sterben. Sie waren stark und gesund. Für ihr Bewusstsein hatte ich virtuelle Umgebungen geschaffen, in denen sie sich wohlfühlten, jede Menge Abwechslung hatten und nicht merkten, wie viel Zeit in der realen Welt verging. Aber wie lange ein Bewusstsein wirklich ohne einen Körper auskommt, kann niemand sagen.«

Er schwieg einen Moment und sah dann ernst in die Runde. »Es gibt aber noch ein ganz anderes Problem, fürchte ich. *House of Nightmares* hört sich nicht unbedingt nach einem angenehmen Ort an. Je nachdem, was man mit Angus gemacht hat, um sein Bewusstsein dort festzuhalten, und welchen Horror er dort womöglich ertragen muss, kann sein Geist sicher schnell Schaden nehmen. Wenn er sich gar nicht bewusst ist, dass er sich in einem Spiel befindet und der ganze Schrecken um ihn herum nicht real ist, könnte er irgendwann durchdrehen und den Verstand verlieren, denn permanenten Psychoterror hält niemand lange durch.«

»Aber so schlimm wird *House of Nightmares* doch nicht sein, oder?«, meinte Jemma. »Gut, es ist ab sechzehn, aber es geht ja eher darum, Geister und Dämonen zu jagen, und nicht um Psychofolter oder so.«

»Geht das denn überhaupt?«, fragte Zack stirnrunzelnd. »Immerhin muss man sich über die CyberSpecs selbst einloggen. Wie kann man dann nicht wissen, dass man ein Spiel spielt?«

Ned schüttelte den Kopf. »Rein theoretisch könnte ich das Einloggen starten und dir die CyberSpecs dann aufsetzen. Ich müsste zwar recht schnell sein, aber es würde funktionieren.«

»Ja, aber das würde ich doch trotzdem merken!«

»Nicht, wenn du schläfst.«

Ungläubig starrte Zack ihn an. »Was soll das heißen? Die Cybertechnik kann sich, ohne dass ich es merke, in mein Gehirn einklinken, während ich schlafe?«

Ned hob die Schultern. »Keine Ahnung, ob es wirklich funktionieren würde.« Fragend sah er zu seinem Dad.

Der nickte nachdenklich. »Während der Traumphase vermutlich schon.«

Zack blieb noch immer skeptisch. »Aber ich muss meinen Avatar doch steuern! Dafür muss ich mir doch bewusst sein, was ich tue.«

Noch immer nachdenklich schüttelte Dunnington den Kopf. »Wenn du denkst, du befindest dich in einem Traum, läuft dieser Prozess wahrscheinlich ganz unbewusst ab.«

»Das heißt, McLean glaubt im Moment, dass er schläft und einen fürchterlichen Albtraum hat?«, fragte Jemma unbehaglich.

Dunnington atmete tief durch. »Das sind alles nur Spekulationen.« Er wies auf den Bildschirm. »Das Einzige, von dem wir wohl ausgehen müssen, ist, dass Angus in diesem Spiel festsitzt. Ob er sich darüber nun im Klaren ist oder nicht – er muss da wieder raus, bevor sein Körper schlappmacht.« Er sah von einem zum anderen. »Ich denke, ich kann auf eure Hilfe zählen?«

Kapitel 12

Es lauert
Gebannt in die Abgründe der Unterwelt
Es wartet
Auf dunkle Seelen, die es in unsere Welt rufen
Lechzt danach, sich auszubreiten
Hungert nach Macht

Ihr erkennt die Orte, an denen es haust
Spürt einen Schauer, wenn ihr euch nähert
Fühlt euch beobachtet, verfolgt
Doch niemand ist zu sehen

Wenn ihr klug seid, kehrt ihr um
Wagt euch nicht weiter
Lauft fort, solange ihr noch könnt

Es haust in der Finsternis
Lebt in den Schatten
Nährt sich von Furcht und Unschuld

Meidet die gottverlassenen Orte!
Fürchtet die Dunkelheit!
Bleibt im Licht!

Ihr wurdet gewarnt …

Die Grabesstimme in ihren Köpfen verhallte und schwarzgraue Nebelschwaden lichteten sich langsam um die drei

Gestalten. Schattenhafte Umrisse wurden sichtbar. Ein Eisentor in einer hohen Mauer. Rostig und uralt. Was dahinter lag, hielten die Dunstschleier vorerst noch in sich verborgen.

»Also das Intro war nicht schlecht«, gab Ned neidlos zu. »So was brauchen wir für unser Game auch.« Er sah zu Jamie. »Kriegst du das hin? Ich hab es ehrlich gesagt nicht so mit dem Texten.«

Jamie zuckte mit den Schultern. »Keine Ahnung. Hab ich noch nie ausprobiert. Eigentlich ist so was eher Zacks Ding.«

»Bevor ich mich als Texter von euch anheuern lasse, lasst uns erst mal zusehen, dass wir den alten McLean finden, okay?«

Das Spiel hatte ihnen robuste dunkle Cargohosen, feste Stiefel und einen engen schwarzen Rollkragenpullover verpasst, in dem Zack sich im echten Leben totgekratzt hätte. Um die Hüften trugen sie breite Gürtel, die verschiedene Ausrüstungsgegenstände enthielten: ein kurzes Messer, eine Taschenlampe und – geschützt in einer kleinen Tasche – drei Reagenzröhrchen mit einer roten Flüssigkeit. Heiltränke, mit denen sie ihre Lebensenergie regenerieren konnten, wenn sie während eines Kampfes verletzt wurden.

»Damit müssen wir sparsam sein«, warnte Ned. »In diesem Spiel können wir nicht zaubern. Diese Tränke sind also unsere einzige Möglichkeit, uns zu heilen.«

»Wer braucht schon Zaubersprüche, wenn er so ein Schätzchen hier haben kann?« Zack zog eine schwarze, etwa dreißig Zentimeter lange Laserpistole aus einer Halterung an seinem Gürtel.

Jamie warf ihm einen missbilligenden Blick zu. »Seit wann stehst du denn auf Schusswaffen?«

»Im echten Leben überhaupt nicht. Aber hier in der CyberWorld ist so ein Baby mal eine nette Abwechslung zu den ollen

Schwertern, mit denen wir uns sonst meistens durchschlagen müssen.« Er aktivierte die Waffe und ein Energiebalken leuchtete grün auf.

»Wie lange können wir wohl feuern, bevor das Ding leer ist?« Jamie hatte seine Pistole ebenfalls eingeschaltet. »Und wie laden wir sie wieder auf?«

Ned richtete seine Waffe auf das Eisentor, das ihnen den Weg versperrte, und legte seinen Finger auf den Abzug. Ein fadendünner roter Strahl traf das Schloss. Als er den Abzug durchzog, wurde der Laserstrahl fingerdick, leuchtete noch intensiver und brachte das Schloss schließlich zum Schmelzen.

»Ziemlich effektiv«, nickte er zufrieden. Der Energiebalken hatte sich zu einem helleren Grün verfärbt und minimal abgenommen, regenerierte sich aber schnell.

»Scheint zu funktionieren wie unsere Armschellen.« Zack hielt sein Handgelenk hoch, an dem seine Schelle in einem satten Grün seine Lebensenergie anzeigte. »Grün ist gut, rot schlecht. Und sie regenerieren sich, wenn man sie nicht benutzt.«

Jamie schaltete seine Taschenlampe ein. Auch an ihr leuchtete ein Energiebalken auf. »Die scheint genauso zu funktionieren.«

Ned hielt kurz seine Hand in den Laserstrahl seiner Waffe.

Nichts geschah.

»Gut, für die Grobmotoriker ist es so programmiert, dass man sich mit seiner eigenen Waffe nicht selbst verletzen kann.«

Jamie streckte seine Hand aus und hielt sie ebenfalls ins Laserlicht von Neds Waffe.

Wieder geschah nichts.

»Die eigenen Mitspieler kann man auch nicht aus Versehen im Friendly Fire töten«, stellte er fest.

Zack schüttelte den Kopf. »Warum wundert mich jetzt nicht, dass genau du das ausprobieren musstest?«

Jamie antwortete nur mit einem frechen Schulterzucken.

»Ich denke, das war's.« Ned stieß mit dem Fuß das Tor auf und trat hindurch. »Ich hab uns so ins Spiel gebracht, dass wir das Tutorial umgehen. Für großartige Schießübungen haben wir keine Zeit.« Er hielt seine Waffe schussbereit, als er weiterging. »Was immer uns hier also angreift, meint es gleich bitterernst.«

»Das kriegen wir schon hin«, meinte Zack zuversichtlich. »Immerhin sind wir zu dritt, da können wir die Umgebung ja ganz gut im Auge behalten.«

Jamie seufzte. »Stimmt schon. Obwohl es mir deutlich lieber wäre, wenn Jem und Will auch hier wären.«

Vorsichtig liefen sie den Weg entlang und warfen Blicke in alle Richtungen, doch der Nebel ließ sie kaum weiter als ein paar Meter sehen und verschluckte jedes Geräusch bis auf ihre Schritte, die auf dem unkrautüberwucherten Kiesweg viel zu laut knirschten. Rechts und links des Weges tauchten gruselige Umrisse von abgestorbenen Bäumen aus dem Dunst auf, die mit ihren klauenhaften Ästen aussahen, als wollten sie nach ihnen greifen.

»Will versucht über die Authentifizierungscodes herauszufinden, wer die beiden Spieler sind, die mit McLean hier waren«, sagte Ned. »Ich bin mir sicher, dass einer davon Finley ist, und wenn Will dafür den Beweis hat, kann er ihn zur Rede stellen.«

»Ja, schon klar«, murrte Jamie. »Mir wär nur lieber, Jem wäre mit uns gekommen, statt bei ihm zu bleiben.«

War da ein Grollen?

Wie angewurzelt blieben die drei stehen und richteten ihre Waffen nach rechts auf die trübe Nebelwand.

Nichts.

Alles blieb ruhig.

Sie warteten noch ein paar Sekunden, dann gingen sie vorsichtig weiter.

»Warum?«, nahm Ned das Gespräch schließlich flüsternd wieder auf. »Ich find es gut, wenn sie Finley zu zweit in die Mangel nehmen. Vielleicht gesteht er ihnen so schneller, was er mit seinem Großvater gemacht hat und wo wir ihn finden.«

»Ich dachte, das findet dein Dad für uns heraus?«

»Ja, schon. Aber *House of Nightmares* ist nicht aus Dads Firma, daher hat er keine Zugangsberechtigung zum Spiel. Er muss sich erst reinhacken, um in die Datenbanken sehen zu können, und dann muss er herausfinden, in welcher Tabelle die Positionen der Spieler gespeichert werden. Das kann dauern. Wenn wir Glück haben, kriegen Will und Jem über Finley schneller etwas heraus.«

»Und warum sollte er ihnen irgendwas erzählen?«

»Will kann sehr überzeugend sein. Und Jem ist auch nicht ohne. Als du für mich den Übergang in meinen neuen Körper ausprobiert hast, hat sie Will danach ziemlich fertiggemacht.«

Jamie verzog das Gesicht. »Aber bei Will musste sie keine Angst haben, dass er mit einem Jagdgewehr auf sie losgeht! Habt ihr gesehen, wie viele von diesen Dingern auf Abberton Hall in irgendwelchen Vitrinen rumstehen? Was ist, wenn Finley genauso schießwütig ist wie seine Schwester? Und was ist mit seinem Vater? Der wird doch sicher der zweite Spieler gewesen sein, der den alten McLean hierher verschleppt hat, oder nicht? Ich glaube kaum, dass Prycilla nach all den Drinks, die sie gestern intus hatte, noch so ein Ding hätte abziehen können. Also bleibt nur Geoffrey, und der wird todsicher wissen, wie man mit einem Gewehr umgeht.«

Zack schüttelte den Kopf. »Jem ist nicht blöd. Sie passt schon auf sich auf.«

»Und Will würde niemals zulassen, dass ihr was passiert«, fügte Ned hinzu. »Außerdem kann Dad ja –«

Etwas knurrte.

Bedrohlich. Gierig.

Und verdammt nah.

»Oh shit!«

Der Nebel wirbelte auf und eine albtraumhafte Gestalt sprang auf sie zu. Die drei rissen ihre Waffen hoch und gleißende Laserstrahlen bohrten sich in Kopf und Brust der Bestie. Sie heulte auf und wurde noch im Sprung langsamer. Pranken mit messerscharfen Krallen versuchten nach ihnen zu schlagen, erstarrten aber mitten in der Luft. Die Fußschellen an den Vordertatzen des Ungeheuers verfärbten sich tiefrot und flackerten hektisch. Keinen halben Meter von den dreien entfernt, krachte die Kreatur zu Boden, zuckte noch einmal kurz und war tot.

»Krasse Sache.« Jamie stupste eine der riesigen Pranken mit dem Fuß an.

»Yep. Hatte einen gewissen Wow-Effekt«, stimmte Zack zu. »War allerdings auch erfreulich einfach.« Er warf einen Blick auf den Powerbalken seiner Waffe, der sich schon fast wieder vollständig regeneriert hatte. »Und viel Energie hat es auch nicht gekostet.«

»Freut euch nicht zu früh«, mahnte Ned. »Das hier war nur ein Anfangsgegner. Ich glaube nicht, dass es so einfach bleiben wird.« Er grinste. »Wäre dann ja todlangweilig.«

»Was ist das für ein Vieh?« Angewidert betrachtete Jamie die Kreatur vor seinen Füßen. »Ein Bär? Ein Wolf? Oder ein Wildschwein?«

Zack trat neben ihn. »Ein bisschen von allem, würde ich sagen. Sieht so aus, als hätte irgendein kranker Doc Frankenstein alle möglichen Viecher zerstückelt und zu diesem Prachtexemplar hier wieder zusammengesetzt.«

Tatsächlich waren überall auf dem bärenhaften Körper Nähte zu erkennen, ganz so, als hätte man das Untier wirklich aus verschiedenen Teilen zusammengesetzt. Nur wenige Fellbüschel wuchsen auf der ledrigen Haut, die sich ausgemergelt über die Rippen spannte. Die Nähte waren an vielen Stellen blutig und eiterten. Hier und da hingen ganze Hautfetzen herab oder fehlten gar komplett und gaben so einen äußerst unappetitlichen Blick auf die darunterliegenden Muskeln und Knochen frei. Auf dem Bärenkörper saß ein Wolfskopf mit gelblichen Augen, deren blutrünstiges Funkeln mit dem Tod erloschen war, und aus der riesigen Schnauze ragten nicht nur fingerlange Reißzähne, sondern auch mächtige Wildschweinhauer in gleich doppelter Ausführung.

»Willkommen im Albtraum«, murmelte Jamie.

Das Cyberbiest begann zu flackern und löste sich auf.

»Lasst uns gehen.« Ned wandte sich ab, um weiter dem überwucherten Kiesweg zu folgen. »Keine Ahnung, wie schnell das Respawnen hier ist, aber ich hab keine Lust, unsere Zeit mit unwichtiger Monstermetzelei zu verschwenden. Wir müssen das Haus finden. Der alte McLean wird ja sicher irgendwo dort drin gefangen gehalten.«

»Woher willst du das wissen?«

Jamie und Zack folgten ihm und ließen ihre Blicke wieder durch den Nebel wandern. Der Kampf mit dem Frankensteinmonster war zwar recht einfach gewesen, aber überraschen lassen wollten sie sich von einer weiteren dieser Bestien auch nicht. Zum Glück schien es so, als würden sich die grauen Schleier um sie herum etwas lichten, jetzt, da sie ihren ersten Gegner besiegt hatten.

»Vielleicht haben die, die McLean hierher gebracht haben, ihn ja auch einfach irgendwo ausgesetzt und er irrt jetzt durch die Gegend«, meinte Zack.

»Könnte natürlich auch sein«, räumte Ned ein. »Allerdings glaube ich eher, dass man ihn eingesperrt hat.«

»Aber würde man McLean nicht schneller loswerden, wenn man ihn frei herumlaufen ließe?«, warf Zack ein. »Die Cybermonster hier würden seinen Avatar zerstören und damit einen weiteren Beweis vernichten.«

Jamie sah die anderen beiden beklommen an. »Wenn sein Avatar gelöscht wird und er keine CyberSpecs trägt, die sein Bewusstsein mit seinem Körper verbinden, was dann? Wird er dann zu einem körperlosen Geist im Cybernetz?«

Unsicher hob Ned die Schultern. »Ich hab keine Ahnung. Klingt aber ziemlich fies.«

Zack nickte finster. »Jedenfalls definitiv nicht so, als müsste man es unbedingt ausprobieren.«

»Aber ich glaube nicht, dass es so weit kommen wird«, meinte Ned zuversichtlich. »Sobald Will den Authentifizierungscode des alten McLean herausgefunden hat, kann Dad ihn in neue CyberSpecs eingeben, sie McLean aufsetzen und so für sein Bewusstsein wieder eine Verbindung zum Körper herstellen. Allerdings gelingt eine Rückkehr vermutlich nur dann, wenn McLean auch weiß, was mit ihm los ist. Deswegen müssen wir ihn ja finden.«

»Dann können wir nur hoffen, dass der gute Geoffrey und die reizende Prycilla deinem Dad auch erlauben, ihrem ach so geliebten Vater und Schwiegervater die CyberSpecs anzulegen.« Der Sarkasmus in Zacks Stimme war nicht zu überhören. »Genau das wage ich nämlich zu bezweifeln.«

Ned schnaubte. »Und damit liegst du wahrscheinlich goldrichtig.« Doch dann schlich sich ein böses Lächeln in sein

Gesicht. »Aber Geoffrey wird Dad nicht daran hindern können, dass er McLeans neuem Körper die CyberSpecs anlegt. Der Bioroboter ist offiziell noch Dads Eigentum und damit kann er machen, was er will.«

Kapitel 13

Der Nebel zog sich weiter zurück, als die drei den Weg entlangliefen und schon bald erkannten sie den Umriss einer verfallenen Scheune in den trüben Schwaden. In sicherer Entfernung blieben sie stehen und beobachteten den recht großen Bau.

»Sieht interessant aus«, meinte Zack schließlich. »Allerdings nicht unbedingt wie der Ort, an dem man McLean gefangen halten würde, oder? Die Frage ist also: Sollen wir das Gemäuer links liegen lassen, um möglichst schnell voranzukommen, oder gehen wir auf Nummer sicher und sehen kurz mal rein?«

»Ich glaube kaum, dass *kurz mal reinsehen* funktionieren wird.« Skeptisch betrachtete Jamie das düstere Gebäude. »Wahrscheinlich hausen da drin gleich mehrere Horrorwesen, die nur darauf warten, dass jemand die Tür aufmacht.«

Zack schnitt eine Grimasse. »Yep. Also, was machen wir?«

»Wir sehen es uns an«, beschloss Ned. »Dann können wir wirklich sicher sein, dass McLean nicht dort ist. Außerdem könnten da drin noch Ausrüstungsgegenstände sein, die fürs Spiel wichtig sind.«

Sie schlichen sich an die Scheune heran und spähten vorsichtig durch ein völlig verdrecktes Fenster.

»Nichts zu erkennen«, brummte Zack.

Ned nickte. »Da drinnen herrscht absolute Finsternis.«

Jamie zog die Taschenlampe von seinem Gürtel und klemmte sie an seine Laserwaffe. »*Fürchtet die Dunkelheit! Bleibt im Licht!* Ich denke, jetzt werden wir wohl gleich herausfinden, was mit dieser Warnung im Intro gemeint war. Da das Frankensteinmonster sich im Licht bewegen konnte und recht einfach zu besiegen war, lauern die wirklich fiesen Biester vermutlich in der Dunkelheit.«

Auch Zack und Ned klemmten ihre Taschenlampen an die Waffen und gemeinsam schlichen sie zum Scheunentor. Das Holz der Tür war morsch und falls es jemals einen Riegel gegeben hatte, war der schon vor langer Zeit virtuell verrottet. Sie verständigten sich kurz mit Blicken, dann zog Jamie das Tor langsam einen Spalt weit auf, während Zack und Ned ihre Waffen schussbereit im Anschlag hielten.

Kein gefräßiges Monster stürzte sich auf sie.

Kein Albtraumwesen trachtete nach ihrem Leben.

Alles blieb still.

Zu still …

Vorsichtig spähten sie in das alte Gemäuer und erkannten in den schattenhaften Umrissen nun modrige Heuballen, einen halbverfallenen Karren und ein Traktorungetüm, das in einer Ecke vor sich hin rostete. An einer der Wände stand eine lange Werkbank, auf der alle möglichen Gegenstände durcheinander lagen. Alles wirkte modrig und war unter Spinnweben und einer dicken Staubschicht begraben.

»McLean scheint nicht hier zu sein«, flüsterte Zack. »Aber ich glaube, mit den zusätzlichen Ausrüstungsgegenständen könntest du recht haben.« An einer Wandhalterung über der Werkbank hatte der Lichtstreifen, der durch die Tür fiel, drei Macheten erfasst, die das CyberGame der Anzahl der gegenwärtigen Spieler entsprechend generiert hatte. »Gegen Geister helfen die zwar nicht, aber gegen Zombies und Frankensteinbiester schon, falls unsere Waffen mal leer sind und nicht schnell genug nachladen.«

Ned nickte. »Trotzdem schreit das hier nach einer Falle, oder nicht? Seht mal, wie unnatürlich finster es jenseits des

Lichtstreifens ist. Der Übergang von hell nach dunkel ist nicht stufenweise, sondern völlig abrupt und ich gehe jetzt mal nicht davon aus, dass das an einer miesen Grafikdarstellung liegt. Das ist mit Sicherheit ganz fiese Absicht.«

Jamie richtete den Strahl seiner Taschenlampe in die Finsternis jenseits des schmalen Korridors aus trübem Dämmerlicht. Ein Schatten huschte davon. Schnell, zu schnell. Jamie versuchte die Kreatur noch einmal in den Kegel seiner Lampe zu bekommen und ließ sein Licht an Wand und Boden in unmittelbarer Nähe der Werkbank entlanggleiten. Zack und Ned taten es ihm gleich.

Nichts.

Außer …

Etwas raschelte. Trippelte?

Wütendes – Fauchen? Zischen?

Doch zu sehen war nichts. Was immer dort gelauert hatte, schien sich tief in die Düsternis der Scheune zurückgezogen zu haben, in die ihre Taschenlampen nicht vordrangen.

»Konntet ihr erkennen, was das war?«, fragte Ned leise.

Jamie schüttelte den Kopf.

»Nein. Das Biest war zu schnell. Was sich nicht gerade gut für uns anhört«, murmelte Zack. »Ungefähr so groß wie ein Autoreifen, würde ich sagen, aber sicher bin ich mir nicht.«

»Was immer es ist – es scheinen auf jeden Fall mehrere von denen hier drin zu sein.« Ned lauschte in die Scheune. »Diese seltsamen Geräusche kommen von überall.«

»Na klasse«, brummte Zack. »Also ist das hier wohl das Zuhause einer ganzen Familie von was auch immer und wir wissen weder, wie viele Mitglieder diese Sippe hat, noch ob Autoreifengröße Mummy und Daddy bedeutet oder nur Baby.«

Jamie grinste. »Aber davon werden wir uns nicht abschrecken lassen, oder? Ich will die Macheten haben. Also bringen wir einfach mal so viel Licht wie möglich in diese Bruchbude und holen sie uns.«

Bevor Zack oder Ned die Chance hatten, Einspruch zu erheben, zog Jamie das Scheunentor so weit auf, wie es ging. Die einfallende Helligkeit drängte die Finsternis im Inneren der Scheune ein gutes Stück zurück, vermochte sie aber bei Weitem nicht ganz zu vertreiben. Die Werkbank lag nun aber in einem scharf umrissenen Korridor aus fahlem Licht. In der Dunkelheit rechts und links davon raschelte, trippelte und zischte es als Antwort in sämtlichen Variationen von aufgeregt bis boshaft.

Meistens boshaft.

»Okay, gehen wir rein.« Entschlossen betrat Jamie die Scheune.

Zack und Ned folgten ihm.

Das Spielintro hatte nicht zu viel versprochen. Obwohl die Finsternis um sie herum angefüllt war mit seltsamen Geräuschen und düsteren Schatten, die durcheinanderhuschten, wagte sich keine der Kreaturen in den breiten Lichtstreifen, der von der Tür auf die Werkbank fiel. Über ihnen trippelte etwas und Zack richtete den Strahl seiner Lampe hinauf zu den Dachbalken. Das einfallende Licht drang nicht bis dort hinauf und was immer da oben hauste, war schnell genug, um seinem Lichtstrahl zu entkommen.

Na toll.

Zack merkte, wie es in seinem Nacken prickelte. Er sah zu Jamie, der seelenruhig an der Werkbank stand und sich bereits eine der Macheten in seinen Gürtel gesteckt hatte. Jetzt inspizierte er den anderen Kram, der dort herumlag, und verließ sich offensichtlich voll und ganz darauf, dass seine beiden Freunde die Umgebung im Auge behielten.

Ned trat neben Zack und deutete in Richtung Decke. »Keine Ahnung, was da oben hockt, aber anscheinend kann es uns nicht angreifen, solange wir im Licht bleiben.«

Zack nickte. »Wir sollten trotzdem zusehen, dass wir so schnell wie möglich wieder hier rauskommen.« Das Kribbeln in seinem Nacken wurde immer stärker, je länger er der Finsternis den Rücken zukehrte. Mit zwei schnellen Schritten trat er an die Werkbank, nahm sich ebenfalls eine Machete und steckte sie in seinen Gürtel. Ned tat es ihm gleich.

Jamie dagegen wagte sich noch ein Stück tiefer in die Scheune hinein und kramte in dem staubigen Zeug auf der Werkbank herum. »Hier ist ein Seil«, sagte er schließlich und reckte sich, um es von einem Haken an der Wand nehmen zu können.

»Nimm's mit und dann komm raus hier!«, drängte Zack.

Die Geräusche um sie herum wurden immer unruhiger, aggressiver, angriffslustiger.

Als Jamie das Seil griff, zerfaserte das raue Material unter seinen Händen und fiel zu Boden. »Na super. Das war wohl nichts.« Er stupste mit dem Fuß dagegen und sein Blick fiel auf einen länglichen Gegenstand unter der Werkbank. »Wow!« Er bückte sich und zog ihn hervor. »Eine Kettensäge!« Er hob sie hoch und inspizierte sie. »Sieht gar nicht mal so verrostet aus.«

»Ist Benzin drin?«

Jamie rüttelte am Tank. »Nein.«

»Dann bringt sie uns nichts und ich schlepp das Ding nicht in der Hoffnung mit, dass wir irgendwo welches finden.«

Jamie schaute sich weiter um. »Vielleicht steht hier ja irgendwo ein Kanister und wir müssen ihn nur suchen.«

»Ja«, grummelte Zack. »Vermutlich wird er in der finstersten

Ecke von den fiesesten Monstern bewacht. Vergiss es, so wichtig ist das blöde Ding nicht. Wir haben die Macheten. Das muss reichen. Die Suche nach McLean ist dringender.«

»Ich guck nur noch mal schnell da im Schrank nach.« Jamie wies auf ein uraltes schwarzes Ungetüm, das neben der Werkbank gerade noch im einfallenden Licht stand.

»Mann, lass doch die blöde Kettensäge!«

Aber Jamie war schon an den Schrank herangetreten. Die Finsternis war kaum mehr einen halben Meter von ihm entfernt. Er hätte nur den Arm auszustrecken brauchen, um hineinzufassen. Doch so verrückt konnte niemand sein. Das Böse, das aus der Dunkelheit nach ihm greifen wollte, war wie Eiseskälte zu spüren und ließ ihn schaudern.

Nur schnell in den Schrank sehen, dann verschwinden.

Er griff nach dem rostigen Knauf, drehte ihn –

»Jamie, nicht!«

Doch Neds Warnung kam zu spät. Jamie hatte die Tür noch gar nicht aufgezogen, als etwas aus dem Inneren sich mit voller Wucht dagegen warf. Die Tür flog auf und etwas Schwarzes, Haariges mit viel zu vielen Beinen warf sich auf ihn und versuchte, seine messerscharfen Beißzangen in Jamies Gesicht zu bohren.

Zu Tode erschrocken konnte Jamie nicht mal schreien. Voller Panik ließ er seine Waffe fallen und stieß die strandballgroße Spinne von sich. Sie landete im Licht, begann unkontrolliert zu zappeln und zu zittern, kreischte zischelnd und zerfiel zu Staub. Doch sofort sprangen drei, vier weitere Spinnen aus der Dunkelheit des Schranks und stürzten sich auf ihn. Jamie schrie auf, riss seine Arme hoch, um sein Gesicht zu schützen und spürte, wie zwei der Monster ihre Beißer in sein Handgelenk und seinen Unterarm bohrten. Die anderen beiden verbissen sich in seine

Beine, um ihn zu Fall zu bringen. Brennender Schmerz schoss durch seinen Körper und er versuchte verzweifelt die Spinnen abzuschütteln, doch obwohl die fahle Helligkeit sie zappeln und zittern ließ, starben sie nicht so schnell wie die erste. Anscheinend schützte sie die Lebensenergie, die sie ihm aussaugten, vor dem tödlichen Licht. Und Jamies Energie nahm rasend schnell ab. Das Licht an seiner Armschelle rutschte ins Gelb. Er wurde schwächer, strauchelte, taumelte in Richtung Finsternis, in der vermutlich eine ganze Spinnenarmee auf ihn wartete und triumphierend ihre Beißzangen wetzte. Er stolperte, würde fallen –

»Verdammt!«

Zack und Ned hetzten zu ihm, rissen ihn weg von der Dunkelheit und schleuderten die Spinnenbiester ins Licht.

Zorniges Kreischen schrillte aus den Schatten, weil die sicher geglaubte Beute verlorengegangen war.

Jamie stöhnte. Die Spinnenbisse brannten wie Feuer. Keuchend biss er die Zähne zusammen, als seine Beine unter ihm wegsackten, doch Zack zerrte ihn unerbittlich hoch, während Ned Jamies Waffe aufsammelte.

»Wir müssen hier raus, sofort!« Er schlang sich Jamies Arm um die Schulter, sie wandten sich um – und erstarrten.

»Shit!«

Das Scheunentor begann sich zu schließen. Mehrere armdicke Spinnenfäden hatten sich im rauen Holz des Tors verankert. Wie an dicken Seilen zogen sie das Tor langsam zu und der ohnehin nur schmale Korridor aus Licht wurde immer enger.

»Die Biester wollen uns hier einschließen!«

Weitere Netzfäden schossen aus der Dunkelheit ans Tor, um das verhasste Licht auszusperren.

»Das können die vergessen!« Ned ließ Jamie los, drückte ihm die Waffe zurück in die Hand und riss dann seine eigene hoch. Wie eine extra lange Schwertklinge schwang er den Laserstrahl hin und her und zersäbelte so aus gut fünfzehn Metern Entfernung die Spinnenfäden an der Tür. »Los, schnell!«

Zack half Jamie und sie stolperten so rasch sie konnten Richtung Ausgang. In der Finsternis neben und über ihnen sahen sie die Umrisse der achtbeinigen Monster, die zum Tor huschten, um ihre Beute an der Flucht zu hindern. Und sie waren erfolgreich, denn für jeden Spinnenfaden, den Ned durchtrennte, schossen mindestens drei neue aus der Dunkelheit.

»Los, schneller!«

Bis zum rettenden Ausgang waren es keine fünf Meter mehr, doch der Lichtstreifen, in dem sie sich bewegten, war kaum noch breit genug, dass Zack und Jamie nebeneinander laufen konnten. Und die Monster wurden immer dreister! Aus Wut über die Flucht ihrer Beute wagten sie sich immer häufiger für winzige Augenblicke ins Licht und schnappten mit ihren Beißzangen nach den Waden der Jungen, bevor sie sich blitzschnell wieder in die schützende Finsternis zurückzogen.

»Drecksbiest!«, fluchte Zack, als eins der Monster ihm vor die Füße sprang und ihn auf den letzten paar Metern fast zum Stolpern brachte. Wie einen Fußball schoss er es mit voller Wucht aus dem Weg. Die Spinne kreischte, kugelte und prallte neben dem Tor gegen die Scheunenwand. Mit einem widerlichen Platschen zermatschte sie am Holz, bevor sie im Licht zu Staub zerfiel.

Ned erreichte das Tor als Erster. Durch den Dauereinsatz war die Energie seiner Laserwaffe verbraucht und er zog die Machete vom Gürtel. Die Spinnenfäden spannten sich schon zu dicht, als dass sie sich ins Freie hätten zwängen können. Hastig zog Zack ebenfalls seine Waffe und ließ Jamie los. Der sank erschöpft auf den Boden. Seine Armschelle leuchtete in dunklem Orange.

»Ned.« Nur mit Mühe schaffte er es, den Arm zu heben und Ned seine Waffe zu reichen.

»Super!« Sofort aktivierte Ned die noch volle Laserpistole und durchtrennte gemeinsam mit Zack so schnell es ging die klebrigen Spinnenfäden. Der Türspalt hinaus ins Freie war nicht mal mehr einen halben Meter breit und das einfallende Licht bot kaum noch Schutz.

Mit steifen Fingern versuchte Jamie einen Heiltrank aus seiner Gürteltasche zu ziehen und bemerkte die beiden Spinnen, die sich in seinem Schatten an ihn heranschlichen, viel zu spät. Sie sprangen in seinen Rücken und schlugen ihre Beißer zwischen seine Schultern. Jamie keuchte auf und krümmte sich vor Schmerzen zusammen.

»Nein!« Voller Zorn schoss Zack die Monster von Jamies Rücken und riss ihn auf die Beine. »Los, geh!«, befahl er Ned.

Der zwängte sich hastig durch das klebrige Loch zwischen Tür und Rahmen, packte Jamie und zerrte ihn zu sich ins Freie. Wütendes Kreischen aus dem Inneren der Scheune ließ ihre Ohren klingeln, als auch Zack sich gerade noch rechtzeitig durch die Öffnung quetschen konnte, bevor sie sich endgültig schloss. Völlig erledigt stolperten die drei ein paar Meter vom Tor weg, das unter dem Ansturm der Spinnenbrut erbebte. Offensichtlich steckten die Biester ihre Niederlage nicht gerade sportlich weg.

Jamie sank leblos ins Gras. Seine Augen waren geschlossen und sein Gesicht kreidebleich. Er zitterte am ganzen Körper und seine Armschelle blinkte warnend in dunkelrot. Zack riss die kleine Tasche an seinem Gürtel auf, zog eins der Reagenzröhrchen mit ihren Heiltränken hervor und zerrte mit den Zähnen den Korken heraus. Hastig legte er seine Hand in Jamies Nacken und flößte ihm das Mittel ein.

»Ich fürchte, die Spinnen sind giftig.« Ned untersuchte die Bisse an Jamies Armen und Beinen. »So schlimm sind die Verletzungen nämlich eigentlich nicht, dass sie ihn so viel Lebensenergie gekostet haben können.«

Zack hörte nur mit halbem Ohr zu. Er musste sich immer wieder sagen, dass sie sich in einem Spiel befanden und Jamies Leben nicht wirklich in Gefahr war. Dennoch konnte er es kaum ertragen, ihn so zu sehen. Totenbleich. Leblos. All das rief Erinnerungen wach, die er nur zu gerne für immer aus seinem Kopf verbannt hätte. Er griff erneut in seine Gürteltasche und zog ein weiteres Reagenzröhrchen hervor, doch bevor er den Korken lösen konnte, hielt Ned ihn zurück.

»Nein, nicht. Wir dürfen sie nicht verschwenden.«

»*Verschwenden?!*«, fuhr Zack ihn wütend an.

Ned warf ihm einen mitfühlenden Blick zu. Wenn es ihm schon verdammt schwer fiel, Jamie so zu sehen, konnte er kaum übel nehmen, dass es für Zack die Hölle war. »Sieh hin«, sagte er daher nur und deutete auf Jamies Armschelle. Noch immer leuchtete sie rot, doch das warnende Blinken hatte aufgehört. »Das Mittel wirkt. Er ist nicht mehr in akuter Lebensgefahr. Lass uns abwarten, wie gut er sich jetzt von alleine regenerieren kann. Wir haben nicht besonders viele Heiltränke und wir wissen nicht, wann wir hier im Spiel noch welche bekommen.«

Zack nickte widerwillig. Ned hatte recht. Und, verdammt, das hier war schließlich wirklich nur ein Spiel!

Jamie stöhnte leise und schlug die Augen auf. »Also, ich kann jetzt aus erster Hand versichern, dass BeastyEnterprise dein Schmerzempfinden technisch einwandfrei in dieses Spiel eingebaut hat«, ächzte er, grinste aber in Neds Richtung und versuchte sich aufzusetzen.

»Und warum musstest wieder ausgerechnet du das ausprobieren?« Grummelnd half Zack ihm hoch.

»Sorry.« Jamie bemühte sich redlich, zerknirscht dreinzublicken. »Ich wollte ehrlich noch zurück, als Ned mich gewarnt hat, doch da war es schon zu spät.«

Zack schnaubte. »Und das alles nur für eine bescheuerte Kettensäge! Was hättest du mit dem blöden Teil denn vorgehabt? Selbst wenn es dafür Benzin gegeben hätte – wofür hättest du es mitschleppen wollen?«

»Keine Ahnung.« Er grinste frech und stemmte sich auf die Füße. »Aber ich sag es dir, wenn es soweit ist!«

Kapitel 14

Kalte Windböen wehten ihnen entgegen und dunkle Regenwolken hingen tief am Himmel. Der Wald aus abgestorbenen Bäumen hatte sich gelichtet und der Weg schlängelte sich nun zwischen überwucherten Blumenbeeten und struppigen Büschen hindurch auf eine meterhohe Mauer zu, hinter der hoffentlich das eigentliche Ziel des Spiels, das dämonische Herrenhaus, liegen würde. Zu sehen war davon allerdings noch nichts, denn hinter der Mauer verdeckten Nebelschwaden weiterhin die Umgebung.

Misstrauisch beäugte Zack die gruseligen Figuren, die auf Sockeln zwischen den verwilderten Beeten standen. Verwitterte Statuen, an denen Moos und wilder Efeu emporkrochen. Regen und Wind hatten ihre Gesichtszüge zerfurcht, sodass sie jeden Eindringling aus grauenhaft entstellten Fratzen anstarrten. Welke Blätter raschelten unheilvoll in den Büschen und sorgten zusätzlich für Gänsehautfeeling.

»Also das Setting ist denen echt gelungen.« Jamie merkte, wie die düstere Stimmung für eine ständige Unruhe bei ihm sorgte. Immer wieder hatte er das Gefühl, beobachtet zu werden, und er sah sich nervös nach allen Seiten um. »Was glaubt ihr: Wie hoch ist die Chance, dass die da uns in Ruhe lassen?« Er wies auf einen kahlen Baum, in dessen ausladender Krone ein Schwarm Krähen hockte, der jeden ihrer Schritte genau zu verfolgen schien.

»Bisher sind sie ja ganz friedlich«, meinte Zack.

Ned lachte. »Das sind alle Cybermonster! Bis du ihren Triggerpunkt erreichst.«

Die Waffen vorsichtshalber schussbereit liefen sie weiter und behielten die Vögel im Auge, doch obwohl einige der Biester sich angriffslustig aufplusterten und mit den Flügeln schlugen, verharrten sie auf den knorrigen Ästen.

»Die scheinen bloß für Atmosphäre und Deko da zu sein«, meinte Zack, als sie den alten Baum passiert hatten.

Wie auf ein unsichtbares Kommando stob der Krähenschwarm genau in diesem Moment mit lautem Krächzen aus den Zweigen, umkreiste die drei schimpfend und flog dann über die Mauer hin zum Herrenhaus.

»Mistviecher!«, schimpfte Zack erschrocken.

Die Vögel verschwanden kurz in der Nebelwand, tauchten aber nur Sekunden später wieder daraus hervor und schossen erneut auf die Jungen zu. Schützend rissen sie ihre Waffen hoch, doch die Krähen umkreisten sie nur noch einmal mit krächzendem Gezeter und flogen dann in die entgegengesetzte Richtung davon.

»Yep, definitiv Mistviecher«, stimmte Ned zu, als sie dem Schwarm hinterherschauten. »Aber Deko und Atmosphäre haben sie drauf.«

»Vielleicht fliegen sie jetzt zur Scheune und tauschen sich mit ihren achtbeinigen Krabbelfreunden über uns aus«, meinte Jamie. »Die Richtung kommt jedenfalls hin.«

»Sollen sie ruhig.« Zack blickte ihnen finster nach. »Hauptsache, sie gehen uns hier nicht mehr auf den Keks.«

»Lasst uns weitergehen.« Jamie wandte sich um und stolperte erschrocken ein paar Schritte zurück. »Himmel!«

Zack fuhr ebenfalls heftig zusammen und schoss ohne zu zögern auf das bleiche Geistermädchen, das keine zwei Meter hinter ihnen gestanden hatte. Es löste sich auf und verschwand. »Mann, ich hasse es, wenn die Biester aussehen wie kleine Kinder! Das ist viel gruseliger als irgendwelche Frankensteinmonster.«

Jamie nickte. »Da war irgendwas im Intro, oder? Was von Unschuld … dass das Böse sich von ihr ernährt, oder so?«

»Ja«, murmelte Ned nachdenklich. »Vielleicht war sie also gar nicht böse, sondern nur ein Opfer.«

»Du meinst, sie wollte uns gar nicht angreifen, sondern helfen?«, fragte Zack stirnrunzelnd.

Unschlüssig hob Ned die Schultern. »Keine Ahnung. Aber bisher haben wir kaum Infos erhalten. Nur die paar Sätze im Intro, im Spiel selbst noch gar nichts.« Er wies in Richtung Nebelwand. »Wenn da vorne wirklich das Herrenhaus liegt, wird es langsam Zeit, dass man uns sagt, was wir hier überhaupt erreichen sollen. Und ein paar Quests wären auch nicht schlecht.«

»Du glaubst, die Kleine war eine Questgeberin?«

Erneut hob Ned die Schultern. »Ich weiß es nicht. Aber falls sie noch einmal auftaucht, warte erst mal ab, bevor du sie gleich wieder erschießt, okay?«

»Im Zweifel für die Angeklagte?« Zack grinste. »Na, von mir aus.«

»Lasst uns einfach vorsichtig weitergehen«, meinte Ned. »Bis zur Hecke sind es noch gute dreißig Meter. Mal sehen, was passiert. Wenn sie wirklich eine Questgeberin war, sollten wir sie eigentlich noch einmal triggern.«

Langsam liefen sie weiter und schon nach wenigen Schritten flirrte plötzlich vor ihnen die Luft und kaum zwei Meter von ihnen entfernt flackerte erneut das bleiche Geisterwesen auf. Es war ein kleines Mädchen von vielleicht acht oder neun Jahren. Strähnige blonde Haare umrahmten ihr schmales Gesicht und dunkle Schatten lagen unter ihren Augen. Sie trug ein fleckiges Sommerkleid, das an vielen Stellen eingerissen war, und ihre nackten Arme und Beine waren übersät mit tiefen Schnitten und Kratzern, die aussahen, als hätten messerscharfe Krallen die Haut aufgeschlitzt. Beschwichtigend hob sie die Hände und sah die drei flehentlich an.

»Bitte tut mir nichts!« Ihre Stimme klang flach und hohl, wie aus weiter Ferne. »Ich will euch nicht wehtun! Ich bin hier, um euch zu warnen!«

»Ned hat recht.« Jamie ließ seine Waffe sinken. »Sie ist eine Informantin.«

»Berühmte letzte Worte.« Auch wenn die Kleine tatsächlich nicht sonderlich angriffslustig wirkte, behielt Zack seine Waffe zur Sicherheit lieber weiterhin im Anschlag.

»Wer bist du?«, fragte Ned. »Und wovor willst du uns warnen?«

»Ihr habt euch an einen Ort gewagt, an dem eine Pforte zum Reich der Unterwelt geöffnet wurde. Seitdem treiben dämonische Wesen auf diesem Landsitz ihr Unheil. Jeder, der bisher versuchte, die Pforte zu zerstören und das Anwesen von den Kreaturen der Finsternis zu befreien, fand den Tod oder wurde zu einem von ihnen.«

»Soll das heißen, wenn wir hier sterben, werden wir zu einem Geist oder Zombie?«

Die Kleine nickte betrübt. »Wenn ihr nicht stark genug seid, um den Versprechungen der dunklen Seite zu widerstehen.«

»Coole Spielfunktion.« Jamie grinste. »Im Multiplayermodus kann man so bestimmt prima seine Mitspieler ärgern.«

»Ja, aber das probieren wir nicht aus!« Zack bedachte ihn mit einem warnenden Blick. »Wir sind schließlich nicht zum Spaß hier.«

»Ja, ja, schon klar.«

»Kann man Spieler von der dunklen Seite wieder zurückholen?«, fragte Ned.

»Nur durch einen speziellen Trank, den ihr im Labor meines Vaters brauen könnt.«

»Deines Vaters?« Zack musterte das Geistermädchen. »Wer ist dein Vater? Und wer bist du?«

»Ich bin Eliza. Mein Vater ist Malcolm Elmstone, der berühmte Professor für das Okkulte.«

»Alles klar«, seufzte Zack. »Das alte Spielchen also: Der Professor hat sich nicht mit der Theorie zufrieden gegeben, sondern seine Studien irgendwann in die Praxis umgesetzt, dabei ein Tor zur Dämonenwelt geöffnet und jetzt wird er die Geister, die er gerufen hat, nicht mehr los.«

Eliza nickte traurig. »Die Kreaturen der Finsternis fielen über uns her und töteten meine Mutter, meinen Bruder und mich. Mein Vater schaffte es, einen Bannfluch um unser Anwesen zu legen, damit die Dämonen nicht von hier entkommen können. Und er hat das Portal zur Unterwelt verschlossen, sodass nicht noch mehr teuflische Wesen in unsere Welt eindringen. Doch die, die bereits hier sind, wollen ihn dazu zwingen, es wieder zu öffnen.«

»Wo ist dein Vater?«

Verzweifelt hob das Geistermädchen die Schultern. »Ich weiß es nicht. Als die finsteren Mächte über uns herfielen, floh er in sein Arbeitszimmer und schloss sich dort ein.«

»Wie überaus heldenhaft«, kommentierte Zack ironisch. »Während die Dämonen, die nur wegen ihm hier einfallen konnten, seine Familie dahinmetzelten, rettete er schön seine eigene Haut. So einen Daddy wünscht sich doch jeder.«

Das Erkennen von Ironie und Sarkasmus gehörte offensichtlich nicht zu Elizas einprogrammierten Fähigkeiten, denn sie spulte nur weiter ihren Text ab, ohne auf Zack zu reagieren. »Solange Vater im Licht blieb, war er vor den Kreaturen der

Dunkelheit sicher. Er forschte nach einem Weg, um das Portal zu zerstören, doch die Mächte des Bösen sind einfallsreich. Sie weckten die Toten auf unserem Friedhof und hauchten einigen von Vaters Tierexperimenten grausames Leben ein. Sie benutzen sie als Wächter, die alle mutigen Dämonenjäger, die uns bisher zu Hilfe eilten, verjagt oder getötet haben. Manche der Jäger wurden gar selbst zu Wesen der Finsternis.«

Grimmig presste Zack die Lippen aufeinander. Er stand absolut nicht auf Größenwahnsinnige, die sich mit irgendwelchen widerlichen Experimenten selbstverwirklichen wollten. In seinen Augen geschah es diesem Professor ganz recht, dass er jetzt die Hölle auf Erden durchmachen musste. Eliza, die als Unschuldige zwischen die Fronten geraten war, tat ihm allerdings leid.

»Je mehr Anhänger die Finsternis hat, desto größer wird ihre Macht.« Niedergeschlagen schüttelte die Kleine den Kopf. »Die Dämonen lernen, das Licht zu manipulieren. Sie lassen Kerzen und Öllampen erlöschen und stören immer wieder das Stromnetz. Verlasst euch daher nicht auf diese Lichtquellen, denn sie bieten nur einen trügerischen Schutz. Das musste auch mein Vater erkennen, als die Mächte der Dunkelheit das Licht in seinem Arbeitszimmer schwinden ließen.« Sie schluckte und schaute die drei Jungen flehentlich an. »Ich weiß, dass mein Vater noch gerade rechtzeitig fliehen konnte und sich an einem geheimen Ort versteckt hält, um einen Weg zu finden, das Portal zur Unterwelt zu zerstören und alle Dämonen hier in unserer Welt zu vernichten. Wenn ihr mutig und stark genug seid, um euch gegen die Kreaturen der Finsternis zu stellen, würdet ihr ihn dann suchen und ihm helfen? Ich werde euch bei eurem Kampf unterstützen, so gut es in meiner Macht steht. Bitte helft uns! Ich weiß nicht, wie lange mein Vater sich noch gegen die

Mächte des Bösen auflehnen kann, und wenn er aufgibt, sind wir alle verloren!« Sie verstummte und sah die Jungen verzweifelt an.

Ned, Zack und Jamie tauschten kurze Blicke. Das zweite Intro schien hiermit beendet und die Hintergrundinfos, die Eliza ihnen gerade gegeben hatte, schienen vorerst alles zu sein, was das Spiel ihnen mitzuteilen hatte. Wenn sie der Bitte des Geistermädchens nachkamen, würde es ihnen als nächstes sicher einige Tipps für ihr weiteres Vorgehen geben.

»Damit ist wohl klar, dass wir dieses Arbeitszimmer finden müssen«, meinte Jamie schließlich. »Den Raum, in dem der Professor zuletzt war.«

Ned nickte. »Dort müssen wir die nächsten Hinweise suchen.«

»Aber hilft uns das bei der Suche nach McLean?«, fragte Zack zweifelnd. »Das ist ja bloß der normale Spielablauf.«

Ned hob die Schultern. »Was sollen wir sonst machen? Solange Dad die Position von McLean in der Datenbank noch nicht gefunden hat, ist das einzig Sinnvolle, dem Spielverlauf zu folgen, denn das müssen auch die Spieler getan haben, die gestern Abend hier drin waren, oder nicht?«

Jamie zuckte mit den Schultern. »Vielleicht haben sie McLean aber auch einfach bloß in irgendeine Besenkammer gesperrt.«

»Das glaube ich nicht. Aber so oder so wäre die im Haus, also sollten wir auf jeden Fall erst mal versuchen, da reinzukommen.«

Jamie und Zack nickten und Ned wandte sich wieder an Eliza.

»Wir werden dir und deinem Vater helfen. Kannst du uns sagen, wie wir ins Haus reinkommen und worauf wir aufpassen sollten?«

Ein erleichtertes Lächeln erschien auf dem bleichen Gesicht

des Geistes. »Vielen Dank für eure Hilfe. Natürlich kann ich euch sagen, wie ihr ins Haus gelangt. Doch zuvor solltet ihr euch in den Kräutergarten begeben. Dort findet ihr wertvolle Zutaten, mit denen ihr euren Vorrat an Heiltränken aufstocken könnt. Außerdem wachsen dort auch die Pflanzen, die ihr braucht, um den Rückwandlungstrank herzustellen, falls einer von euch stirbt und der dunklen Seite verfällt. Die Rezepte der Tränke findet ihr im Labor meines Vaters im Ostturm des Hauses. Dort könnt ihr auch die Tränke brauen.«

»Hört sich nach einer nicht ganz unwichtigen Nebenquest an.« Zack warf einen stichelnden Blick zu Jamie. »Vor allem, wenn man mit dir unterwegs ist.«

»Fiesling!«

Ned grinste. »Auch wenn ich Zack absolut zustimme, sollten wir diese Quest trotzdem überspringen. McLean geht vor und noch haben wir mehr als genug Heiltränke. Wenn wir vorsichtig sind, sollten die vorerst reichen.« Auch er warf Jamie einen bedeutungsvollen Blick zu.

Der verdrehte bloß die Augen und verkniff sich einen Kommentar.

»Wie kommen wir ins Haus?«, fragte Zack Eliza.

»Es gibt drei Möglichkeiten ins Haus zu gelangen«, spulte das Cybermädchen seinen Text ab. »Es gibt einen geheimen Zugang durch einen Brunnenschacht in der Nähe des Kräutergartens. Der Brunnen ist sehr tief und ihr braucht ein Seil. Es gibt eins in der alten Scheune und eins in der Garage, doch ich weiß nicht, wie sicher die noch sind.«

»Na, wie sicher das Seil aus der Scheue war, wissen wir ja schon«, grummelte Jamie.

»Die zweite Möglichkeit ist der direkte Weg über die Eingangstür. Sie ist abgeschlossen, doch mein Großvater trägt einen Schlüssel bei sich. Auf dem Sterbebett war es sein letzter Wunsch, mit einem Schlüssel zu seinem Haus begraben zu werden.«

»Alles klar«, schnaubte Zack. Der Logik in CyberGames durfte man manchmal nicht allzu sehr auf den Zahn fühlen.

»Die Dämonen haben ihn erweckt und seitdem wandelt er als lebender Toter auf dem Friedhof umher, sobald die Dämmerung fällt. Bei Tag liegt er in seinem Grab. Findet ihn und holt euch den Schlüssel. Doch seid gewarnt: Großvater ist nicht der Einzige, der in der Dunkelheit aus dem Grab steigt.«

»Zombies!« Jamies Augen leuchteten begeistert.

»Und die dritte Möglichkeit?«, fragte Ned.

»Ihr verschafft euch gewaltsam Zutritt«, antwortete Eliza. »In der alten Scheune gibt es eine Kettensäge, die noch funktionieren müsste.«

Jamie lachte auf und blickte zu Zack. »Jetzt frag mich bitte noch mal, wofür wir die Kettensäge hätten mitnehmen sollen!«

»Oh, halt die Klappe!«

»Falls der Tank leer ist, bin ich sicher, ihr findet entweder in der Scheune oder in der Garage Benzin.« Eliza verstummte und schien auf weitere Fragen der Spieler zu warten.

»Okay, ich denke Möglichkeit drei fällt weg«, befand Ned. »Wir haben die Spinnen in der Scheune schon zu sehr aufgemischt, als dass wir dahin noch mal zurückgehen sollten, um diese dämliche Kettensäge zu holen.«

Zack nickte. »Bleiben der Geheimgang durch den Brunnen oder der Schlüssel bei den Zombies.«

»Dem Zombie-Opa den Schlüssel zu klauen, geht vermutlich schneller, oder?« Unternehmungslustig strich Jamie sich die Haare aus der Stirn. »Für den Geheimgang müssten wir erst die Garage finden und das Seil holen. Das kostet Zeit.«

Ned nickte zustimmend. »Der Geheimgang ist vermutlich der längere, weniger kampflastige Weg, der stattdessen mehr Geschicklichkeit verlangt. Der Weg über die Zombies ist wahrscheinlich schneller und deutlich actionreicher, kostet daher aber mit Sicherheit auch mehr Energie und Heilmittel.«

»Also ich bin für die Zombies«, sagte Jamie sofort. »Das Wichtigste ist, dass wir McLean möglichst schnell finden. Und falls uns wirklich die Heiltränke ausgehen, kannst du dich dann nicht ins Spiel hacken und uns einfach ein paar neue geben? Wenn wir dafür kurz rausgehen, ist das doch kein großer Akt, oder?«

Ned zuckte mit den Schultern. »Nein, im Prinzip nicht.« Er warf einen Blick auf seinen digitalen Zeitmesser. »Wir haben noch gut siebzig Minuten, bis unsere zwei Stunden um sind. Dann wollen wir ja sowieso erst mal rausgehen, um zu hören, was Dad, Will und Jem herausgefunden haben.«

»Gut, dann lasst uns ein paar Zombies aufmischen.« Zack wandte sich an Eliza. »Wo finden wir den Friedhof mit dem Grab deines Großvaters?«

»Dort drüben.« Die Kleine deutete nach links.

»Und wie hieß er?«

»Ernest Elmstone. Sein Sarg steht in dem kleinen Mausoleum direkt neben der Friedhofskapelle.«

»Das sollte ja leicht zu finden sein«, sagte Ned zufrieden. »Gibt es noch irgendwas, das du uns als Tipp mitgeben kannst?«

Das Geistermädchen musterte einen nach dem anderen eindringlich. »Meidet die Dunkelheit! Passt auf euch auf und bleibt im Licht!«

Kapitel 15

»Bereit?« Will wies auf die dunkle Eichentür, hinter der düstere Rockmusik wummerte.

Jemma nickte und er klopfte an. Sein erster Versuch ging in der Musik unter. Erst als er noch einmal deutlich kräftiger gegen die Tür hämmerte, kam von drinnen eine Reaktion. Die Lautstärke wurde minimal heruntergeregelt.

»Wer ist da?«

»Jemma und Will. Wir würden gern kurz mit dir reden.«

Die Musik brach abrupt ab, Schritte kamen näher und die Tür wurde geöffnet.

»Was wollt ihr hier?« Die Frage klang nicht unhöflich, nur ziemlich verwundert.

»Können wir kurz reinkommen? Wir würden gerne mit dir reden und wenn es geht nicht unbedingt zwischen Tür und Angel.«

Finley musterte Jemma stirnrunzelnd, stieß dann aber die Tür auf und wies in sein Zimmer. »Kommt rein.«

Halleluja.

Jemma hatte angenommen, dass nur die Gästezimmer im Ostflügel mit dunklen Holzwänden, schweren Möbeln und dem traditionellen Tartangrün der McLeans eingerichtet waren. Was sie absolut nicht erwartet hatte, war, dass Finleys Zimmer sich von diesem Einrichtungsstil kaum unterschied. Obwohl man ihm zugestehen musste, dass er auf seine Art offensichtlich versuchte, dagegen zu rebellieren, denn die Wände waren fast vollständig mit Postern, Plakaten und Fotos zugepflastert. Und dabei schien er thematisch nicht gerade wählerisch zu sein. Rockstars, Filmplakate, Freizeitparks, Fotos von Freunden, Landkarten aus CyberGames, Werbeposter der Spiele – Finley schien alles, was ihm irgendwie gefiel, an die Wände gepappt zu haben. Hauptsache, es verdeckte das düstere Holz. Es war allerdings nur ein kläglicher Versuch, denn die wuchtigen schwarzen Möbel sowie der dunkelgrüne Teppich und die schweren Vorhänge stachen durch die bunten Poster nur noch mehr ins Auge.

»Setzt euch, wenn ihr wollt.« Finley deutete auf zwei Sessel, die erschreckende Ähnlichkeit mit den hässlichen Ungetümen hatten, die in Jemmas Zimmer standen. Er selbst hockte sich auf sein ungemachtes Bett. Noch immer musterte er Will und Jemma und wusste offensichtlich nicht so recht, was er von ihrem Auftauchen halten sollte. »Worüber wollt ihr mit mir reden?«

»Es geht um deinen Großvater.«

Finley runzelte die Stirn. »Okaaay …« Er verzog das Gesicht. »Falls ihr gekommen seid, um mir euer Mitgefühl zu bekunden oder so, dann ist das vollkommen unnötig. Erstens ist er noch nicht tot und zweitens – selbst wenn es so wäre, würde ich ihm keine Träne nachweinen.« Er schnaubte, als er sah, wie Jemma und Will ihn ansahen. »Ja, ich weiß, das hört sich echt mies an, aber ganz ehrlich, ihr habt keine Ahnung, was für ein Ekel er ist. Das bisschen, das ihr in den letzten zwei Tagen von ihm erlebt habt, war noch gar nichts. Und selbst das hat euch ja schon total angewidert. Glaubt ihr vielleicht, ich hätte nicht gesehen, welche Blicke ihr euch beim Dinner immer wieder zugeworfen habt? Ihr haltet meine Mutter für eine oberpeinliche Säuferin und meinen Vater für einen feigen Schlappschwanz. Meine Schwester ist eine berechnende Oberzicke und mein Großvater ein selbstgefälliger Tyrann. Und wisst ihr was? Ich stimme euch in allen Punkten uneingeschränkt zu.«

»Hast du deshalb deinen Großvater ins Cybernetz entführt

und sein Bewusstsein dort gefangen gesetzt?«, fragte Will geradeheraus.

Finley stierte ihn so verdattert an, als hätte Will behauptet, er habe unumstößliche Beweise dafür, dass die Erde doch eine Scheibe war.

»*Was?!*«

Jemma beobachtete ihn genau. Entweder war Finley ein verdammt guter Schauspieler oder er wusste wirklich von nichts. Seine Überraschtheit wirkte jedenfalls ziemlich echt.

»Nach außen hin sieht es im Moment so aus, als würde der Körper deines Großvaters langsam wegen seines Schlaganfalls aufgeben, als hätte er vielleicht sogar einen zweiten gehabt und würde jetzt im Koma liegen. In Wirklichkeit wacht er nur nicht auf, weil jemand sein Bewusstsein in der CyberWorld festhält.« Will beschloss, nicht lange um den heißen Brei herumzureden. »Und wir haben Beweise dafür, dass gestern Abend jemand mit deinem Großvater in ein internes Cybernetz hier auf eurem Hausserver eingetreten ist.«

Finley starrte ihn mit offenem Mund an und schüttelte langsam den Kopf. »Was zum Teufel redet ihr da? Jemand hat das Bewusstsein meines Großvaters in der CyberWorld eingesperrt?! Seid ihr irre?! Warum sollte das irgendwer tun? Und wie überhaupt?«

»Weil jemand verhindern will, dass sein Bewusstsein in den neuen Körper überwechseln kann«, antwortete Jemma. »Wenn es verschwunden ist, geht das schlecht, und man muss nur noch abwarten, bis der geschwächte Körper deines Großvaters stirbt. Dann kann das, was ihr alle hier nicht wollt, nicht mehr eintreten: Dein Großvater kann sein Leben nicht durch den Übergang in einen künstlichen Körper verlängern.«

Hektische rote Flecken erschienen auf Finleys bleichem

Gesicht. »Und ihr glaubt, dass ich das getan habe?« Empört blickte er von Jemma zu Will. »Ich hab – wie auch immer – sein Bewusstsein in der CyberWorld versteckt und warte ab, bis er verreckt?!« Aufgebracht sprang er vom Bett auf und tigerte in seinem Zimmer auf und ab. »Habt ihr sie noch alle?! Ihr unterstellt mir doch hier nichts anderes, als dass ich meinen Großvater umbringen will!« Wütend schüttelte er den Kopf. »Selbst wenn das alte Scheusal es absolut nicht verdient hat, ein neues Leben zu bekommen, ist das Ganze doch total krank! Wenn ich meinen Großvater umbringen wollte, warum sollte ich das dann so kompliziert machen? Ein scharfes Messer würde dafür schließlich ausreichen!«

»Dann würde es aber nicht wie ein natürlicher Tod nach Organversagen aussehen«, sagte Jemma ungerührt.

Finley sah sie einen Moment lang an. »Dann hätte ich ein Gewehr nehmen können und es wie einen Jagdunfall aussehen lassen.«

»Das wäre für einen alten Mann, der halbseitig gelähmt im Rollstuhl sitzt, auch eine eher ungewöhnliche Todesart, oder?«

Finley schüttelte erneut den Kopf. »Ich gebe ja zu, dass ich meinen Großvater hasse, aber ich würde mir mit einem Mord an ihm niemals die Hände schmutzig machen! Das perfekte Verbrechen gibt es nicht. Irgendwie würde immer alles herauskommen. Und auch wenn ich ihn dann vielleicht ins Grab gebracht hätte und er keinen mehr schikanieren könnte, hätte ich selbst gar nichts davon! Ich würde seinetwegen im Gefängnis landen und – ganz ehrlich – das ist mein Großvater mir nicht wert! Ja, er macht allen das Leben zur Hölle, aber sobald ich alt genug fürs Internat war, musste ich ihn nur noch in den Ferien ertragen. Und selbst die verbringe ich so weit es geht in der Schule oder bei Freunden. Ich muss nur noch ein paar Tage durchhalten, bis ich mit der Familie meiner Freundin in ihr Sommerhaus nach Malta fliege. Dann hat sich der Stress hier für mich erledigt.« Er hob die Schultern und fuhr sich durch die dunklen Haare. »Mein Großvater sieht in mir einen genauso großen Loser wie in meinem Vater. Und weil ich seine antiquierten Vorstellungen von Ehre und Würde weder teile noch erfülle, bin ich es in seinen Augen nicht wert, dass er sich mit mir befasst. Ich muss mir zwar seine bescheuerten Kommentare und Beleidigungen anhören, aber ganz ehrlich: Da steh ich drüber. Außer beim Abendessen muss ich ihn nicht sehen und da schalte ich einfach auf Durchzug. Und in sechs Monaten bin ich volljährig. Dann nehme ich mir einen Anwalt, klage meinen Erbteil ein, wenn mein Großvater mir den nicht freiwillig auszahlt, und dann sieht meine gesamte Familie mich nie wieder. Ich mache die Schule fertig, studiere Architektur und falls mein Erbe dafür nicht ausreicht, gehe ich nebenher halt jobben. Ich brauche diesen ganzen Adelsscheiß nicht. Ich will einfach nur meine Ruhe haben!«

Das kam unerwartet.

Unsicher sah Jemma zu Will. Sollten sie sich in Finley getäuscht haben? Oder war er wirklich einfach nur ein guter Schauspieler?

Finley entging der Blick zwischen den beiden nicht und er beobachtete sie einen Moment lang. Als sie jedoch nichts sagten, fragte er: »Warum glaubt ihr eigentlich, dass gerade ich diesen Wahnsinn gemacht haben soll? Meine Eltern hätten ein viel stärkeres Motiv, meinen Großvater loswerden zu wollen. Sie stehen auf diesen piekfeinen Lebensstil und können es kaum erwarten, endlich alleine Lord und Lady von Abberton Hall zu sein. Wie kommt ihr also ausgerechnet auf mich? Und überhaupt, wie soll das gehen? Wie kann man ein Bewusstsein gegen seinen Willen in der CyberWorld gefangen halten?«

Will seufzte und erzählte Finley, was sie herausgefunden hatten. »Wir haben die Authetifizierungscodes überprüft und danach war klar, dass du gestern Abend erst für eine knappe halbe Stunde im *CyberRacer 2038* warst und kurz danach *House of Nightmares* gespielt hast. Und im *House of Nightmares* steckt dein Großvater noch immer drin«, schloss er schließlich seinen Bericht.

»Ja, und?«, schnaubte Finley gereizt. »Gut, ich gebe zu, dass ich die beiden Spiele gestern Abend gespielt habe. Ich bekenne mich schuldig, dass ich nach dem Geschrei beim Abendessen und Großvaters Eröffnung, dass er mit Hilfe deines Vaters eine Lebensverlängerung plant, ein wenig Ablenkung brauchte.« Sein Tonfall triefte vor Sarkasmus. »Ich hab einen heißen Straßenflitzer durch L.A. gejagt, bis mir das zu langweilig wurde und ich lieber etwas mit ein bisschen mehr Grips wollte. Also hab ich *House of Nightmares* gespielt. Wow! Ruft Scotland Yard und lasst mich festnehmen!« Er funkelte Jemma und Will herausfordernd an. »Aber wenn ihr euch schon illegalerweise in unseren Hausserver gehackt und mir nachspioniert habt, dann hättet ihr doch wohl auch sehen müssen, dass ich *House of Nightmares* solo gespielt habe, oder nicht?«

»Dass du erst mal alleine im Spiel warst, bezweifelt ja gar keiner«, gab Will ungerührt zurück. »Vermutlich hast du irgendwelche Vorbereitungen getroffen, bis anderthalb Stunden später dein Großvater ins Spiel gebracht wurde.«

Ungläubig lachte Finley auf. »Vorbereitungen? Mann, was denn für Vorbereitungen?! Glaubt ihr, ich hätte ihm irgendwo eine virtuelle Gummizelle eingerichtet, um ihn dort einzusperren, oder was? Ihr spinnt doch komplett!« Kopfschüttelnd ließ er sich auf sein Bett fallen und fuhr sich über die Augen. »Wer soll denn der zweite Spieler sein, der Großvater ins Cybernetz gebracht hat?«

»Laut Authentifizierungscode ist es dein Vater.«

»Mein Vater?!« Finley schnaubte und schüttelte erneut den Kopf. »Der hat so viel Fantasie wie ein Zahnstocher. Er kann mit CyberGames rein gar nichts anfangen und wäre damit komplett überfordert, weil er absolut keinen Plan hätte, wie er sich gegen irgendwelche Monster verteidigen sollte. Und Großvater hasst diese Spiele, weil er glaubt, dass sie nur die Vergnügungssucht von schwachen Geistern wie mir befriedigen. Wie glaubt ihr also, soll mein Vater ihn dazu überredet haben, ausgerechnet nach dem Zoff von gestern Abend irgendein CyberGame mit ihm zu spielen? Das ist doch totaler Schwachsinn!«

»Wir denken, er hat gewartet, bis dein Großvater schlief«, sagte Jemma. »Dann hat er ihm die CyberSpecs aufgesetzt und ihn mit *House of Nightmares* verlinkt. Dein Großvater weiß wahrscheinlich gar nicht, dass er in einem Spiel ist. Er denkt vermutlich, dass er in einem schrecklichen Albtraum gefangen ist, aus dem er keinen Ausweg findet.«

»So was geht?« Finley schien beeindruckt.

Will nickte. »Mein Vater vermutet schon.«

Finley blickte von ihm zu Jemma, dann stand er vom Bett auf, trat ans Fenster und starrte schweigend hinaus in den Regensturm, der unvermindert ums Haus tobte.

Jemma sah fragend zu Will. Der zuckte mit den Schultern. Wer konnte schon sagen, was gerade in Finleys Kopf vor sich ging. Sie kannten ihn nicht, daher konnte er ihnen eine ganze Menge vorspielen, doch irgendwie glaubte Jemma nicht mehr, dass er wirklich etwas mit dem Zustand seines Großvaters zu tun hatte. Er schien ihn zwar definitiv nicht zu mögen – genauso wenig wie den Rest seiner Familie – doch so, wie er sich die letzten beiden Abende beim Dinner verhalten hatte, schien es wirklich eher, dass er die Streitereien und Anfeindungen in seiner Sippe stoisch ertrug, sich soweit es ging aus allem heraushielt und die Zeit, die er mit ihnen verbringen musste, einfach nur aussaß.

Jemmas Blick fiel auf mehrere Fotos, die Finley an die Wand neben dem Kopfende seines Bettes geheftet hatte. Sie zeigten ihn mit einem hübschen rothaarigen Mädchen und der Finley, der dort lächelnd seine Arme um sie gelegt hatte, wirkte fröhlich, glücklich und zufrieden. Warum sollte das, was er ihnen von seinen Zukunftsplänen erzählt hatte, also nicht stimmen? Wenn er hier wirklich nur noch so viel Zeit verbrachte, wie nötig war, bis er in ein paar Monaten volljährig wurde, warum sollte er sich dann an seinem Großvater vergreifen und all seine schönen Pläne riskieren? Das machte keinen Sinn.

Finley stand noch immer am Fenster, wandte jetzt aber dem Unwetter den Rücken zu und sah zurück zu Will und Jemma.

»Ich hab nichts mit der ganzen Sache zu tun. Ich gebe zu, dass ich meinen Großvater nicht ausstehen kann, aber deswegen bringe ich ihn nicht um. Und wie schon gesagt: In ein paar Monaten muss ich mich sowieso mit keinem aus meiner Familie mehr abgeben.«

Jemma nickte langsam.

»Dann willst du uns also sagen, dass es nur ein blöder Zufall ist, dass du im *House of Nightmares* warst, als dein Vater deinen Großvater in das Spiel verschleppt hat?« Im Gegensatz zu Jemma war Will sich noch nicht sicher, ob er an Finleys Unschuld glauben wollte. Doch wirklich beweisen konnten sie seine Beteiligung auch nicht und im Zweifel hieß es nun mal *für* den Angeklagten.

Finley hob die Schultern und nickte. »Ich hab keine Ahnung, was hier abgeht, aber ich hab damit nichts zu tun. Und auch wenn ich meinem Vater durchaus zutraue, dass er mit allen Mitteln verhindern will, dass Großvater sein Leben mit diesem Bioroboter verlängert, glaub ich echt nicht, dass er das mit einem CyberGame machen würde. Wie gesagt, er hat null Fantasie und diese gesamte Aktion passt einfach nicht zu ihm.«

»Aber du hast selbst gesagt, dass du dich so wenig wie möglich mit deiner Familie abgibst«, gab Jemma zu bedenken. »Vielleicht kennst du deinen Vater also gar nicht so gut, wie du denkst, und schätzt ihn völlig falsch ein.«

»Jem hat recht«, sagte Will. »Im Prinzip bietet das Stehlen und Festhalten seines Bewusstseins deinem Vater die Möglichkeit, deinen Großvater völlig unauffällig in den Tod zu treiben. Er muss einfach nur abwarten, bis sein Körper aufgibt, und wegen des Schlaganfalls und seiner Folgen wird das wahrscheinlich nicht sehr lange dauern. Durch seine Vorgeschichte wird kein Arzt irgendeinen Verdacht schöpfen. Dass wir zufällig auf das verschwundene Bewusstsein deines Großvaters stoßen könnten, weil wir dummerweise das gleiche Spiel spielen wollten, konnte dein Vater schließlich nicht ahnen.«

Finley schien die Sache kurz zu überdenken, schüttelte dann jedoch den Kopf. »Ich glaube trotzdem nicht, dass er so was durchziehen würde. Aber wisst ihr, was?« Entschlossen schritt er durchs Zimmer auf die Tür zu. »Fragen wir ihn doch einfach! Ich habe nämlich keine Lust, meinen Kopf hier für irgendwas hinzuhalten, das ich nicht getan habe!«

Kapitel 16

Der Friedhof des Elmstone-Anwesens lag hinter einer grauen Steinmauer, der man an vielen Stellen ihr Alter deutlich ansah. Ein rostiges Eisentor hing windschief in den Angeln und quietschte erbärmlich, als Zack es aufstieß.

»Hm. Sieht hier ja nicht gerade hochherrschaftlich aus.«

Verwitterte Grabsteine lagen umgestoßen und zerbrochen zwischen Unkraut und zerwühlten Gräbern. Der Weg zur Kapelle war kaum noch zu erkennen und auch das kleine Gebäude hatte mächtig gelitten. Über die Außenwand zog sich ein hässlicher Riss und der ehemals weiße Anstrich war mit unheilvollen Runen und blutigen Kratzspuren verschandelt.

»Na ja, ist doch kein Wunder. Sobald es dunkel wird, wüten hier schließlich die Zombies.« Zielstrebig ging Jamie auf die Kapelle zu.

»Apropos Dunkelheit.« Ned sah sich auf dem kleinen Friedhof um. »Wir sollten uns mit dem Schlüssel von dem Zombie-Opa beeilen. Noch ist es hell und die Toten sind da, wo sie hingehören. Wenn wir schnell sind, kommen wir vielleicht um einen Kampf herum.«

Mit hochgezogener Augenbraue wandte Jamie sich zu ihm um.

»Ja, ich weiß«, grinste Ned. »Du würdest liebend gern den kompletten Friedhof aufmischen. Glaub mir, ich auch. Aber leider sind wir nicht zum Vergnügen hier. Daher wäre es definitiv von Vorteil, wenn wir nur den Zombie-Opa ausschalten müssten und danach sofort weiter zum Haus gehen könnten.«

Jamie verzog das Gesicht, nickte aber schicksalsergeben. »Fein. Holen wir den Schlüssel, solange hier noch nichts los ist.«

Je näher sie der kleinen Kapelle kamen, desto deutlicher

wurden die Spuren des Vandalismus. Die Tür war halb aus den Angeln gerissen, die Scheiben der beiden Buntglasfenster lagen in Scherben und der Mörtel zwischen den dicken grauen Natursteinen wirkte an vielen Stellen so, als hätten messerscharfe Krallen versucht, ihn aus den geweihten Mauern herauszukratzen.

Jamie juckte es tierisch, einen kurzen Blick in das düstere Innere der Kapelle zu werfen, doch er beherrschte sich. Ned hatte recht. Sie waren nicht zum Spaß hier. Und da es in der Kapelle ziemlich finster war und man weder durch die kaputte Tür noch durch die zerbrochenen Fenster etwas erkennen konnte, war nicht schwer zu erraten, dass dort ein paar Albträume lauerten. Die mochten zwar mit Sicherheit jede Menge Spaß machen, bei ihrer Suche nach dem alten McLean würden sie aber nur aufhalten.

Das kleine Mausoleum, das Elizas Großvater als letzte Ruhestätte diente, war aus den gleichen Steinen wie die Kapelle erbaut und von außen ähnlich übel zugerichtet. Verschmierte Runen verschandelten zerkratzte Wände. Ein schwarzes Eisentor, einst kunstvoll geschmiedet, war jetzt verbogen und aufgebrochen.

Wachsam traten die drei ein. Schummriges Zwielicht fiel durch zwei schmale Fensterschlitze und erhellte den gerade mal vier mal vier Meter großen Raum nur dürftig. Zwei Steinsärge standen rechts und links an den Wänden auf Podesten. In kleinen Nischen lagen vertrocknete Blumensträuße und zerlaufenes Kerzenwachs zeigte, dass hier in besseren Zeiten einmal liebevoll der Toten gedacht worden war.

Vorsichtig inspizierten Zack, Ned und Jamie die Särge. In beiden war auf Kopfhöhe ein verschlungenes Mandala wie eine Art Familienwappen eingemeißelt. Darunter stand jeweils ein Name. Ernest Elmstone und Rosalind Elmstone.

»Seine Frau liegt also auch hier«, stellte Jamie leise fest. »Mal sehen, wie die es findet, wenn wir ihrem Göttergatten jetzt den Haustürschlüssel klauen.«

Ned knuffte ihm in den Rücken. »Du hoffst doch bloß, dass die gesamte Aktion hier doch nicht ganz so friedlich ablaufen wird.«

Jamie Grinsen sagte mehr als tausend Worte.

Sie stemmten sich zu dritt gegen den Sargdeckel und zuerst geschah gar nichts, doch dann erklang ein schleifendes Geräusch von Stein auf Stein, als der Deckel langsam zur Seite glitt. Widerlicher Gestank von Fäulnis und Verwesung schlug ihnen entgegen und ein drohendes Knurren und Fauchen drang aus dem Inneren des Sargs.

»Scheint so, als wäre Opa Ernest nicht gerade begeistert darüber, dass wir seinen Schönheitsschlaf stören.« Zack zog schnell seine Arme zurück, als aus dem Spalt zwischen Sarg und Deckel plötzlich eine halbverweste Klauenhand hervorkroch und ihn packen wollte. Er zog seine Machete vom Gürtel und schlug dem Zombie die Hand ab.

Der antwortete mit einem hasserfüllten Schrei und stieß so heftig gegen den Sargdeckel, dass dieser aufflog und gegen die Wand krachte. Hastig wichen Ned und Jamie ebenfalls zurück und alle drei schossen ihre Laserstrahlen ab. Der Untote kreischte auf und die Laute hallten schmerzhaft schrill von den Wänden der Gruft wider. Das Monster zitterte und zuckte unter den Lichtstrahlen, taumelte aber trotzdem auf die Jungen zu und schlug mit seiner noch verbliebenen Klauenhand nach ihnen. So gut es in der engen Gruft ging, wichen die drei aus und hielten den Zombie unter Beschuss. Der bäumte sich auf, doch im Kreuzfeuer der Laserstrahlen nahm seine Energie rasch ab. Seine Armschelle verfärbte sich dunkelrot, flackerte kurz hektisch und erlosch. Mit einem erstickten Röcheln sank er in sich zusammen, zuckte noch einmal und lag dann still.

»Jemand verletzt?«, fragte Zack.

Jamie schüttelte den Kopf.

»Nicht der Rede wert.« Die Krallen des Cybermonsters hatten Ned zwei blutige Kratzer auf seinem Unterarm verpasst, doch die machten ihm kaum Schaden und begannen bereits von allein zu heilen. »Wer will den Leichenfledderer spielen und Opa Ernest nach dem Schlüssel absuchen?«

»Freiwillige vor.« Angewidert verzog Zack das Gesicht. »Der Typ stinkt so bestialisch, dass es einem den Magen umdreht.«

Jamie beugte sich zu dem Zombie herab. Das, was von dem altmodischen Frack, den man Ernest Elmstone zu seiner Beerdigung angezogen hatte, noch übrig war, hing in zerschlissenen Fetzen um den ausgemergelten Körper. An der linken Hosentasche glitzerte eine silberne Kette wie von einer Taschenuhr und als Jamie vorsichtig daran zog, kam tatsächlich ein Schlüssel zum Vorschein.

»Na, was sagt ihr? Der wird uns ja wohl Zutritt zum Haus verschaffen.« Er wandte sich zu Ned und Zack um und das triumphierende Grinsen in seinem Gesicht verschwand, als er sah, was sich hinter den beiden abspielte.

Der Deckel des zweiten Sarges schob sich langsam auf.

»Achtung!«

Alarmiert fuhren Zack und Ned herum. Rosalind Elmstone war von dem Radau in ihrer Ruhestätte wenig angetan. Mit wütendem Fauchen schleuderte sie den Sargdeckel zur Seite und wollte sich auf die Eindringlinge stürzen, um ihnen mit ihren Klauenfingern die Augen auszukratzen. Doch Zack und Ned reagierten blitzschnell und richteten ihre Laserstrahlen auf sie. Die Zombiefrau schrie auf und taumelte heftig zuckend gegen ihren Sarg. Kreischend versuchte sie nach den Jungen zu schlagen, doch als auch noch Jamie seine Waffe auf sie abfeuerte, verlor sie genau wie zuvor ihr untoter Ehemann sehr schnell ihre Lebensenergie und ihre Armschelle erlosch.

»Ich wusste doch, dass Oma Elmstone uns Ärger machen würde.« Jamie stupste mit dem Fuß gegen die zerfledderte Leiche.

»Dafür musste man ja nun auch wirklich kein Hellseher sein.« Angeekelt rümpfte Zack die Nase. »Los, raus hier, bevor sich mir mein virtueller Magen umdreht. Dieser Zombiegestank ist absolut widerlich.«

»Weichei!«, stichelte Ned.

Empört boxte Zack ihm in die Seite und Ned knuffte zurück.

»Ich störe euren hochgeistigen Meinungsaustausch ja nur ungern«, mischte Jamie sich in das Handgemenge der beiden ein, »aber wenn wir es nicht mit der gesamten Friedhofsarmee aufnehmen wollen, sollten wir uns beeilen und von hier verschwinden. In den paar Minuten, die wir hier drin waren, ist es draußen nämlich ganz schön düster geworden.«

Tatsächlich war die Dämmerung im Spiel hereingebrochen und dunkle Schatten zogen über den Friedhof. Doch noch regte sich nichts und keiner der Grabbewohner hatte seine Ruhestätte verlassen.

»Okay, leiser Rückzug und zwar zügig!«

Ned schlich als Erster aus dem Mausoleum. Zack und Jamie folgten ihm vorbei an der kleinen Kapelle hin zum Ausgang des Friedhofs. Über einem Tor hing eine alte schmiedeeiserne Laterne, die in der rasch zunehmenden Dämmerung angesprungen war und einen kleinen Kreis aus schummrigem Licht verbreitete. Hinter den Jungen erklang ein Scharren, Schnaufen und Röcheln, als die ersten Zombies sich aus ihren Gräbern wühlten.

»Schnell, ins Licht!«

Die drei erreichten das Tor und traten in den funzeligen Lichtschein.

»Glaubt ihr wirklich, sie werden uns hier drin nicht angreifen?« Skeptisch sah Jamie sich um. Die Dunkelheit fiel nun sehr schnell und mehr als ein paar unförmige Schatten, die schleifend und keuchend in ihre Richtung wankten, war nicht zu erkennen.

Zack zog die Taschenlampe von seiner Waffe und schaltete sie ein. Der Lichtkegel schnitt scharf durch die Finsternis und erfasste einen Zombie, der sofort stehen blieb, sich fauchend seine aufgedunsenen Arme vors Gesicht schlug und wütend in Zacks Richtung knurrte. Dann wandte er sich ab und versuchte dem hellen Lichtschein zu entkommen.

»Okay, das Licht der Taschenlampen hält sie auf, reicht aber nicht, um sie zu töten.«

»Dafür reichen die Taschenlampen wahrscheinlich nie«, meinte Ned. »Aber wir können uns die Monster damit zumindest vom Hals halten und so die Energie unserer Waffen ein wenig schonen.«

Jamie sah auf den Balken seines Lasers, der sich während ihres Kampfes in der Gruft gelb verfärbt hatte, mittlerweile aber wieder in sattem Grün leuchtete. Er stieß das Friedhofstor auf und trat auf die andere Seite. Zack und Ned folgten ihm und sie schoben das Tor hinter sich wieder zu. Die ersten Zombies erreichten den Rand des Lichtkreises, den die kleine Laterne über ihnen warf. In der Hoffnung auf eine Portion frisches Menschenfleisch reckten sie gierig ihre Hände nach den drei Jungen, doch sobald sie mit ihren Armen in den Lichtschein eindrangen, kreischten sie auf und zogen sich wieder zurück.

»Scheint, als hätte Eliza die Wahrheit gesagt. Im Licht sind wir vor den Cybermonstern sicher.« Trotzdem verzog Zack angewidert das Gesicht. Nicht nur, dass der Trupp der zehn Zombies, die sich mittlerweile bis ans Tor geschleppt hatten, alles andere als eine Augenweide war, der Gestank, den sie verströmten, war kaum auszuhalten. Rasch drehte er sich um und wandte ihnen den Rücken zu, um so den übelsten Ausdünstungen zu entgehen.

Er spähte in die Nacht. Die Dunstschleier, hinter denen das Herrenhaus bisher verborgen gewesen war, waren verschwunden. Jetzt ragte der düstere Bau in gut sechzig Metern Entfernung finster in den Nachthimmel. Wegen der hohen Mauer, die das Haus umgab, war allerdings außer zwei Türmen an den Ecken des Gebäudes und ein paar Erkern und dunklen Fenstern in den oberen Etagen nicht viel zu erkennen. Dennoch machte das Haus einen abweisenden Eindruck und schien jeden davor zu warnen, näherzutreten.

Jamie legte den Kopf schief. »Irgendwie sieht der Kasten ein bisschen so aus wie Abberton Hall, findet ihr nicht?«

Zack grinste. »Stimmt.«

Ned deutete auf den schmalen Weg, der sich von ihrem aktuellen Standort in einem leichten Bogen bis zur Mauer des Herrenhauses durch den verwilderten Park schlängelte. Vier Laternen, ähnlich der, die über dem Friedhofstor hing, bildeten kleine Inseln aus Licht in der Dunkelheit. »Um was wollen wir wetten, dass diese Lampen Sicherungspunkte für uns sind, weil uns irgendwas ganz Fieses aus der Finsternis angreifen wird?«

»Die Wette gewinnst du locker.«

»Sollten wir dann nicht mal so langsam los?« Jamie zeigte mit dem Daumen nach hinten auf die röchelnden Friedhofszombies. »Die da sind nicht gerade leise, und auch wenn uns das Licht schützt, sitzen wir hier gleichzeitig ziemlich auf dem

Präsentierteller. Also sollten wir so schnell wie möglich hier weg. Bis zur ersten Lampe sind es zehn, höchstens zwölf Meter. Wenn wir uns beeilen, schaffen wir die vielleicht, ohne dass man uns bemerkt.«

Zack sah sich um. »Vielleicht hast du recht.«

»Na, dann kommt!« Ohne noch lange abzuwarten, rannte Jamie los und war schon nach drei Schritten nicht mehr als ein schwarzer Schatten in der Dunkelheit.

»Verdammt!« Zack riss seine Waffe hoch und zielte in Jamies Richtung, ohne jedoch den Laserstrahl zu aktivieren. Wenn da draußen wirklich etwas lauerte, wollte er keinem Monster Jamies Position verraten, denn viel mehr als seine grün leuchtende Armschelle und der Energiebalken seiner Laserwaffe war von ihm nicht zu erkennen. Damit hatte Zack aber zumindest einen groben Orientierungspunkt, falls sich irgendetwas in der Dunkelheit auf ihn stürzen würde. Drei bange Sekunden später erreichte Jamie den matten Lichtkreis der ersten Laterne und winkte Zack und Ned zu sich.

Zack strafte ihn mit einem bösen Blick und scannte mit gezogener Waffe die finstere Umgebung. Ned tat es ihm gleich, während Jamie ihnen ungeduldig mit stummen Handzeichen zu verstehen gab, dass sie sich endlich beeilen sollten.

»Zusammen oder einzeln?«

»Zusammen. Geht schneller.«

»Okay, dann los.«

Ihre Waffen schussbereit, rannten sie los und hetzten die wenigen Meter durch die Dunkelheit.

»Mann, warum habt ihr euch denn so viel Zeit gelassen?«, zischte Jamie, als die beiden zu ihm in den Lichtkreis sprangen. »Ich dachte, wir wollten uns beeilen!«

»Ja, schon«, knurrte Zack. »Trotzdem sollte das hier aber auch nicht unbedingt eine Kamikazeaktion werden.« Er spähte in den dunklen Park jenseits des Lichtscheins, doch viel mehr als ein paar Schatten und die gruseligen Umrisse der knorrigen Bäume konnte man nicht erkennen. Jetzt, da sie den Friedhof mit den fauchenden Zombies hinter sich gelassen hatten, herrschte eine knisternde Stille um sie herum, die Zack einen kalten Schauer über den Rücken jagte. Genau wie im Intro angekündigt, spürte man einfach, dass dieser Ort böse war.

Fühlte sich beobachtet.

Spürte ein Kribbeln im Nacken.

Sah sich mit einem mehr als unguten Gefühl um.

Irgendetwas lauerte dort in der Dunkelheit auf sie.

Die Finsternis jenseits ihres Lichtkreises blieb weiter undurchdringlich, doch als Zack zurück zur Laterne beim Friedhofstor sah, bemerkte er, dass diese zu flackern begonnen hatte. Er packte Jamie am Arm und hielt ihn zurück, als der bereits zur nächsten Lichtinsel losrennen wollte. »Warte. Seht mal da.«

Ned und Jamie blickten ebenfalls zum Friedhofstor. Das Flackern der Lampe nahm zu, bis die alte Glühbirne schließlich mit einem leisen Klirren zersplitterte. Aus der plötzlichen Dunkelheit drang begeistertes Zombiegeröchel und das Quietschen des rostigen Friedhofstors.

»Nicht gut!« Zack fluchte.

»Anscheinend soll das Ganze hier auf Zeit gehen«, murmelte Ned. »Gar keine schlechte Idee. Und verdammt cool umgesetzt.« Er sah zu ihrer Lampe hinauf und genau in diesem Moment begann die Glühbirne zu flackern. »Echt, keine schlechte Idee!«

Zack rollte mit den Augen. »Verschieb die Feldstudien für deine eigenen CyberGames auf einen anderen Zeitpunkt. Wir müssen hier weg!«

Jamie schnaubte ungeduldig. »Das sag ich doch die ganze Zeit!« Ohne noch länger zu warten, rannte er in die Dunkelheit hin zur nächsten Laterne.

Zack zögerte, unsicher, ob er sofort folgen oder Jamie lieber den Rücken sichern sollte.

»Los, komm!« Ned stieß ihn an, als ihre Laterne erneut zu flackern begann und sie stolperten in die Finsternis.

Kälte. Eisige, boshafte Kälte.

Zack spürte, wie sie nach ihm griff, sobald sein Körper in die Schwärze der Nacht eintauchte. Die wenigen Meter bis zum Licht der nächsten Laterne schienen auf einmal ewig weit. Er hörte seine gehetzten Schritte auf dem Kies, schien aber kaum vom Fleck zu kommen. Sein Herzschlag hämmerte in seinen Ohren und er rannte verbissen weiter.

Nur noch ein paar Meter!

Er sah, wie Jamie in den Lichtschein sprang und sich hastig zu Ned und ihm umwandte, seine Waffe hochgerissen und in die Dunkelheit gerichtet.

Irgendetwas war da.

Weiter!

Aus den Augenwinkeln nahm Zack plötzlich ein seltsames Flirren war. Wie eine kurze atmosphärische Störung beim Fernsehen, nur schwärzer als die Nacht. Schauderhafte Laute drangen durch die Finsternis.

Knistern. Zischeln.

Wie boshaftes Kichern.

Dann hatten er und Ned ebenfalls den schützenden Lichtkreis erreicht.

»Was zum Teufel ist da draußen?«

Wie Jamie rissen Zack und Ned ihre Waffen hoch und richteten sie suchend in die Dunkelheit, doch die Strahlen von Taschenlampen und Lasern erfassten nichts als die überwucherten Blumenbeete und verwachsenen Büsche und Bäume des verwilderten Parks.

»Habt ihr diese Kälte auch gespürt?« Nervös suchte Jamie mit seinem Licht die Nacht ab. »Und was waren das für seltsame Schatten? Konntet ihr die richtig erkennen?«

Ned schüttelte den Kopf und zielte weiter kampfbereit in die Dunkelheit. »Das sind bestimmt Specter. Ihr wisst schon, körperlosen Geister oder Phantome.«

»Könnte sein.« Zack zerschnitt die Dunkelheit mit Laser und Taschenlampe. »Aber hat einer von euch deren Lebensenergie gesehen? Auch wenn sie keinen festen Körper haben, sollten sie ja trotzdem eine Art Armschelle tragen. Wie sollen wir sonst sehen, wie stark sie sind, wenn wir gegen sie kämpfen?«

»Vielleicht sollen wir das gar nicht«, murmelte Ned nachdenklich. »Vielleicht ist das eine Falle.«

»Was meinst du?«, fragte Jamie stirnrunzelnd.

»Vielleicht können wir diese Schatten gar nicht töten.« Ned ließ seinen Taschenlampenstrahl ruckartig durch die Dunkelheit hin und her gleiten. »Wir suchen jetzt schon die ganze Zeit die Umgebung ab, doch wir haben nichts gesehen. Was immer es ist, weder unser Licht noch unsere Laser können es erfassen. Vermutlich weil es im Licht einfach nicht existiert. Daher können wir es auch nicht vernichten, denn sobald wir unsere Laser darauf richten, ist es nicht mehr da.«

Die Laterne über ihnen begann zu flackern.

Alarmiert blickte Jamie hinauf. »Na toll, und wie sollen wir uns dann bitte gegen diese Biester wehren?«

»Wenn Ned recht hat, können wir die Specter zwar nicht töten, aber wir können sie von uns fernhalten, solange wir im Licht bleiben«, sagte Zack.

»Super Idee. Und wie? Hierbleiben ist nämlich keine Option.«

Zack schüttelte den Kopf. »Wir gehen von jetzt an einzeln und schützen uns gegenseitig mit den Strahlen unserer Taschenlampen. Die Laternen stehen höchstens zwölf oder dreizehn Meter auseinander. Dafür reicht die Reichweite unserer Lampen gerade so aus.«

»Hört sich ziemlich riskant an«, meinte Ned wenig glücklich, doch mit einem Blick auf ihre langsam sterbende Glühbirne nickte er. »Aber einen besseren Vorschlag hab ich auch nicht.«

Jamie nickte ebenfalls. Er zog die Taschenlampe aus der Halterung der Laserwaffe und nahm sie in die linke Hand. Auf diese Weise hatte er zwei unabhängige Lichtquellen, mit denen er sich schützen konnte.

»Ich geh als Erster, okay?« Er sah zu Zack und Ned, die ebenfalls ihre Lampen von den Pistolen lösten.

Die beiden nickten.

»Ich nehm oben und links«, sagte Zack, als Jamie an den Rand ihres Lichtkreises trat, und richtete seine Taschenlampe auf Jamies Oberkörper. Mit seinem feinen roten Laserstrahl sicherte er Jamies linke Seite.

Ned nickte und erfasste Jamies Beine und seine rechte Seite. »Geh! Und beeil dich!«

Das Flackern der Glühbirne über ihnen wurde immer stärker.

Entschlossen aktivierte Jamie seinen Laser und schwenkte ihn mit seiner Taschenlampe vor sich her durch die Dunkelheit, um die Schatten zu vertreiben. Dann trat er aus dem Lichtkreis in die Schwärze.

Eisige Kälte umfing ihn. Schien sich an ihn zu kleben und ihn festhalten zu wollen. Machte ihn langsam, schwerfällig, dennoch zwang er sich, seine Schritte zu beschleunigen und so schnell er konnte durch die Dunkelheit zu rennen. Sein Schatten zuckte vor ihm in den Lichtkegeln der Taschenlampen, die ihn von hinten schützten, und rechts und links neben ihm schnitten die Laserstrahlen durch die Finsternis.

Jamie spürte, wie sein Herz schneller pochte, als er überall um sich herum die flirrenden Schatten der Specter sah, die immer näher rückten. Er hörte ihr schauriges Knistern und Zischeln wie fieses Gekicher, das ihn verhöhnen wollte. Verbissen zwang er sich, noch schneller zu laufen und sich nicht von der eisigen Dunkelheit aufhalten zu lassen, die sich bleiern und immer schwerer auf ihn legte.

Nicht fertigmachen lassen!

Er konzentrierte sich darauf, seine Lichtquellen vor sich hin und her zu schwenken, um so seinen Weg von den Dämonen freizuhalten. Einen hastigen Schritt nach dem anderen.

Nur noch ein paar Meter!

Etwas raste von links an ihn heran. Erschrocken stolperte er zwei Schritte nach rechts – und verließ den schützenden Lichtkegel, weil Zack und Ned seine plötzliche Bewegung nicht hatten kommen sehen.

Eiseskälte biss in seine rechte Seite, als er plötzlich in die Dunkelheit taumelte. Lähmte seine Bewegungen. Versuchte, ihn mit sich zu zerren.

Fremde Stimmen in seinem Kopf flüsterten zwielichtige Verheißungen. Lockten ihn, wollten ihn verführen.

Jamie stöhnte auf, hatte Mühe sich zu wehren und den dunklen Versprechen nicht nachzugeben –

Plötzlich erfassten Zack und Ned ihn wieder mit ihren Lichtern und hielten die Wesen der Finsternis so weit in Schach, dass er die letzten Schritte bis zum schützenden Lichtkreis der nächsten Laterne stolpern konnte. Erleichtert trat er ins Licht und schüttelte die düsteren Stimmen aus seinem Kopf. Ein kurzer Blick auf seine Armschelle zeigte sattes Gelb, also nicht bedrohlich. Rasch wandte er sich zu seinen beiden Freunden um und signalisierte ihnen, dass alles in Ordnung war.

»Er hat es geschafft.« Ned nickte Zack zu. »Geh du als nächstes.«

»Okay.« Zack trat an den Rand des Lichtkreises. Jamies Taschenlampenstrahl wirkte wie eine Brücke aus Licht.

Eine verdammt mickrige Brücke, verglichen mit der pechschwarzen Dunkelheit um sie herum.

»Pass auf, dass du dich nicht aus dem Licht treiben lässt«, warnte Ned. »Das werden sie bei dir mit Sicherheit auch versuchen.«

Zack nickte grimmig und trat hinaus in die Finsternis. Angespannt verfolgte Ned seinen Übergang. Wie bei Jamie wirkten auch Zacks Bewegungen mühsam, angestrengt und obwohl er versuchte zu rennen, kam er nur langsam voran, so als würde die Dunkelheit wie eine unsichtbare Last auf ihm liegen.

Die Glühbirne in der alten Laterne surrte laut und ihr Flackern wurde immer schlimmer. Ned musste sich zusammenreißen, damit er sich von dem unruhigen Licht nicht ablenken ließ und Zack womöglich aus den Augen verlor. Was passieren würde, wenn die Glühbirne ihren Geist aufgab, bevor Zack den neuen Lichtkreis erreichte, wollte Ned sich lieber nicht vorstellen.

Noch zwei Meter.

Einer.

Dann taumelte Zack zu Jamie in den schützenden Schein der Laterne.

Keine Sekunde zu früh, denn in diesem Moment wurde das Flackern von Neds Laterne so hektisch, dass er die Augen zukneifen musste. Das elektrische Sirren nahm zu, dann klirrte es, als die Birne zerplatzte. Sofort spürte Ned die schneidende Kälte, die in seinen Körper biss und ihn einzufrieren drohte. Er öffnete die Augen und war geblendet vom Lichtschein der Taschenlampen, die Zack und Jamie durch die Dunkelheit auf ihn richteten. Rasch wandte er sich um und kehrte ihnen den Rücken zu. Um sich von beiden Seiten vor den Wesen der Finsternis schützen zu können, musste er rückwärts laufen. Nicht gerade ideal, doch die einzige Möglichkeit den Schatten keine Angriffsfläche zu bieten. So schnell er konnte, stolperte er los.

»Mach schon! Schneller!«, murmelte Jamie durch zusammengebissene Zähne und warf einen nervösen Blick hinauf zu der schon viel zu heftig flackernden Laterne, in deren Lichtkreis er und Zack standen. Angespannt sah er zurück zu Ned, der nicht nur mit der Finsternis, sondern zusätzlich noch mit dem Rückwärtslaufen kämpfen musste. Er hatte zwar schon über die Hälfte des Weges geschafft, doch ihnen lief die Zeit davon.

»Sobald er hier ist, rennst du los.« Zack warf Jamie einen raschen Blick zu. »Verstanden?«

Jamie nickte knapp und versuchte, das ungute Surren der Glühbirne zu ignorieren.

»Du hast es fast geschafft«, rief Zack ermutigend, als Ned keine drei Meter mehr von ihnen entfernt war. »Nur noch ein paar Schritte.« Er nickte zu Jamie. »Los, geh!«

Ohne zu zögern wandte Jamie sich um und lief auf der anderen Seite aus dem Lichtkreis in die Dunkelheit. Drei endlose Herzschläge lang schien die Eiseskälte ihn erstarren zu lassen. Schatten zerrten an ihm und böse Stimmen explodierten in seinem Kopf. Etwas schien seinen Brustkorb zusammenzudrücken und seine Arme und Beine wollten ihm kaum gehorchen.

Nur mit äußerster Willenskraft schaffte er es, seine Taschenlampe auf sich zu richten und quälend langsam einen Fuß vor den anderen zu setzen.

Dann war das Gefühl, zerquetscht und gleichzeitig auseinander gerissen zu werden plötzlich vorbei. Erleichtert keuchte Jamie auf, als er die schützenden Laserstrahlen neben sich sah und er das Licht der Taschenlampen auf sich spüren konnte. Hastig beschleunigte er seine Schritte. Das hier war die letzte Etappe. Da vorne, keine zehn Meter entfernt, hing die letzte Laterne im Durchgang der hohen Mauer, die das Herrenhaus umgab.

»Diesmal gehe ich als Letzter«, sagte Zack, während Jamie sich die letzten Meter durch die Dunkelheit kämpfte.

»Bist du sicher?«

Zack nickte entschieden. »Als Zweiter ist man am besten geschützt und deine Energie ist noch nicht wieder ganz aufgeladen, weil du gerade am längsten gebraucht hast.«

»Okay.«

Die Lampe über ihnen ging aus, sprang aber mit einem gequälten Sirren zum Glück sofort wieder an. Trotzdem tauschten Zack und Ned einen nervösen Blick, bevor sie rasch zurück zu Jamie sahen, der nur noch wenige Schritte von ihrer letzten Lichtinsel entfernt war.

»Geh, los!«, befahl Zack. »Er hat es fast geschafft und wir haben keine Zeit mehr. Nicht nur die Funzel hier macht gleich schlapp. Die Energie unserer Laser und Taschenlampen wird auch langsam knapp!«

Ned rannte los. So schnell die bleierne Kälte es zuließ, drängte er sich im Schein von Zacks Lampe durch die Finsternis, dankbar, als plötzlich auch Jamies Licht ihn erfasste.

Zack fluchte leise. Er behielt Ned so gut er konnte im Auge, doch das hektisches Flackern der Laterne über ihm machte ihn langsam wahnsinnig. Der Energiebalken seiner Taschenlampe nahm ein weiteres Stück ab und verfärbte sich rot. Wütend presste er die Zähne aufeinander. Er hatte keine Lust, so kurz vor dem Ziel zu scheitern. Als er wieder aufblickte, sah er, wie Ned zu Jamie in den Lichtkreis trat. Ohne zu zögern, wandte Zack sich um und trat hinaus in die Finsternis.

Die Kälte schwappte erbarmungslos über ihn, doch diesmal war er auf das Gefühl vorbereitet und ließ sich davon nicht beirren. Er sah die beruhigenden Laserstrahlen neben sich und spürte das Licht der Taschenlampen auf seinem Rücken.

Nur für wie lange noch?

Nein! Mach dich nicht verrückt! Lauf einfach weiter!

Eisern setzte er einen Fuß hinter den anderen und hielt das flackernde Licht ihres vorherigen Lichtkreises fest im Blick, um nicht die Orientierung zu verlieren.

Weiter! Einfach weiter!

Aus den Augenwinkeln sah er, wie rechts und links die flirrenden Schatten der Specter wieder und wieder in seine Richtung vorstießen. Sie wagten sich immer näher an ihn heran, wollten ihn aus dem Tritt bringen.

Trotzig blendete Zack aus, was jenseits seiner schmalen Lichtbrücke in der Dunkelheit geschah, und konzentrierte sich nur auf die Laterne, die er immer weiter zurückließ. Plötzlich flammte ihr Licht gleißend hell auf, dann zerplatzte die Glühbirne und die Finsternis drang mit neuer Macht auf ihn ein.

Für einen Moment war Zack wie gelähmt. Erblindet in der pechschwarzen Nacht.

Eiseskälte nahm ihn gefangen und Wesen der Nacht zerrten an ihm. Er hörte ihre lockenden Stimmen in seinem Kopf, denen er nur zu gerne folgen wollte, spürte gleichzeitig aber auch ihre abgrundtiefe Bosheit, die ihn entsetzt davor zurückschrecken ließ.

Doch auf einmal drang noch eine andere Stimme zu ihm durch.

»Zack, komm! Du hast es fast geschafft!«

Jamie.

Entschlossen stieß Zack die falschen Versprechungen von sich und lief weiter. Er spürte den eisigen Zorn der Schatten um sich herum, als sie merkten, dass er ihnen nicht nachgeben wollte. Wütend zerschnitt er das Dunkel mit Taschenlampe und Laser und sah entsetzt, dass beide Energiebalken warnend blinkten.

Verdammt!

Schneller! Er musste schneller laufen!

Doch die Kälte zerrte unbarmherzig an seinen Kräften. Zentimeter vor seinem Gesicht flirrte der pechschwarze Schatten eines Specters.

Drohend, lauernd.

Nur darauf wartend, dass seine Lichtquellen endlich erloschen.

Knistern und Zischeln.

Widerlich, gierig und frohlockend.

»Beeil dich, Zack! Nur noch zwei Meter!«

Entschieden riss er seine flackernde Taschenlampe hoch, drängte den Specter damit zurück und stolperte drei weitere Schritte in die Richtung, aus der Jamies Stimme gekommen war – dann erlosch sein Licht und die Finsternis stürzte auf ihn ein.

Teuflisches Kichern.

Triumphierend und boshaft.

Direkt in seinem Inneren

Zack glaubte, sein Kopf müsse explodieren. Wenn er gekonnt

hätte, hätte er die Arme hochgerissen, um sich gegen all die Stimmen zu schützen, doch er war wie erstarrt. Die Kälte hatte ihn fest in ihrem Bann.

Er wollte sich umdrehen. Er musste dem rettenden Lichtkreis der letzten Laterne doch schon so nahe sein! Doch die Finsternis ließ ihn nicht. Er konnte sich nicht rühren, spürte nur, wie von allen Seiten an ihm gezogen und gezerrt wurde. Er wollte nichts lieber als nachgeben, sich einfach fallen lassen und kämpfte gleichzeitig mit aller Kraft dagegen an.

Plötzlich packte irgendetwas seinen Arm. Bohrte eisige Krallen in sein Handgelenk. Erschrocken riss Zack seinen Arm zurück, wollte sich panisch von dem Dämon befreien –

»Zack, nicht! Ich bin's!«

Jamie?

Das konnte nicht sein!

Die Stimme war nicht echt!

Oder doch?

Sicher wollte das Bösen ihm nur einen ganz üblen Streich spielen. Ihn verführen, in Sicherheit wiegen, damit er ihm nachgab.

Zack spürte, wie sein Herz immer schneller raste. Das konnte nicht Jamie sein! Wie hätte er sich durch diese Finsternis kämpfen können? Seinen Lichtquellen musste doch genauso die Energie ausgegangen sein.

Es ist eine Falle!

Erneut versuchte Zack sein Handgelenk aus dem Klauengriff zu befreien, doch er hatte kaum noch die Kraft, sich zu bewegen.

»Nein, Zack! Bitte! Ich bin's wirklich! Lass mich dir helfen, so wie du mir gestern in dem dämlichen Gewitter geholfen hast!«

Verdammt, das Böse war wirklich gut!

Schlich sich in seine Gedanken, seine Erinnerungen, um ihn zu manipulieren und glauben zu lassen, dass –

STOPP!

Mann, das hier war nur ein Spiel! Er kämpfte hier gerade nicht wirklich gegen irgendwelche bescheuerte Dämonen! Kein gottverdammtes CyberGame war so gut, dass es auf seine Erinnerungen zugreifen konnte!

Mit seltsamer Erleichterung gab er dem Ziehen an seinem Arm nach. Ließ sich mitreißen. Wandte sich stolpernd um und wurde geblendet von Helligkeit. Seine Beine gehorchten ihm nicht, konnten ihn nicht länger tragen. Er taumelte, stolperte, stürzte ins Licht – und alles um ihn herum wurde schwarz.

Kapitel 17

Geoffrey starrte Finley über seinen protzigen Schreibtisch hinweg an, als fürchtete er ernsthaft, sein Sohn hätte den Verstand verloren.

»Ich glaube, das ist der größte Schwachsinn, den ich je gehört habe.« Seine Stimme klang erstaunlich ruhig, doch der Blick, mit dem er seinen Sohn bedachte, war voller Geringschätzung. »Ich habe dich ja schon immer für viel zu besessen von diesen abartigen CyberGames gehalten. Offensichtlich haben sie dir jetzt aber endgültig das Gehirn zersetzt und du kannst nicht mehr zwischen Fantasie und Realität unterscheiden! Ein Bewusstsein stehlen und es in der CyberWorld gefangen halten, damit es in der Wirklichkeit so aussieht, als wäre jemand hirntot? Das kann hoffentlich nicht dein Ernst sein!«

Geoffreys Blick wanderte von Finley zu Jemma und heftete sich dann auf Will. »Habt ihr ihm diesen Irrsinn eingeredet? Wundern würde mich das ja nicht. Wenn dein Vater schon ethisch äußerst fragwürdige Experimente mit dem menschlichen Bewusstsein und diesen Roboterhüllen plant, möchte ich gar nicht wissen, was für kranke Gedanken sich dann in den Hirnen seiner Sprösslinge einnisten. Hat Edward euch diesen Floh ins Ohr gesetzt? Ist er wütend, weil das Schicksal ihm dazwischengefunkt hat und mein Vater ihm nun nicht mehr als Versuchskaninchen für seine Experimente zur Verfügung steht? Will er uns deswegen jetzt ein Mordkomplott andichten?« Seine Augen verengten sich zu misstrauischen Schlitzen, als er weitersprach. »Oder will er gar einen eigenen Fehler vertuschen? Hat er bereits versucht, das Bewusstsein meines Vaters in diesen schrecklichen Roboter zu transferieren und dabei ging etwas ganz gehörig schief? Und jetzt versucht er die ganze Sache zu vertuschen und will sie mir in die Schuhe zu schieben?« Drohend richtete er einen Finger auf Will. »Mit solchen Anschuldigungen sollte dein Vater sehr vorsichtig sein, mein Junge. Auch wenn er ein sehr einflussreicher Mann ist, steht er nicht über dem Gesetz! Sollte er also in irgendeiner Weise verantwortlich für den Zustand meines Vaters sein–«

»Mein Vater hat damit nicht das Geringste zu tun. Ganz im Gegenteil!«, unterbrach Will ungehalten den Wortschwall. »Er versucht Ihrem Vater zu helfen. Was die Polizei vermutlich viel mehr interessieren dürfte, ist wohl die Tatsache, dass *Sie* ihn dafür nicht in seine Nähe lassen wollten!«

»Natürlich nicht.« Geoffrey war plötzlich wieder völlig ruhig und seine Augen blitzten hinterhältig. »Ich denke immerhin, dass er schuld am Zustand meines Vater ist. Da werde ich doch den Teufel tun und Edward noch einmal an ihm herumpfuschen lassen. Jeder Arzt und jeder Richter wird dafür vollstes Verständnis haben. Besonders, da die Familie McLean über etliche außerordentlich gute Kontakte zu sehr einflussreichen Ärzten im ganzen Land verfügt. Die werden diese irrsinnigen Bewusstseinstransfers in Roboterkörper, die Edward da plant, ohnehin zutiefst verurteilen. Und der offensichtlich fehlgeschlagene Versuch deines Vaters wird ihn und sein Vorhaben in ein denkbar schlechtes Licht rücken. Besonders, wenn ich zusätzlich noch bekanntgebe, mit welch hanebüchenen Komplott gegen mich und meinen Sohn der *große Edward Dunnington* anschließend auch noch versucht hat, seine eigene Tat unter den Teppich zu kehren, und mir einen Vatermord anhängen wollte.« Geoffrey legte seine Fingerspitzen aneinander, lehnte sich selbstgefällig in seinem Ledersessel zurück und betrachtete Will triumphierend.

Jemma ballte die Fäuste. Was für ein Mistkerl!

Doch Will ließ sich nicht provozieren. »Damit kommen

Sie niemals durch. Wir haben Beweise dafür, dass Sie gestern Abend mit Ihrem Vater ein CyberGame betreten haben. Und wir können nachweisen, dass er dort noch immer als Spieler aufgeführt ist.«

Geoffrey tat Wills Aussage mit einer lapidaren Handbewegung ab. »Und? Was genau soll das beweisen? Außer vielleicht, dass mein Vater seine Abneigung gegen CyberGames offensichtlich abgelegt hat. Ich war jedenfalls nicht mit ihm dort. Ich habe für solche Spiele rein gar nichts übrig. Und selbst wenn, wäre mein Vater mit Sicherheit die letzte Person auf Erden, mit der ich ein CyberGame spielen würde.«

»Die Logfiles Ihres Hausservers sagen aber etwas anderes.« Jemma versuchte, McLeans Überheblichkeit genauso kaltschnäuzig zu begegnen wie Will.

»Ach ja? Und was?«, fragte Geoffrey, wirkte aber nur mäßig interessiert.

»Ihr Authentifizierungscode wurde für *House of Nightmares* verwendet.«

Der Lord lachte ungläubig auf. »*House of Nightmares*? Kinder, ihr habt entschieden zu viel Fantasie! Oder einfach viel zu oft diese verrückten Spiele gespielt.« Er schüttelte den Kopf und wurde schlagartig wieder ernst. »Ich dagegen habe für so einen Schwachsinn keine Zeit. Weder für diese idiotischen Spiele noch für die irrsinnigen Mordkomplotttheorien ein paar durchgedrehter Teenager.«

Er bedachte sowohl seinen Sohn als auch Will und Jemma mit einem mitleidigen Lächeln, als würde er mit unterbelichteten Dreijährigen sprechen. »Aber gut, ich tue euch den Gefallen. Ich gehe auf euer seltsames Detektivspielchen ein und liefere euch drei Junior-Sherlocks jetzt ein Alibi, das ihr gleich gerne überprüfen könnt. Hauptsache, ihr stehlt mir mit eurem

Blödsinn nicht länger meine kostbare Zeit. Ich war gestern Abend nicht im Cybernetz. Egal, was irgendwelche Logfiles oder Authentifizierungscodes – die ihr vermutlich ohnehin gefälscht habt – sagen. Kurz nach dem Abendessen meldete Bengt, unser Stallmeister, einen Sturmschaden. Durch das Unwetter wurde ein Teil des Daches der Stallungen beschädigt und ich war bis nach Mitternacht draußen, habe mir den Schaden angesehen und eine notdürftige Reparatur überwacht.«

Er lachte spöttisch, als er die überraschten Gesichter sah. »Tja, damit habt ihr wohl nicht gerechnet? Ich denke, eure unumstößliche Beweiskette müsst ihr jetzt noch einmal gründlich überdenken.« Süffisant verzog er die Lippen, musterte die drei dann aber mit bohrenden Blicken. »Ich weiß nicht, was mit meinem Vater passiert ist. Ob nun ein Experiment schiefgegangen ist oder Mutter Natur fand, dass man ihr mit einem Roboterkörper nicht ins Handwerk pfuschen sollte – im Prinzip ist mir das auch völlig egal. Aber was immer es war, es passt mir äußerst gut ins Konzept und ich hoffe nichts mehr, als dass jetzt, da der Geist meines Vaters sich verabschiedet hat, sein Körper ihm bald folgen wird. Wenn nicht, lasse ich ihn einfach in ein paar Tagen für hirntot erklären und damit hat sich die Sache dann auch erledigt.«

Seine Augen funkelten boshaft, als er sich Will zuwandte. »Wie gesagt, mein Junge: Es ist mir völlig egal, ob dein Vater irgendetwas mit dem Zustand meines Vaters zu tun hat oder nicht. Falls er daran allerdings nicht ganz unschuldig ist, sollte er sich ab jetzt sehr ruhig verhalten. Solange er das tut, hat er von mir nichts zu befürchten. Ich habe genügend Kontakte zu befreundeten Ärzten, die bereit sein werden, ohne weitere Nachfragen Vaters Tod festzustellen. Problem beseitigt, alle sind zufrieden. Außer vielleicht Edward, der sich einen anderen

Menschen suchen muss, an dem er diese fragwürdige Lebensverlängerung ausprobieren kann. Vorzugsweise beim nächsten Mal jemanden mit einem lohnenswerteren Charakter als dem meines Vaters. Unsere Vorstellungen, wer rettungswürdig ist, gehen da offensichtlich sehr weit auseinander. Aber solange sich dieses Thema für meinen Vater erledigt hat, werde ich Edward sicherlich nicht in die Auswahl eines weiteren Probanden reinreden.« Seine Stimme nahm jetzt einen warnenden Tonfall an. »Falls Edward allerdings auf Ärger aus ist und mir eine Mitschuld am Zustand meines Vaters oder sogar irgendwelche Mordabsichten in die Schuhe schieben will, bewegt er sich auf äußerst dünnem Eis und er sollte sich gut überlegen, ob er sich wirklich mit mir anlegen will. Richte ihm das aus, und sag ihm dann auch gleich: Wenn er mir das nächste Mal irgendetwas unterstellen möchte, soll er gefälligst persönlich zu mir kommen und mir seine Verdächtigungen ins Gesicht sagen, statt einen seiner Söhne zu schicken.«

Er dolchte seinen Blick noch einen Moment lang in Will, dann sah er zu Jemma und wies zur Tür. »Ihr dürft jetzt gehen.« Voller Verachtung wandte er sich an Finley. »Du auch. Es beschämt mich zutiefst, wie wenig Loyalität du dieser Familie entgegenbringst, mein *Sohn*.« Mit einem abfälligen Kopfschütteln spuckte er Finley das letzte Wort vor die Füße. »Obwohl es mich bei einem beschränkten Geist wie deinem wohl nicht wundern sollte, dass man dir mit ein paar halbschlauen Worten solche Flausen in den Kopf setzen kann. Dennoch, ein bisschen mehr Respekt und Familientreue hätte ich durchaus von dir erwartet. Aber wie immer bist du nur eine einzige große Enttäuschung.« Sein Blick wurde eisig. »Aber ich warne dich: Wage es nicht, diese schwachsinnigen Anschuldigungen gegen mich noch einmal auszusprechen. Deine Mutter steht momentan schon unter genug Stress, da muss sie sich nicht zusätzlich noch über dich und diesen Unsinn aufregen. Und deine Schwester würde aus diesem Wahnwitz ihren ganz eigenen Vorteil ziehen und uns das Leben schwer machen. Also wirst du diese unverschämten Unterstellungen für dich behalten, wenn du in dieser Familie nicht noch tiefer sinken willst. Haben wir uns verstanden?« Mit einer wegwerfenden Handbewegung verwies er ihn in Richtung Tür. »Und jetzt geh. Ich will dich heute nicht mehr sehen.«

Finley zuckte nur mit den Schultern und stand auf. »Weißt du, was das wirklich Traurige ist, Vater? Ich mag eine riesige Enttäuschung für dich sein, aber in der letzten Viertelstunde warst du es für mich kein bisschen. Du hast dich exakt so verhalten, wie ich es erwartet habe. Und nach allem, was ich gerade gehört habe, macht es mich ehrlich gesagt froh, wenn du in mir eine Enttäuschung siehst. Das zeigt mir nämlich, dass ich irgendwas richtig gemacht haben muss.«

Damit wandte er sich ab und verließ das Arbeitszimmer, ohne seinen Vater noch eines Blickes zu würdigen.

Will und Jemma folgten ihm, doch bevor Will auf den Flur hinaustrat, drehte er sich noch einmal zu Geoffrey um.

»Ihr Sohn hat recht. Die wahre Enttäuschung für diese Familie sind Sie. Und wenn wir das Bewusstsein Ihres Vater gefunden und in den Biokörper gerettet haben, bin ich mir sicher, dass es Lord McLean sehr interessieren wird, was Sie hier gerade von sich gegeben haben.« Mit einem süffisanten Lächeln zog er sein Smartphone aus der Brusttasche seines Hemds. »Ich liebe die Aufnahmefunktion an diesem Teil.« Er fuhr mit dem Finger kurz über den Touchscreen und die Stimme von Geoffrey McLean tönte glasklar aus dem Gerät. Als Will sah, wie McLeans Gesicht vor Wut rot anlief, grinste er voller Genugtuung und schaltete die Aufnahme wieder aus. »Nicht schlecht für ein paar durchgedrehte Nachwuchs-Sherlocks, oder?«

Ohne eine Antwort abzuwarten, trat er hinaus auf den Korridor und zog die Tür hinter sich zu.

»Was für ein Arschloch.« Er blickte zu Finley und sah den jungen Adelsspross plötzlich mit ganz anderen Augen. »Du musst echt eine unglaubliche Selbstbeherrschung haben, um in dieser Familie nicht längst mit einem eurer zig Jagdgewehre Amok gelaufen zu sein.«

Finley mühte sich ein Lächeln ab und zuckte mit den Schultern. »Sie sind es mir einfach nicht wert, dass ich mir mit so was meine Zukunft versaue.«

Die drei gingen durch den düsteren Flur zurück zu Finleys Zimmer. Dort hockten sie sich auf Bett und Sessel und Finley sah fragend zu Jemma und Will. »Stimmt es, was du meinem Vater gerade gesagt hast? Dass die anderen von euch nach dem Bewusstsein meines Großvaters suchen?«

Will nickte. »Ned, Zack und Jamie sind im *House of Nightmares*, in der Hoffnung, irgendwo im Spiel einen Hinweis darauf zu finden, wo man deinen Großvater gefangen hält. Und Dad macht den neuen Körper bereit, um das Bewusstsein deines Großvaters aufzunehmen, sobald die drei ihn gefunden haben. Dein Vater kann uns vielleicht verbieten sich deinem Großvater zu nähern, aber der Biokörper gehört meinem Vater und darüber kann deiner nicht bestimmen.«

Finley nickte langsam. »Wenn mein Großvater wirklich in *House of Nightmares* festgesetzt wurde, kann man seine Spielposition dann nicht orten?«

Will fuhr sich über die Augen. »Das versucht Dad gerade, allerdings braucht das seine Zeit, denn das Spiel ist leider nicht aus seiner Firma. Also muss er sich erst reinhacken, dann den

Aufbau der Datenbanken durchschauen und tausende von Files absuchen, bis er die Tabelle findet, in der die Position deines Großvaters verzeichnet ist. Das kann dauern.«

Nachdenklich sah Finley von Will zu Jemma. »Da ihr mir all das erzählt, denke ich mal, dass ihr jetzt nicht mehr glaubt, dass ich etwas mit dem Verschwinden meines Großvaters zu tun habe, oder?«

Die beiden schüttelten die Köpfe.

»Gut. Ich möchte euch nämlich helfen, ihn zu finden.«

Überrascht sahen Jemma und Will ihn an.

»Ich dachte, du kannst ihn nicht ausstehen«, meinte Jemma stirnrunzelnd. »Warum willst du ihm dann helfen?«

Finley lächelte verächtlich. »Sicher nicht, weil ich für den alten Fiesling plötzlich einen Platz in meinem Herzen gefunden habe. Aber wenn ich dabei helfen kann, ihn zurückzubringen, dann schuldet Großvater mir was. Und auch wenn ich weder Anerkennung noch Respekt von ihm haben will, wird es mir doch eine äußerst günstige Position verschaffen, wenn ich in ein paar Monaten meinen Erbteil mit ihm aushandeln will.«

Kapitel 18

»Gib ihm noch einen Heiltrank, schnell!«

»Nein, einer reicht. Er fängt sich schon wieder. Wir dürfen die Mittel nicht verschwenden.«

»*Verschwenden?!* Seine Armschelle blinkt immer noch! Hier, gib ihm meine Ration!«

»Mann!« Ned kam es ihm so vor, als hätte er ein verqueres Déjà-vu und er verdrehte entnervt die Augen. »Manchmal seid ihr zwei echt anstrengend!« Er nahm das kleine Reagenzröhrchen, das er Jamie zuvor in die steifen Finger gedrückt hatte, und steckte es ihm ohne weitere Diskussion einfach in den Mund. »Mach kein Theater und trink endlich das verdammte Heilmittel! Deine Armschelle ist feuerrot und du kannst dich kaum noch bewegen. Wir haben keine Zeit, zu warten, bis du dich von selbst regenerierst. Wenn uns irgendwas angreift, kann ich uns nicht alle drei allein verteidigen!«

Sobald das Röhrchen seine Lippen berührte, verschwand die rote Flüssigkeit aus dem Reagenzglas und Jamie spürte, wie eine heilende Wärme durch seinen Körper strömte. Dass das Mittel gut war, wusste er seit seiner Begegnung mit den Giftspinnen in der Scheune, doch würde es auch Zack noch retten können? Seine Armschelle hatte kaum mehr geflackert, als Jamie es endlich geschafft hatte, ihn die letzten paar Schritte aus der Finsternis in den Lichtkreis der Laterne zu ziehen.

Angespannt blickte er in Zacks bleiches Gesicht. Sicher, es war nur ein Spiel, aber man musste den Machern von *House of Nightmares* eines lassen: Die Todessimulation sah verdammt echt aus.

Für Jamies Geschmack schon fast ein bisschen zu echt.

»Da, siehst du?« Ned deutete auf Zacks Armschelle, die

aufgehört hatte, gefährlich zu blinken und stattdessen nun in tiefdunklem Rot ruhig leuchtete. »Das Mittel wirkt.«

Er warf Jamie einen versöhnlichen Blick zu. Er hatte ihn nicht so anfahren wollen, aber als ihre Laserwaffen und Taschenlampen vorhin erloschen waren und Jamie zu Zack in die Dunkelheit gesprungen war, um ihn zu retten, hatte er den Gedanken, seine beiden besten Freunde womöglich zu verlieren, kaum ertragen können.

Ja, das hier war nur ein gottverdammtes CyberGame!

Trotzdem. Manche Simulationen lösten Ängste in ihm aus, die ein bisschen zu real waren. Und die Anzahl seiner Freunde, überhaupt der Menschen, denen er vertraute, war nun mal recht überschaubar, deshalb konnte er die Vorstellung, einen davon zu verlieren, einfach nicht ausstehen. Selbst wenn es nur um ihre Avatare in einem bescheuerten CyberGame ging. Aber das war sein Problem und ganz sicher nicht Jamies Schuld.

Er seufzte. »Tut mir leid, dass ich dich gerade so angepampt hab.«

»Schon gut«, winkte Jamie gelassen ab.

»Außerdem hatte er es verdient,« murmelte Zack mit schwacher Stimme und zwang mühsam seine Augen auf. Nur zuhören zu können, war nervig, und das ewige Schwarz vor seinen Augen war er mehr als leid. Er wollte endlich wieder richtig zurück ins Spiel. Verschwommen sah er, wie Jamie und Ned neben ihm kauerten, und er spürte, wie jemand seine Hand drückte.

»Hey, willkommen zurück.« Erleichtert lächelte Jamie ihn an.

»Was ist passiert?« Noch reichlich steif setzte Zack sich mit Hilfe seiner Freunde auf.

»Du warst nur noch ein paar Schritte von uns entfernt, als unsere Taschenlampen und Laser keine Power mehr hatten«, antwortete Ned. »Du bist einfach in der Dunkelheit verschwunden. So als hätte die Finsternis dich verschluckt.«

Zack nickte langsam. Genauso hatte es sich auch angefühlt. Undurchdringliche Schwärze. Daran konnte er sich noch erinnern. Und an all die widerlichen Stimmen in seinem Kopf. Das fürchterliche Gefühl, nicht mehr Herr seiner Sinne zu sein. Nicht mehr zu wissen, welche Entscheidungen er treffen sollte.

Stöhnend fuhr er sich übers Gesicht. »Das war echt die Hölle. Ich hatte totales Chaos in meinem Kopf. Keine Ahnung, mit welcher Technik BeastyEnterprise hier unsere Gedanken und Gefühle manipuliert, aber ich weiß jetzt hundertpro, warum das Spiel erst ab sechzehn freigegeben ist. Das war echter Psychoterror.«

Jamie nickte. Als er in die Dunkelheit gesprungen war, um Zack zu retten, hatte er die Stimmen in seinem Kopf kaum ausgehalten, dabei hatte er immerhin noch Ned gehabt, der seine Verbindung zum Licht gehalten hatte. Wie schlimm der Terror für Zack gewesen sein musste, als er völlig alleine der Finsternis ausgeliefert gewesen war, wollte er sich gar nicht vorstellen.

»Ich musste mir echt klarmachen, dass das hier nur ein Spiel ist, sonst wäre ich durchgedreht«, murmelte Zack und Jamie drückte mitfühlend seine Hand. »Ich hoffe für den alten McLean, dass man ihn nicht an einem ähnlichen Ort wie diesem hier im Spiel gefangen hält, denn wenn er dann tatsächlich nicht weiß, dass er sich in einem CyberGame befindet, könnte er wirklich den Verstand verlieren.«

Ned und Jamie schwiegen betroffen.

»Wir müssen ihn einfach so schnell wie möglich finden.« Entschieden stand Ned auf und zog Zack auf die Beine.

Zacks Lebensenergie hatte sich genau wie Jamies schon

wieder fast vollständig regeneriert. »Wie habt ihr es eigentlich geschafft, mich ohne Taschenlampen und Laser aus der Finsternis zu holen?«

»Wir wussten, dass du nur ein paar Schritte von uns entfernt warst, auch wenn wir dich nicht mehr sehen konnten.« Jamie überprüfte die Energie seiner Lampe. »Ned hat mich an einer Hand festgehalten und ich bin in die Dunkelheit gegangen und hab nach dir getastet.« Mit einem schiefen Grinsen sah er zu ihm auf. »Zum Glück hab ich dich schnell gefunden und du hast dich nur kurz gewehrt, denn lange hätte ich das Gespuke in meinem Kopf auch nicht ausgehalten. Ned hat dafür gesorgt, dass meine Hand im Licht geblieben ist, sonst wäre es mir vermutlich genauso mies ergangen wie dir.«

Zack nickte ernst. »Danke.« Er sah von Jamie zu Ned.

»Keine Ursache.« Ned hielt Taschenlampe und Waffe hoch. »Meine sind wieder voll einsatzbereit. Wie sieht es bei euch aus?«

»Alles klar.«

»Bei mir auch.«

Ned wies auf den Durchgang in der Mauer, in dem die Laterne, die ihnen ihre Cyberleben gerettet hatte, ruhig und friedlich brannte. Kein Flackern, kein bedrohliches Sirren der Glühbirne. Offensichtlich hatten sie den Abschnitt, in dem es um ein Spiel auf Zeit ging, hinter sich gelassen. »Dann lasst uns mal einen Blick aufs Haus werfen.«

Sie traten durch ein Tor und landeten auf dem kleinen Vorplatz des Horrorhauses, der von den gleichen funzeligen Laternen erleuchtet war, die ihnen durch den Park geholfen hatten. Unkraut wucherte ungebändigt durch den Kies und altes Laub hatte sich darin verfangen. Am Ende des kleinen Platzes ragte das alte Herrenhaus finster und abweisend in den

Nachthimmel empor. Langsam und mit vorsichtigen Blicken nach allen Seiten gingen die drei darauf zu.

Der alte Bau hatte wirklich erschreckende Ähnlichkeit mit Abberton Hall: Ein düsterer Kasten mit spitzen Türmen und zinnenbewehrten Mauern. Je näher sie dem Haus allerdings kamen, desto deutlicher waren Spuren des Verfalls zu erkennen, die man auf Abberton Hall ganz sicher nicht finden würde. Große Flächen der einst mit Ornamenten verzierten Fassade des Elmstone Hauses waren verwittert und abgebröckelt und die Stufen, die zum ehemals prächtigen Eingangsportal emporführten, waren an vielen Stellen zerbrochen. Zwei Säulen, die ein eindrucksvolles Vordach mit einem kleinen Uhrenturm stützten, wiesen tiefe Risse auf und das Glas der Turmuhr war gesprungen. Die Zeit stand still.

»Na, haben sie sich den Klassiker geleistet?«, scherzte Zack. »Fünf vor zwölf?«

Grinsend schüttelte Ned den Kopf. »Nein.«

Die krummen Zeiger des rostzerfressenen Ziffernblatts zeigten fünf nach zwölf an.

»Soll uns das jetzt sagen, dass hier eh schon alles zu spät ist?«, grübelte Jamie.

»Vielleicht eher, dass man hier in einer ewigen Geisterstunde gefangen ist.«

»Kommt das nicht aufs Gleiche raus?«

In der Mitte des Vorplatzes stand ein Springbrunnen mit einem monströsen Seeungeheuer als Wasserspeier. Misstrauisch beäugten die drei das Horrorwesen, doch auch als sie ihre Laserwaffen darauf richteten, blieb es eine harmlose Steinfigur in einem ausgetrockneten Brunnenbecken mit zerbrochener Bodenplatte.

Vorsichtig schlichen sie weiter zum Portal des Hauses. Der

Eingangsbereich ließ ebenfalls die einstige Pracht erahnen, doch auch hier hatte sich die Natur längst zurückerobert, was man ihr einmal genommen hatte. Unkraut hatte sich in den Ritzen der Treppe eingenistet und an den Säulen krochen wilde Ranken empor.

»Wie lange soll es eigentlich her sein, dass dieser größenwahnsinnige Professor hier seine Experimente durchgezogen und das Tor zur Unterwelt geöffnet hat?«, fragte Zack leise. »Scheint ja nicht erst gestern gewesen zu sein, so verfallen, wie es hier aussieht.«

»Ich glaube, in der Spielbeschreibung stand irgendwas von der Jahrtausendwende, also vor achtunddreißig Jahren«, meinte Ned und ging langsam weiter auf die Eingangstreppe zu. Hinter den verdreckten Fensterscheiben waren fleckige Vorhänge zu erkennen. »Seitdem haben immer wieder mutige Helden versucht, das Portal zu schließen, sind aber grausam gescheitert. Jetzt hat die Welt auf dich gewartet und du hast die Chance, die gesamte Menschheit vor der Bedrohung aus der Unterwelt zu bewahren. Also, tapferer Kämpfer, mache dich auf in einen gruseligen Kampf um Leben und Tod!«

Zack grinste. »Das übliche Blabla halt.«

»Exakt.«

Sie hatten die brüchige Treppe zum Eingangsportal erreicht und hielten kurz an, um sich noch einmal gründlich umzusehen.

Mit einem nervösen Kribbeln im Bauch blickte Jamie die düstere Fassade hinauf. Blinde Fensteraugen starrten zurück und schienen jeden ihrer Schritte zu verfolgen. Schnell wischte er den Gedanken fort. Er durfte sich nicht wieder zu sehr von der unheimlichen Atmosphäre des Spiels gefangen nehmen lassen. Zack und Ned waren bereits die ersten Stufen hinaufgestiegen und er beeilte sich, ihnen zu folgen.

»Hast du den Schlüssel?« Ned wandte sich zu ihm um und wies auf die eisenbeschlagene Haustür.

Jamie zog den altmodischen Schlüssel, den er dem Zombie von Opa Elmstone auf dem Friedhof abgenommen hatte, aus der kleinen Tasche an seinem Gürtel und schob sich an Ned und Zack vorbei zur Tür. Unter einem runden Knauf in Form einer grässlichen Dämonenfratze befand sich ein Schlüsselloch. Jamie steckte den Schüssel hinein und drehte ihn um. Ein metallisches *Klack!* ertönte. Er fasste den Türknauf und musste ein wenig daran ruckeln, bis er ihn drehen konnte. Erneut ein *Klack!* und die Tür sprang einen Spalt weit auf.

»Autsch! Verdammt!« Mehr vor Schreck als vor Schmerz riss er seine Hand zurück.

»Was ist los?« Alarmiert packte Zack Jamies Hand und drehte sie in das dürftige Licht der Vorplatzlaternen. Blutstropfen quollen aus winzigen Einstichen in der Handfläche.

»Nicht so schlimm«, knurrte Jamie. Er wischte das Blut an seiner Hose ab und sah, dass die Wunden sich schon wieder schlossen. Grantig deutete er auf den Türknauf. »Der hat mich gebissen!«

Die fiese kleine Teufelsfratze funkelte ihn boshaft an und feixte lautlos. Jamie aktivierte seinen Laser, schoss einmal kurz aus der Hüfte und der Teufelsmund zerschmolz zu einem unförmigen Klumpen Metall. Hasserfüllt blitzten die Dämonenaugen ihn an, doch Jamie grinste nur schadenfroh zurück.

»Hättest dich eben nicht mit mir anlegen sollen!«

Mit hochgezogener Augenbraue sah Ned ihn von der Seite an. »Junge, du streitest dich hier nicht wirklich mit einem Türknauf, oder?«

»Hey, er hat angefangen! Und ich lass mich doch von so einem dämlichen Ding nicht verarschen!«

Zack lachte und Ned verdrehte die Augen.

»Außerdem kann er so jetzt keinen mehr warnen, wenn wir das Haus betreten.«

»Ich glaube kaum, dass er der Trigger ist, der das Haus aktiviert«, meinte Ned. »Das war vermutlich eher der Schlüssel im Schloss. Oder es ist die Tür selbst, wenn wir sie jetzt aufstoßen.« Er warf einen kurzen Blick zu seinen Freunden, die genau wie er ihre Waffen gezogen hatten. »Bereit dafür?«

Knappes Nicken.

Vorsichtig schob Ned die Tür ein Stück weiter auf und das markerschütternde Quietschen der altersschwachen Türangeln ließ alle drei heftig zusammenfahren.

»Wie gut, dass du dem Türknauf eine Maulsperre verpasst hast, damit er niemandem verraten kann, dass wir kommen«, meinte Ned sarkastisch. »Weil es nämlich dieses Quietschen hier garantiert nicht gemacht hat.«

Jamie stupste ihm nur frech seine Waffe in den Rücken. »Zu viel Gelaber und zu wenig Bewegung!«

Ned lachte leise. »Schon klar.« Dann gab er der Tür einen kleinen Tritt und stieß sie endgültig auf.

Die Kegel ihrer Taschenlampen schnitten durch die Dunkelheit und beleuchteten eine kleine Eingangshalle.

Nichts rührte sich.

Lautlos traten die drei ein.

Die Halle war nicht groß. Direkt neben der Eingangstür führten zwei Gänge nach rechts und links zu den Aufgängen der beiden Türme. Geradeaus befand sich eine Treppe aus ehemals kunstvoll geschnitztem Holz, die in die oberen Etagen geführt hatte, jetzt aber nur noch ein grotesker Haufen aus zersplitterten Dielen, Balken und Brettern war.

»Hier hat jemand aber ganz schön gewütet«, murmelte Jamie unbehaglich.

»Vermutlich irgendwelche Monster aus der Unterwelt, die der Familie des Professors den Weg abschneiden wollten, als sie auf der Flucht war«, flüsterte Zack zurück und ließ seinen Lichtstrahl über die Zerstörung wandern.

»Wahrscheinlich ist es eher dazu gedacht, den Spielern zu zeigen, dass in den oberen Räumen nichts zu finden ist«, meinte Ned. »Zumindest vorerst nicht und nicht auf diesem Weg.«

»Mann, du bist ein echter Stimmungskiller!«

Ned grinste. »Ich will nur nicht, dass eure Fantasie schon wieder mit euch durchgeht. Wir sind immerhin nicht zum Spaß hier.«

Zack schnaubte. »Gut, suchen wir das Arbeitszimmer. Irgendwelche Vorschläge?«

»Wenn wir nicht nach oben können, wird es ja wohl irgendwo hier unten sein müssen.«

Sie leuchteten mit ihren Taschenlampen die Halle ab, kletterten vorsichtig über kleinere Schutthaufen und zerborstenes Holz und wagten sich tiefer ins Haus hinein. An den Wänden hingen fleckige Gemälde vor ausgeblichenen Tapeten. Auf einer klobigen Anrichte standen eine Porzellanschale mit undefinierbarem Inhalt und eine Vase mit vertrockneten Blumen. Alles war unter einer dicken Staubschicht begraben. Selbst aus dem mottenzerfressenen Läufer, der auf dem Fliesenboden lag, stiegen bei jedem Schritt kleine Staubwölkchen auf und die flirrenden Partikel tanzten im Licht ihrer Taschenlampen.

Es gab mehrere Türen, die aus der Eingangshalle weiter ins Haus führten, doch die ersten beiden waren verschlossen. Erst bei der dritten hatten sie Glück. Als Zack den blind gewordenen Messingknauf drehte, schwang die Tür auf. Vorsichtig leuchteten die drei in den dahinterliegenden Raum und ihre Lichtkegel erfassten einen schweren dunklen Schreibtisch, auf dem wild verstreute Zettel, Papierstapel und Aktenmappen ebenfalls unter fingerdickem Staub lagen.

»Bingo!« Zack stieß die Tür ganz auf und trat in den Raum. »Ich würde sagen, wir haben das Arbeitszimmer gefunden.«

»Ja, aber wir sind offensichtlich nicht die ersten.« Jamies Taschenlampenlicht wanderte über das Durcheinander aus zerwühlten Papieren, die nicht nur auf dem Schreibtisch, sondern auch überall auf dem Fußboden verstreut lagen. Aus zwei Bücherregalen, die hinter dem Schreibtisch standen, waren die meisten der Bücher herausgerissen worden und lagen zerknickt oder zerrissen am Boden. »Hier hat jemand ein ganz schönes Chaos angerichtet.«

»Ja, schon vor langer Zeit.«

Die geisterhafte Stimme kam wie aus dem Nichts und ließ die drei heftig zusammenfahren. Reflexartig rissen sie ihre Waffen hoch und zielten auf die durchscheinende Gestalt, die sich neben dem Schreibtisch materialisierte. Gerade noch rechtzeitig widerstanden sie dem Drang, zu schießen, als sie Eliza erkannten, die mit einer kummervollen Geste in den Raum wies.

»Mein Vater hat sich gewehrt, als die Dämonen kamen, um ihn zu holen. Er konnte ihnen entkommen, doch nach seiner Flucht kehrten die Kreaturen der Finsternis hierher zurück, um einen Hinweis auf den Ort zu finden, an dem mein Vater seine geheimen Experimente durchführt. Dort, glauben sie, finden sie nicht nur ihn, sondern auch eine Antwort.«

»Was für eine Antwort?«, fragte Ned.

»Eine Lösung, wie sie das Portal zur Unterwelt, das mein Vater verschlossen hat, für ihre dämonischen Brüder und Schwestern wieder öffnen können, um sie in unsere Welt zu holen. Und sie suchen eine Möglichkeit, den Bannfluch aufzuheben, den mein Vater über unser Anwesen gelegt hat, damit die Dämonen nicht von hier entkommen können.«

»Okay, und bewahrt dein Vater an diesem geheimen Ort auch die Antwort auf die Frage auf, wie man das Dämonentor zerstören kann?«, wollte Zack wissen.

Das kleine Geistermädchen nickte eifrig. »Bestimmt!«

»Na, dann hört sich das ja wohl ganz nach dem Ort an, den wir als nächstes finden sollten.«

»Ja, hier im Spiel«, warf Jamie ein. »Aber wir haben immer noch keine Ahnung, ob uns das auch bei der Suche nach McLean weiterbringt.«

Ned warf einen Blick auf die Zeitanzeige an seiner Armschelle. »Wir haben nur noch eine Viertelstunde, dann sind die zwei Stunden um, die wir mit Dad abgesprochen haben.« Fragend blickte er von Zack zu Jamie. »Wir können jetzt schon rausgehen und fragen, was in der Zwischenzeit auf Abberton Hall passiert ist, und ob Dad schon mehr über die Position vom alten McLean herausgefunden hat. Oder wir suchen die letzten paar Minuten noch nach einem Hinweis auf das Geheimversteck des Professors. Was in diesem Chaos hier aber sicher nicht ganz einfach werden dürfte.« Mit einem Seufzen ließ er die Taschenlampe über das Durcheinander im verwüsteten Arbeitszimmer wandern.

»Lasst uns noch suchen«, meinte Zack. »Wir sollten unsere Zeit hier im Spiel ruhig voll ausnutzen. Wenn dein Dad McLean schon gefunden hätte, hätte er uns doch über die Armschellen sicher Bescheid gegeben, oder nicht?«

Ned nickte und Jamie wandte sich an Eliza. »Kannst du uns irgendeinen Tipp geben, wo dein Vater einen Hinweis auf seinen geheimen Ort versteckt haben könnte?«

»Natürlich. In seinem Safe.« Die Kleine lächelte, dann löste sie sich auf und verschwand.

Im gleichen Moment erwachten zwei verstaubte Wandleuchter und eine kleine Schreibtischlampe zum Leben, verbreiteten durch ihre altersschwachen und völlig verstaubten Birnen allerdings nur wenig, milchig trübe Helligkeit. Trotzdem kniffen die Jungen erst mal die Augen zusammen.

»Zum Suchen spendiert man uns offensichtlich ein bisschen Licht.« Zack blinzelte.

»Ist doch nett.« Jamie ließ seinen Blick durch das chaotische Arbeitszimmer wandern. »Ein Safe also. Und vermutlich brauchen wir dann noch den Schlüssel. Oder eine Kombination.«

»Wahrscheinlich. Aber lasst uns erst mal das Teil selbst finden, dann wissen wir wenigstens schon mal, wie es aussieht und was da für ein Schloss dran ist.« Ned trat an ein hässliches Gemälde, das schief an der Wand hing. »Oft sind Safes ja hinter Bildern.« Doch bei diesem hatte er kein Glück.

»Oder in Schränken.« Zack trat an den Schreibtisch und zog dessen Schranktür auf, doch auch dort befand sich kein Safe.

»Vielleicht hinter dem da.« Jamie zeigte auf einen verschnörkelten Spiegel, der über dem Kaminsims hing. Er schien der einzige Gegenstand im Zimmer zu sein, der nicht verschoben und erstaunlicherweise auch nicht zertrümmert worden war. »Haben Dämonen nicht Angst vor Spiegeln? Dann wäre dort das ideale Versteck.«

»Waren das nicht Vampire?«, fragte Zack stirnrunzelnd.

Ned grinste. »Was das angeht, stellt vermutlich jedes Buch, jeder Film und jedes CyberGame seine eigenen Regeln auf.« Er trat an den Spiegel und tastete den Rahmen ab. Tatsächlich fanden seine Finger eine kleine Vertiefung und als er hineindrückte, klickte es leise und der Spiegel ließ sich wie eine Schranktür öffnen.

»Heureka!«

Jamie trat neben ihn und betrachtete den Safe, der mit einem neunteiligen Tastenfeld versehen war. Darüber leuchtete in schwachem Grün ein Eingabefeld für drei Zahlen.

»Wir brauchen einen dreistelligen Code.« Nachdenklich fuhr Jamie mit einem Finger über die Tasten.

Zack sah über ihn hinweg zu dem Zahlenfeld. »Man muss kein Mathegenie sein, um zu erkennen, dass das bei neun Tasten eine verdammt große Anzahl an Kombinationsmöglichkeiten ist.«

»Siebenhundertneunundzwanzig.«

Fassungslos starrte Zack ihn an und Jamie musste grinsen. »Neun mal neun mal neun – also siebenhundertneunundzwanzig.«

»Manchmal machst du mir echt Angst.«

Jamie zog eine Augenbraue hoch und schüttelte den Kopf. »Hallo?! Neun mal neun ist einundachtzig. Und einundachtzig mal neun ist siebenhundertneunundzwanzig. Das kann man ja nun wirklich noch locker im Kopf ausrechnen!«

»Nicht in den Sommerferien.« Jetzt war es Zack, der grinste. Er wies auf das Eingabefeld. »Aber da dich so was ja bekanntlich nicht aufhält, kannst du uns mit Sicherheit auch gleich noch die richtige Kombination irgendwie ausrechnen.«

Jamie bedachte ihn mit einem schrägen Blick. »Ohne einen Hinweis wohl kaum.«

»Ich glaube, den hab ich gerade gefunden.« Ned rupfte einen kleinen Zettel von der Rückseite der Spiegeltür, überflog ihn kurz und runzelte dann ratlos die Stirn.

»Was steht drauf?«

»Zahlen.«

»Na, das passt doch!«

»Aber es sind viel zu viele.« Ned trat an den Schreibtisch, schob ein paar staubige Aktenmappen zur Seite und legte den vergilbten Zettel ins matte Licht der kleinen Lampe.

»Das macht nichts.« Mit liebevollem Spott fasste Zack Jamie bei den Schultern und schob ihn hinter Ned her. »Unser kleiner Einstein hier rechnet dir mal eben schnell im Kopf die Quadratwurzel davon bis auf die letzten drei Kommastellen aus und schon haben wir den Code fürs *Sesam öffne dich*!«

Ned lachte.

Jamie hingegen wandte sich mit einem gefährlich süßen Lächeln zu seinem Freund um. »Du erinnerst dich noch daran, was mit dem Türknauf passiert ist, der mich vorhin verarschen wollte, ja?«

Lachend hob Zack die Hände. »Bitte keine Androhung von häuslicher Gewalt!«

»Ja, vor allen Dingen nicht jetzt«, beendete Ned das kleine Wortgefecht seiner Freunde. »Wir haben offiziell nur noch knapp zehn Minuten und ich würde den Code bis dahin echt gern knacken.« Auffordernd sah er zu Jamie. »Also los, du Mathegeek. Dann zeig mal, was du drauf hast.«

Jamie schnitt ihm eine Grimasse. »Kein Mensch zwingt uns, nach exakt zwei Stunden das Spiel zu verlassen. Es war nur eine lockere Absprache.«

Trotzdem juckte der Code auch ihm in den Fingern und er wollte ihn lösen, bevor sie sich mit den anderen in der Wirklichkeit treffen mussten. Also nahm er sich die Botschaft auf dem kleinen Zettel vor.

0 1 1 2 3 5 8 13 21 34 57

Finde den Fehler und e

Schon beim bloßen Anblick der Zahlenreihe bekam Zack Zahnschmerzen und winkte ab. »Sorry, aber dabei bin ich draußen.« Mathematische Knobelaufgaben nervten ihn meist schon nach kurzer Zeit tierisch, deshalb trat er einen Schritt zurück, um Jamie Platz zu machen, denn der rätselte an solchen Aufgaben unbegreiflicherweise gern herum. Und in der Regel knackte er sie auch recht schnell.

Jamies Blick flitzte über die Ziffern und er brauchte tatsächlich nur wenige Sekunden, um die Zahlenreihe zu erkennen. »Das ist eine Fibonacci-Folge«, sagte er mit einem zufriedenen Lächeln. »Ganz einfache Addition. Das kann jeder Grundschüler, wenn er einmal das System verstanden hat.«

»Fibonacci-Folge?« Ned beugte sich neben ihm über den Zettel.

»Ja, ganz einfach.« Jamie fischte einen Bleistift aus dem staubigen Chaos auf dem Schreibtisch und fasste die Zahlen aus der Reihe zu Zweierpäckchen zusammen. »Eine Fibonacci-Folge ist eine Reihe von Zahlen, bei der sich die jeweils folgende Zahl durch Addition der beiden vorherigen ergibt. Also null plus eins gleich eins. Eins plus eins gleich zwei.« Er tippte auf die entsprechenden Zahlen auf ihrem Hinweiszettel. »Eins plus zwei gleich drei.«

Ned nahm ihm den Stift ab und kritzelte selbst weiter. »Kapiert. Zwei plus drei gleich fünf. Drei plus fünf gleich acht. Das ist wirklich kinderleicht. Wir müssen die Reihe nur durchgehen und den Fehler finden.«

Jamie grinste. »Die Siebenundfünfzig ist falsch.« Er deutete auf die letzte Zahl. »Einundzwanzig plus vierunddreißig ist fünfundfünfzig, nicht siebenundfünfzig.«

»Stimmt. Dann ist das der Fehler.«

Jamie nickte. »Die Frage ist nur, ob wir jetzt die Siebenundfünfzig oder die Fünfundfünfzig für die Safekombination brauchen. Was meint ihr?«

Fragend sah er von Ned zu Zack, doch der hob nur abwehrend die Hände.

»Kleiner, ich bin schon seit dem Wort *Fibonacci-Folge* mental im Standby-Modus. Du weißt genau, dass Mathe nicht meine Baustelle ist.«

»Meine Frage hatte nichts mehr mit Mathe zu tun«, grummelte Jamie. »Und nenn mich nicht *Kleiner*! Du weißt, dass ich das hasse!«

Zacks Grinsen wurde noch ein bisschen breiter. »Nimm die Siebenundfünfzig«, sagte er dann. »Im Text heißt es schließlich *Finde den Fehler und e*, nicht *Finde den Fehler, verbessere ihn und e*. Also ist die Siebenundfünfzig irgendwie logischer als die Fünfundfünfzig, oder nicht?«

»So viel zum Thema: *Mental im Standby-Modus!*« Jamie knuffte ihn in den Magen.

Zack lächelte nur spitzbübisch und zuckte mit den Schultern.

»Also die Siebenundfünfzig.« Ned kreiste ihr Ergebnis in der Zahlenfolge ein. »Und was soll das mit *und e*? Welches e sollen wir noch finden?«

Jamie überlegte kurz. »Das e steht in der Mathematik für die Eulersche Zahl, die Basis des natürlichen Logarithmus.«

Ned bedachte ihn mit einem äußerst schrägen Blick. »Was Mathe angeht, bist du echt ein Freak, weißt du das?«

»Yep, das weiß er«, versicherte Zack und wehrte einen weiteren Knuff in seinen Magen geschickt ab. »Ich sag es ihm in jeder einzelnen Mathestunde. Mehrmals.«

Lachend schüttelte Ned den Kopf und zuckte zusammen, als

seine Armschelle ihn mit einem Vibrieren darauf aufmerksam machte, dass seine zwei Stunden im Cybernetz um waren. Auch Zack und Jamie erhielten ihre Hinweise auf die vergangene Zeit.

»Den Safe öffnen wir jetzt aber noch, oder?«, meinte Jamie.

Ned nickte. »Wenn du weißt, was diese Eulersche Zahl für eine Ziffer hat?«

»Ungefähr zwei Komma sieben, aufgerundet also eine Drei.«

»Ich werde mich jetzt nicht wundern, warum du so was aus dem Kopf weißt, sondern gehe einfach nur den Code eintippen, okay?«

Jamie grinste. »Okay.«

Ned trat an den Wandsafe und tippte ihre Zahlenkombination ein.

Fünf – Sieben – Drei.

Die Ziffern im Eingabefeld blinkten kurz auf, dann wurden sie rot und verschwanden.

Offensichtlich war ihr Code falsch.

Stirnrunzelnd wandte Ned sich zu Jamie um. »Bist du dir mit dieser komischen Eulerschen Zahl sicher?«

Jamie nickte verwirrt. »Ja. Zweikommasiebenirgendwas. Also drei!«

»Ich probiere es stattdessen mal mit der Zwei.«

Doch auch der Code war falsch.

»Vielleicht hätten wir doch die Fünfundfünfzig statt der Siebenundfünfzig nehmen sollen?«, überlegte Jamie. Er trat neben Ned und probierte diese Kombinationen aus, doch auch die öffneten den Safe nicht.

Stirnrunzelnd fuhr er sich durch die Haare und starrte finster auf ihren Hinweiszettel. »Ich versteh nicht, warum es nicht geht. Die Fibonacci-Folge ist mit Sicherheit richtig und e auch! Eine der Kombinationen muss funktionieren! Warum tut sie es also nicht?«

Zack trat neben ihn und strubbelte ihm durch die Haare. »Süßer, weil die Macher von *House of Nightmares* beim Scripten dieses Spiels mit Sicherheit keine Mathegeeks wie dich im Sinn hatten. Kein normaler Mensch weiß, dass *e* für diese seltsame Eulersche Zahl steht. Und selbst wenn, bist du vermutlich immer noch nur einer von einer Handvoll Leuten, die wissen, dass es ungefähr drei ist.« Er wandte sich zum Tresor um und tippte eine Zahlenkombination ein.

Fünf – Sieben – Fünf.

Die Zahlen blinkten kurz, leuchteten dann für einen Moment heller und der Safe sprang mit einem leisen *Klack!* auf.

Hochzufrieden stupste Zack die Tür für Jamie ganz auf. »Bitte, nach dir!«

»*Fünf?* Wieso denn *fünf?*«

Zack grinste. »Auf die Lösung von dieser Zahlenkolonne kann man mit etwas Knobeln und Herumprobieren sicher kommen, auch wenn man nicht weiß, dass es die Fibonacci-Folge ist. Aber diese Eulersche Zahl war einfach viel zu kompliziert. Auf so was kommt kein Mensch und so schwierig sind die Aufgaben in CyberGames normalerweise nicht. Es musste also was viel Einfacheres sein.«

»Ja, und?«

»Das e ist der fünfte Buchstabe im Alphabet. Also: Fünf – Sieben – Fünf.«

Ned lachte. »Warum kompliziert, wenn es auch einfach geht.«

»So simpel?« Empört blickte Jamie von Zack zum Wandtresor, fast so, als würde er es dem Ding übel nehmen, dass es sein Geheimnis auf eine derart stümperhafte Weise preisgegeben hatte.

Zack legte ihm einen Arm um die Schultern, zog ihn kurz an sich und gab ihm einen Kuss auf die Stirn. »Ich hab dir schon tausend Mal gesagt, dass du das Leben oft viel zu kompliziert siehst«, zog er ihn liebevoll auf.

Jamie verdrehte die Augen, sparte sich aber einen Kommentar und griff stattdessen in den Safe.

Zwei Dinge lagen dort für sie deponiert: ein Schlüssel und ein verblasster Zettel mit einer weiteren Botschaft.

Haltet euch an Dante und lasst alle Hoffnung hinter euch, wenn ihr den Mut habt und wirklich eintreten wollt

»Noch ein Rätsel«, murrte Ned wenig begeistert.

»Aber wenigstens eins ohne Mathe.«

»Und es klingt auf jeden Fall ziemlich vielversprechend nach diesem Geheimort des Professors«, meinte Jamie. »War Dante nicht irgendein Schriftsteller?« Er betrachtete den altmodischen Schlüssel in seiner Hand. »Vielleicht gehört der hier zur Bibliothek und öffnet eine der verschlossenen Türen, an denen wir vorhin vorbeigekommen sind.«

»Könnte sein«, stimmte Zack zu. »Dann ist der Rest der Botschaft vermutlich ein Hinweis auf das entsprechende Buch von Dante, in dem der nächste Tipp versteckt ist.«

»Aber das suchen wir jetzt nicht mehr.« Ned tippte auf die Digitalanzeige seines Zeitmessers.

Jamie dachte an Jem und nickte. »Ja, lasst uns erst mal rausgehen und sehen, was die anderen in den letzten zwei Stunden herausgefunden haben.«

Kapitel 19

Wow, wie hinterhältig.« Zack warf einen anerkennenden Blick auf Wills Smartphone, als dieser ihm, Jamie und Ned die Aufnahme von ihrem Gespräch mit Geoffrey vorgespielt hatte.

»Und wie unglaublich ätzend.« Jamie sah zu Finley, der mit ihnen in Jemmas Zimmer saß und sich in den letzten zwei Stunden offensichtlich von einem Verdächtigen zum Mitglied ihrer Rettungsmission gewandelt hatte. Nach allem, was Jem und Will erzählt hatten, waren er, Zack und Ned einverstanden gewesen, Finley bei der Suche nach seinem Großvater helfen zu lassen, auch wenn seine Motive dafür ein wenig fragwürdig waren.

Finley zuckte bloß mit den Schultern. »Mein Vater hasst Großvater abgrundtief und er war tierisch genervt, dass der Alte sich von seinem Schlaganfall so gut erholt hat. Er hatte gehofft, dass er ihn für unmündig erklären lassen könnte und damit endlich freie Hand in der Firma und hier auf dem Anwesen bekäme. War aber nicht so. Also blieb nur die Hoffnung auf einen zweiten Schlaganfall, doch die hat euer Dad gestern Abend mit dieser Roboterhülle zerschlagen. Ich kann also gut verstehen, dass meinem Vater dieses seltsame Koma von Großvater jetzt äußerst gut in den Kram passt und er keinen Finger krumm macht, um ihm zu helfen.«

»Daher passt er ja auch als Täter so gut«, meinte Zack. »Er hat ein Motiv und sein Authetifizierungscode wurde benutzt, um den alten McLean ins Cybernetz zu bringen.«

Finley schüttelte den Kopf. »Das mag schon sein. Trotzdem passt dieses ganze Vorgehen nicht zu ihm. Wir stehen uns vielleicht nicht besonders nahe, aber ich denke, dass ich ihn trotzdem ganz gut einschätzen kann. Auch wenn er gerade die Klappe ziemlich aufgerissen hat, ist er eigentlich ein Schlappschwanz, sonst hätte er sich nicht sein Leben lang von Großvater schikanieren lassen. Um aktiv selbst einen Mord zu begehen, ist er viel zu feige. Sein Stil ist eher abzuwarten, einfach nicht zu helfen und sich so nicht die Hände schmutzig zu machen. Für alles andere bräuchte man Rückgrat und das hat er nicht.«

»Na ja, immerhin hat er genug Rückgrat, um Mr Dunnington zu drohen und zu erpressen«, warf Jemma ein.

Finley lachte freudlos auf. »Ja, das hat mich sogar fast beeindruckt. Die Aussicht auf Großvaters mögliche Lebensverlängerung muss ihn echt verzweifelt machen.«

»Und verzweifelte Menschen tun manchmal Dinge, zu denen sie sonst niemals fähig wären«, murmelte Ned leise und wünschte, er müsste nicht aus eigener Erfahrung sprechen.

Finley schüttelte erneut den Kopf. »Mag sein. Aber selbst wenn mein Vater sich zu so einem drastischen Schritt hätte aufraffen können, hätte er es bestimmt nicht über ein CyberGame gemacht. So was erfordert Fantasie und ein gewisses Maß an technischem Sachverstand. Und er verfügt über beides nicht. Außerdem hat er ja ein Alibi. Er war draußen und hat die Reparatur des Stalldachs überwacht.«

»Aber was ist mit der Tatsache, dass sein Authentifizierungscode benutzt wurde?«, fragte Zack.

Will seufzte und fuhr sich übers Gesicht. »Den kann leider fast jeder benutzt haben. Die Datenbank der Codes war lachhaft schlecht gesichert und auch die Passwörter für die einzelnen Codes hatte ich schnell geknackt. Mit ein bisschen bösem Willen schafft das vermutlich jeder, der den Hauch einer Ahnung vom Hacken hat.«

»Wenn wir mal die Hausangestellten außen vor lassen, bleibt dann eigentlich nur noch eine Person übrig, oder?«, meinte Jamie und alle Augen richteten sich auf Finley.

Der atmete tief durch und nickte. »Außer mir kann das vermutlich nur meine Schwester. Ich hab zwar keine Ahnung, was sie computermäßig alles drauf hat, aber ich weiß, dass sie Großvater oft mit dem Cybernetz hilft, wenn er Fragen hat. Im Einschleimen bei dem Alten war sie schon immer die Beste.« Er verzog das Gesicht.

Jemma runzelte die Stirn. »Aber genau deshalb macht es doch eigentlich keinen Sinn, sie zu verdächtigen, oder? Sie scheint deinen Großvater als Einzige zu mögen. Und umgekehrt. Warum sollte sie dann versuchen, ihn davon abzuhalten, sein Leben zu verlängern? Oder ihn gar umbringen wollen?«

Finley sah sie finster an. »Du hast keine Ahnung, was für ein Miststück meine Schwester wirklich ist. Die paar blöden Kommentare, die ihr euch von ihr beim Dinner anhören musstet, waren gar nichts. In ihrer Schule ist sie ein wahrer Tyrann und schikaniert Schüler wie Lehrer gleichermaßen, damit sie ihren Willen kriegt. Nicht zu offensichtlich natürlich, damit sie keinen Ärger bekommt und man ihr nichts nachweisen kann. Immer schön hintenherum und unter der Hand. Nach außen sieht sie aus wie die perfekte Musterschülerin, die bei allen beliebt ist. Allerdings nur, weil die meisten Angst vor ihr haben. Wer sich ihr in den Weg stellt oder ihr Spiel nicht mitspielt, den macht sie fertig. Ein Junge, mit dem sie aneinandergeraten war, weil sie seine Freundin fertiggemacht hatte, hatte ein paar Tage später einen dubiosen Kletterunfall. Angeblich wegen Materialermüdung. Er hatte riesiges Glück und brach sich nur das Bein. Es hätte aber auch bedeutend schlimmer enden können. Man konnte Emilia natürlich nicht damit in Verbindung bringen, dennoch wusste eigentlich jeder, dass sie irgendwie ihre Finger im Spiel hatte. Genauso wie bei dem Selbstmordversuch einer ihrer Teamkolleginnen. Das Mädchen hatte ihr die Führungsposition im Springreitteam ihrer Schule streitig gemacht. Kurz vor dem Turnier fand man sie gerade noch rechtzeitig, nachdem sie eine Überdosis Schlaftabletten geschluckt hatte. Angeblich, weil sie den Wettkampfstress nicht mehr ausgehalten hat.« Finley schnaubte. »Wer's glaubt!«

Die anderen starrten ihn geschockt an.

»Willst du damit sagen, deine Schwester hat dieses Mädchen vergiftet?«, fragte Jamie fassungslos.

Finley hob die Schultern. »Keine Ahnung, ob sie ihr das Zeug wirklich selbst eingeflößt hat. Vermutlich hat sie sie eher psychisch so fertiggemacht, bis die Arme die Pillen freiwillig geschluckt hat. Ich weiß es nicht. Natürlich konnte man Emilia wieder nichts nachweisen. Sie wurde mit der ganzen Sache nicht mal öffentlich in Verbindung gebracht, weil das Mädchen behauptet hat, dass sie einfach mit dem Leistungsdruck nicht mehr klarkam. Hinter vorgehaltener Hand wusste aber jeder, dass Emilia dahintersteckte.«

Einen Moment lang herrschte betroffenes Schweigen.

Schließlich schüttelte Zack langsam den Kopf. »Wie unglaublich ätzend muss es denn auf eurem Internat zugehen, wenn sich niemand dagegen wehrt? Wie hältst du das da aus?«

Finley grinste freudlos und schüttelte den Kopf. »Glaubst du wirklich, ich gehe auf dieselbe Schule wie meine Schwester? Ich bin doch nicht wahnsinnig! Ihr multinationales Schweizer Alpeninternat kann mir gestohlen bleiben. Ich gehe in Edinburgh zur Schule.«

»Und warum weißt du dann all das über deine Schwester?«

»Weil sie gefährlich ist und man Leute wie sie niemals

unterschätzen sollte und aus den Augen lassen darf. Daher hab ich so meine Quellen.«

»Wow.« Zack war geschockt und beeindruckt zugleich.

Finley schien das Unbehagen und Entsetzen der anderen zu bemerken, doch er zuckte nur gleichmütig mit den Schultern und kam zum eigentlichen Problem zurück. »Meine Schwester ist clever, gerissen und eiskalt. Ihr würde ich die Aktion mit Großvaters Entführung ins Cybernetz durchaus zutrauen, denn es wäre ganz genau ihr Stil. Schön raffiniert und unauffällig, sodass keiner sie damit in Verbindung bringen kann, gleichzeitig aber äußerst effektiv.«

»Kennt sie sich denn mit CyberGames aus?«, fragte Ned. »Beim Abendessen hat sie behauptet, sie mag die Spiele nicht, aber das kann natürlich auch gelogen gewesen sein.«

»Da mein Großvater in der Nähe war, ist klar, dass sie das gesagt hat. Er sieht in solchen Spielen reine Zeitverschwendung und da sie eine opportunistische falsche Schlange ist, sagt sie in seiner Gegenwart genau das, was er hören möchte. Danach dürft ihr also nicht gehen.«

Will atmete tief durch und setzte sich in seinem Sessel auf. »Also gut. Gehen wir davon aus, dass Emilia hinter all dem steckt. Wie wollen wir dann jetzt weiter vorgehen?«

»Dad hat die Position des alten McLean in der Datenbank noch nicht gefunden«, sagte Ned. »Das heißt, Jamie, Zack und ich gehen zurück ins Spiel, um ihn zu suchen, sobald wir das blöde Rätsel gelöst haben.«

Zustimmendes Nicken.

»Kommt ihr diesmal mit?« Jamie sah zu Jemma, Will und Finley. »Es macht ja wohl keinen Sinn, Emilia zu suchen und sie zur Rede zu stellen. Sie wird mit Sicherheit alles abstreiten und niemals zugeben, dass sie irgendwas mit dem Bewusstsein ihres

Großvaters gemacht hat. Von ihr werden wir seine Position also sicher nicht erfahren. Und wenn sie wirklich so ein gefährliches Miststück ist, dann sollten wir ihr vielleicht besser nicht sagen, dass wir sie verdächtigen, sondern einfach den alten McLean finden und retten.«

Erneutes Nicken – diesmal aber eher zögernd.

»Wie lange kann es denn im schlimmsten Fall noch dauern, bis euer Dad die Position meines Großvaters findet?«, fragte Finley.

Will seufzte. »Die Datenbanken von so einem CyberGame sind riesig und die Programmierer von *House of Nightmares* haben sie doppelt und dreifach verschlüsselt. Das macht die Sache noch umständlicher. Im schlimmsten Fall könnte es noch Tage dauern, obwohl Dad sich ein Programm schreibt, das die Suche schneller machen sollte. Trotzdem sind es sicher noch einige Stunden, wenn wir nicht zufällig einen Glückstreffer landen.« Er rieb sich über die Augen und blickte in die Runde. »Ich werde ihm helfen, dann geht es schneller. Und ihr solltet so schnell wie möglich zurück ins Spiel gehen, um dort weiter nach McLean zu suchen.«

Die anderen nickten.

»Dad konnte sich über den Hausserver in die Geräte einhacken, die McLeans Vitalwerte überwachen«, fuhr Will fort. »Noch sind sie relativ stabil, aber er wird schwächer. Dad hat den Biokörper herbringen lassen und da wir McLeans Authetifizierungscode haben, könnte er ihn mit den CyberSpecs verbinden, doch ihn gewaltsam zurückzuholen, ist gefährlich und könnte sein Bewusstsein schädigen, wenn er keine Ahnung hat, was überhaupt mit ihm los ist. Besonders, weil er ja nicht mal in seinen richtigen Körper zurückkehren würde.« Er blickte zu Finley. »Falls die Vitalwerte deines Großvaters sich dramatisch verschlechtern sollten, würde Dad ihn natürlich trotzdem zurückholen, aber das ist nur eine absolute Notfalloption. Besser wäre es, seinen Avatar zu finden und ihm vorher zu sagen, was mit ihm passieren wird.«

Finley nickte nachdenklich.

»Also gut«, meinte Ned. »Dann gehen wir gleich zurück ins Spiel. Vorher sollten wir aber in der Bibliothek nach Dante suchen, damit wir das blöde Rätsel lösen können.«

Zack seufzte. »Ja. Zu dumm, dass das Internet immer noch weg ist. Wie sollen wir etwas über diesen dämlichen Spruch herausfinden, wenn wir ihn nicht googeln können? Wir könnten zwar hier in der Bibliothek nachsehen, ob es irgendwelche Werke von Dante gibt, aber selbst wenn wir dabei Glück haben – sollen wir sie dann alle lesen, um herauszufinden, ob das Rätsel ein Zitat ist und wenn ja, was es bedeutet? Das dauert doch ewig!« Stirnrunzelnd fuhr er sich durch die Haare. »Wie haben die Leute eigentlich früher Hausaufgaben ohne Google und Wikipedia gemacht?«

Jamie sah zu Finley. »Du bist nicht zufällig schon weiter im Spiel und hast das Rätsel aus dem Safe im Arbeitszimmer bereits gelöst?«

Der schüttelte bedauernd den Kopf. »Ich bin zwar schon im Haus, aber ich hab keine Heiltränke mehr und musste erst mal ins Labor im Ostturm gehen, um mir mit den Kräutern aus dem Garten neue zu brauen. Das Haus ohne Rückversicherung zu erkunden, war mir zu riskant.«

»Kluges Kerlchen«, meinte Zack.

»Ist das Spiel so heftig?«, fragte Jemma.

»Man muss schon aufpassen.« Ned grinste fies. »Extra für dich gibt es übrigens eine ganze Scheune voll äußerst bissiger Spinnenbiester, die Jamie fast ins virtuelle Jenseits befördert hätten. Müssen wir dir unbedingt zeigen, wenn wir das Spiel irgendwann just for fun spielen.«

Jemma zog die Nase kraus. »Ich kann es kaum erwarten.«

»Vielleicht hocken im Keller des Spukhauses ja auch noch irgendwo ein paar der Biester. Dann kannst du mit ein bisschen Glück gleich schon ihre Bekanntschaft machen.« Jamie fasste abwehrend ihre Hand, als Jemma ihm in den Oberarm kneifen wollte.

»Vorher müssen wir nur erst mal herausfinden, was mit dem blöden Spruch von Dante gemeint ist«, stöhnte Zack. »Sonst kommen wir im Spiel nicht weiter.«

»Worum geht es in diesem Rätsel denn?«, wollte Will wissen.

Jamie berichtete kurz, was sie im Safe gefunden hatten und dass sie glaubten, der Schlüssel würde sie in die Bibliothek des Horrorhauses führen, wo sie ein bestimmtes Werk von Dante finden mussten, um einen weiteren Hinweis auf das Geheimversteck von Malcolm Elmstone zu bekommen. »Wir sollen uns an Dante halten und alle Hoffnung hinter uns lassen, wenn wir eintreten wollen – so ähnlich lautete die Botschaft. Vermutlich ist es eine Art Zitat.« Er seufzte. »Zack hat recht: Wenn wir jetzt Internet hätten, könnten wir das googeln. Aber so? Wir wissen ja nicht mal, ob es hier in der Hausbibliothek überhaupt was von Dante gibt. Und selbst wenn, haben wir nicht die Zeit, die Bücher nach einem Zitat abzusuchen.«

Will schüttelte den Kopf und stand von seinem Sessel auf. »Ich glaube, das müssen wir auch gar nicht«, sagte er über die Schulter, während er rasch in sein Zimmer hinüberlief und kurze Zeit später mit seinem E-Book-Reader wieder auftauchte.

»Jetzt sag mir bitte nicht, dass du Dante liest!« Zack starrte ihn perplex an.

Will grinste. »Nicht freiwillig. Eins seiner Werke ist Teil

des Stoffs, den ich für meine Philosophieprüfung lesen muss. Und ich glaube, euer Rätsel könnte dazu passen.« Er wählte den Text an, öffnete die Suchfunktion, gab das Wort *Hoffnung* ein und ließ das Buch danach durchsuchen. Nur einen Augenblick später nickte er zufrieden. »*Lasst, die ihr eintretet, alle Hoffnung fahren.* – Kommt euch das irgendwie bekannt vor?«

»Wow, das passt ja wirklich!« Beeindruckt nahm Zack den Reader entgegen. »*Die göttliche Komödie* – Ist die gut?«

Will zuckte mit den Schultern und schnitt eine Grimasse. »Es gibt Schlimmeres. Sie schildert die Reise durch drei verschiedene Jenseitsreiche. Dante hat sein ganz eigenes Weltbild und das ist manchmal ziemlich abgefahren.« Er grinste. »Euer Rätselspruch ist übrigens ein Teil der Inschrift auf dem Tor zur Hölle.«

»Na, wenn das nicht passt!«

Ned nickte zufrieden und stemmte sich vom Bett hoch. »*Die göttliche Komödie* also. Damit sollten wir in der Elmstone Bibliothek ja wohl was anfangen können. Ich geh schnell an meinen Laptop und hacke mich ins Spiel, um uns ein paar zusätzliche Heiltränke und diesen Rückwandlungstrank zu geben. Außerdem muss ich Finleys und Jems Zugang manipulieren, damit sie an der gleichen Stelle wie wir ins Spiel einsteigen können.« Er sah zu seinem Bruder. »Du willst wirklich hier bleiben und Dad helfen?«

Will nickte. »Innerhalb des Spiels haben wir genug Leute. Außerhalb bin ich nützlicher, wenn ich bei der Positionssuche helfe.« Er verzog das Gesicht. »Auch wenn eure Suche mit Sicherheit mehr Spaß macht.«

Ned klopfte ihm auf die Schulter und wollte gerade gehen, als Finley ihn zurückhielt.

»Warte. Ich denke, ich komme auch nicht mit.«

Überrascht sahen die anderen ihn an.

»Warum nicht?«, fragte Jamie. »Ich dachte, du willst uns helfen, damit dein Großvater dir was schuldig ist?«

»Das will ich auch. Ich denke nur, dass es vielleicht ganz clever wäre, meiner Schwester doch ein wenig auf den Zahn zu fühlen.« Er grinste hinterlistig. »Ich würde sie nur zu gerne mit unserem Verdacht konfrontieren und ein bisschen nervös machen, indem ich ihr sage, dass wir kurz davor stehen, Großvater im *House of Nightmares* zu finden. Vielleicht macht sie dann einen Fehler und verrät sich.«

Jamie musterte ihn stirnrunzelnd. »Ich weiß nicht. Wenn sie wirklich so durchtrieben ist, wie du gesagt hast, dann wird sie sich sicher nicht einfach so provozieren lassen, oder?«

»Vielleicht sollten wir sie nicht unbedingt provozieren«, stimmte Jemma ihm zu. »Aber ich denke, es wäre nicht schlecht, wenn wir sie im Auge behalten. Was wenn –«

»Moment mal!«, fiel Jamie ihr ins Wort. »Ich hör hier immer *wir*! Wieso *wir*?«

»Ich finde Finleys Vorschlag gut und Will hat recht: Wenn ihr zu dritt das Spiel absucht, seid ihr mehr als genug. Will kann seinem Dad außerhalb bei der Suche helfen und Finley und ich beobachten Emilia. Der würde ich nämlich durchaus zutrauen, dass sie sich als besorgte Enkelin ans Bett ihres Großvaters setzt und ihn mit dem nächstbesten Kopfkissen erstickt, wenn keiner zusieht.«

Finley nickte ihr anerkennend zu. »Yep. Du hast verstanden, wie meine Schwester tickt.«

Jemma bedachte ihn mit einem gequälten Lächeln und behielt für sich, dass sie nicht nur Emilia, sondern auch ihn im Auge behalten wollte. Hundertprozentig vertraute sie ihm nämlich auch nicht.

Jamie warf Finley einen finsteren Blick zu, bevor er zu Jem sah. »Ich hab auch geschnallt, wie Emilia tickt. Genau deshalb finde ich es keine gute Idee, sie zu reizen. Wer weiß, wozu sie fähig ist, wenn ihr sie in die Ecke drängt!«

Jemma schüttelte augenrollend den Kopf. »Keine Sorge. Die blöde Kuh wird mich bestimmt nicht dazu bringen, dass ich eine Packung Schlaftabletten schlucke.«

»Wenn sie dir eins der tausend Jagdgewehre an die Stirn hält, vermutlich schon!«

Jemma musste schlucken und blickte ihn erschrocken an.

»Ja, exakt!«, fauchte Jamie biestig. »Ich denke, genau dazu wäre dieses Miststück fähig!« Er sah zu Zack und Will. »Sagt mir jetzt bitte nicht, dass das für euch okay ist!«

Zack presste die Lippen aufeinander und schüttelte genau wie Will den Kopf. »Nein.«

»Ich denke, Emilia im Auge zu behalten wäre keine schlechte Idee«, sprang Ned Jemma bei und fing sich dafür böse Blicke von Jamie, Will und Zack ein. Beschwichtigend hob er die Hände. »Schon gut, Jungs! Sie zu provozieren, finde ich auch nicht richtig. Aber zu wissen, was sie macht, und notfalls zu verhindern, dass sie ihrem Großvater noch mehr antut, ist eine gute Idee!«

Will sah Jemma ernst an. »Nur beobachten, nicht provozieren, ja?«

Jemma nickte. »Klar.«

Will musterte sie durchdringend, nicht ganz sicher, ob er ihr wirklich glauben konnte.

»Hey, ich bin die Vernünftige in meiner Familie! Der Hitzkopf ist er hier!« Sie knuffte ihren Zwilling.

Jamie schüttelte ihre Hand genervt ab. »Ich finde nicht gut, was du vorhast!« Er packte seine Krücken, stemmte sich vom Bett hoch und ging wortlos aus dem Zimmer. Ned folgte ihm.

Zack blickte zu Finley. »Ist es für dich okay, deine Schwester nur im Auge zu behalten?«

Der hob die Augenbrauen. »Wollt ihr mir jetzt vorschreiben, was ich tun und lassen soll?«

Will schüttelte den Kopf. »Nein, wollen wir nicht. Ich denke nur, dass du Emilia nicht absichtlich zu einer Kurzschlussreaktion drängen solltest, denn wenn sie dann womöglich deinen Großvater tötet, wärst du mitschuldig. Und so, wie ich dich verstanden hab, willst du deine Zukunft für so was ja nicht riskieren.«

Finley sah ihn undurchsichtig an, nickte aber schließlich widerstrebend.

Will warf Jemma einen Blick zu und wandte sich dann ab, um zu Jamie und Ned zu gehen.

Jemma schenkte Finley ein entschuldigendes Lächeln, als sie vom Bett aufstand und Will hinterherlief. »Warte einen Augenblick. Ich bin sofort zurück.«

»Ja, klar.« Der Sarkasmus in Finleys Stimme war kaum zu überhören. Er sah zu Zack, der als Einziger bei ihm geblieben war. »Bekommt sie jetzt noch ein paar Instruktionen von euch, wie sie sich zu verhalten hat, wenn ich mich nicht an unsere Abmachung halte?«, fragte er spöttisch.

Zack sah ihn nur ruhig an und schüttelte den Kopf. »Die braucht Jem nicht. Sie weiß selbst, was richtig ist.«

Seufzend stemmte Finley sich aus seinem Sessel und trat ans Fenster. Noch immer tobten Regen und Sturm ums Haus und rüttelten an den Scheiben.

»Weißt du, ich bin kein schlechter Mensch, nur weil ich meine Familie verabscheue.«

»Nein«, gab Zack zu. »Aber es macht dich auch nicht unbedingt sympathisch, dass du deinem Großvater nur helfen willst, weil du dir dadurch einen Vorteil für deine Zukunft erhoffst.«

Schulterzuckend sah Finley weiter hinaus in den Regensturm. »Man muss sehen, wo man bleibt«, sagte er ungerührt. »Ich beneide dich, wenn deine Familie so perfekt ist, dass du dir noch nie gewünscht hast, einer von ihnen würde ins Gras beißen.«

Zack zuckte zusammen und biss sich auf die Unterlippe, als er voller Unbehagen an seine Mutter und Jamies Mum dachte.

Aber das war nicht das Gleiche.

Oder doch?

Er sah auf, als er merkte, dass Finley sich am Fenster zu ihm umgedreht hatte und ihn mit einem wissenden kleinen Lächeln musterte.

»Scheint so, als hätte ich da einen Nerv getroffen, was?«

Kapitel 20

»Hier, ich hab's! *Die göttliche Komödie.*« Jamie reckte sich, um das alte Buch aus einem der oberen Regalfächer zu ziehen.

Sie hatten die Bibliothek des Elmstone Hauses schnell gefunden. Der Schlüssel aus dem Tresor im Arbeitszimmer hatte tatsächlich in eine der beiden verschlossenen Türen gepasst, die sie bei ihrer letzten Spielzeit vergeblich zu öffnen versucht hatten. Dahinter lag ein langgezogener Raum, dessen Wände von oben bis unten mit Bücherregalen vollgestellt waren. Dicke Wälzer und schmale Bändchen standen dicht an dicht, nur unterbrochen von einem großen, blind gewordenen Fenster, hinter dem tiefschwarze Nacht herrschte. Sobald die drei das Zimmer betreten hatten, waren mehrere Leselampen auf kleinen Tischchen angesprungen, die zwischen verschlissenen Ohrensesseln standen. Das erleichterte die Suche nach Dantes Buch ungemein, denn genau wie zuvor im Arbeitszimmer war auch in der Bibliothek alles unter einer fingerdicken Staubschicht begraben und die Buchtitel darunter waren selbst im Licht nur schwer zu entziffern.

Zack und Ned traten zu Jamie und sahen ihm über die Schultern, als er das altersschwache Buch durchblätterte, um ihren nächsten Hinweis zu finden.

Doch da war nichts.

Kein Zettel fiel heraus, keine Botschaft stand auf den vergilbten Seiten. Sie fanden nur den Text von Dantes Werk in alten, schwer lesbaren Schnörkelbuchstaben.

»Hm. Nichts.« Jamie schloss das Buch und untersuchte den Einband. Prüfend ließ er seine Finger über das brüchige Leder gleiten, in der Hoffnung, vielleicht einen Schlitz zu finden, in dem etwas versteckt war. Doch auch diese Suche blieb erfolglos.

»Vielleicht ist es doch das falsche Buch?« Ratlos sah Ned hinauf zum Regal. »Gibt es da noch mehr von Dante?«

Zack folgte seinem Blick und schüttelte den Kopf. »Nein. Außerdem bin ich mir sicher, dass die *Göttliche Komödie* richtig ist. Das Rätsel passt viel zu gut zu dem Zitat, das Will uns vorgelesen hat, und wenn das im Stück auch noch ein Teil der Inschrift auf dem Tor zur Hölle ist, dann passt es hier im Spiel erst recht.«

Jamie nickte zustimmend. »Außerdem ist der Titel klasse, oder? Vermutlich würde kein Dämon freiwillig ein Buch mit dem Titel *Die göttliche Komödie* anrühren.«

Ned ließ seinen Blick durch die Bibliothek wandern. »Die scheinen hier ohnehin nichts angerührt zu haben. Nach dem Chaos in der Halle und im Arbeitszimmer hatte ich eigentlich erwartet, dass sie hier auch gewütet hätten.«

»Dämonen lesen einfach nicht und wissen daher den Wert dieses Raums nicht zu schätzen«, grinste Zack und trat an das Regal. »Vielleicht war etwas im Buch und es ist rausgefallen.« Er tastete in die Lücke.

»Und?«

Er schüttelte den Kopf. »Nichts. Aber ich komm nicht bis ganz hinten. Hilf mir mal mit dem Sessel.«

Gemeinsam rückten sie einen der alten Sessel vors Regal und wirbelten dabei so viel Staub auf, dass sie sich in der Wirklichkeit totgehustet hätten. In der Cyberwelt dagegen brauchten sie sich keine Sorgen um eine Staublunge zu machen.

»Ich hab was!« Vom Sessel aus konnte Zack bis an die Rückwand des Regals heranreichen und seine Finger ertasteten einen schmalen länglichen Gegenstand.

»Und? Was ist es? Hol es raus!«

»Versuch ich ja, aber es sitzt fest. Moment, ich glaube, das kann man gar nicht rausziehen. Das ist ein Hebel!«

»Okay, warte!«, sagte Ned schnell und auch Jamie reagierte sofort. Er warf die Göttliche Komödie auf einen der kleinen Lesetische und zog stattdessen seine Waffe vom Gürtel. Der Hebel im Regal versprach eine Geheimtür und auf das, was sich dahinter womöglich verbarg, wollte er lieber vorbereitet sein.

»Jetzt!«

Zack stemmte den Hebel in der Regalwand nach oben und ein dumpfes Schleifen ertönte. Schnell zog er ebenfalls seine Waffe und sprang vom Sessel. An der gegenüberliegenden Wand glitt ruckelnd eins der Bücherregale nach vorne und löste damit eine riesige Staubwolke aus, die alles verhüllte, was dahinter lag.

War da noch ein anderes Geräusch?

Ein Knurren? Grollen?

Hinter dem Regal kam ein düsterer Spalt zum Vorschein, der langsam breiter wurde.

»Achtung!« Ned hatte die großen Tatzen und zwei glühende Augen in der Staubwolke als Erster erkannt. Sofort zog er den Abzug seiner Waffe durch und zielte mit dem Laser auf den Kopf der Bestie. Hasserfülltes Bellen war die Antwort. Dann sprang das Albtraumbiest hinter der Regalwand hervor.

»Das ist doch wieder so ein zusammengestückeltes Frankensteinmonster wie draußen im Park!«

Der grotesk deformierte Hund sprang auf sie zu. Tollwütige Augen blitzten irr und eitriger Geifer tropfte aus der Schnauze. Doch unter dem Dauerbeschuss der drei Laserwaffen wurden die Bewegungen des Untiers schnell langsamer und seine Fußschelle verfärbte sich rasant von grün zu rot. Bevor die Bestie ihnen zu nahe kommen konnte, sackte sie mit einem zornigen

Knurren in sich zusammen, zuckte heftig und lag dann still. Die Fußschellen waren schwarz.

Zack ließ seine Waffe sinken und trat neben den toten Monsterhund. »Noch eins von Elmstones kranken Experimenten.« Er stupste das Tier mit dem Fuß an und schüttelte mitleidig den Kopf. Das Biest begann zu flackern und löste sich auf.

Ned und Jamie waren vorsichtig an die Öffnung herangetreten, die hinter dem Regal verborgen gewesen war.

»Sieht aus wie ein Geheimgang.« Jamie zog die Taschenlampe von seinem Gürtel und beleuchtete eine steinerne Wendeltreppe, die in die Dunkelheit hinabführte. Der Lichtstrahl erfasste eine altersschwache Glühbirne in einer rostigen Wandhalterung. »Theoretisch gibt es hier sogar Licht.«

Ned knipste an einem staubigen Schalter neben dem Eingang und die Lampe leuchtete mit einem sirrenden Flackern auf. »Praktisch auch. Und der tote Frankensteinbello scheint auch das einzige Monster zu sein, das hier auf uns gewartet hat. Also los, gehen wir runter. Mal sehen, wo die Treppe hinführt.«

»Na, laut Dante ja wohl zum Tor der Hölle.« Zack folgte den beiden.

Die Treppe schien endlos und war so eng, dass sie nur hintereinander laufen konnten.

»Mann, wie tief denn noch?«, knurrte Jamie ungeduldig, während sie Runde um Runde die Stufen hinabstiegen.

»Die Hölle ist halt ziemlich weit unten.«

»Toll. Und wer weiß, ob wir da überhaupt richtig sind.« Missmutig boxte Jamie im Gehen mit der Faust gegen die Steinwand. »Wir haben keinen blassen Schimmer, wo in diesem verdammten Spiel McLean wirklich ist. Wir raten uns doch einfach bloß durch! Eigentlich wäre es viel sinnvoller, rauszugehen und zu warten, bis dein Dad oder Will die richtige

Position gefunden haben. Dann könnten wir wenigstens gezielt vorgehen.« Er warf einen Blick über die Schulter hoch zu Ned, der hinter ihm lief. »Und du könntest den beiden zusätzlich helfen. Dann würde es noch schneller gehen, diese blöden Datenbanktabellen abzusuchen. Und wenn ihr mir zeigt, was ich machen muss, könnte ich auch helfen.«

»Und Zack könnte Jem und Finley suchen?«

»Genau! Ich finde es immer noch total bescheuert, dass sie alleine mit ihm losgezogen ist. Wer weiß, ob Finley sich wirklich an die Abmachung hält. Was, wenn er seine gestörte Psychoschwester doch provoziert? Ich traue dem Kerl nicht. Der ist nur auf seinen persönlichen Vorteil aus und wer weiß, was er dafür alles tut? Und ich will nicht, dass Jem dabei zwischen irgendwelche Fronten gerät!«

Ned legte ihm eine Hand auf die Schulter. »Hey, Jem ist nicht blöd. Sie passt schon auf sich auf. Außerdem ist Dads Programm für die Tabellensuche fertig. Damit sollten er und Will jetzt deutlich schneller vorankommen. Und wer weiß? Vielleicht haben wir ja Glück und finden McLean schon am Ende dieser Treppe.«

»Glück?! Mit Sicherheit nicht«, grummelte Jamie. »Vermutlich suchen wir eher am völlig falschen Ort. Emilia war nur gut eine Stunde mit ihrem Großvater hier im Spiel, bevor sie ihn allein gelassen hat. Wir sind jetzt schon über zwei Stunden hier drin und haben keinerlei Hinweise auf ihn gefunden. Sie sind also wohl nicht den gleichen Weg gelaufen wie wir und McLean kann überall sein. Vielleicht ist er gar nicht im Haus, sondern sie hat ihn wirklich einfach draußen irgendwo ausgesetzt. Oder in der Garage eingeschlossen.«

»Das kann natürlich sein«, gab Ned zu. »Aber wir könnten ja auch mal Glück haben und einen Zufallstreffer landen. Und zumindest haben wir jetzt schon ein bisschen Spielerfahrung gesammelt und falls wir McLean irgendwo herauskämpfen müssen, stehen wir unseren Gegnern nicht als blutige Anfänger gegenüber.«

Jamie schnaubte nur und sah alles andere als überzeugt aus.

Zack seufzte. »Mir gefällt es auch nicht wirklich, dass Jem alleine mit Finley gegangen ist. Ich traue ihm genauso wenig wie du. Aber Ned hat recht: Jem ist nicht blöd. Sie vertraut ihm auch nicht und sie hat uns versprochen, dass sie vorsichtig ist. Und du weißt genau, dass du dich auf ihre Versprechen verlassen kannst.«

Jamie atmete tief durch, dann nickte er, hielt aber plötzlich inne, als ein seltsames Zischen und Knistern durch den Treppenaufgang zu ihnen drang. »Hört ihr das auch? Was ist das?«

Ned und Zack lauschten die Treppe hinunter.

»Klingt wie elektrische Spannung, die sich entlädt.«

Ihre Waffen schussbereit liefen sie weiter und mit jeder Stufe wurde das Knistern lauter und bedrohlicher. Schließlich drang ein bläuliches Flackern zu ihnen in den Treppenaufgang und Jamie stieg vorsichtig die Rundung der letzten Stufen hinab. Ein schmaler Durchgang führte auf eine steinerne Empore, die direkt unter der Decke eines riesigen Kellerraumes hing, der locker die Ausmaße eines Fußballfelds hatte. Das merkwürdige blaue Licht flimmerte zu ihnen herauf, als sie an die Balustrade herantraten, um einen Blick in die Tiefe zu werfen.

»Halleluja!«

»Wow.«

»Nicht schlecht«, nickte Ned beeindruckt.

Gute zehn Meter unter ihnen erstreckte sich durch den gesamten Raum ein riesiges Labyrinth. Mauern aus großen grauen Steinen steckten Wege und Sackgassen ab und führten immer wieder durch kleine Kammern, in denen basketballgroße Kugeln schwebten, von denen das weißblaue Leuchten und Knistern ausging.

»Was soll das sein? Kugelblitze?« Jamie betrachtete die seltsamen Lichterscheinungen fasziniert.

»Wahrscheinlich liegst du damit gar nicht so falsch«, meinte Zack und sah zu Ned. »Ich sehe keine Lebensanzeige. Meinst du, wir können sie trotzdem vernichten?«

Ned hob die Schultern. »Keine Ahnung. Ich vermute mal, dass wir ihnen auf dem Weg durchs Labyrinth eher ausweichen sollen.«

Jamie richtete seine Waffe auf einen der Blitze, der fast direkt unter ihnen schwebte. »Aber wir sollten es lieber einmal ausprobieren, bevor wir uns da runter wagen, meint ihr nicht auch?«

Zack und Ned grinsten augenrollend. »Na los, dann mach.«

Jamie grinste vergnügt und feuerte seine Waffe ab. Sobald das Laserlicht den Blitz erfasste, wurde sein weißblaues Licht gleißend hell. Er begann zu pulsieren und jeder einzelne Pulsschlag schien die Kugel ein Stück weiter aufzublähen.

»Genug!« Hastig griff Ned Jamie in die Waffe. »Das Ding schluckt die Energie und wird mächtiger.«

Jamie nahm den Finger vom Abzug. Ned hatte recht. Die Waffe hatte nichts ausrichten können, außer dass aus dem Kugelblitz nun ein Superkugelblitz geworden war, der auf die Größe eines Strandballs angeschwollen war.

»Wenn die Laserenergie sie stärker macht«, meinte Zack nachdenklich, »glaubt ihr, das gilt auch für unsere Lebensenergie?«

»Du meinst, wenn wir einem von diesen Dingern zu nahe kommen, dann schlucken sie auch unsere Energie?«, fragte Jamie.

Zack nickte.

»Könnte schon sein.« Ned hatte sich von der Brüstung abgewandt und inspizierte nun eine Art Schaltpult mit einer originalgetreuen Skizze des Labyrinths sowie verschiedenen Knöpfen und Reglern. Daneben lagen drei altmodische Headsets. »Ich denke, wir sollten diesen Biestern einfach so gut wie möglich aus dem Weg gehen.«

Er blickte vom Schaltpult auf und sah hinüber ans andere Ende der Halle. Dort führte eine Treppe aus dem Irrgarten hinauf zu einem Podest, auf dem ein dicker roter Buzzer blinkte. Ned atmete tief durch und drückte testweise einen der Knöpfe auf dem Schaltpult. Etwas ratterte schräg über ihren Köpfen und Sekundenbruchteile später fiel ein schwarzer Eisenkäfig aus der Dunkelheit der Decke herab und krachte unter ihnen auf den Boden des Labyrinths. Zutiefst erschrocken fuhren die drei zusammen.

»Verdammt, Mann!«, herrschte Zack ihn wütend an.

»Sorry«, murmelte Ned zerknirscht. »Ich wollte nur die Steuerung ausprobieren.«

»Mit einer kleinen Vorwarnung wäre das ja auch kein Thema!« Grummelnd trat Zack zu ihm.

»Glaubt ihr, wir können diese Blitze in den Käfigen einsperren?«, fragte Jamie.

Ned nickte. Er wies von der Schaltpultskizze hinunter ins Labyrinth. »Es gibt neun Knöpfe, also vermutlich neun Käfige. Einer davon ist laut Karte in der Kammer von unserem Superkugelblitz.«

Zack und Jamie nickten.

»Seht ihr die etwas dunkleren Steinplatten, die auf der Skizze eingezeichnet sind? Ich wette, sie zeigen an, wo genau der Käfig hinfällt, wenn man den Mechanismus auslöst.«

»Also kann man die Blitze dorthin locken und dann einsperren?«

Ned nickte. »Das Problem ist, ich sehe allein von hier aus schon wenigstens zwölf Kugelblitze und die hinteren Bereiche des Labyrinths können wir nicht richtig sehen. Es gibt also mehr Blitze als Käfige.«

Jamie betrachtete das Abbild des Labyrinths auf dem Schaltpult. Einige der Mauerteile blinkten schwach. Vorsichtig berührte er eins davon mit dem Finger und war nicht überrascht, dass er es verschieben konnte. Gleichzeitig erklang aus der Tiefe unter ihnen ein schleifendes Geräusch, als sich die entsprechende Wand im echten Labyrinth in die neue Position bewegte.

»Nicht schlecht«, meinte er anerkennend.

Ned deutete auf die drei Headsets und zeigte dann auf den blinkenden Buzzer am Ende des Irrgartens. »Ich denke, die Aufgabe ist klar, oder? Zwei von uns bedienen die Käfige und Mauern und leiten den dritten durch das Labyrinth. Sie sperren die Blitze ein oder lotsen ihn daran vorbei, bis er auf der anderen Seite durch den Druck auf den Knopf das Labyrinth entschärfen kann.«

»Cool!« Jamies Augen funkelten abenteuerlustig. »Darf ich?«

Kapitel 21

»Und?« Finley musterte Jemma von der Seite, während er sie durch die düsteren Korridore von Abberton Hall führte. »Welche Anweisungen haben die Jungs dir noch mit auf den Weg gegeben?«

Jemma erwiderte seinen Blick mit einem Stirnrunzeln. »Gar keine.«

»Ist Jamie dein Zwillingsbruder?«

»Ja.«

»Dann steht ihr euch deshalb wohl so nahe.«

Jemma hob die Schultern. »Keine Ahnung. Vielleicht.« Natürlich hatte sie schon davon gehört, dass die Bindung zwischen Zwillingen besonders stark sein konnte und die zwischen ihr und Jamie war sicher sehr eng. Doch da sie keine anderen leiblichen Geschwister zum Vergleich hatte, konnte sie nicht sagen, ob zwischen ihr und ihrem Bruder wirklich etwas *Besonderes* war. Es war, wie es war, und genau so war es richtig.

»Hm. Und Zack?«

Jemma sah ihn misstrauisch an. Auch wenn sie nicht mehr glaubte, dass er etwas mit dem Verschwinden seines Großvater zu tun hatte, vertraute sie ihm nur mäßig und hatte wenig Lust, ihm Details über ihre Familie und Freunde zu verraten.

»Ich finde, es sollte hier im Moment eher um deine Familie als um meine gehen.«

In Finleys Augen blitzte es triumphierend auf. »Zack ist also Familie, ja?« Er betrachtete sie abschätzend. »Aber dein Bruder ist er nicht, oder? Ihr seht euch jedenfalls überhaupt nicht ähnlich.« Er wandte sich ab und bog ins Treppenhaus. »Er könnte natürlich ein Halbbruder sein, Produkte von Seitensprüngen gibt es ja schließlich nicht selten«, sinnierte er vor sich hin, während er

Jemma in den zweiten Stock hinaufführte. »Oder ist er ein Stiefbruder? Zusammengeheiratete Patchworkfamilie?« Er blickte sich zu ihr um und plötzlich lag ein wissendes Lächeln auf seinen Lippen. »Oder adoptiert! Habt ihr ihn bei euch aufgenommen, weil seine eigene Familie genauso ätzend ist wie meine?«

Verärgert schüttelte Jemma den Kopf. »Ich hab keine Ahnung, warum du dich so brennend für Zack interessierst, aber wenn du irgendwas über ihn wissen willst, dann frag ihn selbst!« Entschlossen, dieses Gesprächsthema zu beenden, ging sie an ihm vorbei die letzten Stufen hinauf und deutete dann in den Korridor. »Welches ist das Zimmer von deinem Großvater?«

»Alle.« Er grinste unverschämt, hörte aber wenigstens endlich mit seiner nervigen Fragerei auf. »Großvater gehört die gesamte Etage. Schlafzimmer, Arbeitszimmer, eigener Salon und nach seinem Schlaganfall hat er zwei Zimmer zu seiner eigenen kleinen Privatklinik umbauen lassen.« Finley trat an eine der Türen. »Vermutlich wird Doc Alastor ihn dort hingebracht haben.«

Er klopfte an, drückte die Klinke und wollte eintreten, doch die Tür war abgeschlossen. Stirnrunzelnd rüttelte er am Knauf. »Was soll das denn?« Er klopfte noch einmal. »Doktor Alastor?«

Schwere Schritte waren hinter der Tür zu hören, dann knarzte ein Schlüssel im Schloss und es wurde geöffnet. Misstrauisch musterte der Arzt die beiden. »Was wollt ihr hier?«

»Warum schließen Sie die Tür ab?«, antwortete Finley mit einer Gegenfrage.

»Weil das die Anweisung deines Großvaters war.«

»Ist er aufgewacht?«, fragte Finley überrascht.

Grimmig schüttelte der Arzt den Kopf. »Nein. Er gab mir die Anweisung schon vor Monaten. Kurz bevor er aus der Klinik hierher entlassen wurde. Falls ihn ein zweiter Schlaganfall ereilt oder ihm sonst etwas Ungewöhnliches zustößt und er nicht mehr Herr der Lage ist, soll ich seine Familie von ihm fernhalten und dafür sorgen, dass er zurück in seine Privatklinik nach Inverness gebracht wird. Letzteres ist durch das schreckliche Unwetter da draußen leider momentan nicht möglich, für Ersteres kann ich aber durchaus sorgen.«

Jemma schluckte. Der alte McLean hatte offensichtlich ganz genau gewusst, dass seine Familie ihm alles andere als wohlgesonnen war und die erstbeste Möglichkeit nutzen würde, um ihn loszuwerden. Ihr schauderte. Was für ein schreckliches Leben musste das sein, wenn man sich in seinen eigenen vier Wänden, im Kreis seiner Familie nicht sicher fühlen konnte?

»Außer Mr Dunnington, der mit Johnston und Davis diesen Bioroboter abgeholt hat, habe ich niemanden hereingelassen und so wird es auch bleiben.« Doktor Alastor sah Finley mit einer gehörigen Portion Abscheu an. »Seine gesamte Familie ist eine riesige Enttäuschung für Angus und er traut keinem von euch über den Weg. Einzig auf seine wahren Freunde kann er sich wirklich verlassen.« Wichtigtuerisch blickte er auf die beiden herab.

Jemma erwiderte seinen Blick mit hochgezogener Augenbraue, Finley dagegen stöhnte genervt.

»Schon gut, Doc. Verschonen Sie uns. Im Prinzip ist uns nur wichtig, dass meine Schwester nicht zu meinem Großvater kommt, und dafür scheinen Sie ja perfekt zu sorgen. Selbst wenn mein Großvater einen seiner treuen Brüder im Geiste damit vom Leibarzt zum Türsteher degradiert hat. Aber Hauptsache, Ehre, Würde und Respekt bleiben immer streng gewahrt. Also, schließen Sie schön ab und bewachen Sie meinen Großvater. Damit tun Sie auf jeden Fall genau das Richtige!« Er bedachte den Arzt mit einem gehässigen Lächeln, dann drehte er sich um und ließ den Medikus ohne ein weiteres Wort stehen.

Der starrte ihm zwei Sekunden lang sprachlos hinterher und Jemma sah, wie seine blasse Gesichtsfarbe sich langsam in ein Tiefrot verwandelte. Von seiner blasierten Arroganz war nicht mehr viel übrig, stattdessen schnaubte er wütend, bedachte Jemma mit einem grantigen Blick und knallte dann wortlos die Tür zu. Schroff kratzte der Schlüssel im Schloss.

Jemma blies die Backen auf.

Was für ein Irrenhaus.

Sie atmete tief durch und lief Finley hinterher. Im Treppenhaus holte sie ihn ein.

»Ich glaube, den Doc hast du ganz schön auf die Palme gebracht.«

Finley grinste. »Das war ja auch meine Absicht. Der hält sich viel zu oft für was Besseres, nur weil er mit meinem Großvater ganz gut klarkommt. So einen kleinen Seitenhieb hatte er also durchaus verdient.« Dann zuckte er die Schultern. »Und immerhin wissen wir nun, dass Emilia nicht bei meinem Großvater war und jetzt auch nicht mehr an ihn herankommen wird.« Er lächelte böse. »Nicht, nachdem ich den guten Alastor so gereizt habe.«

Sie bogen in den Flur des ersten Stockwerks ein, in dem die Privaträume der übrigen McLeans lagen.

»Die Frage ist, wie wir jetzt weiter vorgehen wollen.« Jemma merkte, dass ihr Plan, Emilia im Auge zu behalten, noch nicht so richtig durchdacht war. »Meinst du, deine Schwester ist in ihrem Zimmer?«

Sie schrak zusammen, als sich genau in diesem Moment die Tür zu Emilias Reich öffnete, doch es war nur eine der Hausangestellten, die mit einem Tablett voll benutztem Geschirr auf den Korridor hinaustrat. Sie knickste höflich, als sie Finley und Jemma sah.

»Anna, ist meine Schwester in ihrem Zimmer?«, fragte Finley.

»Nein, Mylord. Sie arbeitet unten in der Bibliothek und hat mich gebeten, in der Zwischenzeit ihr Zimmer herzurichten.«

»Danke.«

»Möchten Sie, dass ich Ihr Zimmer ebenfalls in Ordnung bringe?«

Finley schüttelte den Kopf. »Nein, danke, Anna. Heute ist das nicht nötig.«

»Sehr wohl.« Sie knickste erneut und verschwand dann mit ihrem Tablett in einem schmalen Dienstbotengang.

Grinsend wandte Finley sich zu Jemma. »Okay, das wird einfacher als gedacht. Spielst du Schach?«

»Bin bereit«, sagte Jamie ins Headset und fingerte gleichzeitig ein Reagenzröhrchen seines Heilmittelvorrats aus seiner Gürteltasche. Um ihn herum ragten die grauen Steinwände des Labyrinths in die Höhe, nur erhellt von dem weißblauen Licht der Kugelblitze, das über die Mauern flackerte. Bisher hatten Zack und Ned ihn mit Hilfe der beweglichen Wände um die gefährlichen Erscheinungen herumgelotst, doch nun wurde es ernst. An der Kammer, die vor ihm lag, führte kein Weg vorbei und in ihr befanden sich gleich zwei der unberechenbaren Gegner – und es gab nur einen Käfig.

»Ich schätze, die Kammer ist ungefähr sechs mal sechs Meter groß«, knarzte Neds Stimme in sein Ohr. »Einer der Blitze befindet sich geradeaus, der andere rechts von dir. Geh nach links, da ist die dunkle Bodenplatte. Dorthin musst du sie locken, dann kann ich sie im Käfig einsperren, okay?«

»Okay. Macht die Wand auf.« Nervös klammerte Jamie seine Hand um das Röhrchen mit dem Heilmittel. Er hatte keine Ahnung, wie stark die Gegner auf diesem Spiellevel waren und ob sie seine Lebensenergie wirklich genauso schlucken würden wie die Energie seiner Laserwaffe. Im schlimmsten Fall musste er sich verdammt schnell heilen können.

Ein schleifendes Geräusch ertönte und langsam glitt das Mauerstück vor ihm zur Seite. Gleißende Helligkeit drang zu ihm in den düsteren Gang und blendete ihn einen Moment lang. Er blinzelte und sah den grellen Kugelblitz, der an der Wand gegenüber etwa in Kopfhöhe schwebte.

Ohne noch länger zu zögern, betrat Jamie die Kammer und wandte sich sofort nach links. Da war sie, die schwarze Bodenplatte! Genau wie Ned gesagt hatte. Hastig rannte er darauf zu und hielt dabei die beiden Blitze im Auge, die sich tatsächlich, kaum dass er die Kammer betreten hatte, in seine Richtung bewegten.

»Es funktioniert!« Ned legte seinen Finger am Schaltpult auf den Auslöser für den Käfig. »Kommt schon, ihr Biester! Holt ihn euch!« Als Zack ihm einen finsteren Blick zuwarf, musste er grinsen. »Du weißt genau, wie ich das meine.«

»Wenn du irgendwann eine Freundin hast, werde ich sie auch irgendwelchen Cybermonstern als Köder vor die Nase setzen. Mal sehen, wie du das dann findest.«

Ohne die Kugelblitze aus den Augen zu lassen, schnitt Ned ihm eine Grimasse. »Hey, er ist freiwillig da unten. Einer musste es tun und ich hätte wahnsinnig gern gesehen, wie du versuchst, ihm das auszureden.«

Zack schnaubte. CyberGames waren Jamies Möglichkeit,

seinen Bewegungsdrang uneingeschränkt auszutoben und Zack liebte ihn viel zu sehr, um ihm diese Chance zu nehmen – auch wenn es nicht gerade leichtfiel, von hier oben aus zusehen zu müssen, wie sich die beiden Blitze auf Jamie zubewegten.

Die pulsierenden Energiebälle kamen drohend näher und Jamie musste immer wieder blinzeln, weil das viel zu grelle Licht ihn blendete. Er spürte ein unangenehmes Prickeln auf der Haut, als würde die Elektrizität der Blitze über seinen Körper krabbeln, und er trat einen Schritt zurück. Die Kugelblitze waren kaum noch zwei Meter von ihm entfernt und er brachte die dunkle Bodenplatte zwischen sich und seine Gegner, damit Ned die Blitze im Käfig einfangen konnte. Ein Blick auf seine Armschelle zeigte ihm, dass sie mit ihrer Vermutung recht gehabt hatten: Die Blitze zerrten an seiner Lebensenergie. Noch war es nicht dramatisch, aber er musste es im Auge behalten. Vorsichtig wich er einen weiteren Schritt zurück und war jetzt nur noch einen knappen Meter von der Wand der Kammer entfernt. Er musste aufpassen, dass er sich nicht in die Enge drängen ließ, schließlich wussten sie nicht, ob ihre Gegner die Falle durchschauen und womöglich ausweichen würden.

Taten sie nicht.

»Jetzt!«, schrie Jamie ins Headset, als beide Kugelblitze über der Bodenplatte schwebten.

Sofort drückte Ned den entsprechenden Knopf.

Nichts geschah.

Kein Rattern aus der Dunkelheit über ihnen.

Kein Käfig, der herabfiel und die Blitze einsperrte.

»Nun macht schon! Jetzt!«, schrie Jamie noch einmal.

Verdammt! Die Energiebälle befanden sich in der idealen Position! Worauf wartete Ned denn noch?!

Der hämmerte hektisch auf den Knopf ein.

»Was ist los?«, fragte Zack alarmiert.

»Es funktioniert nicht!«

»Was?! Warum nicht?«

»Keine Ahnung!« Ned malträtierte den Auslöser mit seiner Faust, doch es brachte absolut gar nichts. Kein bescheuerter Käfig fiel herab!

»Shit! Shit! Shit!«

»Leut- … was … los? Wieso passier- … hier … -ichts?« Das Knistern der Kugelblitze drang viel zu laut aus ihren Headsets und Jamies Stimme war kaum zu verstehen.

»Du musst da weg, Jamie!«, schrie Zack ins Mikro. »Irgendwas stimmt hier nicht! Wir können den Käfig nicht auslösen!«

Das elektrische Knistern störte den Empfang, sodass Jamie von Zacks Worten nicht mehr verstand als ein paar Fetzen. Aber er begriff auch so, dass ihm kein Käfig helfen würde. Die Blitze waren kaum noch einen Meter von ihm entfernt und seine Lebensenergie nahm nun deutlich schneller ab. Er musste hier weg und zwar schnell.

Rasch wich er bis ganz an die Wand zurück und drängte sich an ihr entlang fort von den Kugelblitzen. Diese änderten sofort ihre Richtung, um ihm zu folgen und bewegten sich dabei weg von der dunklen Bodenplatte. Ihre Geschwindigkeit und Größe hatte durch die Energie, die sie Jamie geraubt hatten, zugenommen, während er immer schwächer und langsamer wurde. Seine Armschelle leuchtete orange. Um nichts zu riskieren, trank er schnell sein Heilmittel, warf das leere Röhrchen zur Seite und fingerte sofort ein neues aus seiner Gürteltasche.

Nur zur Sicherheit.

»Was ist los, Leute?«, rief er ins Mikro.

»… kein … Käfi- … Mauer …öffn- …« Zacks Stimme drang nur bruchstückhaft zu ihm durch, dennoch glaubte Jamie verstanden zu haben: Zack wollte ihm den Ausgang öffnen, damit er aus der Kugelblitzkammer entkommen konnte.

Vorzugsweise ohne spannungsgeladenen Anhang.

Hektisch blickte er sich um und suchte die Mauern ab. Vor seinen Augen flimmerte alles und das gleißende Licht der Blitze war mittlerweile nur noch schwer zu ertragen. Außerdem waren sie ihm schon wieder gefährlich nahe gerückt und Jamie schlug rasch einen Haken um sie herum und rannte zum anderen Ende der Kammer. Sofort folgten ihm seine Gegner.

»-inks!«, kratzte es aus seinem Kopfhörer und Jamie sah, wie sich ein schmaler Spalt in der Mauer zu öffnen begann. Schnell wandte er sich in die entgegengesetzte Richtung und lockte die beiden Kugelblitze mit sich, fort von seiner Fluchtmöglichkeit. Seine Armschelle war schon wieder ins Orange gerutscht. Er wartete noch ein paar Sekunden, bis die Blitze sich ihm noch ein weiteres Stück genähert hatten, dann stürzte er seinen zweiten Heiltrank hinunter und sprintete so schnell er konnte an seinen Gegnern vorbei auf die Maueröffnung zu.

»Macht die Lücke wieder zu! Schnell! Macht sie wieder zu!«, schrie er, noch bevor er den Durchgang erreicht hatte.

Entweder hatte die Technik ein Einsehen und Zack und Ned hatten ihn trotz des nervtötenden Knisterns verstehen können oder die beiden hatten den gleichen Gedanken wie er, denn die Maueröffnung begann sich bereits langsam wieder zu schließen, als Jamie noch ein gutes Stück davon entfernt war. Hastig mobilisierte er alle Kräfte und hetzte auf die Lücke zu. Der Durchgang hatte sich schon zur Hälfte geschlossen, als er sich auf die andere Seite zwängte. Dunkelheit umfing ihn und er tastete sich unsicher an der Wand entlang. Seine Augen brannten von der Helligkeit in der Kammer und in dem düsteren Gang war er nun fast blind. Seine Ohren verrieten ihm allerdings, dass die

Kugelblitze ihm zum Ausgang gefolgt waren, denn ihr Knistern und Zischen war lauter und wütender denn je. Erschrocken fuhr er herum und sah durch den schmalen Spalt zwischen Mauerteil und Wand, wie die beiden Energiekugeln auf ihn zuschossen. Doch die Lücke war bereits zu schmal, als dass sie hindurchgepasst hätten. Zur Sicherheit wich er jedoch noch ein paar Schritte weiter in den Gang zurück, damit die Blitze ihm nicht trotzdem noch seine Lebensenergie rauben konnten. Schleifend ruckelte die Mauer zu und verschloss den Durchgang endgültig.

Alle drei atmeten auf und Jamie lehnte sich erschöpft gegen die Wand. Seine Armschelle leuchtete gelb, doch da er vorläufig in Sicherheit war, gab er seinem Avatar die Chance, sich selbst zu regenerieren.

»Kann mir bitte jemand erklären, was da gerade schiefgegangen ist?«

Er rieb über seine Augen und versuchte sich an das dunkle Dämmerlicht im Gang zu gewöhnen, als plötzlich aus der Dunkelheit schräg über ihm ein Rasseln und Sekundenbruchteile später ein Krachen von Metall auf Stein ertönte.

»Wehe, ihr sagt mir, dass ihr jetzt erst den richtigen Knopf für den verdammten Käfig gefunden habt!«, knurrte er ins Mikro.

»Sorry.« Neds Stimme drang reichlich betreten in sein Ohr. »Offensichtlich darf immer nur ein Käfig unten sein. Ich konnte den in deiner Kammer nicht auslösen, weil unser Versuchsobjekt vom Anfang noch unten war. Erst als ich den gerade hochgefahren hab, konnte ich einen zweiten auslösen. Tut mir leid.«

Jamie rollte mit den Augen. »Ja, klar! Gib es doch zu, du wolltest nur meine Reflexe testen!«

Ned lachte. »Genau! Das alles war exakt so von mir geplant.

Ich weiß doch, wie sehr du auf ein bisschen Action stehst. Es wär dir doch viel zu langweilig, wenn alles nach Plan laufen würde.«

»Danke!« Jamie schnaubte. »Nur leider hat mich die ganze Aktion zwei kostbare Heiltränke gekostet.«

Bevor sie das Spiel betreten hatten, hatte Ned ihren Vorrat an helfenden Tränken per Cheat aufgestockt, doch mehr als sechs Reagenzröhrchen ließ das Spiel als Inventar in den Gürteltaschen nicht zu. Ned hatte jedem von ihnen fünf Heiltränke und einen Rückwandlungstrank verpasst, sodass jeder theoretisch einmal sterben konnte, ohne das Spiel verlassen zu müssen. Da der Rückwandlungstrank erst funktionierte, nachdem man als Spieler bereits auf die Seite des Bösen gewechselt hatte, und der Trank dann von einem Mitspieler verabreicht werden musste, um wieder auf die Seite des Guten zurückzukönnen, hatte Jamie seinen Trank mit Zack gegen einen weiteren Heiltrank eingetauscht. Sie hofften, dass er es mit sechs Möglichkeiten der Selbstheilung bis ans Ende des Labyrinths schaffen würde.

»Das passt schon«, meinte Zack zuversichtlich. »An den nächsten beiden Blitzen können wir dich ganz gut vorbeilotsen. Es gibt zwar noch zwei weitere Kammern, die du durchqueren musst, aber da wir ja jetzt wissen, wie die Käfige funktionieren, sollte das eigentlich kein Problem sein.«

Es ratterte, als Ned den nutzlosen Käfig wieder an die Decke fahren ließ.

»Na, dann los.« Jamie stieß sich von der Wand ab. Die kurze Pause hatte seinem Avatar gutgetan. Seine Lebensenergie war vollständig regeneriert und seine Augen hatten sich an das Dämmerlicht gewöhnt. Er blickte den Gang entlang, der keine drei Meter vor ihm als Sackgasse endete. »Wo muss ich lang?«

Kapitel 22

Jemma war nicht mehr sonderlich überrascht, als die Bibliothek von Abberton Hall sie mit den allgegenwärtigen dunklen Möbeln, grünem Teppichboden und schweren Tartanvorhängen empfing. Nach drei Tagen in dieser düsteren, traditionslastigen Umgebung sehnte sie sich nach ihrem Zuhause in London mit seinen hellen, offenen Räumen, in denen man sich nicht wie begraben vorkam. Obwohl sie zugeben musste, dass die Bibliothek nicht ganz so erdrückend erschien wie der Rest des Hauses, doch das lag wohl vor allem daran, dass Jemma alte, gedruckte Bücher sehr gern hatte. Sie las zwar in der Regel wie die meisten Menschen auf ihrem E-Book-Reader, weil es einfach praktischer war, aber sie konnte nicht leugnen, dass gedruckte Bücher einen besonderen Zauber besaßen. Daher gefiel ihr die Bibliothek mit ihren hohen Regalen, in denen unzählige Werke hübsch ordentlich aufgereiht standen, sofort. Zudem verbreiteten die kleinen gedämpften Leselampen mit ihrem warmen Licht fast so was wie Gemütlichkeit. Vor den Regalen standen Ledersessel und luden zum Lesen ein, ein breites Fenster bot einen Ausblick auf den umliegenden Wald, der durch die dichten Regenschleier allerdings kaum auszumachen war, und in einer Ecke stand ein schwerer Tisch mit mehreren Stühlen. Emilia hatte sich dort mit einem Laptop, einem E-Book-Reader und zwei alten, in Leder gebundenen Büchern niedergelassen und sah überrascht auf, als ihr Bruder und Jemma eintraten.

»Was wollt ihr denn hier?«

»Und du? Was tust du hier?«, tat Finley ebenfalls erstaunt.

Emilia bedachte ihn mit einem wichtigtuerischen Blick. »Nicht, dass es dich etwas angehen würde, aber ich arbeite an einem Essay für meinen Literaturkurs. Professor Gray war so nett, mir eine Studienaufgabe über die Ferien zu geben – für ein paar Extrapunkte auf dem Abschlusszeugnis nächstes Schuljahr. Manche Leute nutzen ihre freie Zeit eben für förderliche Dinge, anstatt sie sinnfrei zu vertrödeln.« Sie lächelte herablassend. »Aber davon hast du ja keine Ahnung. Wundert mich ohnehin, dass du den Weg in die Bibliothek gefunden hast. Was willst du hier?« Ihr Blick wanderte zu Jemma. »Und dann auch noch mit ihr. Gab es etwa Zoff im Paradies von ewiger Freundschaft und Glückseligkeit?« Ihre Augen funkelten boshaft, als sie Jemma musterte. »Oder warum gibst du dich plötzlich mit meinem Bruder ab?«

Jemma zuckte nur unverbindlich mit den Schultern. »Er hat mich zu einer Partie Schach eingeladen.«

Emilia zog anzüglich eine Augenbraue hoch und sah von ihr zu Finley. »Na, was Sally wohl dazu sagen wird, wenn sie das erfährt? Nicht, dass sie dann womöglich die Einladung in die Sommerresidenz nach Malta zurückzieht. Rothaarige können ja angeblich sehr temperamentvoll sein und ich fände es wirklich äußerst unerträglich, wenn ich deine Anwesenheit hier für den Rest des Sommers erdulden müsste.«

Finley ging nicht auf ihr Gestichel ein und trat stattdessen hinter sie, um zu sehen, ob sie wirklich für die Schule arbeitete. »*Die Rolle der Frau bei Shakespeare*. Das wird dein Essay?« Er griff sich einen der Lederbände vom Tisch und las den Titel. »*Macbeth*.« Er warf einen Blick auf das geöffnete Dokument in ihrem Laptop und lachte auf. »Lady Macbeth – war ja klar! Ein von Macht und Ehrgeiz besessenes Weib. Warum wundert mich deine Wahl nicht?« Er trat an eins der Bücherregale, zog ein weiteres Shakespearewerk heraus und warf Emilia *King Lear* auf den Tisch. »Goneril und Regan dürften dir auch mächtig gut gefallen. Zwei heimtückische Schwestern, die die Heuchelei zur Perfektion getrieben haben und gierig ihren Vater abzocken. Das ist doch auch genau deine Kragenweite!«

»Danke«, gab Emilia biestig zurück. »Aber ich denke nicht, dass ich ausgerechnet von dir irgendeine Inspiration für meine Arbeit brauche.« Sie machte eine wegscheuchende Handbewegung. »Nerv mich einfach nicht und geh von mir aus Schach spielen, wenn du dich unbedingt im gleichen Raum aufhalten musst wie ich.« Sie warf Jemma einen herablassenden Blick zu. »Das Gleiche gilt für dich. Oder hast du etwa auch das dringende Bedürfnis, mir noch ein paar Literaturtipps zu geben? Lass mich raten: So verliebt, wie Dunningtons Spross in dich ist, wäre das wahrscheinlich *Romeo & Julia* in seiner ganzen tragischen Romantik, was?«

Jemma hatte nicht die geringste Lust, sich von Emilia provozieren zu lassen. Sie waren nur hier, um sie im Auge zu behalten, und wenn es nach ihr ging, durfte das vorzugsweise schweigend passieren. Dennoch wollte sie Emilias Gehässigkeit nicht einfach so auf sich sitzen lassen.

»Selbstmorddramatik ist nicht mein Ding. Sich umzubringen, aus welchen Gründen auch immer, ist nicht romantisch, sondern einfach nur unverzeihlich, weil man seiner Familie und seinen Freunden damit unbeschreiblich wehtut.«

»Oh weh. So harsche Kritik an einer der größten Liebesgeschichten aller Zeiten?« Emilia schürzte spöttisch die Lippen. »Und ich dachte, du wärst eine echte Romantikerin.«

Jemma zuckte nur mit den Schultern. »Das kommt wohl darauf an, was man unter Romantik versteht. Die schnulzigen Worte eines toten Dichters, der im Selbstmord den ultimativen Liebesbeweis gesehen hat, gehören für mich jedenfalls nicht dazu. Ich finde es entschieden romantischer, dass *Liebe* bei Google deutlich mehr Treffer hat als *Hass*. Und zwar in allen

Sprachen. Das lässt mich eher an die Romantik glauben und daran, dass in dieser Welt doch irgendwas richtig läuft. Aber ich gebe zu, das ist Geschmacksache und darüber zu streiten, ist absolut vergebliche Liebesmüh.« Sie wandte sich zu Finley und nickte zum Fenster, vor dem ein edles Schachbrett aufgebaut war. »Komm, lass uns spielen.«

Jamie presste die Lippen aufeinander und sah auf den letzten Heiltrank in seiner Hand.

»Nur noch diese Kammer«, klang Neds Stimme aus dem Kopfhörer. »Dann hast du es geschafft.«

»Das Problem ist, dass die Kammer winzig ist«, sagte Zack. »Höchstens drei mal drei Meter und wir können von hier aus nicht sehen, wie viele Kugelblitze da drin sind. Der Lichtschein, der raus flackert, ist aber verdammt hell. Es wird also wohl mehr als einer sein, fürchte ich.«

»Na super.« Jamie spürte ein nervöses Kribbeln im Bauch. Er war jetzt so weit gekommen. Das hier durfte einfach nicht schiefgehen! Verbissen krallte er seine Finger um das kleine Reagenzröhrchen. »Wo ist die Bodenplatte?«

»Von dir aus rechts.«

»Und der Ausgang aus dem Labyrinth?«

»Direkt gegenüber vom Eingang.«

»Okay.« Jamie atmete tief durch. »Ich bin bereit.«

»Du schaffst das!«

Zack biss sich auf die Unterlippe. Er aktivierte die Wand und verfluchte, dass er und Ned zu weit entfernt waren, um Jamie sehen zu können. Die einzige Orientierung, die sie im Labyrinth noch hatten, war ihr Lageplan auf der Schaltfläche.

Jamie hörte das mittlerweile vertraute Schleifen von Stein

auf Stein, als die Mauer vor ihm langsam zur Seite glitt. Grelles Licht fiel durch den Spalt und bohrte sich schmerzhaft in seine Augen.

Verdammt!

Zack hatte recht. So hell, wie es in der Kammer war, musste dort auf jeden Fall mehr als ein Kugelblitz drin sein. Und wenn sie wirklich so klein war, wie Zack sagte, würden seine Gegner ihm seine Lebensenergie rauben, sobald er den Raum betrat.

Er blinzelte ein paar Mal, um seine Augen an die Helligkeit zu gewöhnen, dann trat er entschlossen durch die Maueröffnung. Sofort schwebten zwei gleißende Kugelblitze auf ihn zu und er riss eine Hand hoch, um seine Augen zu schützen.

Wo war die Bodenplatte?

Das Licht tat so weh, dass er die Augen immer wieder zusammenkneifen musste.

Verdammt, wo?

Da! Keinen Meter rechts von ihm!

Rasch brachte er die dunkle Bodenplatte zwischen sich und seine Gegner und sah, dass seine Armschelle sich bereits gelb verfärbt hatte.

Shit, das hier würde verflucht knapp werden.

Die beiden Blitze zuckten näher, das Flackern machte ihn fast blind und das Knistern schmerzte in seinen Ohren. Er presste sich an die Wand der Kammer, so weit weg, wie es ging. Die Blitze waren jetzt kaum noch anderthalb Meter von ihm entfernt. Die Farbe seiner Armschelle rutschte von Gelb ins Orangefarbene und er stürzte hastig seinen letzten Heiltrank hinunter.

Ned und Zack standen auf der Empore und konnten nichts tun, als abzuwarten und in die Richtung der letzten Kammer zu starren, aus der ein hektisches Flimmern in die Höhe drang.

Angespannt ballte Zack seine linke Hand zur Faust. Die Finger der rechten lagen auf dem Grundriss des Labyrinths, bereit, den letzten Durchgang sofort zu öffnen, sobald Jamie sein Okay gab.

Aber er hatte nur noch einen Heiltrank. Was, wenn das nicht ausreichte?

Jamie blickte nervös auf seine Armschelle. Der Heiltrank hatte seine Lebensenergie zwar wieder aufgeladen, doch die Kugelblitze waren ihm inzwischen so nahe, dass sie ihm die zurückgewonnene Energie fast genauso schnell wieder raubten.

Aber sie hatten die Bodenplatte fast erreicht.

»JETZT!« Jamie schrie, so laut er konnte, in der Hoffnung, dass die elektrische Spannung um ihn herum sein Funkgerät nicht komplett stören würde.

Mehr als ein unverständliches Knarzen drang nicht aus dem Headset, doch das war Ned Aufforderung genug und er drückte den Knopf. Augenblicklich ertönte das vertraute Rattern und er und Zack sahen, wie der Käfig von der Decke herabfiel und krachend in der letzten Kammer landete. Nervös tauschten sie einen kurzen Blick.

Hatte es funktioniert?

Hatte der Käfig die Blitze erwischt?

Und was war mit Jamie?

Aus ihren Headsets drang nur Knistern, Knacken und statisches Rauschen.

»Ich mach ihm die Tür auf.« Zack spürte seinen Herzschlag gegen seine Rippen hämmern.

Ned nickte stumm und beide starrten über das Labyrinth hinweg zur letzten Kammer ohne den Hauch einer Ahnung, was dort unten vor sich ging. Der Käfig würde die Gegner zwar gefangen halten, doch er hinderte sie nicht daran, Jamie weiter seine Lebensenergie auszusaugen. War er noch stark genug, um sich in Sicherheit zu bringen und aus dem Labyrinth zu entkommen?

»Komm schon«, murmelte Zack. »Du kriegst das hin. Hau einfach aus dieser beschissenen Kammer ab!«

Jamie keuchte. Das gleißende Licht flimmerte so heftig vor seinen Augen, dass es ihn selbst durch die geschlossenen Augenlider noch blendete. Der Käfig hatte die Kugelblitze eingesperrt und er konnte die Kammer nun gefahrlos verlassen, ohne dass sie ihm folgen konnten. Doch seine beiden letzten Gegner schienen stärker als alle zuvor und raubten ihm seine Lebensenergie besonders schnell. Er musste aus dieser Kammer raus!

Wo also war der verdammte Ausgang?

Er tastete sich zwei schwerfällige Schritte vorwärts und öffnete seine brennenden Augen einen kleinen Schlitz weit.

Da!

Verschwommen nahm er einen dunklen Umriss in der gleißenden Helligkeit wahr. Das musste die Öffnung sein! Sein Ausgang aus diesem elenden Labyrinth.

Schritt für Schritt kämpfte er sich darauf zu und wagte es nicht, auf seine Armschelle zu sehen aus Angst vor dem, was sie ihm anzeigen würde. Er musste es schaffen! Er musste!

Weiter, einfach weiter!

Er spürte, wie er schwankte, wie seine Beine ihn kaum noch tragen wollten.

Nein!

Nicht so kurz vor dem Ziel! Da vorne war der Durchgang! Er hatte ihn schon fast erreicht.

Verbissen zwang er einen Fuß vor den anderen. Musste sich auf jeden Schritt konzentrieren und wünschte sich plötzlich, er hätte seine Krücken, die ihm sonst beim Laufen halfen.

Weiter! Nur weiter!

Ihm war schwindelig und er schloss die Augen, stolperte trotzdem weiter vorwärts, hatte das Gefühl, in ein Loch zu treten, als sein linkes Bein unter ihm nachgab. Er strauchelte – und seine Hand stieß gegen kalten Stein. Er riss die Augen auf und starrte in gähnende Schwärze.

Der Ausgang!

Erleichtert krallte er seine Finger in die Mauer und zog sich mit letzter Kraft durch die Öffnung. Raus aus der schmerzenden Helligkeit, hinein ins sanfte Dunkel. Blind stieß sein Fuß gegen eine Treppenstufe und seine Beine gaben endgültig unter ihm nach. Erschöpft ließ er sich zu Boden sinken.

»Mauer zu!«, keuchte er und sah, dass seine Armschelle in tiefem Rot leuchtete.

Auf der Empore ließ ein lautes Knacken aus ihren Kopfhörern Zack und Ned erschrocken zusammenfahren.

»… zu!«, drang durch das statische Rauschen und Zack wurde fast schlecht vor Erleichterung. Sofort aktivierte er das Mauerteil, das den Ausgang des Labyrinths verschloss.

»Er hat es geschafft!« Begeistert hob Ned die Hand für ein High-Five.

Zack schlug ein und sah, wie sich der Durchgang auf dem Lageplan vor ihm schloss. Jamie war in Sicherheit. Die Kugelblitze konnten ihm keine Energie mehr rauben. Trotzdem hatte Zack noch ein nervöses Kribbeln im Magen. Die unteren Stufen der Treppe, die von Labyrinth auf die Plattform mit dem Buzzer führte, waren von der Empore aus nicht zu erkennen und er konnte Jamie noch immer nicht sehen.

»Jamie? Wie schlimm ist es?«, fragte er ins Mikro.

»Ziemlich rot«, kam die matte Antwort zurück und man konnte hören, wie schwer ihm das Sprechen schwerfiel.

»Ruh dich kurz aus und regeneriere deine Kräfte«, sagte Ned.

»Du musst nur noch die Treppe hoch und oben den Buzzer drücken, dann hast du es geschafft.«

Ja … nur kurz ausruhen, bis sein Körper sich nicht mehr bleischwer anfühlte und jede Bewegung unerträglich anstrengend war. Müde schloss Jamie die Augen und gönnte ihnen Erholung nach dem brennenden Licht. Die Dunkelheit tat so unendlich gut.

Etwas knackte irgendwo unter ihm.

Er musste ja nicht warten, bis seine gesamte Energie zurück war. Er brauchte nur genug, um die Stufen hinaufsteigen zu können.

Wieder ein Knacken. Und er hatte das Gefühl zu schwanken.

Kam das immer noch von seiner niedrigen Lebensenergie?

Er öffnete die Augen und warf einen Blick auf seine Armschelle. Hellrot. Also ging es ihm eigentlich schon wieder besser. Woher kam dann das seltsame Schwanken?

Mühsam setzte er sich auf und spürte, wie ein Zittern durch die Stufen ging, auf denen er zusammengesackt war.

Irgendetwas stimmte hier nicht.

Nervös schaute er sich um. Die Treppe zum Podest war einen knappen Meter breit und führte zehn, zwölf Stufen hinauf. Rechts und links neben ihr gähnte ein schwarzer Abgrund, den er zuvor gar nicht wahrgenommen hatte, weil er nach dem grellen Licht in der Kammer völlig blind gewesen war. Hastig wich er in die Mitte der Stufe zurück und sah den tiefen Riss, der sich durch den Stein zog, auf dem er hockte. Sein Herz stolperte.

Die Treppe brach unter ihm weg! Schon zerbröckelte die unterste Stufe und fiel in die endlose Tiefe.

»Oh shit!«

So schnell er es in seinem Zustand konnte, stemmte er sich

auf die Beine und kämpfte sich eine Stufe nach der anderen die Treppe hinauf.

Ein unheilvolles Heulen drang aus dem Abgrund und ließ ihm das Blut in den Adern gefrieren.

Verdammt, verdammt, verdammt!

Fürchtet die Finsternis! Bleibt im Licht!

Die Warnung von Eliza!

Irgendeine Abscheulichkeit tauchte aus der Tiefe zu ihm auf und wenn sie ihn jetzt angriff, war er viel zu schwach, um sich zu wehren! Seine einzige Chance war die Plattform mit dem Buzzer, denn die lag in einem Kreis aus schützendem Licht.

Also los, hoch!

Doch seine Beine waren noch immer bleischwer. Die kurze Pause, die man ihm gegönnt hatte, hatte bei Weitem nicht ausgereicht, um seine Lebensenergie wieder auf ein sicheres Level zu bekommen. Jeder Schritt schien ihn mehr Kraft zu kosten, als er noch hatte.

»Jamie?« Zacks besorgte Stimme drang verzerrt aus dem Knopf in seinem Ohr. »Was ist los? Was war das für ein Heulen?«

Jamie presste die Lippen aufeinander. Er kämpfte sich eine weitere Stufe hinauf und versuchte nicht auf den Riss zu starren, der sich neben seinen Füßen durch den Stein fraß. Er konnte – er wollte Zack nicht antworten. Damit würde er ihn nur völlig verrückt machen. Außerdem kostete das Sprechen unnötig Energie, von der er ohnehin nicht mehr viel hatte.

Weiter! Einfach weiter! Die Hälfte hast du schon!

Erneut ertönte das widerliche Heulen aus dem Abgrund. Lauter diesmal und erschreckend nah. Aus dem Augenwinkel sah Jamie Bewegungen in der Dunkelheit unter sich. Pechschwarze Tentakel schlängelten sich zu ihm empor und krochen über die untersten Stufen.

»Verdammt, was ist da los?« Eigentlich war Zack erleichtert gewesen, als Jamies Gestalt endlich auf den Treppenstufen aufgetaucht war.

Doch dann erklang das fürchterliche Heulen.

»Irgendwas greift ihn an!« Ned ballte die Fäuste. »Und die Treppe löst sich auf! Mann, hoffentlich packt er das … Er hatte nie im Leben genug Zeit, um sich vollständig zu regenerieren!«

Nicht mal annähernd, schoss es Zack durch den Kopf und er fuhr geschockt zusammen, als plötzlich schwarze Fangarme aus der Dunkelheit neben der Treppe schossen und nach Jamie greifen wollten.

Es waren nur noch sechs – fünf – Stufen durch die Dämmerung hin zum rettenden Licht. Die schwarzen Tentakel verfehlten ihn, griffen aber sofort erneut an. Atemlos verfolgten Zack und Ned das grausame Schauspiel. Mühsam kämpfte Jamie sich zwei weitere Stufen hinauf, doch dann brachten die Fangarme ihn zu Fall. Ein triumphierendes Heulen schallte durch die Halle und Zacks Herz raste.

Keuchend schlug Jamie auf den Steinstufen auf. Heftiger Schmerz schoss durch seinen Körper und er wusste, dass er nicht mehr die Kraft hatte, sich zurück auf die Füße zu kämpfen. Er sah hinauf zur Plattform. Nur noch drei Stufen, dann war er in Sicherheit. Er streckte sich, ignorierte die tiefrote Armschelle, klammerte seine Finger in die letzte Stufe und zog sich hoch. Seine Arme zitterten vor Anstrengung, doch er kam dem sicheren Podest ein gutes Stück näher.

Wieder brach eine Stufe unter seinen Füßen weg und etwas Eisiges streifte seine Beine.

Nicht jetzt! Nicht so kurz vor dem Ziel!

Das Heulen dröhnte in seinen Ohren und er sah die schwarzen Fangarme erneut auf sich zupeitschen. Verzweifelt riss er die

Arme hoch und zog seinen Oberkörper hinein in den rettenden Lichtkreis auf der schmalen Plattform. Etwas kreischte wütend auf, als er seine Beine nachzog. Völlig erschöpft blieb er auf den kalten Steinplatten liegen. Wieder kreischte es in der Finsternis.

Verbissen rappelte er sich so weit auf, dass er seine Hand nach dem Steinblock ausstrecken konnte, auf dem sich der rote Buzzer befand. Nur noch drücken und diesem Level endlich ein Ende bereiten. Seine Armschelle leuchtete tiefrot und seine Beweglichkeit war mittlerweile so stark eingeschränkt, dass seine Hand sich nur unendlich langsam dem verdammten Knopf näherte.

Nur noch ein kleines Stück!

Seine Sicht verschwamm vor seinen Augen, aber seine Finger hatten den Buzzer fast erreicht, streiften ihn schon –

Ein schwarzer Tentakel schoss wie aus dem Nichts hervor, wickelte sich um Jamies Handgelenk und riss seine Hand fort. Die Bestie schrie und ihr Fangarm zerfiel im Licht zu Staub.

Jamie keuchte auf. Eisiger Schmerz kroch seinen Arm hinauf. Die Finsternis hatte ihn berührt und sein Avatar war zu geschwächt, um dem noch irgendetwas entgegensetzen zu können. Seine Sicht wurde trübe, neblig, dunkel.

Er wusste, dass er sterben würde, aber das war egal. Zack würde ihn zurückholen.

Mit letzter Anstrengung riss er seinen schmerzenden Arm hoch und drückte den Buzzer. Dann wurde alles um ihn herum schwarz.

Kapitel 23

Eher unmotiviert als mit irgendeinem strategisch schlauen Hintergedanken schob Jemma ihren Springer über das Schachbrett. Sie kannte zwar die Regeln, wirklichen Gefallen hatte sie an dem Spiel aber nie finden können. Doch als Tarnung, um in der Bibliothek sitzen und so Emilia und Finley im Auge behalten zu können, war es durchaus praktisch. Aber leider auch todlangweilig.

Genau wie Emilias Beschattung. Nach dem anfänglichen kurzen Wortgefecht hüllte sie sich nun in Schweigen und außer dem Klappern ihrer Laptoptasten und dem gelegentlichen Blättern in einem der alten Bücher war nichts von ihr zu hören. Sie schien sich wirklich in ihr Shakespeare-Essay vergraben zu haben.

Jemma beobachtete sie unauffällig.

Wie abgebrüht musste man sein, wenn man das Ableben des eigenen Großvaters eingeleitet hatte, jetzt kaltblütig auf seinen Tod wartete und dabei völlig ungerührt Hausaufgaben machte, als wäre nichts geschehen?

Sie spürte, wie ihr ein Schauer über den Rücken lief. Um sich abzulenken, warf sie einen Blick auf die Uhr. Seit fast einer Stunde quälten sie und Finley sich nun schon durch dieses öde Spiel und betrieben leise belanglosen Smalltalk, um ihre Scharade aufrecht zu erhalten. In Gedanken war Jemma dagegen bei den anderen und hoffte nichts mehr, als dass entweder Will und sein Dad oder Ned, Zack und Jamie den alten McLean endlich fanden. Doch das Handy in ihrer Hosentasche schwieg beharrlich. Obwohl das Mobilfunknetz noch immer nicht wieder hergestellt war, funktionierte zumindest das interne Netz des Haustelefons einwandfrei und Will hatte ihr eins der Mobilteile aus den Gästezimmern mitgegeben.

Für alle Fälle.

Ihr persönlich wäre der Fall am liebsten gewesen, bei dem Will anrief und ihr sagte, dass sie McLean gefunden hatten. Verdrossen schaute sie aus dem Fenster hinaus in den Regen. Der Sturm hatte etwas nachgelassen, dafür schüttete es immer noch wie aus Eimern.

So langsam konnte Petrus mal ein Einsehen haben.

Sie seufzte und blickte zu Finley. Auch er schien mit seinen Gedanken nicht beim Spiel zu sein, denn anstatt auf dem Schachbrett seinen nächsten Zug zu planen, beobachtete er seine Schwester und sah Jemma dann plötzlich durchdringend an.

»Ich glaube, ich weiß, wie wir die Position von meinem Großvater herausfinden«, wisperte er ihr so leise zu, dass Emilia ihn nicht hören konnte.

Alarmiert setzte Jemma sich auf und schüttelte stumm den Kopf. Bisher hatte Finley sich an ihre Absprache gehalten, doch so langsam schien ihm das stupide Beschatten seiner Schwester zu langweilig zu werden. Was zum Teufel hatte er jetzt vor?

»Vertrau mir und spiel einfach mit, okay?«

Wähle eine Option:

Kehre zum Beginn des Levels zurück.

Kehre verwandelt an den letzten Standort zurück.

Spiel verlassen.

Cybernetz verlassen.

Die Buchstaben flimmerten weiß im Schwarz vor seinen Augen und Jamie hörte die nüchterne Computerstimme in seinem Kopf. Er war also tatsächlich im Spiel gestorben. Nur weil der blöde Fangarm ihn so kurz vor dem Ziel doch noch erwischt hatte. Aber sich darüber lange aufzuregen brachte nichts. Er wusste, dass er den Buzzer noch hatte drücken können, also hatte er sein Ziel erreicht und das Labyrinth war entschärft. Zack und Ned konnten gefahrlos zu ihm gelangen und er konnte auf der Seite des Bösen dorthin ins Spiel zurückkehren, wo er gestorben war. Zack würde ihm dann schon den Rückwandlungstrank verpassen.

Also wählte er: *Kehre verwandelt an den letzten Standort zurück* – und wartete ab, was nun mit ihm passieren würde.

Will fuhr sich müde über die Augen. Das Suchprogramm, das sein Dad für die Datenbank von *House of Nightmares* geschrieben hatte, arbeitete hervorragend und sie kamen bei der Suche nach McLean schneller voran, als sie zu hoffen gewagt hatten. Mit etwas Glück würde es nun nicht mehr lange dauern, bis das Programm die richtige Tabelle aus dem Wust an Informationen herausgefunden hatte und das nervige Prüfen der Daten, die es ihnen ausspuckte, endlich vorüber wäre.

Er streckte sich und nahm aus den Augenwinkeln eine Bewegung auf dem Doppelbett wahr, auf dem Ned, Zack und Jamie es sich bequem gemacht hatten, bevor sie zurück ins *House of Nightmares* gegangen waren. Überrascht wandte er sich um. Er hatte nicht damit gerechnet, dass die drei nach nicht mal anderthalb Stunden schon wieder aus dem Spiel kommen würden.

Jamies Hände zuckten erneut, doch er griff sich nicht an die Schläfen, um seine CyberSpecs vom Kopf zu ziehen, sondern fuhr nur unruhig über die Tagesdecke. Irritiert beobachtete Will das untypische Verhalten. Normalerweise schaltete die Cybertechnik die Bewegungen eines Spielers in der realen Welt aus, damit niemand wie ein Schlafwandler durch die Gegend laufen und sich oder andere verletzen konnte. Befand sich ein Bewusstsein in der CyberWorld, lag der Körper eigentlich reglos da. So wie Ned und Zack. Jamies Hände dagegen glitten weiter fahrig über die Decke.

Beunruhigt stand Will auf und ging zum Bett hinüber. »Dad, ist das okay?«

Dunnington schaute von seinem Bildschirm auf. Jamie stöhnte leise und krallte seine Finger in die Tagesdecke. Sein Kopf zuckte und sein Atem ging schneller. Stirnrunzelnd trat Dunnington zu ihm. »Das ist in der Tat ungewöhnlich.«

»Was ist los mit ihm?«

Wieder wischten Jamies Hände ruhelos über die Decke und Dunnington fasste vorsichtig danach. Sie waren eiskalt. Sofort wehrte Jamie sich gegen den Griff, keuchte auf, fauchte und wurde noch unruhiger. Schnell gab Dunnington ihn wieder frei.

»Glaubst du, er hat einen Krampfanfall?«, fragte Will besorgt. »Ich hab ihn bei so was noch nie gesehen. Sollen wir ihn aus dem Spiel holen? Oder Zack? Er weiß mit Sicherheit, was wir tun müssen.«

Sein Vater schüttelte den Kopf. »Sein Körper krampft nicht, er ist nur unruhig.« Sacht legte er zwei Finger an Jamies Halsschlagader. »Sein Puls geht schnell, aber regelmäßig.« Dunnington ließ seine Hand in Jamies Nacken gleiten. »Und er fühlt sich klamm an.«

»Und was bedeutet das?«

»Wenn er schlafen würde, würde ich sagen, er hat einen Albtraum.«

»Aber er schläft nicht!« Will deutete auf Ned und Zack, die weiter reglos dalagen. »Die drei haben zwar gesagt, dass das Spiel manchmal heftig ist, aber die beiden verhalten sich trotzdem ganz normal.«

»Vielleicht sind sie getrennt worden.«

Will sah seinen Vater mit einem unguten Gefühl an. »Und du glaubst, dass Jamie jetzt irgendeinen Horror alleine durchstehen muss?«

»Das können wir nur raten.« Dunnington beobachtete Jamie mit ernstem Blick. »Ich hoffe nicht. Denn wenn der Horror in einem CyberGame so beängstigend ist, dass ein Spieler sich sogar gegen die Bewegungsblocker der Cybertechnik auflehnt, um ihm zu entkommen, geht dieses Spiel ganz eindeutig zu weit.«

MUSS ICH ES DIR NOCH EINMAL SAGEN? STEH AUF! SIE KOMMEN! AUF DIE BEINE! SOFORT!

Zack und Ned rannten quer durch das ehemalige Labyrinth. Nachdem Jamie mit letzter Kraft den Knopf gedrückt hatte, waren alle Kugelblitze erloschen und die Mauern hatten sich mit lautem Rumpeln zur Seite bewegt, sodass in der Mitte des Irrgartens ein breiter Korridor entstanden war.

SCHNELLER, LOS! ZIEH DEINE WAFFE! DU MUSST SIE TÖTEN! – WAS, DU WEIGERST DICH? HAST DU EINE AHNUNG, WELCHE STRAFE ES FÜR UNGEHORSAM GIBT? ***SCHMERZEN!*** *– OH, DAS IST DIR EGAL? GUT, DANN SOLLST DU SIE HABEN!*

Verbissen hetzte Zack dicht gefolgt von Ned durch den Gang. Er hatte keine Ahnung, was mit Jamie passiert war. Er wusste nur, dass er so schnell wie möglich zu ihm musste.

NA, WIE HAT DIR DAS GEFALLEN? WIRST DU JETZT EIN BRAVER BÖSER

JUNGE SEIN? ***ZIEH DEINE WAFFE!*** *SONST MÜSSEN WIR NOCH DEUTLICHER WERDEN.*

Da! Keine zehn Meter vor ihnen entstand gerade die Treppe neu, die sich unter Jamie aufgelöst hatte. Würde ihnen das Gleiche drohen, wenn sie die Stufen betraten? Grimmig schüttelte Zack den Gedanken ab. Das spielte keine Rolle! Jamie war geschwächt gewesen, als er sich hochgekämpft hatte. Ned und er hatten ihre volle Energie. Sie würden die paar Stufen im Nu überwunden haben. Völlig egal, ob die Treppe hielt oder das Böse ihnen Ärger machen wollte!

NUR DAS MICKRIGE MESSER? TZ, TZ, TZ … WAS SOLL DENN DAS? WER TÖTET SEINE FEINDE DENN MIT EINEM MESSER, WENN ER AUCH EINE LASERPISTOLE ODER ZUMINDEST EINE MACHETE NEHMEN KÖNNTE? IST DAS DER ARMSELIGE VERSUCH EINER REBELLION? GEGEN ***UNS****?! JUNGE, DU HAST KEINE AHNUNG, WORAUF DU DICH DA EINLÄSST.*

Hastig sprangen Zack und Ned die Stufen hinauf zum Podest.

GREIF SIE AN! *ODER DU WIRST HORROR UND SCHMERZEN ERFAHREN, WIE DU SIE DIR NICHT EINMAL IN DEINEN GRAUSAMSTEN ALBTRÄUMEN AUSMALEN KÖNNTEST!*

Sie erreichten die Plattform, auf der Jamie leblos zusammengesackt war. Jetzt empfing er sie jedoch ziemlich lebendig – und mit seinem Messer in der Hand.

TÖTE SIE! SOFORT!

Drohend zuckte Jamies Hand nach oben und er stieß einen warnenden Laut aus.

»Jamie, wir sind es.« Beschwichtigend hob Zack die Hände. Er suchte Jamies Blick und erschrak, als er sah, dass seine Augen in einem gefährlichen Rot funkelten. Unstet flackerte sein Blick zwischen ihm und Ned hin und her. »Wir helfen dir. Lass das Messer fallen, dann geben wir dir den Rückwandlungstrank.«

Hör nicht auf ihn! Sie wollen dich vergiften! Wehr dich! Greif sie an! TÖTE SIE!

Die Stimmen in seinem Kopf taten weh und brachten ihn völlig durcheinander. Er wusste, dass er tun sollte, was sie sagten. Aber er wollte niemanden töten! Es war falsch.

Oder nicht?

Doch! Auf jeden Fall! Er musste sich gegen die Befehle wehren!

Aber er konnte nicht. Diese grässlichen Stimmen waren einfach zu stark. Hatten die Kontrolle über seinen Körper übernommen. Zwangen ihn, zu gehorchen. Und es war so verdammt anstrengend, sich gegen die fremde Macht zu wehren.

Zu anstrengend.

Er hatte eine Waffe greifen müssen. Die stechenden Schmerzen in seinem Kopf hätten ihn sonst völlig um den Verstand gebracht. Das Messer – eine Notlösung. Ein erbärmlicher Kompromiss. Damit würde er nicht viel Schaden anrichten können.

Hoffentlich.

Du sollst sie töten! SOFORT!

Erneut schoss ein stechender Schmerz durch seinen Kopf und verschleierte seine Sicht. Zu lange schon zögerte er und dafür verdiente er eine Bestrafung. Die Stimmen waren unerbittlich. Schrien, kreischten in seinem Kopf. Würden keine Ruhe geben, bis er tat, was sie von ihm verlangten. Verzweifelt stieß er das Messer in Richtung der Gestalt, die ihm so seltsam vertraut erschien, die er eigentlich mochte … liebte – und dennoch spürte er plötzlich eine unerklärliche Wut auf sie.

Zack wich dem Angriff ohne große Probleme aus. Jamies Armschelle leuchtete orange und seine Bewegungen waren noch unsicher und ungelenk. Anscheinend dauerte es eine Weile, bis man nach einer bösen Wiedergeburt seine Energie regeneriert hatte. Zack lief es kalt den Rücken hinunter. Es war gruselig, Jamie so zu sehen. Sein Gesicht war zu einer Grimasse verzerrt und er schien unfähig, mehr als boshaftes Knurren und Fauchen von sich zu geben. Er wirkte gequält, gehetzt, voller Wut, Hass und Schmerz und die sonst strahlend grünen Augen, die Zack so liebte, blitzten jetzt in grausamem Rot.

TÖTE SIE! TÖTE SIE!

Erneut stieß Jamie mit dem Messer nach ihm und Zack zuckte zusammen, als Ned ihn am Arm packte und ein Stück von Jamie fortzog. »Er ist jetzt böse, Zack. Ein Gegner, vergiss das nicht! Seine Waffen können uns verletzen und töten.«

Zack presste die Lippen aufeinander und nickte. Ned hatte recht. Er hatte zwar keine Ahnung, wie das Spiel Jamie dazu brachte, sich gegen seine Freunde zu wenden, aber er wusste, dass der echte Jamie noch irgendwo in diesem Cyberkörper stecken musste, und er war fest entschlossen, das Böse, das sich ebenfalls in den Avatar eingeschlichen hatte, so schnell wie möglich wieder auszutreiben.

TÖTE SIE!

Wieder näherte Jamie sich und versuchte mit dem Messer zuzustechen, während Zack und Ned weiter zurückwichen.

»Er ist noch schwach.« Ned wies auf die Armschelle. »Er hat noch nicht seine volle Energie.«

Zack nickte. »Wenn wir schnell sind und den Arm mit dem Messer zu fassen kriegen, können wir ihn zu Fall bringen. Jamie ist schon einem von uns unterlegen. Wenn er als sein böser Zwilling nicht gerade Superkräfte verpasst bekommen hat, hat er gegen uns beide keine Chance.« Er öffnete seine Gürteltasche und fingerte eins der Röhrchen mit dem Rückwandlungstrank heraus.

Hörst du sie? Sie wollen dich vernichten! Du musst schneller sein als sie also ***TÖTE SIE ENDLICH!***

Zack sah, wie Jamie keuchte und zitternd seinen Arm hob. Sein Gesicht war noch immer eine verzerrte Grimasse, als er einen unsicheren Schritt auf sie zu stolperte und mit dem Messer nach ihnen stechen wollte. Doch Ned war schneller. Er wich Jamies Arm aus und packte sein Handgelenk mit beiden Händen.

Schmerzen explodierten in Jamies Kopf, als die Stimmen ihn voller Zorn anschrien, sich zu wehren, endlich zuzustechen, zu töten.

Verdammt, aber wie denn?

Einer seiner Gegner hielt ihn fest und dort, wo er ihn berührte, brannte Jamies Haut wie Feuer. Er fauchte ihn an, wollte seine Waffenhand aus dem unerträglichen Griff befreien und ballte die andere zur Faust, um zuzuschlagen. Doch bevor er ausholen konnte, packte der zweite Gegner seinen Arm und auch dieser Griff verursachte ihm grausame Schmerzen.

Na bitte, das hast du jetzt davon! Wir haben dich gewarnt. Sie wollen dich vernichten. Sie fügen dir Schmerzen zu. Also wehr dich endlich! Töte sie! ***TÖTE SIE!***

Heiße Wut kochte in ihm hoch. Auf die fürchterlichen Stimmen in seinem Kopf und auf seine beiden Gegner, die ihn genauso quälten. Er wehrte sich gegen ihre Griffe, doch es war aussichtslos. Sie waren stärker und zu zweit.

Etwas traf ihn in die Kniekehlen. Seine Beine knickten unter ihm weg und er ging zu Boden. Noch immer ließen die beiden ihn nicht los, doch es gelang ihm, seine Waffenhand für einen winzigen Augenblick hochzureißen. Wütend schlug er nach einem seiner Gegner und erwischte ihn an der Schulter, bevor der andere ihn sofort wieder packte.

»Shit! Tut mir leid! Als er zu Boden ging, konnte ich ihn nicht richtig festhalten. Ist es schlimm?«

Zack warf einen kurzen Blick auf den Schnitt an seiner Schulter. »Nein, nur ein Kratzer.«

Jamie wand sich unter ihren Händen und stieß zornige Laute aus, während er sich aus ihren Griffen zu befreien versuchte.

»Dann gib ihm endlich den verdammten Trank! Ich hab keine Lust, ihn länger als nötig so zu sehen!«

Zack stimmte ihm aus ganzem Herzen zu. Mit einem Arm hielt er Jamie am Boden und zog mit den Zähnen den Korken aus dem Reagenzröhrchen.

SIEHST DU DAS GIFT? **WEHR DICH!** *SIE WOLLEN DICH TÖTEN!*

Jamie fauchte in Zacks Richtung und als er ihm mit dem Röhrchen zu nahe kam, presste er fest die Lippen aufeinander und drehte seinen Kopf so weit er konnte von ihm fort.

»Komm schon, Jamie, bitte!«, drängte Zack. Er kniete mittlerweile halb auf ihm, um seine Hände frei zu haben. »Verdammt, Mann! Hör auf, dich zu wehren! Bitte!«

Das hasserfüllte Funkeln in Jamies Augen zerriss ihm fast das Herz. Wütend biss Zack sich auf die Unterlippe. Diese Spielfunktion war beschissen! Höchste Zeit, sie zu beenden. Mit der einen Hand fasste er Jamies Stirn und hielt so seinen Kopf ruhig, während er mit der anderen die ersten Tropfen des glitzernden blauen Tranks auf seine Lippen träufelte.

Schmerzen. Unerträgliche, brennend heiße Schmerzen schossen durch Jamies Körper und schienen ihn innerlich zu verglühen. Er schrie, zappelte, bäumte sich unter den Händen seiner Gegner auf, sodass sie ihn kaum halten konnten. Sie existierten für ihn nicht mehr. Weder sie noch die Stimmen in seinem Kopf. Alles um ihn herum verschwamm. Nichts existierte mehr. Nur noch diese fürchterlichen Schmerzen, die ihn auffressen und seinen Verstand wegätzen wollten.

Erschrocken riss Zack den Verwandlungstrank zurück und starrte auf Jamie, der offensichtlich Höllenqualen litt.

»Gib ihm den Rest!«, herrschte Ned ihn an. »Zack, mach schon! Du musst ihm den kompletten Trank geben, sonst wirkt er nicht und Jamie muss noch länger leiden!«

Neds Worte lösten Zack aus seiner Starre und er nickte hastig. Auch wenn Jamies Schreie kaum zu ertragen waren, riss er sich zusammen, fasste erneut Jamies Kopf und presste das Reagenzröhrchen gegen seine Lippen. Avatare konnten nicht trinken, es reichte, wenn die Tränke den Mund berührten, also goss Zack das Mittel einfach über Jamies Lippen und sah, wie es augenblicklich verschwand.

Die schrecklichen Schreie verstummten, stattdessen begann der schmächtige Körper unter ihm zu zittern und zu zucken. Zack wurde übel. Jamie so zu sehen, war unerträglich.

»Das Mittel wirkt!« Ned deutete auf die Armschelle, die sich rasend schnell von Orange nach Rot verfärbte. Schließlich begann sie hektisch zu flackern und als sie erlosch, lag Jamie totenstill.

Völlig fertig starrte Zack ihn an und nahm seine Hand. »Komm schon«, murmelte er und ließ Jamies kreidebleiches Gesicht nicht aus den Augen. »Wach auf und sei wieder du.«

Ned stieß ihm sanft gegen den Arm. »Sieh hier.«

Ein einzelnes schwaches Blinken leuchtete an der schwarzen Armschelle auf und wirkte wie ein neuerwachter Herzschlag. Ein zweites Blinken folgte, dann ein drittes, bis die Armschelle schließlich rot zu flackern begann.

Zack keuchte erleichtert auf und drückte Jamies Hand, während Ned ein Heilmittel aus seiner Gürteltasche zog und es Jamie einflößte, damit er sich schneller regenerieren konnte. Kaum war das Mittel auf seinen Lippen verschwunden, schlug Jamie die Augen auf und Zack dankte allen guten Geistern dafür, dass das fürchterliche Rot aus ihnen verschwunden und stattdessen das vertraute Grün zurückgekehrt war. Gehetzt blickte Jamie von Zack zu Ned und seine Finger krallten sich in Zacks Hand.

»Schon gut, alles okay. Du bist wieder du selbst«, versicherte Zack und wollte Jamie dabei helfen, sich aufzusetzen, doch der blieb erschöpft liegen, schloss die Augen und fuhr sich über die geschlossenen Lider.

Stille im Kopf.

Es war eine Wohltat, die abartigen Stimmen nicht mehr zu hören und zu wissen, dass seine Gedanken, Gefühle und Entscheidungen wieder ihm selbst gehörten. Die Schmerzen, die in seinem Kopf hämmerten, waren ganz normale Kopfschmerzen und nicht zu vergleichen mit den Qualen, die das Spiel ihm zugefügt hatte.

»Alles in Ordnung?«

Zacks Stimme klang so besorgt, dass Jamie sich zwang, seine Augen wieder zu öffnen – und das Erste, was er sah, war Zacks blutige Schulter. Das schlechte Gewissen stach ihn in den Magen.

»Tut mir leid. Ich wollte das nicht«, murmelte er matt und setzte sich mit Zacks Hilfe vorsichtig auf.

Der winkte ab und strich ihm beruhigend über den Rücken. »Ist nur ein Kratzer.« Er bedachte ihn mit einem schiefen Grinsen. »Und du warst auf der dunklen Seite, daher konntest du vermutlich gar nicht anders, als auf uns loszugehen. Das sind eben die Spielregeln.«

Jamie nickte ernst. »Ich hab es versucht«, sagte er leise.

»Dagegen anzugehen. Mich gegen die Befehle von den Stimmen in meinem Kopf zu wehren, aber es war so unglaublich anstrengend. Selbst wenn ich es eigentlich gar nicht wollte, haben sich meine Arme und Beine von allein bewegt. Und wenn ich mich dagegen gewehrt hab, hat das Spiel mich bestraft.«

Stirnrunzelnd sah Zack ihn an. »Bestraft?«

»Schmerzen.« Mitgenommen presste Jamie seine Finger gegen die Augenlider. Ihm war schwindelig und übel und fiese Kopfschmerzen hämmerten gegen seine Schläfen.

»Was für ein beschissenes Spiel ist das hier eigentlich?!« Wütend blickte Zack zu Ned, der Jamie betroffen anstarrte. »Ist es legal, Spieler mit irgendwelchen Psychostimmen zu Dingen zu zwingen, die sie nicht tun wollen? Sie völlig durcheinanderzubringen und mit Schmerzen zu bestrafen, wenn sie sich dagegen wehren? Ich fand die Sache draußen im Park ja schon grenzwertig, aber das hier geht eindeutig zu weit! Hast du gewusst, was BeastyEnterprise mit deiner Technik in diesem Spiel machen will?«

»Nein, natürlich nicht!«, gab Ned empört zurück. »Meine Entwicklung ist nur ein Tool, das jeder Programmierer nach eigenen Regeln in seinen Spielen verwenden kann! Sobald sie die Lizenz dafür gekauft haben, haben Dad und ich keinen Einfluss mehr darauf, wie sie das Schmerzempfinden in die Spiele einbauen.«

»Vielleicht hättet ihr dann ein bisschen besser darauf achten sollen, an was für Psychos ihr euren Kram verkauft!«, herrschte Zack ihn an. »So wie die das Schmerzempfinden einsetzen, ist das Psychofolter und das ist kein netter Freizeitspaß mehr, sondern einfach nur krank!«

»Du kannst mich doch nicht für das verantwortlich machen, was BeastyEnterprise mit meiner Entwicklung anstellt!«

»Nicht? Wenn–« Er brach ab, als Jamie plötzlich seine Hand drückte.

»Hört auf zu streiten, bitte. Mir platzt sowieso schon der Schädel, auch ohne dass ihr euch angiftet«, stöhnte er. »Ich geh aus dem Spiel. Mir reicht's. Mit den Kopfschmerzen kann ich mich kaum konzentrieren und ich wäre euch eh keine große Hilfe.«

Mitfühlend sah Zack ihn an und nickte sofort. »Wir sollten alle rausgehen. Es war ohnehin eine bescheuerte Idee, McLean auf gut Glück hier drin zu suchen. Dafür ist dieses verdammte Game einfach zu groß.« Er warf einen versöhnlichen Blick zu Ned. »Lass uns rausgehen und warten, bis dein Dad die richtige Position gefunden hat. Dann gehen wir gezielt zurück ins Spiel, einverstanden?«

Resignierend hob Ned die Schultern und nickte. »Okay, lasst uns rausgehen.«

»Na, endlich!«, seufzte Will erleichtert, als er sah, dass erst Jamie, dann auch Zack und Ned nach den Kontakten an ihren Schläfen griffen und die CyberSpecs von ihren Köpfen zogen. »Alles in Ordnung?« Besorgt musterte er Jamies blasses Gesicht. »Die letzten paar Minuten warst du total unruhig und hast hier rumgezappelt, als hättest du die Mutter aller Albträume zu Besuch.«

Jamie verzog das Gesicht. »So ungefähr hat es sich auch angefühlt.« Mühsam setzte er sich auf, kämpfte gegen Schwindel und Übelkeit und strich sich die verschwitzten Haare aus der Stirn.

Dunnington trat ans Bett und musterte die drei. »Was ist passiert?«

Während Ned knapp berichtete, was in ihrer Spielzeit vorgefallen war, trank Jamie ein paar Schlucke aus der Wasserflasche, die Zack ihm in die Hand gedrückt hatte, und presste dann das kühle Plastik gegen seine Stirn, bis das ätzende Hämmern hinter seinen Schläfen endlich etwas nachließ.

»Ist so was überhaupt legal?«, fragte Zack in Richtung Dunnington, als Ned geendet hatte. Er wollte sich nicht wieder über den Einsatz von Neds Technologie in fremden Spielen streiten, denn irgendwie hatte Ned ja recht: Was andere damit anfingen, lag auch in deren Verantwortung. »Gibt es keine Regeln dafür, was man einem Bewusstsein in einem CyberGame zumuten darf und was nicht?«

Dunnington seufzte. »Doch, natürlich. Und was ihr hier über *House of Nightmares* erzählt, hört sich zumindest fragwürdig an. Ob es wirklich schon ins Illegale geht, werde ich prüfen lassen. Auf jeden Fall gehört bei so einem Spiel aber eine entsprechende Warnung in die Spielangaben und eine Jugendfreigabe hätte es damit keinesfalls bekommen dürfen.« Er sah zu Jamie. »Dennoch denke ich, dass du zum Teil selbst schuld daran warst.«

Jamie nickte müde. »Ja, ich weiß. Ich hab mich nicht an die Spielregeln gehalten. Ich wusste, dass ich auf der Seite des Bösen spielen muss, wenn ich sterbe und mich wiedererwecken lasse, also hätte ich auch nach deren Regeln spielen müssen. Und als ich mich darauf nicht einlassen wollte, hat das Spiel mich eben dazu gezwungen.«

Dunnington nickte. »Eigentlich ist die Option nur ein zusätzliches Feature. Man sollte Spaß daran haben, sich vom Bösen verführen zu lassen und für eine Weile die Seiten zu wechseln.«

»Schon.« Jamie fuhr sich über die Augen. »Aber wir haben ja nicht zum Spaß gespielt und ich wollte Zack und Ned als Feind nicht unnötig aufhalten.« Er runzelte die Stirn und schüttelte den Kopf. »Außerdem finde ich, dass die Entscheidung eines Spielers über allem stehen muss, was das Spiel selbst entscheiden und beeinflussen darf. Wenn man feststellt, dass man keinen Spaß daran hat, gegen seine Freunde zu spielen, dann sollte man nicht dazu gezwungen und mit Schmerzen bestraft werden, wenn man sich weigert und die Seiten wieder wechseln will.«

Dunnington nickte nachdenklich. »Wie gesagt, ich werde das überprüfen lassen. Wenn es wirklich so heftig ist, wie ihr beschrieben habt, dann hört es sich ganz so an, als ob Beasty-Enterprise mit *House of Nightmares* den Spielern nicht nur eine virtuelle Welt vorgaukelt, sondern aktiv ins Bewusstsein eingreift und Gedanken und Gefühle manipuliert – und das ist tatsächlich illegal.« Er seufzte wenig begeistert, dann lächelte er jedoch und klopfte Jamie auf die Schulter. »Du musst jedenfalls über einen äußerst starken Willen verfügen. Als dein Bewusstsein sich gegen die Fremdbestimmung gewehrt hat, hast du dabei sogar die Bewegungsblocker der CyberSpecs ausgeschaltet. Das hinzubekommen, ist eine wirklich reife Leistung und zeugt von enormer Willensstärke. Alle Achtung!«

Jamie lächelte, bis Zack ihm in den Magen knuffte.

»Die einen mögen es als starken Willen bezeichnen, ich nenne es pure Dickköpfigkeit.«

Mit einem müden Augenrollen lehnte Jamie sich gegen ihn und Zack verzichtete darauf, ihn weiter zu piesacken. Stattdessen schlang er seine Arme um ihn und gab ihm einen Kuss auf den Hinterkopf. Lächelnd drehte Jamie sich zu ihm um und forderte einen richtigen Kuss. Dann sah er zu Will.

»Hast du schon was von Jem gehört?«

Während Will erzählte, was in der Zwischenzeit auf Abberton Hall passiert war, sah Ned sich das Suchprogramm an, das sein

Dad für die Datenbank von *House of Nightmares* geschrieben hatte.

»Da wir seit ungefähr einer Stunde nichts Neues mehr von Jem gehört haben«, schloss Will seinen Bericht schließlich nach einem kurzen Blick auf die Uhr, »wird Emilia wohl immer noch in der Bibliothek sein und Jem und Finley behalten sie im Auge.«

»Vielleicht sollten wir zu ihnen gehen und ihnen Gesellschaft leisten.« Jamie wand sich aus Zacks Armen, doch als er sich aufrichtete, wurde ihm erneut schwindelig. Er hielt inne, atmete tief durch und rieb sich über die pochenden Schläfen.

Will warf ihm einen skeptischen Blick zu. »Ich finde, du solltest nirgendwo hingehen, bis du dich ein bisschen ausgeruht hast. Du siehst immer noch ziemlich fertig aus. Außerdem kriegt Jem es alleine viel besser hin, Emilia unauffällig zu beobachten. Wenn wir uns auch noch alle *zufällig* in die Bibliothek verirren, sieht das etwas merkwürdig aus, meinst du nicht?«

Jamie schnaubte, ließ sich aber zurück gegen Zack sinken und bedachte Will mit einem düsteren Blick. »Nur dass sie nicht *alleine* ist. Finley ist bei ihr und ehrlich gesagt bin ich mir nicht sicher, ob –«

Das Klingeln des Haustelefons unterbrach ihn. Rasch griff Will den Hörer vom Schreibtisch.

»Hey, was gibt's?«

Kapitel 24

Jemma rannte durch den dämmrigen Korridor. »Emilia weiß, dass wir versuchen, ihren Großvater zu finden!«, rief sie gehetzt ins Telefon.

»*Was?!*« Will drückte die Lautsprechertaste, damit die anderen im Zimmer mithören konnten.

»Sie geht vermutlich jetzt gerade ins Netz, um seinen Avatar zu löschen!«

Ned reagierte sofort. Sein Blick flitzte über die verschiedenen Kommunikationsfenster auf dem Laptop und er begann wild auf der Tastatur herumzutippen.

»Warum?«, fragte Will Böses ahnend.

»Wegen Finley! Er meinte, wenn wir sie dazu bringen, ins Spiel zu gehen, dann können dein Dad und du sie irgendwie abfangen und verfolgen. Oder sehen, wo genau sie eintritt, und damit bekommen wir dann die Position vom alten McLean. Deshalb hat Finley mir ein bescheuertes Gespräch aufgezwungen, das Emilia mithören sollte, damit sie kalte Füße bekommt.«

»Oh Mann! Was hat er denn gesagt?«

»Er hat scheinheilig gefragt, ob ich denn glaube, dass dein Dad das Bewusstsein seines Großvaters in *House of Nightmares* finden könnte, und ob das nicht unmöglich wäre, wenn sein Avatar womöglich zerstört worden ist. Er hat es so hingestellt, als würden wir noch immer Geoffrey verdächtigen, weil sein Authentifizierungscode benutzt wurde. Emilia weiß also nicht, dass wir denken, dass sie dahinter steckt. Aber sie hatte es plötzlich sehr eilig, in ihr Zimmer zu verschwinden und ich wette, sie geht jetzt ins Spiel, um den alten McLean auszulöschen!«

Will und die anderen tauschten alarmierte Blicke, bis auf Ned, der weiter fieberhaft am Laptop arbeitete.

»Wo bist du jetzt?«, fragte Will.

»Gleich bei dir. Bitte sag mir, dass Finley recht hat und ihr Emilia irgendwie orten könnt, wenn sie ins Spiel geht, damit dieser verfluchte Mist hier endlich ein Ende hat!«

»Wo ist Finley?«

Draußen auf dem Korridor näherten sich hastige Schritte und Augenblicke später wurde die Tür aufgerissen und Jemma und Finley stürmten ins Zimmer.

»Hier.«

Wütend sprang Zack vom Bett auf und stieß Finley gegen die Brust. »Was sollte denn der Scheiß?! Wir hatten abgemacht, dass ihr nur beobachten sollt!«

Jemma war überrascht, dass Zack, Ned und Jamie nicht mehr im Spiel waren und sie erschrak, als sie Jamies blasses Gesicht sah. Irgendwas musste vorgefallen sein. Besorgt suchte sie seinen Blick, doch Jamie schenkte ihr nur ein beruhigendes Lächeln und winkte ab.

»Hey, reg dich ab, okay?«, pampte Finley Zack an. »Deinem Schwesterchen ist nichts passiert, und wenn Emilia jetzt aufgescheucht ist und wirklich ins Netz geht, dann solltet ihr Computerexperten doch wohl irgendwie in der Lage sein, sie zu verfolgen, oder nicht?«

»So einfach, wie du dir das vorstellst, funktioniert das nicht!«, knurrte Will in Finleys Richtung. »Deine Schwester ist kein Datenpaket, dem man mal schnell einen Peilsender auf den virtuellen Hintern kleben kann! Wenn du also so einen tollen Plan geschmiedet hast, wäre es fantastisch gewesen, wenn du den vorher mit uns abgesprochen hättest!«

Finley funkelte ihn kaltschnäuzig an. »Ich dachte, ihr seid so geniale Computerhelden!«

»Sind wir auch«, bestätigte Ned gelassen, ohne vom

Bildschirm aufzublicken. »Obwohl eine kleine Vorwarnung wirklich nett gewesen wäre. Aber Emilias Eintritt ins Spiel hat uns dank Dads coolem Suchprogramm tatsächlich die Tabelle verraten, in der die Positionen von ihr und McLean verzeichnet sind!«

Alle im Raum fuhren zu ihm herum.

»Wirklich?«

Ned nickte. »Ja, und ich gebe die entsprechenden Koordinaten gerade in unsere CyberSpecs ein, damit wir auch dort ins Spiel gehen können. Wir müssen uns aber beeilen. Wer geht mit?«

»Ich!«, sagte Finley sofort. Er trat zu Ned an den Laptop, um ihm den Zugangscode für seine Spielfigur zu geben.

Dunnington sah zu Zack. »Du solltest mit Ned und Finley gehen. Ihr habt Spielerfahrung und könnt Angus helfen. Sobald ihr ihn gefunden habt, schickt ihr ihn aus dem Spiel. Er soll sich ganz normal ausloggen, aber bereit dafür sein, nicht in seinen alten Körper, sondern in seinen neuen zu wechseln. Das ist wichtig!«, schärfte er Zack leise ein. »Du weißt, dass es entscheidend für einen erfolgreichen Transfer ist, dass er sich darauf einlässt und nicht zurückschreckt, wenn sich der Übergang von der CyberWorld in seinen neuen Körper anders anfühlt.«

Zack nickte. »Kein Problem.« Er griff nach seinen Cyber-Specs, wartete aber noch, bis Ned ihm grünes Licht gab.

Dunnington wandte sich zu Jamie. »Ich denke, du solltest draußen bleiben. Du hast deinem Körper heute mehr als genug Cyberreize zugemutet.«

Alles andere als begeistert darüber, dass er ausgerechnet bei McLeans Rettung nicht dabei sein konnte, verzog Jamie das Gesicht, nickte aber.

Beunruhigt sah Jemma von Dunnington zu ihrem Zwilling und setzte sich neben ihn auf die Bettkante. »Was ist passiert?«

»Keine Sorge, ich bin okay. Das Spiel ist nur nicht gerade zimperlich, wenn man sich nicht an die Regeln hält.«

Nicht wirklich beruhigt musterte Jemma ihn. »Und was heißt das?«

»Das erzähl ich dir, wenn McLean in Sicherheit ist, einverstanden?« Jamie nahm ihre Hand und schenkte ihr ein versicherndes Lächeln. »Ich bin okay. Wirklich.«

Zwei Herzschläge lang sah Jemma ihm fest in die Augen, dann nickte sie. »Okay.«

»Ich hab's!« Ned sprang vom Schreibtisch auf und sah zu Zack und Finley. »Wir können ins Spiel.«

»Gut, dann los!«

Ned reichte Finley Wills CyberSpecs, die drei Jungen legten sich aufs Bett und aktivierten ihren Zugang zum Spiel.

»Viel Glück!«, rief Jamie ihnen hinterher. Zack und Ned hoben kurz ihre Daumen, dann schalteten die Specs ihre Bewegungen ab und sie lagen still.

Dunnington atmete tief durch. »Okay. Ich muss Angus' neuen Körper für den Übergang vorbereiten.«

»Brauchst du Hilfe beim Verlinken?«, fragte Will.

Dunnington nickte. »Der Roboter ist nebenan. Hilf mir, ihn hier rüberzubringen.« Er sah von seinem Sohn zu Jamie. »Denkst du, du bist fit genug, dass du mir am Computer beim Transfer helfen kannst?«

Jamie nickte sofort. »Sicher. Wenn Sie mir sagen, was ich tun muss?«

»Kein Problem.«

Will verschwand mit seinem Vater im Nebenraum und nur Augenblicke später schoben sie McLeans Biokörper auf einem

Rollbrett ins Zimmer. Noch stand die Hülle nur reglos da und wirkte wie eine besonders lebensechte Schaufensterpuppe, die Werbung für einen wahnsinnig teuren Maßanzug machte. Doch Jemma wusste, dass sich der leblose Zustand ändern würde, sobald McLeans Bewusstsein in diesen Körper eingezogen war.

Jamie hatte sich an einen der Laptops gesetzt und aktivierte die CyberSpecs, die Dunnington McLeans Roboter gerade anlegte. Dann wandte Dunnington sich an seinen Sohn und Jemma.

»Geht zu Emilia. Wir wissen nicht, was sie womöglich tun wird, wenn sie merkt, dass Ned, Zack und Finley sie daran hindern wollen, den Avatar ihres Großvaters zu vernichten. Wenn sie aus dem Netz geht, bringt sie hierher. Ich will sie im Auge haben, damit sie nicht noch mehr Irrsinn anstellen kann.«

Die Halle glich einem runden Dom mit gewölbter Kuppeldecke und war aus den gleichen grauen Steinblöcken gebaut, aus denen auch das Labyrinth bestanden hatte. Rundbögen führten in einen Säulengang, der rings um das unterirdische Gewölbe führte. Im flackernden Schein mehrerer Fackeln, die in Halterungen an den Wänden steckten, waren Zellentüren zu erkennen und in den Boden unter dem Zentrum des Mitteldoms war ein riesiges Pentagramm mit fremdartigen Zeichen und Runen geritzt, das in unheilvollem Rot glomm. In der Mitte des Zeichens stand unübersehbar der Gegner dieses Levels.

»Wow«, meinte Zack beeindruckt. »Das Biest mag vielleicht noch nicht der Endboss von *House of Nightmares* sein, aber er ist mit Sicherheit ein Elitegegner.«

Ned musterte den Dämon. Er war riesig, zehn, wenn nicht sogar zwölf Meter hoch und hatte die Gestalt eines Minotaurus.

Auf einem muskelbepackten menschenähnlichen Körper thronte ein mächtiger Stierkopf mit spitzen Hörnern und feuerroten Augen. Außer einem ledernen Lendenschurz trug er keine Kleidung und man sah das Spiel seiner Muskeln unter der goldschimmernden Haut, als er in seinem Bannkreis mit den Hufen scharrte und schnaubend nach den Eindringlingen witterte, die sich im Schutz des Säulengangs versteckten. In seiner Hand hielt das Cybermonster eine Peitsche, deren Sehne gefährlich glühte. Um ihn herum flatterten sieben oder acht Gargoyles mit abscheulichen Teufelsfratzen, spitzen Reißzähnen und messerscharfen Krallen. Im Gegensatz zu ihrem Master waren die geflügelten Dämonen nicht an den Bannkreis des Pentagramms gebunden und konnten sich frei unter der Kuppel bewegen.

»Lasst uns auf Abstand bleiben und durch den Säulengang gehen«, schlug Ned leise vor und wandte sich nach rechts. »Ich wette, Emilia hat ihren Großvater in einer der Zellen eingeschlossen. Wenn wir Glück haben, finden wir sie, ohne den Triggerpunkt für die Dämonen zu aktivieren.« Er übernahm die Führung und rannte durch den Gang.

Zack schubste Finley hinter ihm her und ließ ihn nicht aus den Augen. Nach der Eigenmächtigkeit, die der junge Adelsspross sich geleistet hatte, war Zack nicht mehr bereit, ihm auch nur einen Meter über den Weg zu trauen.

Die drei hetzten durch den schwach beleuchteten Gang vorbei an unheimlichen Gefängniszellen, die meisten düster und leer. In einigen lagen aber auch seltsam deformierte Tierskelette, die von den kranken Experimenten des verrückten Professors übrig geblieben waren.

Plötzlich hallte ein wütender Schrei durch das unterirdische Gewölbe.

»Das war Großvater!« Finley stieß Ned zur Seite und übernahm die Führung.

Die Stimme war aus dem Gang vor ihnen gekommen und als sie darauf zurannten, erkannten sie im Dämmerlicht eine offenstehende Zellentür. Zwei dunkle Gestalten rangen heftig miteinander.

»Emilia, lass ihn los!«

Die schmalere Gestalt fuhr erschrocken zu ihnen herum, fing sich dann aber erstaunlich schnell wieder.

»Mann, haut ab!«, fauchte Emilia zornig in Richtung Zack und Ned. »Das hier geht euch gar nichts an! Und du solltest einmal in deinem armseligen Leben kein Schlappschwanz sein und mir helfen!«, giftete sie ihren Bruder an. »Oder willst du wirklich, dass unser herzallerliebster Großvater in Dunningtons bescheuerten Roboter einzieht und uns noch ewig auf unser Erbe warten lässt?«

Der alte Lord starrte sie mit unverhohlener Wut an. »Ich wusste, dass an all den Gerüchten über die Vorfälle an deiner Schule etwas dran sein musste, doch wie durchtrieben du wirklich bist, habe ich tatsächlich unterschätzt. Aber ich garantiere dir, sobald ich aus dieser verdammten Hölle hier raus bin, wirst du bitter bereuen, dass du dich mit mir angelegt hast!«

»Ach, sei doch still!«, herrschte Emilia ihn an. »Du bist ja wohl kaum noch in der Position, um mir zu drohen.« Sie hielt ihn an seinen gefesselten Händen gepackt und presste gleichzeitig ein Messer gegen seine Brust. »Dein verkrüppelter Körper hat schon so gut wie den Geist aufgegeben. Selbst wenn du in den nächsten Stunden keinen neuen Schlaganfall bekommen solltest, wird Vater dich einfach für hirntot erklären lassen. Das hätte er schließlich am liebsten schon beim ersten Mal gemacht.

Ich muss einfach nur verhindern, dass dein Bewusstsein zurückkehren kann.«

»Tja, tut mir leid, liebste Schwester, aber dabei werden wir dir einen gewaltigen Strich durch die Rechnung machen«, gab Finley gehässig zurück. »Es war absolut göttlich, wie leicht du gerade in meine Falle getappt bist. Ich wusste, dass du ins Spiel zurückgehen würdest, um Großvaters Avatar zu löschen, wenn dir klar wird, dass Dunnington nach ihm sucht. Aber ich werde Großvater retten und deinem bescheuerten Spielchen ein Ende bereiten!«

McLean warf seinem Enkel einen stirnrunzelnden Blick zu, während in Emilias Augen Zorn und Hass funkelten, als ihr klar wurde, dass sie ausgetrickst worden war. Doch noch wollte sie sich offensichtlich nicht geschlagen geben.

»Ach ja?«, schnaubte sie spöttisch. »Und wie willst du das anstellen? Großvater trägt keine CyberSpecs. Wenn ich seinen Avatar umbringe, fliegt er aus dem Spiel und sein Bewusstsein landet irgendwo zwischen der echten Welt und dem Cybernetz. Oder es wird gleich ganz ausgelöscht. So oder so ist das sein Ende.«

»Wenn das dein Plan ist, ist der nicht sonderlich gut«, meinte Zack mit einer Geste zu ihrem Messer. »Du kannst einen Mitspieler deines Teams mit deinen Waffen nicht töten, solange ihr auf derselben Seite spielt.«

»Was?!« Wutentbrannt versuchte Emilia ihrem Großvater das Messer in die Brust zu rammen, doch es funktionierte nicht und sie rutschte ab. Fluchend stampfte sie auf und bevor Ned, Zack oder Finley sie aufhalten konnten, warf sie sich mit ihrem ganzen Körpergewicht gegen ihren Großvater. Noch immer an den Händen gefesselt stolperte McLean durch einen der Rundbögen aus dem Säulengang hinaus unter die Kuppel, wo der Minotaurus und seine geflügelten Wächter sofort getriggert wurden.

Emilia lachte schrill. »Vielleicht kann *ich* ihn nicht töten, aber die Cybermonster können es schon!« Sie wollte ihrem Großvater noch einen weiteren Stoß verpassen, doch wie aus dem Nichts stürzte sich einer der kleinen Gargoyles auf sie und zerkratzte ihr mit seinen messerscharfen Klauenhänden das Gesicht.

»Los, schnell!« Ned, Zack und Finley zogen ihre Laserwaffen. Sie wehrten zwei weitere fliegende Teufel ab, die sich auf McLean stürzen wollten, und wichen gleichzeitig der glühenden Peitsche des Minotaurus aus, der die Eindringlinge einfangen und zu sich in den Bannkreis ziehen wollte.

»Gebt mir Feuerschutz!«, rief Ned. »Ich muss McLean außer Reichweite bringen!«

»Nein, lass mich!«, drängte Finley sich vor. »Ich will ihn retten!«

Wütend packte Zack ihn am Arm, ohne seinen Laserstrahl von einem der Gargoyles zu nehmen. »Vergiss es!«, zischte er, während Ned zu McLean rannte, um ihm zurück in den Säulengang zu helfen. »Dein Großvater hat geschnallt, dass du der große Held bist, klar? Ned muss ihm sagen, was er tun soll, wenn er sich aus dem Spiel ausloggt, damit der Transfer in seinen neuen Körper auch funktioniert. Also hilf mir hier, damit wir ihm die Zeit dafür verschaffen!«

Ungehalten riss Finley seinen Arm aus Zacks Griff und ihm war deutlich anzusehen, dass ihm die Anweisungen nicht passten. Trotzdem richtete er seine Waffe ohne weitere Diskussionen auf die Angreifer und gab Ned und seinem Großvater Feuerschutz, während die beiden zurück in Richtung Säulengang stolperten.

Voller Zorn kreischte Emilia auf, als sie sah, was neben ihr vor sich ging. Doch da sich mittlerweile zwei der Gargoyles auf sie gestürzt hatten, hatte sie alle Hände voll damit zu tun, sich gegen die Biester zu verteidigen. Ihre Laserwaffe war nutzlos, weil die kleinen Bestien ihr schon zu nahe gekommen waren, und ihr Messer machte kaum genug Schaden, um sich gegen beide Teufel zu verteidigen. Blutige Kratzer entstellten Emilias Gesicht und Hände und ihr schwarzer Rollkragenpullover war an Schultern und Armen aufgerissen. Ihre Armschelle leuchtete orange, als sie plötzlich innehielt. Zack sah, wie sie einen hasserfüllten Blick zu ihrem Großvater warf und dann entschlossen zum Minotaurus ins Pentagramm sprang. Der Dämon schien nur darauf gewartet zu haben, dass endlich jemand in seinen Bannkreis stolperte. Er stieß ein ohrenbetäubendes Triumphgeheul aus und ließ begeistert seine Peitsche knallen. Mit einem diabolischen Lächeln trat Emilia ihm entgegen und ließ sich von ihm gefangen nehmen. Die glühende Peitschensehne wickelte sich um sie und obwohl Zack ihre Armschelle nicht mehr sehen konnte, war klar, dass dieser Angriff sofort tödlich für sie sein musste. Und tatsächlich war ihr Avatar verschwunden, als der Minotaurus seine Peitsche zurückzog und erneut ein triumphierendes Gebrüll von sich gab, das viel zu laut von den Wänden widerhallte.

Cleveres Biest!

Während eines Kampfes konnte man das Netz nicht verlassen, also war sich töten zu lassen die schnellste Möglichkeit, aus dem Spiel zu entkommen. Doch selbst wenn Zack gewollt hätte, hätte er sich nicht viel Zeit gönnen können, um Emilia für ihren Einfall Respekt zu zollen, denn die beiden Gargoyles, die zuvor sie attackiert hatten, griffen nun ihn an. Und natürlich hatte Finley sich aus dem Staub gemacht, sobald seine Schwester verschwunden war.

War ja klar! Statt mir zu helfen, hält der Mistkerl lieber scheinheilig Händchen mit seinem Großvater.

Genervt beförderte Zack den ersten kleinen Teufel ins virtuelle Jenseits und wich hastig der glühenden Peitschensehne aus, die der Minotaurus mit donnerndem Gebrüll in seine Richtung schnellen ließ.

Mann, der Typ ist echt zum Kotzen!

Durch sein Ausweichmanöver war Zack dem letzten Gargoyle zu nahe gekommen. Giftgrüne Augen glommen boshaft, als der kleine Dämon ihm mit seiner Klauenhand den Pullover über der Schulter aufriss. Tiefe Kratzer erschienen auf Zacks Haut und pochten unangenehm.

»Na warte, du Mistvieh!«

Er zog seine Machete vom Gürtel, holte aus –

Schmerzen!

Siedend heiß.

Unerträglich.

Als hätte ihm jemand ein glühendes Schwert direkt zwischen die Schultern gerammt.

Und auf einmal geschah alles wie in Zeitlupe. Er konnte sich nicht mehr rühren – der Schmerz hielt ihn gefangen und raubte ihm seine Sinne. Nur verschwommen sah Zack die grinsende Teufelsfratze vor sich, als der Gargoyle ihm mit seinen Krallen Oberkörper und Gesicht aufschlitzte. Doch diese lächerlichen Kratzer nahm er kaum wahr. Das entsetzliche Feuer in seinem Rücken brannte so lichterloh, dass es alles andere überlagerte.

Aufhören, bitte! Mach, dass es aufhört!

Tränen traten ihm in die Augen und ihm wurde schlecht vor Schmerzen.

Bitte … Aufhören … Es soll aufhören …

Doch es gab kein Erbarmen. Gierig fraß sich das Brennen durch seine Wirbelsäule, kroch in jeden einzelnen Zentimeter seines Körpers und hielt ihn gnadenlos fest, bis ihm immer mehr die Sinne schwanden.

Bitte … Aufhören …

So plötzlich, wie er gekommen war, gab der lodernde Schmerz ihn auch wieder frei. Ohne jegliche Kontrolle über seinen Körper sackte Zack in sich zusammen und schlug hart auf dem Steinboden auf. Neue Schmerzen fuhren durch seinen geschundenen Leib und benebelten seine Sinne.

Schadenfrohes Lachen.

Mädchenlachen.

Und trotz des Nebels in seinem Kopf wurde Zack schlagartig klar, welchen fatalen Fehler er begangen hatte. Er wollte sich hochstemmen, doch sein Körper gehorchte ihm nicht. Er sah die rote Armschelle an seinem Handgelenk und fluchte in Gedanken. Mühsam versuchte er zumindest, den Kopf zu bewegen, was sein verbrannter Rücken jedoch sofort mit einer neuen Schmerzwelle quittierte. Doch Zack biss entschlossen die Zähne zusammen. Vor dieser hinterhältigen Schlange würde er garantiert keine Schwäche zeigen!

Mit einem selbstgefälligen Lächeln trat Emilia neben ihn. In der einen Hand hielt sie lässig ihre Laserpistole, mit der anderen tätschelte sie den kleinen Gargoyle, der ihr wie ein treues Haustier folgte.

»Das Seitenwechseln ist eine unglaublich geniale Spielfunktion.« Ihre Augen funkelten in teuflischem Rot, als sie ihren Fuß in die Laserwunde auf Zacks Rücken bohrte.

Grimmig biss er die Zähne noch fester zusammen.

Nicht ein Laut würde über seine Lippen kommen!

»Jetzt sollte es ja wohl kein Problem mehr sein, Großvater

zu töten, was?« Sie lachte. »Das Böse passt so viel besser zu mir, findest du nicht auch?«

»Ja, allerdings, du Miststück!«

Aus den Augenwinkeln nahm Zack wahr, wie Finley in einem der Bögen des Säulengangs auftauchte. In jeder Hand eine Laserpistole richtete er die tödlichen Strahlen auf seine Schwester und traf sie in Brust und Magen. Emilia schrie vor Wut und Schmerz und Zack gönnte ihr aus tiefstem Herzen jede einzelne höllische Qual, die gerade durch ihren Körper zuckte.

»Minotaurus, kill sie!«

Offensichtlich war Emilia durch ihren Seitenwechsel zur Herrscherin über den riesigen Dämon geworden, denn der stieß ein ohrenbetäubendes Brüllen aus und ließ gehorsam seine Peitsche knallen. Da er allerdings weiter in seinem Bannkreis gefangen war, konnte er Finley nicht erreichen.

»Zack, lass dich töten und geh aus dem Spiel!«

Zack sah, wie Ned neben Finley erschien, erst den kleinen Gargoyle erledigte und seine Laserwaffe dann ebenfalls auf Emilia richtete, die gefangen in drei Laserstrahlen rasend schnell ihre Lebensenergie verlor.

»Sag Dad, McLean ist für den Übergang bereit. Er wartet nur auf ein Signal, dann –«

Die Peitschensehne zischte durch die Luft und brannte sich in Zacks Rücken.

Wieder explodierten unerträgliche Schmerzen in seinem Körper, loderten glühend heiß durch Haut und Knochen – bis sich endlich barmherzig kühle Dunkelheit über ihn senkte.

Seine Sinne schwanden endgültig und alles um ihn herum löste sich auf. Das Brüllen des Minotaurus, das Knallen und Zischen der Peitsche, Emilias erstickende Schreie – alles verklang in immer weiterer Ferne, als die Welt um ihn herum verschwand und ihn in pechschwarzem Nichts zurückließ.

Kapitel 25

Stöhnend zog Zack sich die CyberSpecs vom Kopf. »McLean weiß Bescheid«, murmelte er matt und Dunnington und Jamie, die am Schreibtisch vor den Laptops sahen, fuhren zu ihm herum. »Wir sollen ihm ein Signal schicken, sobald er sich ausloggen kann.«

»Sehr gut!« Sofort sprang Dunnington auf, überprüfte noch einmal die Kontakte der CyberSpecs an den Schläfen des Bioroboters und tippte dann mehrere Befehle in einen der Computer.

»Was ist passiert?«, fragte Jamie erschrocken, als Zack sich mühsam aufrichtete und über seine tränenden Augen wischte. »Du siehst furchtbar aus!«

Zack verzog das Gesicht. »Emilia hat die Seiten gewechselt. Sie hat mir in den Rücken geschossen und mich dann von ihrem neuen Minotaurus-Freund töten lassen.« Ein dumpfes Echo der Schmerzen pochte noch immer durch seine Wirbelsäule, ließ aber zum Glück mehr und mehr nach. »Ich hab sie falsch eingeschätzt«, grollte er verärgert über sich selbst und stemmte sich vom Bett. »Ich hab gedacht, sie lässt sich töten, um möglichst schnell aus dem Spiel zu kommen. Um von hier zu verschwinden und ihre Haut zu retten.« Er griff sich eine Wasserflasche vom Nachttisch und tappte zu Jamie. »Aber offensichtlich ist sie total durchgeknallt und völlig besessen davon, ihren Großvater zu killen.« Er schüttelte den Kopf und trank ein paar Schlucke. »Ned und Finley werden sie aber erledigen.«

»Gut«, brummte Dunnington. »Wenn sie aus dem Spiel geht, warten Will und Jemma auf sie. Und Angus habe ich gerade eine Nachricht auf seine Armschelle geschickt. In zwanzig Sekunden kann er sich ausloggen und in seinen neuen Körper einziehen.«

»Na, Gott sei Dank.« Zack lehnte sich neben Jamie an den Schreibtisch. »Dann hat dieses verdammte Drama hier ja hoffentlich bald ein Ende.«

»Bist du wirklich okay?« Jamie musterte ihn noch immer besorgt. »Du bist ganz blass.«

»Ja, ich bin wirklich okay.« Mit einem schiefen Grinsen strubbelte Zack ihm durch die Haare. »Es ist ja nur ein Spiel.«

»Ja«, grummelte Jamie. »Aber ein viel zu heftiges.«

Spiel hin oder her – er war froh, dass er nicht hatte mit ansehen müssen, wie Zack gestorben war.

»Es ist soweit.« Dunnington gab einen letzten Befehl in den Laptop ein.

Zack und Jamie wandten sich zu McLeans Biokörper um, während auf dem Bildschirm die letzten Sekunden des Countdowns herunterzählten.

Drei … Zwei … Eins …

Null.

Angespannt hielten die beiden die Luft an.

Dunningtons Finger flogen über die Tastatur, während er Werte abrief und Ergebnisse überprüfte.

Der Roboter stand stumm und reglos da.

»Ist alles in Ordnung?«, fragte Jamie beunruhigt.

Was, wenn es nicht funktioniert hatte?

Dunnington richtete sich auf und trat auf den Roboter zu. »Angus?«

Keine Reaktion.

»Angus?«

Noch immer geschah nichts.

Zack und Jamie tauschten einen nervösen Blick.

Was, wenn das hier schiefgegangen war?

Plötzlich zuckten die Finger der rechten Roboterhand – und ballten sich zur Faust.

»Lass mich los, du Mistkerl! Du tust mir weh!«

Will ließ Emilias Gefauche unbeeindruckt an sich abprallen, während er und Jemma sie durch die Flure von Abberton Hall eskortierten.

»Das ist Freiheitsberaubung, dazu habt ihr kein Recht!« Wutschnaubend versuchte Emilia ihren Arm aus Wills Griff zu befreien, doch der hielt sie fest gepackt.

»Es ist unerhört, wie ihr zwei euch in unserem Haus aufführt!« Geoffreys Stimme bebte vor kaum unterdrückter Wut, als er hinter den dreien herlief.

»Ja, absolut unerhört!«, pflichtete Prycilla ihrem Mann schrill bei. »Was fällt euch eigentlich ein?!«

Nachdem Emilia die CyberWorld verlassen hatte, war sie ausgerastet, als Will und Jemma auf sie gewartet hatten. Aufgescheucht durch die zornigen Schreie ihrer Tochter waren Geoffrey und Prycilla aus dem Salon gestürmt und eilten nun zeternd und schimpfend hinter ihnen her – worauf Jemma liebend gern verzichtet hätte.

»Wenn ihr mir nicht auf der Stelle sagt, was dieser Irrsinn hier soll–«

Genervt fuhr Will zu Geoffrey herum. »Sagen wir einfach, die Nachwuchs-Sherlocks haben Ihre Unschuld bewiesen, indem sie die wahre Schuldige gefunden haben, okay?«

Geoffrey starrte ihn einen Moment lang an, dann blickte er fassungslos zu seiner Tochter.

Prycilla dagegen runzelte nur verständnislos die Stirn.

»Wovon redest du da bloß, Junge? Edward sollte ganz dringend mal einen Drogentest bei dir machen lassen. Bei euch allen!«, fügte sie nach einem Blick auf Jemma hinzu. »So verrückt, wie ihr euch aufführt!«

Will und Jemma ignorierten sie geflissentlich und führten Emilia stattdessen weiter zu dem Gästezimmer, in dem die anderen auf sie warteten. Jemma öffnete die Tür und Will schubste Emilia unsanft in den Raum.

»Widerlicher Dreckskerl!«, zischte sie und wollte nach ihm schlagen.

»Schön, dich zu sehen, meine Liebe.« Die Stimme ihres Großvaters klang kratzig und unbenutzt, dennoch war sein Tonfall unverkennbar und genauso eiskalt wie der Blick, mit dem der alte Lord seine Enkelin empfing.

Emilia erstarrte.

»Das Gleiche gilt selbstverständlich auch für euch«, wandte McLean sich nun an seinen Sohn und seine Schwiegertochter, die den drei Jugendlichen ins Zimmer gefolgt waren.

Prycilla kreischte erschrocken beim Anblick ihres Schwiegervaters, der quicklebendig in einem Sessel am Fenster saß.

Missbilligend legte der alte Lord seine Stirn in Falten. »Auch wenn ich keine andere Reaktion von dir erwartet habe, werte Schwiegertochter, ist dein hysterisches Gehabe in höchstem Maße unerquicklich, also halte entweder den Mund oder verlasse den Raum.«

Prycilla schlug sich die Hand vor den Mund und verstummte.

»Wie ist das möglich?« Geoffrey trat einen Schritt auf seinen Vater zu und musterte ihn ungläubig.

»Das hier, mein Sohn, ist mein neuer Biokörper, in den Edward und seine Kinder mich gerettet haben, nachdem deine Tochter mein Bewusstsein letzte Nacht heimtückisch aus meinem alten Körper entführt und in einem völlig kranken CyberGame eingesperrt hat.«

Keuchend starrte Prycilla von ihrem Schwiegervater zu ihrer Tochter, taumelte dann zum Bett und ließ sich sprachlos vor Entsetzen auf die Bettkante niedersinken.

»Noch sind mir nicht sämtliche Einzelheiten bekannt«, gestand der alte Lord. »Aber ich bin mir sicher, Edward wird uns ganz schnell alle auf den gleichen Wissensstand bringen.«

Dunnington nickte schicksalsergeben und fasste knapp zusammen, was in den letzten Stunden passiert war. Angus McLean lauschte dem Bericht mit unbewegter Miene und Jemma fragte sich, ob es daran lag, dass er die Gesichtsmuskeln seines neuen Körpers noch nicht gut genug unter Kontrolle hatte, oder ob er einfach nur eiskalt war. Selbst als Will ihm die heimlich mitgeschnittene Aufnahme von ihrem Gespräch mit Geoffrey vorspielte und der alte Lord die Pläne seines Sohnes hörte, zuckte es kaum in McLeans Gesicht. Einzig seine Augen blitzten, als er seinen Blick in den seines Sohnes bohrte.

Finley berichtete schließlich, wie er seine Schwester dazu gebracht hatte, ins *House of Nightmares* zurückzugehen, damit sie ihnen verriet, wo ihr Großvater versteckt war.

»Finley, Ned und Zack folgten Emilia, um dich zu retten«, übernahm Dunnington schließlich wieder den Bericht. »Da du deinen Leibarzt schon vor Monaten angewiesen hast, niemanden in deine Nähe zu lassen, falls dir erneut etwas zustoßen sollte, und weil eine Rückführung in deinen alten Körper ohnehin zu riskant war, haben Jamie und ich in der Zwischenzeit deinen neuen Körper mit dem Spiel verlinkt. Den Rest kennst du: Ned hat dir im Netz gesagt, was du beim Übergang beachten musst, und der Transfer war ein voller Erfolg. Dein Bewusstsein ist sicher im neuen Körper und die grundlegende Steuerung hast du bereits erfasst.«

Zum ersten Mal war eine Regung in McLeans Mimik zu erkennen, als er sich nun langsam und noch ein bisschen schwerfällig zu Dunnington umwandte. »Ja. Und gerade weil der Transfer auf diese Weise nicht geplant war, bin ich dir zu tiefstem Dank verpflichtet.« Er hielt Dunningtons Blick für einen langen Moment fest. »Doch über diese Angelegenheit werden wir beide noch einmal ausführlich sprechen«, sagte er schließlich. »Jetzt muss ich mich erst um meine Familienangelegenheiten kümmern.«

Dunnington nickte verständnisvoll. »Natürlich. Möchtest du, dass die Kinder und ich gehen?«

McLean schüttelte den Kopf. »Nein. So wie es aussieht, kann ich euch allen mehr vertrauen als meiner eigenen Sippe, daher sollt ihr als meine Zeugen hierbleiben.«

Sein Blick wurde eisig, als er Geoffrey ins Visier nahm. »Von dir, mein Sohn, habe ich in einer Situation wie dieser ehrlich gesagt nichts anderes erwartet. Mir war schon nach meinem ersten Schlaganfall klar, dass du und deine nichtsnutzige Frau mich lieber tot als lebendig gesehen hättet. Daher auch meine Absprache mit Alastor.« Seine Augen blitzten. »Jetzt dank Williams Aufnahme einen Beweis für deine üblen Absichten in der Hand zu haben, wird von unschätzbarem Wert für mich sein.«

Misstrauisch starrte Geoffrey ihn an. »Was hast du vor?«

»Keine Sorge, mein Lieber, das wirst du noch früh genug erfahren.«

Geoffrey verzog gereizt das Gesicht, sagte aber nichts, doch McLean ignorierte ihn ohnehin bereits und fixierte stattdessen seine Enkelin.

»Ich will wissen, warum«, sagte er mit schneidender Stimme.

Emilia kniff verächtlich die Lippen zusammen und verschränkte die Arme vor der Brust. »Weil mir diese Familie zuwider ist!« Sie blickte zu ihren Eltern und ihrem Bruder. »Ihr alle!« Als sie wieder zu ihrem Großvater sah, stand ihr purer Hass ins Gesicht geschrieben. »Aber besonders *du*! Du mit deiner herablassenden, arroganten Art! Wie du dich hier als tyrannisches Familienoberhaupt aufspielst! Wie du denkst, deine antiquierten Vorstellungen von Würde, Ehre und Respekt würden dich zu etwas Besserem machen! Du sagst, Respekt muss man sich verdienen und verlangst gleichzeitig von uns, dass wir ihn dir ohne Gegenleistung entgegenbringen. Wofür denn? Für was hast du denn unseren Respekt verdient? Dafür, dass du uns wie Dreck behandelst und uns runterputzt und bloßstellst, sobald sich dafür auch nur der Hauch einer Gelegenheit bietet?«

Rote Flecken erschienen auf ihrem bleichen Gesicht, als sie weiter mit ihrem Großvater abrechnete. »Jahrelang hab ich versucht, deine süße Enkelin zu sein. Hübsch, manierlich und clever. Ich wollte dich stolz machen, doch sobald jemand anderes dich mehr überzeugte als ich, war ich uninteressant und wurde übel vorgeführt.« Sie schnaubte. »Irgendwann wurde mir klar, dass ich mein Leben nicht darauf verschwenden kann, deinen unerreichbaren Idealen hinterherzuhecheln, denn sonst ende ich genauso wie mein kaputter Vater!« Angewidert deutete sie auf Geoffrey. »Sein ganzes Leben lang hat er versucht, dir alles recht zu machen und dir zu gefallen, egal, ob hier zu Hause oder in der Firma. Nirgendwo konnte er dich zufriedenstellen und jetzt ist er ein verbitterter Loser, der nichts Eigenes erreicht hat. Doch obwohl er dich abgrundtief hasst, ist er zu feige, dir die Stirn zu bieten und mal richtige Konsequenzen zu ziehen! Stattdessen ist er ein Schlappschwanz, spielt lieber weiter den Hampelmann in deiner ach so tollen Firma und fängt an, seinen Frust genauso in Alkohol zu ertränken, wie meine peinliche Mutter es schon seit Jahren tut! Und die hat sich ja mittlerweile so viele Gehirnzellen weggesoffen, dass man sie kaum noch in die Öffentlichkeit lassen kann, wenn man sich nicht bis auf die Knochen mit ihr blamieren will!«

Geoffrey starrte seine Tochter wie versteinert an, während Prycilla ihr Gesicht in ihren Händen vergraben hatte. Ihre bebenden Schultern verrieten, dass sie weinte. Doch Emilia kümmerten ihre Eltern nicht. Sie sah zu ihrem Großvater, der sie mit unbewegtem Gesichtsausdruck nicht einen Moment aus den Augen ließ.

»Glaubst du, ich habe Lust darauf, genauso zu enden, wie einer von den beiden? Mit Sicherheit nicht! Ich hab schon vor langer Zeit beschlossen, mich nicht von dir zu einer Witzfigur machen zu lassen und weiter vergeblich zu versuchen, deinen Idealen hinterherzujagen, denn ich weiß, dass du niemals zulassen wirst, dass einer von uns die erreicht! Das würde nämlich bedeuten, dass du uns zugestehen müsstest, dass wir dir ebenbürtig sind, und nichts könnte dir ferner liegen. In deinen verqueren Wertevorstellungen kann niemand es mit dir aufnehmen, denn du bist einzigartig!« Sie funkelte ihn voller Genugtuung an. »Du siehst: Ich hab dich durchschaut! Und dass ich mich dafür rächen würde, dass du jahrelang mein Leben zur Hölle gemacht hast, stand für mich schon lange fest. Doch solange ich noch zur Schule gehe, sah ich keinen Grund, deinen Todestag verfrüht herbeizuführen. Im Gegenteil: Die Ferien gaben mir fantastische Gelegenheiten, dich in Sicherheit zu wiegen und mich bei dir einzuschmeicheln – schließlich musste ich ja dafür sorgen, dass du mich in deinem Testament dem Rest der Familie vorziehst.« Ihre Augen blitzten teuflisch. »Und dann passierte dein Schlaganfall und meine Zukunft sah auf einmal absolut rosig aus: Deine Ärzte prognostizierten dir ein hohes Risiko für einen zweiten Anfall, der mit genauso hoher Wahrscheinlichkeit deinen Tod bedeutet hätte, und ich hab nur noch ein Jahr Schule vor mir! Mit etwas Glück hättest du in der Zeit von ganz alleine ins Gras gebissen und ich hätte gar nicht nachhelfen müssen. Mit dem beeindruckenden Abschluss, den ich machen werde, dem Geld aus meinem Erbe und all den Kontakten, die ich mittlerweile geknüpft habe, hätte mir die Welt offen gestanden und es wäre mir ein Leichtes gewesen, sowohl meine peinlichen Eltern als auch meinen bescheuerten Bruder loszuwerden, hätten sie gewagt, sich mir dabei in den Weg zu stellen.«

Bis auf Angus McLean, der seine Enkelin weiterhin mit undurchsichtigem Blick fixierte, starrten alle Anwesenden Emilia geschockt an.

Zack schüttelte fassungslos den Kopf. Dieses Mädchen war eindeutig krank. Egal, wie nachvollziehbar ihre Wut auf ihre Familie auch war, sie war genauso kaputt wie ihre Eltern – nur auf eine andere Art. Ihr Hass auf ihren Großvater hatte sie vielleicht nicht in Verbitterung und die Flucht in den Alkohol getrieben, aber was er stattdessen aus ihr gemacht hatte, war viel schlimmer: eine egomanische Intrigantin, die gnadenlos dazu bereit war, für ihre Ziele über Leichen zu gehen.

Er schauderte. Könnte er seine Eltern genauso hassen, weil sie ihm auch nie das Zuhause gegeben hatten, das er sich von ihnen gewünscht hatte? Wäre er womöglich genauso kaputt wie Emilia, wenn er seine Ersatzfamilie nicht vor langer Zeit bei Jamie, Jem und ihren Eltern gefunden hätte? Wäre er dann vielleicht sogar zu ebensolchen Taten fähig?

Er schluckte hart und ihm war plötzlich eiskalt.

Wenn es eine Wahl gegeben hätte, hätte er den Tod seiner Mutter gewählt, nicht den von Jamies Mum. War das nicht genauso krank?

Sein Magen fühlte sich flau an, und ohne dass es ihm bewusst war, hatten sich seine Hände zu Fäusten geballt.

Was wenn –

Warme Finger legten sich um seine eisigen.

Jamie.

Sanft löste er Zacks Faust und nahm seine Hand. Kaum merklich schüttelte Jamie den Kopf und Zack konnte mühelos in seinen Augen lesen.

Niemals. Nie im Leben wärst du so wie sie.

Einige Herzschläge lang hielt Jamie seinen Blick fest und das beklemmende Gefühl, das Zack gerade noch die Kehle zugeschnürt hatte, wich einem warmen Kribbeln, als Jamie ohne ein Wort zu sagen all seine schrecklichen Gedanken verbannte. Dankbar drückte Zack seine Hand. Jamie lächelte bloß still, strich mit seinem Daumen über Zacks Handrücken und hielt seine Hand weiter fest.

»Leider hat mein Dad dann aber deine tollen Pläne zunichtegemacht.« Will hatte Emilias Geständnis als Erster verdaut und gab sich kaum Mühe, seine Abscheu zu verbergen.

Emilia blitzte ihn an und warf dann Dunnington einen giftigen Blick zu. »Ja! Sie und Ihr verdammter Roboter haben alles kaputtgemacht! Ich will mir aber nichts mehr kaputtmachen lassen!« Zornig starrte sie in die Runde. »Ihr könnt mich alle verurteilen, so viel ihr wollt, das ist mir völlig egal! Die eine Hälfte von euch hat nicht die geringste Ahnung, was für ein Scheißkerl mein ach so toller Großvater wirklich ist, und die andere ist nur wie immer zu feige, um etwas gegen ihn zu unternehmen! Also hab ich mich selbst um die Sache gekümmert! Ich hab ihm die CyberSpecs angelegt und gehofft, das würde schon reichen, um einen zweiten Schlaganfall auszulösen. Hat aber leider nicht funktioniert!« Hasserfüllt blickte sie zu ihrem Großvater. »Deshalb hab ich ihn in dieses bescheuerte Horrorgame gebracht – und er hat gedacht, er würde träumen!« Sie lachte hysterisch. »*Träumen!* Bloß, weil ich ihm die Specs aufgesetzt hab, als er schlief?! Gott, war das nervig!« Sie rollte mit den Augen, grinste dann jedoch plötzlich böse. »Aber dann war die Vorstellung eigentlich ganz cool, dass der alte Fiesling von nun an in einem ewigen Albtraum gefangen ist.« Wieder lachte sie.

Sie ist total durchgedreht. Jemma war ehrlich erschüttert. Auf eine seltsame Weise empfand sie Mitleid mit Emilia, fühlte sich gleichzeitig aber auch völlig abgestoßen von ihr. Sie fasste Wills Hand und hätte einiges dafür gegeben, dieses furchtbare Familiendrama nicht länger mit ansehen zu müssen. Will schenkte ihr ein mitfühlendes Lächeln und legte seinen Arm um sie.

Emilia wurde wieder ernst und schnaubte. »Irgendwann wurde mir dieses bescheuerte CyberGame aber zu blöd, also hab ich Großvater in dieser Dämonenhalle in eine Zelle gesperrt und da hätte er von mir aus schmoren können, bis sein verkrüppelter Körper endlich krepiert wäre. Niemand hätte Verdacht geschöpft, weil es einfach so ausgesehen hätte, als wäre er ins Koma gefallen.« Wütend fuhr sie zu Finley herum und dolchte ihm ihren Zeigefinger in die Brust. »Aber du und deine feinen neuen Freunde – ihr musstet mir ja dazwischenfunken!«

Ohne Vorwarnung stürzte sie sich auf ihren Bruder und schlug ihm ihre Fingernägel ins Gesicht. Finley schrie erschrocken auf, krallte aber sofort eine Hand in Emilias Haare und schlug zurück.

»Schluss damit!«, donnerte die Stimme von Angus McLean durch den Raum.

Augenblicklich ließ Finley von seiner Schwester ab.

Die wandte sich mit triefendem Spott zu ihrem Großvater um. »Was denn, alter Mann, hast du endlich den Sprachchip in dieser Robotermissgeburt wiedergefunden? Und was kommt jetzt?«, höhnte sie. »Das Gottesurteil vom unfehlbaren und allmächtigen Alleinherrscher dieses Hauses? Weißt du was? Erzähl es irgendwem, der es hören will!« Blitzschnell fuhr sie herum, riss die Tür auf und stürmte aus dem Zimmer.

Will und Finley wollten ihr hinterher, doch McLean hielt sie zurück.

»Lasst sie gehen. Ich kümmere mich später selbst um sie.« Er deutete zum Haustelefon. »Die Dienerschaft hat bereits Anweisungen, sie in Empfang zu nehmen. Sie wird aus diesem Haus nicht entkommen.«

Dann wandte der alte Lord sich an seinen Sohn und seine Schwiegertochter und nichts als Verachtung lag in seinem Gesicht. »*Nemo Me Impune Lacessit* – Niemand fordert mich ungestraft heraus. Das ist seit Jahrzehnten der Leitsatz dieses Hauses. *Meines* Hauses. Und nach allem, was ich in den letzten Stunden erfahren musste, bin ich nicht gewillt, euch weiter unter meinem Dach zu ertragen. Ihr werdet eure Sachen packen und mein Anwesen verlassen, sobald das Wetter es zulässt.«

Prycilla starrte ihn geschockt an und Geoffrey setzte schäumend vor Wut zu einer Antwort an, doch der mitleidlose Blick seines Vaters brachte ihn zum Schweigen, bevor er ein Wort sagen konnte.

»Ich werde mich mit meinen Anwälten in Verbindung setzen und ihnen alles berichten. Sei dir dessen versichert, mein werter Sohn, dass ich sie äußerst gut dafür bezahlen werde, dass du jeglichen Anspruch auf mein Erbe verlierst. Und ich denke, nach allem, was du dir geleistet hast, wird das noch nicht mal eine große Herausforderung für sie werden.«

Geoffreys Lippen wurden zu dünnen Strichen. Dann wandte er sich abrupt um, packte seine völlig entsetzte Frau am Arm und zerrte sie vom Bett hoch. Während Prycilla nur wimmernd hinter ihm herstolpern konnte, drehte Geoffrey sich in der Tür noch einmal zu seinem Vater um.

»Wir sehen uns vor Gericht!«

»Liebend gern, mein Sohn. Stelle bitte nur sicher, dass du und Prycilla mir bis dahin nicht mehr unter die Augen kommt.«

Die Tür knallte so heftig, dass die Fensterscheiben vibrierten, doch das schien Angus McLean nicht weiter zu kümmern. Er wandte sich Finley zu und musterte seinen Enkel abschätzend. »Ich weiß, dass du mich genauso sehr hasst, wie die anderen es tun, und auch wenn du dich heute anscheinend durchaus für meine Rettung eingesetzt hast, werde ich mir Bedenkzeit einräumen, bis ich entscheide, ob – und wenn ja, wie – ich mich dir erkenntlich zeige.«

Finley nickte knapp und sein Gesicht war eine steinerne Maske. »Ich habe nichts anderes erwartet, Großvater.« Ohne noch jemanden eines Blickes zu würdigen, wandte auch er sich ab und verschwand.

Der alte Lord atmete tief durch und sah dann zu Dunnington. »Edward, ich bin dir zu tiefstem Dank verpflichtet.« Sein Blick wanderte zu Jemma und den Jungen. »Euch allen. Ich stehe in eurer Schuld und als Ehrenmann versichere ich euch, dass ich sie begleichen werde.«

Aus irgendeinem Grund lief Jemma bei diesen Worten ein Schauer über den Rücken. Keiner von ihnen hatte es darauf angelegt, dass McLean in ihrer Schuld stand. Im Gegenteil. Jemma hatte mehr als genug von dem alten Lord und seiner völlig verkorksten Familie. Wenn es nach ihr ging, wollte sie nichts mehr mit ihm zu tun haben, und sie war sich sicher, dass es den Jungs ganz genauso ging.

Wie zur Bestätigung drückte Will ihre Hand und wandte sich an McLean. »Es reicht uns völlig, wenn Sie sich an den Vertrag mit meinem Vater halten: Bewahren Sie Stillschweigen über meinen Bruder. Das ist uns mehr wert als alle Schuldbegleichungen, die Sie sich vorstellen können.«

McLean betrachtete erst ihn, dann Ned für einen langen Moment. Dann sah er zu Dunnington, der seinen Blick vielsagend erwiderte.

»Wenn mein Stillschweigen wirklich alles ist, was ihr von mir wünscht …?« Fragend schaute McLean noch einmal in die Runde.

Entschiedenes Nicken war die Antwort.

Der alte Lord sah zurück zu Ned. »Dann sei dir versichert, mein Junge, du hast mein Wort darauf.«

Kapitel 26

»Fahr vorsichtig«, mahnte Dunnington, während Will einen gut gefüllten Proviantkorb zwischen Rollstuhl, Rucksäcken und Reisetaschen verstaute. »Die Straßen nach Inverness und runter in den Süden sollen zwar wieder frei sein, aber pass trotzdem gut auf.«

Schnaubend tauchte Will aus den Tiefen des Kofferraums auf. »Echt blöd, ich hatte eigentlich vor, den Wagen in der nächstbesten Kurve mit hundert Sachen im Loch Ness zu versenken.«

»Ich weiß.« Mit einem Augenzwinkern klopfte sein Vater ihm auf die Schulter. »Meldet euch, wenn ihr in Edinburgh angekommen seid.«

»Machen wir.«

Ned trat zu ihnen und warf seine Jacke auf den Gepäckstapel im Kofferraum. Nach zwei Tagen Dauerregen, der sie auf Abberton Hall festgehalten hatte, schien an diesem Morgen endlich wieder die Sonne und die fünf konnten es kaum erwarten, das Herrenhaus zu verlassen.

»Das ist alles, wir können los.«

Dunnington warf die Tür des Kofferraums zu und umarmte seine beiden Söhne. »Habt eine tolle Zeit.« Er wuschelte Ned durch die Haare. »Und mach dir keinen Kopf, egal, welchen Wirbel die Medien in den nächsten Tagen veranstalten werden. Wenn ihr unterwegs seid, kann euch niemand nerven.«

»Okay.« Ned umarmte seinen Dad ein letztes Mal, dann stieg er zu den anderen in den Wagen und Will startete den Motor.

»Passt auf euch auf und viel Spaß!« Dunnington warf einen Blick zu Jemma, Zack und Jamie, die auf der Rückbank saßen, dann klopfte er aufs Autodach und trat einen Schritt zurück, als Will anfuhr.

Langsam rollte der SUV über den kleinen Vorplatz, vorbei am Distelbrunnen und zwei Angestellten, die nach dem Unwetter damit beschäftigt waren, Blätter und Zweige aufzuräumen, die der Sturm vom angrenzenden Wald herübergefegt hatte. Jemma sah aus dem Fenster und warf einen letzten Blick auf Abberton Hall. Finster und kalt ragte das Herrenhaus gegen den strahlendblauen Himmel und selbst der warme Sonnenschein konnte seine Schatten nicht vertreiben. Sie war froh, endlich von hier wegzukommen. Die letzten beiden Tage mit einer völlig zerstrittenen Familie unter einem Dach leben zu müssen, war absolut ätzend gewesen. Da sowohl sie als auch die Jungen mehr als genug vom Drama der McLeans mitbekommen hatten, hatte keiner von ihnen Wert darauf gelegt, weitere unschöne Wortgefechte oder Anfeindungen mit ansehen zu müssen. Deshalb waren sie die meiste Zeit in ihren Zimmern geblieben und hatten dort die Tage totgeschlagen, bis an diesem Morgen das Wetter endlich ihre Abreise zuließ.

Edward Dunnington dagegen würde noch eine Weile in Schottland bleiben. Er hatte McLean in den letzten zwei Tagen geholfen, sich an seinen neuen Körper zu gewöhnen, und erfreulicherweise lernte der alte Mann sehr schnell. Seine grobmotorischen Bewegungen konnte er bereits recht gut koordinieren, an Feinmotorik und Empfindungen haperte es allerdings noch. Auf eine erstaunlich höfliche Bitte des Lords hatte Ned sich ein paar Mal mit ihm zusammengesetzt und ihm bei einigen Fragen geholfen und wertvolle Tipps gegeben. In den nächsten Tagen würden Dunnington und McLean nach Inverness in eine der Kliniken des Adeligen fahren, um von dort aus der Medizinwelt und schließlich der Öffentlichkeit den neuen Körper zu präsentieren.

Was den Rest der Adelsfamilie anging, so hatten sie keinen davon mehr zu Gesicht bekommen. Geoffrey und Prycilla waren in ihren Zimmern geblieben und hatten bereits am Abend zuvor – sobald der Regen nachgelassen hatte und die Straßen nach Inverness wieder als befahrbar galten – das Landgut mit unbekanntem Ziel verlassen.

Mit Finley hatte der alte Lord ein Gespräch unter vier Augen geführt, doch ob sich seine Hoffnungen auf eine großzügige finanzielle Anerkennung für seinen Einsatz bei der Rettung seines Großvaters erfüllt hatten, wusste niemand. Großvater und Enkel hüllten sich in Schweigen und Finley hatte sich nicht mehr im Gästeflügel sehen lassen.

Und Emilia?

Von Dunnington wussten die fünf, dass McLean entschieden hatte, Emilia für das, was sie getan hatte, nicht der Polizei zu übergeben. Die öffentliche Schande, eine gemeingefährliche Psychopathin in der Familie zu haben, wollte der alte Lord sich ersparen und er hatte genügend Geld und einflussreiche Kontakte, um diese Angelegenheit auf andere Weise zu regeln und stillschweigend unter den Teppich zu kehren.

Jemma seufzte und lehnte den Kopf gegen die kühle Autoscheibe. Emilia würde heute abgeholt und in eine strengbewachte psychiatrische Einrichtung gebracht werden. Auch wenn Jemma die Vorstellung erschreckend fand, war es für Emilia – und den Rest der Welt – mit Sicherheit das Beste. Emilia war gefährlich, gewissenlos und unberechenbar – keine Kombination, die Jemma als hasserfüllten Racheengel irgendwann in London vor ihrer Haustür vorfinden wollte. Und vielleicht konnten ein paar richtig gute Fachleute Emilia in der Psychiatrie ja helfen.

Die Morgensonne glitzerte wunderschön in den regenfeuchten Baumwipfeln und Jemma beschloss, das Kapitel Abberton Hall abzuschließen. Es war nicht mehr ihre Baustelle.

Freu dich also einfach auf das, was jetzt kommt!

Sie lächelte.

Die fünf hatten die Regentage dazu genutzt, neue Pläne für den Rest der Sommerferien zu schmieden. Ursprünglich hatten sie vorgehabt, die schottischen Highlands zu erkunden und weiter in den Norden hinaufzufahren, doch da keiner genau sagen konnte, wie die Straßenverhältnisse in den entlegeneren Gebieten nach dem Unwetter aussahen, war ihnen das zu riskant. Daher hatten sie beschlossen, sich die schottische Hauptstadt Edinburgh anzusehen und dann weiter an der Küste entlang in Richtung Süden zurück nach London zu fahren. Da das Internet wieder funktionierte, hatten sie sich ein paar Übernachtungsmöglichkeiten rausgesucht, außer in Edinburgh aber noch nichts gebucht. Sie wollten unabhängig sein und sich spontan entscheiden können, wo sie länger bleiben wollten, wenn es ihnen irgendwo gut gefiel.

Will lenkte den Wagen durch das Tor und sie ließen Abberton Coille endgültig hinter sich. Auf der kleinen Landstraße bogen sie in Richtung Inverness ab, doch bevor sie die Highlands verließen, wollten sie zu Loch Ness hinunterfahren und dort frühstücken. Sie fanden einen netten Picknickplatz, der zu so früher Stunde noch verlassen war, und parkten den Wagen. Ein kleiner Trampelpfad führte hinunter ans Ufer, an dem mehrere Holztische und Bänke standen. Sie aßen ihr Frühstück und genossen ein letztes Mal die eindrucksvolle Landschaft.

»Bin mal gespannt, wo wir in den nächsten Tagen frühstücken werden.« Zack nahm sich noch ein Sandwich aus dem

Proviantkorb, den McLeans Köchin ihnen mitgegeben hatte. Die Vorstellung, sich frei durchs Land treiben zu lassen und dort zu bleiben, wo es ihnen gefiel, war fantastisch.

Ned nickte in Richtung See und Hügelland. »Na, um das hier zu toppen, müssen wir uns jedenfalls ziemlich anstrengen.«

Die anderen nickten zustimmend, bis auf Jemma, die gedankenverloren an einem Apfel knabberte und auf Loch Ness hinaus schaute.

»Hey, alles klar?« Jamie stupste sie sanft.

Sie wandte sich zu ihm um, lächelte traurig und nickte. Jamie konnte fühlen, was in ihr vorging, und er legte tröstend seinen Arm um sie. »Sie hätte uns wahnsinnig viel Spaß gewünscht«, sagte er leise.

Jemma schmiegte sich an ihn. »Ja, das hätte sie.«

Will beobachtete die beiden und seufzte. Einen Moment lang zögerte er, doch dann packte er entschlossen seinen Rucksack und trat zu ihnen. »Ich denke, du solltest deiner Mum zum Abschied etwas hierlassen, bevor wir wegfahren.«

Überrascht sah Jemma, wie er eine hübsche bauchige Glasflasche und einen kleinen Plastikbeutel mit Kiessteinchen aus seinem Rucksack hervorholte.

»Extra heute Morgen vom Vorplatz des Herrenhauses für dich geklaut.«

»Wofür?« Verwirrt schaute sie zu ihm auf.

»Für eine Flaschenpost. Nur für dich und deine Mum.« Erleichtert sah er, wie ihre Augen zu leuchten begannen. »Mit den Steinen kannst du sie beschweren und auf dem Grund des Sees versenken. Der hütet schon so viele Jahrhunderte eisern das Geheimnis von Nessie, dann ist dein Brief dort unten mit Sicherheit auch gut aufgehoben.«

Gerührt musste Jemma schlucken. »Du bist unglaublich.«

»Na, das hoffe ich doch.« Mit einem kleinen Augenzwinkern wollte er ihr die Flasche in die Hand drücken, doch Jemma schlang ihre Arme um ihn und zog ihn zu sich herunter.

»Danke, das ist wunderschön«, wisperte sie in sein Ohr.

Will fühlte ein unbeschreibliches Kribbeln in seinem Bauch, als er sie fest in seinen Armen hielt und am liebsten nie wieder losgelassen hätte.

Zack räusperte sich und grinste die beiden unverschämt an. »Wenn ihr zwei kurz allein sein wollt …?«

»Vollidiot!« Jemma wand sich aus Wills Armen und verpasste Zack eine Kopfnuss.

»Aua! Hey, ich frag ja nur!«

Sie ignorierte ihn und wandte sich stattdessen wieder an Will. »Ich geh schnell hoch zum Auto und hol meinen Zeichenblock.«

»Nicht nötig.« Er zauberte ihren Skizzenblock und das Federmäppchen mit ihren Zeichenutensilien aus seinem Rucksack hervor. »Ich hab nicht reingesehen.« Er wusste, dass sie es nicht mochte, wenn man ohne zu fragen in ihren Zeichnungen blätterte.

Sie lächelte. »Du bist *definitiv* unglaublich!«

Sie schnappte sich ihre Sachen und ging damit zu einem etwas abseits gelegenen Picknicktisch, um für sich zu sein. Aus der Ferne sah Will ihr zu, wie sie ihre Stifte neben sich verteilte und dann durch ihren Skizzenblock blätterte. Kurz hielt sie inne und betrachtete eine Seite, dann schaute sie einen langen Moment hinaus auf den See, bevor sie einen Stift nahm und zu zeichnen begann.

»Damit hast du gerade mächtig viele Punkte gesammelt«, meinte Zack und blickte von Jemma zu Will. »Nicht nur bei Jem.«

Will verzog das Gesicht und griff sich den geplünderten Picknickkorb. Er brauchte jetzt einen Moment für sich allein. »Ich bringe den schon mal hoch zum Wagen.« Mit einem Kopfnicken wies er auf das Chaos aus leeren Flaschen, Obstschalen und Einwickelpapier. »Ihr dürft inzwischen gern den Müll entsorgen.«

Zack stöhnte übertrieben. »Und schon ist die Hälfte deiner Bonuspunkte wieder dahin.«

Grinsend wandte Will sich zum Trampelpfad um, der zum Parkplatz führte.

»Warte, ich komme mit!« Jamie nahm seine Krücken und stemmte sich von der Bank hoch. »Ich will mir noch ein bisschen die Beine vertreten, bevor wir gleich für Stunden im Auto rumsitzen.« Er warf Zack und Ned einen frechen Blick zu. »Und zwei Müllmänner reichen doch, oder?«

»Sehr witzig!«

Jamie grinste nur und lief hinter Will den schmalen Trampelpfad hinauf.

Ned sah ihm nach. »Warum glaubt er ständig, er würde sich nicht genug bewegen?«

Seufzend sammelte Zack den Müll zusammen und warf ihn in eine der Tonnen. »Er hat in den letzten Monaten unglaublich hart trainiert, um ohne Rollstuhl klarzukommen. Deshalb hat er jetzt Angst, weil seine Physio ausfällt, wenn er mit uns länger als geplant unterwegs ist. Er will das, was er sich so hart erarbeitet hat, nicht wieder verlieren.«

Ned runzelte die Stirn. »Aber es ist ja nicht so, als würde er jetzt drei Wochen lang gar nichts tun. Er trainiert seine Muskeln doch jedes Mal, wenn er läuft. Und bisher hat er den Rollstuhl noch nicht einmal gebraucht.«

Zack hob die Schultern. »Mich musst du nicht überzeugen.«

»Ich wette, die Leute an eurer Schule werden ganz schön gucken, wenn er nach den Ferien ohne Rolli ankommt.«

Wieder seufzte Zack und ließ sich zurück auf die Bank fallen. »Sprich das Thema bei Jamie besser nicht an, okay?«

»Warum denn nicht?«, fragte Ned irritiert.

»Weil er Schiss vor der Schule hat.« Müde fuhr Zack sich über die Augen. »Er meint, dass er noch zu langsam und unsicher ist, um sich in den Pausen durch die Schulflure zu kämpfen. Er hat Angst, zu spät zu kommen oder bei der Hektik zu stürzen, und er will kein Mitleid oder blöde Kommentare. Außerdem hat er Angst, dass noch mal so was wie mit Russell passieren könnte, wenn er bei bescheuerten Sprüchen seine Klappe nicht hält.«

»Wow.« Ned brauchte einen Moment, um das zu verdauen. »Aber ich dachte, die Leute an eurer Schule sind ganz in Ordnung? Wenn sie Jamie im Rollstuhl akzeptiert haben, warum sollten sie es dann nicht auch an Krücken tun?«

»Das werden sie. Aber Jamie setzt sich mit der ganzen Sache einfach ziemlich unter Druck und oft denkt er viel zu viel über Sachen nach, die gar kein Problem sind.« Zack seufzte und warf Ned einen Seitenblick zu. »Er hatte übrigens die grandiose Idee, seinen Dad zu bequatschen, dass er ihn mit dir zusammen online lernen lässt.«

Überrascht sah Ned ihn an. »Echt?« Er lachte auf. »Die Idee ist wirklich grandios! Glaubst du, sein Dad würde es erlauben?«

»Nein, sicher nicht«, dämpfte Zack seine Euphorie sofort wieder. »Jamie hatte auch Angst davor, im Rollstuhl zurück zur Schule zu gehen und Robert hat ihm da schon kein Onlinelernen erlaubt, dann wird er es jetzt erst recht nicht tun. Jamie soll sein Leben so normal wie möglich führen und ich bin mir sicher, dass seine Fortschritte nicht so groß wären, wenn er sich zu Hause hinter seinem Computer versteckt hätte, statt sich den Herausforderungen in der Schule zu stellen.«

Ned nickte nachdenklich. »Kann schon sein.« Mit deutlich gedrückterer Miene malte er mit einem Finger die Maserung des Holztisches nach. »Ich fänd es trotzdem cool, mit ihm zusammen zu lernen.«

»Na, dann mach das doch!«

Verwirrt zog Ned die Stirn kraus. »Ich dachte, er soll nicht online lernen?«

»Stimmt. Aber du könntest doch zu uns an die Schule kommen.«

Völlig überrumpelt starrte Ned ihn an. »*Was?!*«

»Ich weiß, die Liongate Academy liegt nicht in deinem Stadtteil, aber ich wette, das wäre kein großes Problem, wenn du wirklich zu uns kommen willst.«

Noch immer starrte Ned ihn erschrocken an, doch davon ließ Zack sich nicht beirren. »Hör zu. Ich kann ja verstehen, dass du während deiner Krankheit nicht zur Schule gehen konntest und ich verstehe auch, dass Onlinelernen ganz tolle Vorteile hat, weil du deine Zeit frei einteilen kannst und dann mehr Zeit zum Schreiben deiner CyberGames hast. Aber wenn du die Spiele mit Jamie zusammen programmieren willst, ist deine freie Zeiteinteilung ohnehin sehr eingeschränkt, denn er muss zur Schule und zur Physio. Also könntest du genauso gut mit uns zur Schule gehen.« Er sah Ned bedeutungsvoll an. »Einfach noch zwei Jahre lang ein ganz normaler Schüler sein. Den Markt der CyberGames kannst du danach immer noch erobern. Schließlich hast du jetzt ja alle Zeit der Welt.«

Zweifelnd schüttelte Ned den Kopf. »Ich weiß nicht. Ich will nicht, dass jemand herausfindet, was mit mir los ist. Und mit zig Mitschülern ist die Gefahr verdammt groß, dass irgendwann jemand misstrauisch wird. Das will ich lieber nicht riskieren.«

»Willst du dich stattdessen weiter auf eurem Anwesen verstecken? Ich dachte, du hast die Einsamkeit dort gehasst? Dann lass dich doch jetzt nicht wieder darauf ein, nur weil du Angst vor der Öffentlichkeit hast. Dein Dad hat dir ein neues Leben geschenkt. Willst du wirklich, dass es genauso weitergeht wie dein altes?«

Ned wich seinem Blick aus. »Nein, natürlich nicht. Aber der Wirbel um die neuen Biokörper wird in den nächsten Tagen losgehen und sich wohl kaum bis Ferienende wieder gelegt haben. Und wenn die Leute an der Schule erfahren, dass ich der Sohn des Entwicklers bin, werden sie mir doch tausend Fragen stellen. Was soll ich denn machen, wenn sie die Bioroboter total freakig finden oder mich womöglich fragen, ob ich so was je tun würde?«

»Na, dann sagst du ihnen die Wahrheit!«

Ned starrte ihn entsetzt an und Zack schüttelte beruhigend den Kopf. »Nicht, dass du es schon getan hast, aber eben, dass du davon überzeugt bist, dass es eine gute Sache ist und du es tun würdest.«

Ned stützte sein Gesicht in die Hände und schüttelte stumm den Kopf.

Mitfühlend legte Zack ihm einen Arm um die Schultern. »Solche Fragen werden kommen, Ned. Egal, ob du nun zur Schule gehst oder nicht. Vermutlich wird dich so gut wie jeder, den du in Zukunft triffst, auf die Entwicklung deines Vaters ansprechen. Ich kann verstehen, dass es dir nicht leichtfällt, darüber zu reden, aber das wirst du lernen müssen. Ansonsten bleibt dir wirklich nur, dich weiter auf eurem Anwesen zu verstecken und das willst du dir nicht antun, oder?«

Einen Moment lang saß Ned reglos da, dann schüttelte er erneut den Kopf.

Zack lächelte und drückte seine Schulter. »Ich finde, dann solltest du zu uns an die Schule kommen. Die meisten unserer Mitschüler sind wirklich nett und du wärst ja nicht alleine. Jamie, Jem und ich können dir helfen, wenn dir irgendwelche Fragen zu viel werden. Außerdem kennst du schon Charlie, Sam und Meg. Und selbst wenn sie nichts von deinem Geheimnis wissen, werden auch sie dir nervige Mitschüler vom Leib halten, wenn man dir wegen deinem Dad zu sehr auf die Pelle rückt. Und ganz ehrlich, selbst wenn die neuen Biokörper in den nächsten Wochen ein großes Thema sein werden, ist es mit Sicherheit nicht das einzige. Besonders nicht bei Jugendlichen, denn für die meisten ist das Thema Tod und Krankheit zum Glück so weit weg, dass sie sich darüber gar keine Gedanken machen.«

Ned schwieg und sah noch immer nicht sonderlich überzeugt aus, doch Zack ließ nicht locker.

»Ich würde mich freuen, wenn du zu uns kommst. Jem auch und Jamie sowieso.« Er grinste. »Und manchmal kann Schule mit den richtigen Leuten echt Spaß machen.«

Ned rang sich ein gequältes Lächeln ab. »Ja, ich hab da schon mal so was gehört.« Doch dann wurde er wieder ernst. »Ich weiß nicht, ob ich das wirklich will.«

Zack nickte und drückte noch einmal seine Schulter. »Denk einfach in Ruhe darüber nach. Ich finde, dass du ein ganz normales Leben verdient hast. Aber das musst du selbst entscheiden.«

Ned nickte langsam. »Ich überlege es mir, okay?«

Kapitel 27

Die Flaschenpost für Jem ist echt klasse«, sagte Jamie, als er und Will den kleinen Parkplatz auf der Anhöhe erreicht hatten und wieder nebeneinander gehen konnten.

Will bedachte ihn mit einem kurzen Seitenblick. »Na ja, irgendwie muss ich ja versuchen, mit dir mitzuhalten.« Er trat zu ihrem Wagen, öffnete den Kofferraum und verstaute den Picknickkorb zwischen ihren unzähligen Gepäckstücken.

»Was meinst du denn damit?«

Will lehnte sich gegen die Heckklappe und blickte hinunter ans Seeufer zu Jemma, die mit ihrem Zeichenblock auf dem Picknicktisch hockte. Sein Herz klopfte sehnsüchtig, als er sie so in sich und ihre Zeichnung versunken dort sitzen sah, und am liebsten wäre er den Trampelpfad sofort wieder hinuntergerannt und hätte sie einfach in die Arme genommen. Doch er blieb, wo er war.

»Hey, was ist denn los?«, fragte Jamie verwundert, da Will plötzlich ziemlich niedergeschlagen aussah.

Der wischte sich über die Augen. Eigentlich wäre er lieber ein paar Minuten für sich gewesen, aber vielleicht war es gar nicht schlecht, dass Jamie mitgekommen war. Vielleicht konnte er so ein paar Dinge klären.

Er seufzte und gab sich einen Ruck. »Ich liebe deine Schwester.«

Jamie musterte ihn. »Ja, das merkt man. Wo ist das Problem? Sie liebt dich auch.«

»Tut sie das? Wirklich?« Will schnaubte leicht verzweifelt. »Warum redet sie dann kaum mit mir über ihre Gefühle?«, platzte es dann frustriert aus ihm heraus. »Sie schließt immer alles in sich ein und will es mit sich selbst ausmachen. Versteh mich nicht falsch, ich hab dafür wirklich Verständnis, vor allem was die Erinnerungen an eure Mum angehen. Die gehören nur ihr und das respektiere ich. Nur manchmal ist es wirklich nicht einfach, wenn sie mich nicht an sich heranlässt und ich nicht weiß, was in ihr vorgeht.«

Jamie lehnte sich neben ihn an den Wagen und sah ebenfalls hinunter zu Jemma. »Sie liebt dich, das weiß ich. Und es bedeutet ihr sehr viel, dass du Verständnis hast, wenn sie über manche Dinge nicht reden will.«

Wieder schnaubte Will und fuhr sich unwirsch durch die Haare. »Ja, aber manchmal ist es echt frustrierend, wie einfach du ihre Gedanken und Gefühle weißt, während ich nur raten kann, was in ihr vorgeht. Und im Zweifelsfall wird sie immer eher zu dir als zu mir kommen, wenn sie mit jemandem reden will.«

Ungläubig sah Jamie zu ihm auf. »Echt jetzt? Will, ich bin ihr Zwillingsbruder. Ich bin für dich mit Sicherheit keine Konkurrenz. Und mit mir redet Jem auch nicht über alles. Du hast schon recht. Sie macht vieles lieber mit sich selbst aus oder sie verarbeitet ihre Gedanken und Gefühle in ihren Bildern. So ist sie eben und die Menschen, die sie lieben, akzeptieren das. Und weil wir das tun, liebt sie uns.«

Will nickte nachdenklich. »Zeigt sie dir ihre Bilder?«

Jamie hob die Schultern und schüttelte den Kopf. »Mit Sicherheit nicht alle. Aber warum sollte sie auch? Manche Bilder sind einfach privat. Wie ein Tagebuch und das würde ich von ihr auch nicht lesen wollen.«

Will nickte schweigend und sah erneut hinunter zu Jemma.

»Sie liebt dich«, versicherte Jamie noch einmal, als er Wills Blick sah.

Der verzog das Gesicht. »Sagt dir das eure seltsame Zwillingsmagie?«

Jamie musste grinsen. »Vermutlich. Keine Ahnung. Ich weiß es einfach.«

Will lächelte matt und nickte. Er schwieg einen Moment lang, dann sah er Jamie ernst an. »Versprichst du mir was?«

»Was?«

»Falls Jem irgendwas wirklich zu schaffen macht und sie mir nichts sagt, sagst du es mir dann?«

Jamie zögerte, bevor er antwortete. »Ich würde sie niemals hintergehen. Außerdem glaube ich nicht, dass sie dir etwas wirklich Wichtiges verschweigen würde. Jedenfalls nicht lange.«

»Sie hat mir nicht sagen wollen, warum es ihr so schwerfiel, mit nach Schottland zu kommen«, meinte Will bitter. »Und die Erinnerungen an eure Mum sind ja wohl etwas wirklich Wichtiges, oder?«

Jamie biss sich auf die Unterlippe und nickte langsam. »Hast du mit ihr darüber geredet?«

Hilflos hob Will die Schultern, nickte, schüttelte dann aber den Kopf. »Ja, irgendwie schon. Aber es ist wie immer: Sie sagt, ich kann nichts für sie tun und sie muss alleine damit fertigwerden. Irgendwie stimmt das ja auch und ich will sie auch überhaupt nicht bedrängen oder so. Aber ich will, dass sie weiß, dass ich für sie da bin.«

»Aber das weiß sie doch. Oder glaubst du etwa, dass sie so was wie deine Flaschenpost jemals vergessen wird?« Jamie bedachte ihn mit einem Blick, der alles sagte. »So was ist genau ihr Ding und es bedeutet ihr wahnsinnig viel, dass du dir so viele Gedanken um sie machst.« Er schwieg einen Moment. »Mir übrigens auch«, fügte er dann noch hinzu.

Ein Lächeln trat in Wills Gesicht. »Okay.« Er atmete tief durch. »Danke.«

Jamie erwiderte sein Lächeln. »Wofür?«

Will schnitt ihm eine Grimasse, dann stieß er sich vom Wagen ab und deutete in Richtung Trampelpfad. »Komm, lass uns zurück zu den anderen gehen.«

Am Ufer hatten Zack und Ned ihre Köpfe über Neds Tablet zusammengesteckt, um sich im Internet die Hotspots von Edinburgh anzusehen, die man laut Homepage der Stadt auf keinen Fall verpassen durfte.

»Na, habt ihr schon was Spannendes gefunden?«, fragte Jamie, als er sich neben Zack auf die Bank sinken ließ.

»Die Burg sieht cool aus.« Zack schob das Tablet so, dass Jamie mitlesen konnte. »Es gibt den Edinburgh Dungeon, den wir mit unserem in London vergleichen könnten, und nachts kann man an Ghostwalks teilnehmen, die durch Winkel und Gassen führen, in denen es spuken soll.«

»Cool!«

Ned tippte auf den Bildschirm und rief eine andere Seite auf. »Außerdem gibt es jede Menge Kunstgalerien.«

»Lass das Jem bloß nicht sehen«, stöhnte Zack. »Sonst stehen uns statt Geisterjagd nur gähnend langweilige Ölschinken bevor.«

Jamie grinste in Richtung Will. »Die kannst du dir ja mit ihr ansehen, dann verschont sie uns damit.«

Will zuckte gelassen mit den Schultern. »Ich hab nichts dagegen. Ist vielleicht eh besser, wenn wir nicht ständig alles zu fünft machen, sonst gehen wir uns vermutlich nur irgendwann an die Gurgel.«

»Wer geht wem an die Gurgel?« Unbemerkt war Jemma zu ihnen getreten und versuchte einen Blick auf das Tablet zu werfen. »Und warum?«

»Die drei Kulturbanausen dir, wenn du sie in Edinburghs Kunstgalerien schleppen willst«, antwortete Will und legte seinen Arm um sie. »Deshalb gehen wir zwei allein dorthin, wenn du magst.«

Jemma nickte sofort und schlang ihren Arm um seine Hüfte. »Einverstanden!«

Will warf einen Blick auf den Picknicktisch, auf dem ihre Zeichensachen lagen. Daneben stand die leere Flasche. »Ist alles okay?« Er versuchte in ihrem Gesicht zu lesen. »Möchtest du doch keine Flaschenpost versenken? Du musst nicht, wenn du nicht willst.«

»Doch, natürlich will ich!« Sie drückte sich an ihn. »Ich will dich nur gern dabeihaben.«

Jamie musste lächeln, als er sah, wie sehr Will sich darüber freute.

»Bist du sicher, dass du das nicht alleine machen willst?«

»Ganz sicher.« Sie fasste seine Hand und zog ihn mit sich.

Will folgte ihr, jedoch nicht, ohne Jamie noch einen Blick zuzuwerfen. Der zuckte nur grinsend mit den Schultern und in seinem Gesicht stand überdeutlich ein fettes *»Hab ich dir doch gesagt!«* geschrieben.

Ihr Skizzenblock lag auf dem Tisch, daneben verstreute Bleistifte, ihr Federmäppchen und ihr Smartphone. Sie griff nach dem Handy, tippte sich durch ein paar Menüs, hielt schließlich inne und blickte wehmütig auf das Display. Für einen langen Moment schwieg sie, dann atmete sie tief durch und hielt Will das Smartphone hin.

»Das ist mein Lieblingsbild von mir und meiner Mum.«

Das Bild war ihr Schatz und sie ließ es nur selten jemanden

sehen, doch es fühlte sich richtig an, es Will endlich zu zeigen. Er legte seinen Arm um sie, küsste sacht ihre Stirn und nahm das Handy entgegen.

Das Foto zeigte eine hübsche Frau, die mit Pinsel und Farbpalette vor einer riesigen Leinwand stand, die aussah, als wäre auf ihr gerade ein Regenbogen explodiert. Blonde Haarsträhnen hatten sich aus einem wirren Knoten gelöst und hingen ihr wild ins Gesicht. Sie trug alte Jeans und ein Männerhemd, das sie bis zu den Ellbogen aufgekrempelt hatte. Kleider, Gesicht und Unterarme waren voller bunter Farbkleckse, doch das schien sie kein bisschen zu stören, denn sie lächelte fröhlich über ihre Schulter in die Kamera. Neben ihr stand ein kleines blondes Mädchen von vielleicht neun oder zehn Jahren, genauso farbbekleckst und mit ähnlich wilden Haaren. Auch sie hielt einen dicken Pinsel in der Hand und grinste glücklich in die Kamera.

»Sie war sehr hübsch.« Will zog Jemma fest an sich. »Und du siehst ihr unglaublich ähnlich.«

Sie lächelte verlegen und spürte plötzlich eine riesige Welle von Traurigkeit.

»Es ist ein wunderschönes Foto. Wie war ihr Name?«

»Caroline.« Jemmas Herz begann schmerzhaft gegen ihre Rippen zu schlagen.

»Habt ihr oft zusammen gemalt?«

Sie presste die Lippen aufeinander und nickte. Es war schwer darüber zu reden. So viele Gefühle und viel zu viele Erinnerungen, die immer noch wehtaten, weil es eben nur noch Erinnerungen waren und nichts davon je wiederkommen würde. Doch ihre Mum deswegen totzuschweigen fühlte sich falsch an, denn das hatte sie nicht verdient.

»Malen und Zeichnen – das war ihr Leben und sie hat mich oft bei ihren Bildern mitmachen lassen«, brachte sie mühsam hervor und wünschte, es wäre einfacher – alles wäre verdammt noch mal einfacher!

»Sieht so aus, als hättet ihr dabei eine Menge Spaß gehabt.«

Sacht strich Will über ihren Arm und sie schmiegte sich fest an ihn. Seine Nähe tat so gut. Trotzdem schnürten ihr Trauer und Schmerz die Kehle zu. Sie versuchte sie wegzuschlucken, doch es gelang ihr nicht und sie merkte, wie ihr Tränen in die Augen stiegen.

»Ja, das hatten wir«, flüsterte sie tonlos und ihre Stimme zitterte.

Noch immer strich Will ihr über den Arm. »Ich wette, sie wäre unglaublich stolz auf dich.«

Es tat weh. Es tat so verdammt weh. Und es war so unglaublich unfair, dass sie fort war. Dass sie nie wieder zusammen malen und zeichnen würden. Kein Lachen mehr, kein Reden, keine Umarmung, kein Kuss. Alles nur noch beschissene Erinnerungen, die die Sehnsucht nach dem, was verloren war, umso schlimmer machte.

Das Bild auf dem Display verschwamm vor ihren Augen und plötzlich konnte sie die Tränen nicht mehr zurückhalten. Sie schluchzte, klammerte ihre Finger in Wills T-Shirt und presste ihr Gesicht gegen seine Brust.

Alles tat weh.

Alles war so *so* ungerecht.

Will schlang seine Arme um sie und hielt sie einfach nur fest. Küsste sanft ihren hellen Haarschopf und sagte nichts, weil er ganz genau wusste, dass es manchmal einfach keine Worte gab, die helfen konnten. Manchmal half nur Dasein und Festhalten, Loslassen und Weinen.

Jemma wusste nicht, wie lange sie so dastanden und sie sich in seinen Armen verkroch, doch irgendwann wurde der Schmerz leichter. Wills Nähe, seine Wärme, sein stilles Dasein wie ein Fels in ihrer Gefühlschaosbrandung ließen sie schließlich wieder ruhiger werden. Sie atmete tief durch, wischte sich die Tränen vom Gesicht und wand sich aus seinen Armen.

Zerknirscht sah sie auf den nassen Fleck auf seinem T-Shirt. »Ich hab dein Shirt vollgeheult«, schniefte sie. »Sorry. Das ist total peinlich.« Sie wischte an dem Fleck herum und machte ihn dabei nur noch größer. »Normalerweise bin ich keine solche Heulsuse. Aber gerade – ich weiß auch nicht. Manchmal ist plötzlich einfach alles zu viel. Tut mir leid.«

Will stoppte ihre Hand, strich ihr zärtlich eine Haarsträhne aus dem Gesicht und sah ihr fest in die Augen. »Das muss dir kein bisschen leidtun, Jem. Im Gegenteil. Ich liebe dich unglaublich für jede einzelne Träne, die du gerade in mein Shirt geschnieft hast. Kein Mensch kann immer stark sein und ich verspreche dir, dass ich immer da bin, wenn dir irgendwas zu viel wird, okay?«

Oh Mann, jetzt musste sie echt aufpassen, dass sie nicht noch mal losheulte. Doch als Will sich zu ihr hinabbeugte und seine Lippen ihre fanden, war Küssen eine so viel bessere Alternative.

Als ihre Lippen sich wieder voneinander trennten, musterte Will sie und versuchte in ihren Augen zu lesen. »Wieder besser?«, fragte er leise.

Sie lächelte und nickte. »Ja. Viel besser.« Sie atmete tief durch und nahm seine Hand. »Möchtest du sehen, was ich für Mums Flaschenpost habe?«

Liebevoll wischte er ihr die verschmierte Mascara von den Wangen. »Sehr gerne – aber du musst es mir nicht zeigen. Das ist nur für dich und deine Mum.«

»Ich weiß. Aber es fühlt sich richtig an.«

Sie griff nach ihrem Skizzenblock, schlug ihn auf und

reichte ihm die Bleistiftzeichnung, an der sie schon während der Regentage auf Abberton Hall gearbeitet hatte.

Das Bild zeigte ein kleines hölzernes Schmuckkästchen mit hübschen Intarsien und Schnitzereien aus kleinen Blumenranken. In seinem Inneren lag auf hellem Stoff ein Medaillon an einer langen Kette. Der Anhänger war aufgeklappt und ihre Mum lächelte dem Betrachter entgegen. Neben ihr, im Deckel des Medaillons, stand in zierlichen Buchstaben eine Widmung.

Love you, Mum, and always will.

Will musste heftig schlucken, als er plötzlich an seine eigene Mum denken musste und wusste, dass ihr diese Zeichnung unglaublich gut gefallen hätte. »Das – ist wunderschön. Bist du sicher, dass du es nicht behalten willst?«

Jemma nickte. »Es ist für Mum.« Sie nahm die Zeichnung, küsste ihre Finger und strich zärtlich über das Gesicht ihrer Mutter. »Ich hab dich lieb. Für immer«, wisperte sie leise zum Abschied. Dann rollte sie das Blatt ein und steckte es in die bauchige Glasflasche.

Will hielt den Beutel mit den Kiessteinchen auf und Jemma füllte ein paar Handvoll zum Beschweren in die Flasche. Dieser Schatz sollte auf den Grund von Loch Ness sinken und dort für immer verborgen bleiben.

»Hast du einen Verschluss?«

Will zog einen Korken aus der Hosentasche und Jemma drückte ihn tief in den Flaschenhals. Erneut kramte Will in seiner Tasche und förderte ein Feuerzeug und einen kleinen roten Klumpen ans Licht. Jemma nahm den seltsamen Batzen und drehte ihn zwischen den Fingern. Er erinnerte entfernt an ein Radiergummi oder sehr harte Knetmasse.

»Was ist das?«

»Siegelwachs.« Will lächelte. »Wenn wir eine Flaschenpost

machen, dann auch stilecht. Außerdem musste ich den Korken schmaler schnitzen, damit wir ihn in den Flaschenhals bekommen. Mit dem Wachs machen wir es dicht, damit kein Wasser reinkommen kann.«

Beeindruckt sah Jemma zu, wie er das Siegelwachs in die Flamme des Feuerzeugs hielt und das geschmolzene Wachs auf den Korken tropfen ließ. »Wann hast du das denn alles geplant und organisiert?«

Er grinste. »Na, wir hatten in den letzten beiden Tagen doch genug Zeit, oder nicht?«

Jemma zog eine Augenbraue hoch. »Und ich dachte, du hättest mit Jamie Mathe gepaukt!«

Will zuckte mit den Schultern. »Hab ich auch. Aber er konnte mir den ganzen Kram deutlich besser erklären als diese Onlinelehrerin. Und das obwohl er den Stoff noch gar nicht hatte! Er musste es sich nur durchlesen und hat es sofort verstanden. Echt unglaublich.«

Jemma schmunzelte. »Ja, was Mathe angeht, ist er wirklich ein Genie.«

Will nickte. »Wenn er weiter mit mir lernt, muss ich mir um die Matheprüfung jedenfalls keine Sorgen mehr machen.«

»Das macht er bestimmt.« Jemma wies auf das Wachs. »Wo hast du das Zeug eigentlich her?«

»Vom alten McLean. Es hat durchaus seine Vorteile einen traditionsbesessenen Gastgeber zu haben. Er hat sich zwar gewundert, als ich ihn darum gebeten habe, aber er hat nicht groß nachgefragt.«

Mittlerweile waren Flaschenhals und Korken mit einer dicken Wachsschicht verschlossen.

»Okay, das ist dicht. Willst du noch irgendwas einritzen? Dann musst du dich beeilen, bevor das Wachs wieder hart wird.«

Jemma nahm das Armband ab, das er ihr vor ein paar Tagen geschenkt hatte, und drückte es in die zähe Masse. Vorsichtig zog sie das Kettchen wieder heraus und zurück blieb der Abdruck einer zierlichen Blütenranke im roten Wachs. Sie lächelte zufrieden, wischte das Armband sauber und legte es wieder um ihr Handgelenk. Dann nahm sie die Flasche, fasste Wills Hand und gemeinsam gingen sie ein Stück den Uferweg entlang, bis sie eine Stelle fanden, an der sie direkt ans Wasser treten konnten.

Für eine ganze Weile schaute Jemma hinaus auf den See und die umliegenden Hügel, die friedlich in der Morgensonne lagen. »Ja, hier ist es gut«, sagte sie schließlich und atmete tief durch. Sie drückte die Flaschenpost noch einmal fest an ihr Herz, dann reichte sie sie Will.

»Sicher, dass du es nicht selbst machen willst?«

Sie nickte. »Die Flasche ist schwer. Du kannst sie viel weiter werfen als ich. Außerdem fühlt es sich richtig an, dass wir es gemeinsam tun. Es war immerhin deine Idee.«

Will lächelte. »Kann es sein, dass sich für dich heute eine Menge richtig anfühlt?«

Sie erwiderte sein Lächeln, zog ihn zu sich herab und küsste ihn. »Eine ganze Menge.« Liebevoll strich sie ein letztes Mal über die Flaschenpost. »Wirf sie rein.«

Will wog die Flasche in seiner Hand, dann holte er aus und warf sie so weit er konnte auf den See hinaus. Platschend traf sie aufs Wasser und versank sofort in der Tiefe.

»Sorry«, murmelte er wenig begeistert. »So besonders weit war das auch nicht.«

»Weiter als ich es hinbekommen hätte.«

Sie lehnte sich an ihn und er schlang seine Arme um ihre Mitte und gab ihr einen Kuss auf den Hinterkopf.

»Der See wird sehr schnell sehr tief. Ich denke, deine Post ist dort unten sicher.«

Sie nickte. »Der Geist von Nessie wird schon gut auf unseren Schatz aufpassen.«

Will musste lächeln und verschränkte seine Finger mit ihren. Eine ganze Zeit lang standen sie eng aneinandergeschmiegt am Ufer und sahen still hinaus auf die friedliche Landschaft. Schließlich wandte Jemma sich zu ihm um und sah ihm tief in die Augen.

»Danke für die Flaschenpost. Und für diese wunderschöne Erinnerung«, sagte sie leise.

»Sehr gern geschehen.« Sanft strich er ihr über die Wange und küsste sie.

Glücklich schlang sie die Arme um seinen Nacken und vergrub ihre Hände in seinen dunklen Haaren. »Ich liebe dich, das weiß du, oder?«

Ja, das wusste er.

Ende

Nachwort

Hey ihr Lieben,

ich hoffe, ihr hattet ein paar spannende Schmökerstunden mit Jemma, Jamie, Zack, Ned und Will im *House of Nightmares*? Wenn ihr dabei dem ein oder anderen hin und wieder die Meinung geigen, vors Schienbein treten, Respekt zollen, mit einem Augenrollen strafen oder einfach nur in den Arm nehmen wolltet, dann sage ich DANKE, dass Jemma und die Jungs sich wieder für eine kleine Weile in eure Herzen schleichen durften. Das schönste Kompliment für mich ist, wenn ihr gemeinsam mit meinen Protas Spaß habt, mitfiebert, miträtselt und auch ein kleines bisschen mitleidet. ;o)

Wer das Buch noch nicht gelesen hat – ab hier nicht weiterlesen! Spoilerwarnung!

Im zweiten Teil der CyberWorld-Reihe war eine ganze Menge los – sowohl an den unterschiedlichen Gefühlsfronten als auch in der CyberWorld und natürlich auch mit den neuen Biokörpern.

Hand aufs Herz: Hättet ihr euch ins *House of Nightmares* getraut? BeastyEnterprise hat bei dem Spiel ja ganz schön mit den allgemein gültigen Regeln für CyberGames herumgemurkst. Mal sehen, was dazu noch kommen wird …

Und wie gerne hättet ihr mit den McLeans unter einem Dach gewohnt und gemeinsam mit ihnen beim Dinner gesessen? ;o)

Und was war bei Jemma und den Jungs los?

Jamie hat der Zwischenfall mit Russell ganz schön aus der Bahn geworfen und Zack hatte alle Hände voll damit zu tun, ihn von ein paar ganz üblen Gedanken abzubringen. Was mag da wohl passieren, wenn Russell womöglich noch einmal auftaucht?

Und Jemma und Will? Hat seine Flaschenpost euch genauso sehr gerührt wie Jem?

Tja, und dann ist da noch Ned, der zwar sein Überleben gewonnen hat, jetzt aber mit den Schattenseiten und Grenzen seines neuen Körpers klarkommen muss. Außerdem sind die Biokörper jetzt kein Geheimnis mehr. Wird er es trotzdem schaffen, vor der Welt zu verbergen, dass er in einem lebt? Besonders, falls er sich tatsächlich dazu entscheiden sollte, mit Jamie, Jem und Zack zur Schule zu gehen?

Und welches Abenteuer steht den fünf im dritten Teil bevor?

Fragen über Fragen …

Und? Neugierig? ;o)

Dann ich würde mich riesig freuen, wenn ihr auch beim dritten Teil der Reihe, *Evil Intentions*, wieder dabei seid.

Alle wichtigen Neuigkeiten zur CyberWorld-Reihe findet ihr immer hier auf diesen Seiten:

https://www.facebook.com/Nadine-Erdmann-Autorin
https://www.facebook.com/CyberWorld.Books/
http://nadineerdmann.de/

Until next time, take good care – of yourselves and of each other … ;o)

Nadine

Leseprobe CyberWorld 3.0: Evil Intentions

Kapitel 1

Ihr Herz wummerte wie ein Presslufthammer.

Das konnte nicht gesund sein, oder? Himmel, sie war einfach nicht für diese Welt gemacht.

Ihre Hände krampften sich um den Griff des Säbels und obwohl ihre Nerven gerade Amok auf Hochtouren liefen, stieß sie mit dem Fuß die Tür der Spelunke auf.

Nur einen kleinen Spalt weit.

Abwarten.

Lauschen.

Doch außer muffiger Luft fiel nichts und niemand über sie her.

Wie erfreulich.

Trotzdem klopfte ihr Herz noch immer viel zu heftig, als sie die Tür langsam weiter aufschob.

Sie wollte da nicht rein.

Wirklich nicht.

Diese düstere Kaschemme schrie geradezu nach Mord und Totschlag.

Mensch, jetzt sei nicht so eine Memme! Säbel hoch und los!

Bevor ihr Fünkchen Mut sich wieder aus dem Staub machen konnte, trat sie über die Schwelle.

Der Gastraum war nur mit ein paar funzeligen Öllampen beleuchtet und das Feuer im Kamin warf flackernde Schatten an die rußgeschwärzten Wände. Leere Tische und Bänke luden nicht gerade zum Verweilen ein. Im Gegenteil. Sie sorgten für eine verdammt finstere Atmosphäre. Aber wenigstens lauerte hier keine blutrünstige Seeräubermeute mit gezogenen Messern und Degen auf sie. Obwohl – die konnte ja noch kommen. Wäre schließlich nicht das erste Mal.

Nervös wandte Charlie sich um. Gott sei Dank, Jem war noch hinter ihr. Die hatte zwar auch ihren Säbel gezogen, wirkte allerdings völlig entspannt.

»Wo sind die Jungs?«, wisperte Charlie wenig begeistert darüber, dass Zack, Ned und Jamie sie offensichtlich allein gelassen hatten.

Sollten die drei nicht eigentlich die Ersten sein, die ein Gasthaus betraten, das geradezu nach Falle schrie? Immerhin hatten sie sich diesen Horror hier ausgedacht, der ihr vermutlich gleich den vierten Herzinfarkt am heutigen Tag bescheren würde!

»Sie wollen nachsehen, ob der Trigger für den Bluthund funktioniert. Der schiebt irgendwo draußen Wache«, antwortete Jemma in ganz normaler Lautstärke und ließ Charlie damit heftig zusammenfahren. »Wir sollen schon mal reingehen und nachsehen, ob die Questabgabe funktioniert.«

Charlie rollte mit den Augen. »Na toll. Wenn man mal ein paar heldenhafte Kerle braucht …«

»… schaffen wir zwei es auch locker alleine.«

Resolut schob Jemma ihre beste Freundin in den dämmrigen Gastraum. Die uralten Bodenplanken knarzten entsetzlich laut unter ihren Füßen und strapazierten unschön Charlies ohnehin schon äußerst angekratzte Nerven.

»Mann, ich hasse Gruselgames.« Noch immer krallte sie ihre Finger um den Säbelgriff.

»Bleib locker. Bisher hast du dich doch richtig gut geschlagen. Und jetzt suchen wir nur den Wirt, um die Quest abzugeben. Dabei wird schon nicht die Hölle losbrechen.«

Charlie bedachte sie mit einem vernichtenden Blick. »Das

Gleiche hast du mir gestern auf dem Geisterschiff versichert. Und vorhin in der Schatzhöhle. Und bei beiden Aktionen hat es dann plötzlich von fiesen Gespenstern, ekelhaften Seemonstern und krawalligen Piraten nur so gewimmelt!«

»Na, das ist ja auch der Spaß an CyberGames!« Jemma trat an ihr vorbei und steuerte die Bar an. »Wäre doch ziemlich langweilig, wenn da nichts passieren würde, oder nicht?«

Charlie schnaubte. »Ihr habt eine verdammt seltsame Vorstellung davon, was Spaß macht. Ich bin jedes Mal halb tot vor Angst, wenn irgendeins eurer Monster auf mich zukommt. Oder wenn ich eine Tür öffnen oder um eine finstere Ecke gehen muss. Das ist doch kein Spaß! Das ist Antrainieren von paranoiden Wahnvorstellungen!«

»Es ist einfach nur cooler Nervenkitzel.« Jemma streifte einen fleckigen Leinensack von ihrer Schulter. »Und sooo schlecht kannst du das alles ja nicht finden, immerhin spielst du heute schon zum dritten Mal Versuchskaninchen.« Sie legte das Bündel mit ihrer Schmuggelware auf einem wackligen Barhocker ab und bimmelte eine Glocke, die neben einem kleinen Holzfass und zwei Flaschen Rum auf dem Tresen stand.

»Ich bin halt leider neugierig.« Da hier anscheinend wirklich keine Piraten aus den Ecken sprangen oder die gequälten Seelen längst verstorbener Gäste dieser zwielichtigen Kaschemme auf die Idee kamen, aus dem Fußboden emporzusteigen, beschloss Charlie ihrer Paranoia eine Auszeit zu gönnen. Sie ließ den Säbel sinken und wies in den Gastraum. »Es ist echt cool, dass so was hier von meinen Freunden ist.« Sie grinste. »Und wenn das Spiel irgendwann fertig ist und auf den Markt kommt, will ich damit gebührend angeben können und das geht ja wohl nur, wenn ich es selbst gespielt hab und auch weiß, wovon ich rede.«

»Überleg dir eine Questaufgabe oder irgendein gruseliges

Event, dann kannst du dich hier sogar selbst verewigen. Wenn deine Ideen hier reinpassen, setzen wir sie gerne um.«

»Meinst du echt?«

»Klar, warum nicht? Wir freuen uns aber auch über richtig aktive Hilfe, denn es gibt noch jede Menge Arbeit.« Jemma deutete in den leeren Gastraum. »Hier soll auf jeden Fall ein bisschen mehr los sein, wenn das Spiel mal fertig ist. Und der Trigger für den Wirt scheint auch noch nicht zu funktionieren.« Sie bimmelte noch einmal die Glocke auf dem Tresen, doch kein NPC ließ sich blicken.

»Wäre schon cool, hier mitzumachen.« Charlie ließ ihren Blick umherwandern, sah dann aber zweifelnd zu Jemma. »Ich kann aber weder Vorlagen zeichnen noch programmieren.«

»Das kann Zack auch nicht. Aber er schreibt echt witzige Dialoge und du bist schließlich auch nicht auf den Mund gefallen. Ich wette, ihr zwei wärt ein absolutes Dreamteam.«

Charlie musste lachen. »Ja, vermutlich. Stammt diese Spelunke hier denn aus deiner Feder?«

Jemma schüttelte den Kopf. »Nein, die basiert auf Fotos vom Jamaica Inn, einem alten Gasthaus in Cornwall, in dem früher wirklich mal Piraten ihre Schmuggelware vertickt haben.«

»Echt? Wie cool ist das denn?!«

»Die Recherchearbeit macht übrigens auch Zack und ich bin mir sicher, dass er sich dabei auch über Hilfe freuen würde. Er hat eine ganze Menge Gruselgeschichten und düstere Legenden gefunden, die sich um das Gasthaus und die kornische Küste ranken. Zack schreibt sie um und macht Hintergrundgeschichten und Questaufgaben daraus.«

»Wow.« Charlie war ehrlich beeindruckt. »Dann gibt's noch mehr reale Orte?«

»Die komplette Küstenlinie entspricht der Westküste

Englands, also alle Buchten, Klippen und so weiter. Ich hab allerdings die Häuser bearbeitet, damit sie alt aussehen und ins achtzehnte Jahrhundert passen. Außerdem ist die Schatzkammer in der Schmugglerhöhle von mir und die Innenräume des Geisterschiffs. Das Äußere hat Jamie gezeichnet, genauso wie alle Geister, Monster und andere NPCs. Figuren sind eher sein Ding. Ich mach lieber die Szenerie.«

»Und Ned programmiert dann alles?«

»Genau. Will hilft ihm, wenn er Zeit hat, und Jamie kriegt die Basics mittlerweile auch schon ganz gut hin.«

Charlie stemmte ihre Hände in die Hüften und betrachtete sich in einem riesigen Spiegel mit schwerem Schnörkelrahmen, der gegenüber dem Tresen an der Holzwand hing. »Und wem hab ich diese schrecklichen Pumphosen zu verdanken, die einen aussehen lassen, als hätte man einen Elefantenhintern?«

Jemma rollte mit den Augen. »Das hier ist ein Piratenabenteuer, keine Modenschau!«

»Trotzdem.« Charlie rümpfte die Nase. »Man weiß schließlich nie, wann man mal jemanden optisch umhauen möchte. Und, Süße, in diesen Hosen? Never ever!«

»Wen sollte ich denn optisch umhauen?«, seufzte Jemma. »Will ist ja kaum mal hier. Seit er auf dem College ist, sehen wir uns fast nur noch am Wochenende.«

Sie betrachtete sich ebenfalls im Spiegel. Eigentlich fand sie diese Hosen gar nicht so schlecht. Sie kaschierten ihre zu schmalen Hüften und gaukelten so zumindest dort ein paar Kurven vor, die sie nicht hatte. Im Gegensatz zu dem Korsett, das das Spiel ihr über einem weißen Hemd mit bauschigen Ärmeln verpasst hatte. Diese Kombi zeigte leider nur allzu deutlich, dass ihre Oberweite nicht sonderlich viel zu bieten hatte.

»Von dir redet ja auch keiner.« Charlie zupfte ihr Hemd

zurecht, um das recht eindrucksvolle Dekolleté ihres Avatars noch ein bisschen besser zur Geltung zu bringen.

Überrascht sah Jemma sie an. »Wen willst du denn hier umhauen? Etwa Ned?«

»Na, bei Zack und Jamie wäre es ja wohl vergebliche Liebesmühe, oder nicht?«

»Dann haben du und Colin wirklich endgültig Schluss gemacht?«

»Yep. Dieses ständige On-and-off ist einfach nicht gut für die Band. Also haben wir jetzt einen Schlussstrich gezogen und bleiben nur gute Freunde. Und das klappt echt prima. Es war ja eh nie so was super Ernstes.«

»Und jetzt hast du ein Auge auf Ned geworfen?« Jemma musterte ihre beste Freundin verwundert. Ned entsprach so gar nicht ihrem üblichen Beuteschema.

»Warum denn nicht?« Charlie betrachtete sich erneut kritisch im Spiegel. »Er sieht süß aus, ist clever und kann ziemlich witzig sein, wenn er auftaut.« Sie warf Jemma einen frechen Blick im Spiegel zu. »Hättest du denn was dagegen, wenn ich was mit dem Bruder deines Freunds anfange? Denk nur mal, was das für Potenzial hätte! Wenn er mein Mister Right ist, könnten wir eine richtig coole Doppelhochzeit feiern!«

»Ja, klar«, schnaubte Jemma und zog sich auf einen der Barhocker. »Wann denn? Nächstes Wochenende?«

Charlie lachte. »Ich bin zwar gut, aber ob ich Neds Herz so schnell gewinnen kann, weiß ich nicht. Ich glaube, bei ihm werde ich ein bisschen länger brauchen, um ihn zu knacken.« Sie grinste bedeutungsvoll. »Aber wer weiß, was Will mit dir an deinem Geburtstag vorhat?«

»Du spinnst!«

Charlie zuckte bloß mit den Schultern. »Wenn er nicht

total blöde ist, weiß er, was er an dir hat. Und dann wird er sicher nicht riskieren, dass ihm jemand zuvorkommt und dich wegschnappt.«

»Klar! Weil die Verehrer ja auch Schlange bei mir stehen.«

»Oh, es gab am Freitag im McAllister's schon den ein oder anderen Kandidaten, der interessiert in deine Richtung geguckt hat. Und im Gegensatz zu dir hat Will die auch bemerkt.«

Jemma verzog das Gesicht. »Deshalb macht er mir noch lange keinen Heiratsantrag. Er ist weder eifersüchtig noch besitzergreifend. Gott sei Dank!«

»Und was ist mit dir?«, stichelte Charlie fröhlich weiter. »Er fängt sich schließlich auch immer einige äußerst interessierte Blicke ein. Und er ist jetzt auf dem College. Wer weiß, was für heiße Mädchen er da trifft, die keine Schuluniform mehr tragen müssen?«

Empört kickte Jemma ihr vom Barhocker aus in den Hintern.

»Autsch! Hey, ist das der Dank dafür, dass ich mich so um dein Liebesleben sorge?!«

»Kümmere dich mal lieber um das Chaos in deinem eigenen!« Jemma musterte ihre Freundin abschätzend. »Meintest du das gerade eigentlich echt ernst? Du und Ned? Er ist ja nun nicht unbedingt einer der strahlenden Sonnyboys, auf die du sonst so abfährst.«

Charlie hob die Schultern und zog verlegen die Nase kraus. »Ja, hört sich schräg an, oder? Selbst für mich.« Sie wischte sich eine Haarlocke aus der Stirn, die aber sofort wieder zurückfiel. »Sonnyboys sind super, um ein bisschen Spaß zu haben, aber – keine Ahnung. Irgendwie sind die auch alle gleich. Und auf Dauer echt langweilig.« Erneut strich sie sich die widerspenstige Locke zurück. »Ned ist anders. Irgendwie … ich weiß nicht – spannend? Er ist so – nicht unbedingt schüchtern, aber so ruhig und zurückhaltend.« Stirnrunzelnd hielt sie inne und sah zu Jemma. »Eigentlich ist er ein bisschen so wie du. Hey, vielleicht ist das der Grund, warum ich ihn so mag!«

»Ned ist wie ich?«, fragte Jemma irritiert.

»Ja! Total!«, nickte Charlie enthusiastisch. »Ihr seid beide so grüblerische Typen. Beobachtet, wartet ab und die meiste Zeit weiß kein Mensch, was in euren hübschen Köpfchen so vor sich geht.«

Jemma warf ihr einen schiefen Blick zu. »Ich nehm das jetzt einfach mal als Kompliment.«

»Na, stille Wasser sind tief, oder nicht? Ich finde das spannend! Bei dir ist unter der Oberfläche schließlich auch immer eine ganze Menge los. Und ich glaube, ich würde wahnsinnig gern herausfinden, was Ned so alles unter seiner verbirgt.«

Jemma schluckte und nickte bloß stumm.

Charlie hatte keinen blassen Schimmer, was Ned tatsächlich vor der Welt verbarg.

Sie seufzte innerlich. Es war wahnsinnig schwer, ihrer besten Freundin Neds Geheimnis nicht anzuvertrauen – besonders, wenn Charlie wirklich anfing, sich für ihn zu interessieren. Doch Jemma konnte ihr nicht erzählen, dass Ned gestorben wäre, wenn sein Bewusstsein nicht in einen der Biokörper umgezogen wäre, die sein Vater entwickelt hatte. Es war allein Neds Entscheidung, wen er in sein Geheimnis einweihen wollte.

»Du weißt, dass er die letzten drei Jahre krank war und kaum das Haus verlassen konnte«, sagte sie vorsichtig.

Charlie runzelte die Stirn. »Ja, und? Jetzt ist er gesund. Er hat mir erzählt, dass die letzte Therapie erfolgreich war und der Krebs nicht wiederkommen kann.«

»Schon. Aber er geht jetzt seit sieben Wochen mit uns zur Schule und es hat einige Mädchen gegeben, die mehr als deutlich Interesse an ihm gezeigt haben, und er hat sie alle abblitzen lassen.«

Charlie winkte ab. »Das war ja auch nur die übliche Meute Frischfleischfetischistinnen im Piranhabecken der Liongate Academy. Ein gut aussehender neuer Typ an der Schule, der auch noch der Sohn des CyberWorld-Erfinders ist?« Sie schnaubte. »Diese Trophäenjägerinnen hätte ich an seiner Stelle auch alle in den Wind geschossen.« Wieder drehte sie eine ihrer Locken um den Finger und wandte sich zum Spiegel, um ihre Haare testweise hochzudrehen. »Spricht doch nur für ihn, dass er sich von diesen oberflächlichen Schlangen nicht einwickeln lässt.« Zufrieden betrachtete sie ihr Werk und strich sich über die Augenbrauen.

»Schon. Aber ich bin mir gar nicht sicher, ob er im Moment überhaupt eine Freundin haben will. Ich glaube, er gewöhnt sich immer noch an das ganz normale Leben außerhalb seiner vier Wände.«

»Na, jetzt übertreibst du aber! Ihr wart die halben Sommerferien quer durch Großbritannien unterwegs und er geht seit sieben Wochen mit uns zur Schule. Du tust gerade so, als wäre er ein Einsiedlerkrebs, dem jede Begegnung mit der Zivilisation Gott weiß was abverlangt! Klar, er hat eine schlimme Zeit hinter sich, und dass seine alten Freunde ihn fallen gelassen haben, als er krank war, ist absolut unterirdisch. Aber jetzt hat er ja uns und ich bin mir sicher, er ist clever genug, um zu schnallen, dass wir ihn niemals so mies im Stich lassen würden.«

Dagegen konnte sie nur schlecht etwas sagen, also gab Jemma sich geschlagen. »Dann überfahr ihn aber wenigstens nicht gleich mit einer totalen Powergirloffensive, okay? Ich glaube nämlich, dass du ihn damit ziemlich abschrecken würdest.«

Charlie grinste. »Dann hast du also nichts dagegen, dass ich es bei ihm versuche?«

»Hallo?! Nein, natürlich nicht.«

»Cool!« Charlies Grinsen wurde noch ein bisschen breiter und sie zupfte weiter ihre hochgedrehten Locken zurecht. »Wenn er sich von mir zu einem Date überreden lässt, könnte er damit schließlich auch den bescheuerten Gerüchten ein Ende setzen, die Amber und ihre nervigen Lästerschwestern in die Welt gesetzt haben.«

Jemma stöhnte. »Ned ist nicht schwul.«

»Seine beiden besten Freunde sind es. Für die Intelligenzallergiker reicht das.«

»Klar«, meinte Jemma sarkastisch. »Für die bin ich vermutlich auch eine Lesbe, weil mein Zwillingsbruder ja auf Jungs steht!«

Charlie schüttelte ihre Mähne, bis sie ihr wieder über die Schultern fiel. »Weißt du, dieses Gerücht kam interessanterweise nie auf. Vermutlich weil du jahrelang ein eher verklemmtes Mauerblümchen warst, dir jetzt aber mit William Dunnington gleich mal einen der heißbegehrtesten Heiratskandidaten der nächsten Jahre geangelt hast.«

»*Verklemmtes Mauerblümchen?!*« Von ihrem Barhocker aus verpasste Jemma ihrer Freundin einen weiteren Tritt in den Hintern und verschränkte empört die Arme vor der Brust. »Danke!«

Charlie lachte. »Hey, *ich* weiß es doch besser! Ich sag doch: Stille Wasser sind tief.« Sie wollte Jemma im Spiegel frech zuzwinkern, erstarrte aber mitten in der Bewegung.

Jemma war verschwunden.

Stattdessen sah Charlie ein völlig anderes Spiegelbild hinter sich. Ein kleines Mädchen in einem zerschlissenen weißen Kleid. Strähniges dunkles Haar fiel über ihre knochigen Schultern und das bleiche Gesicht. Trotzdem konnte Charlie zwei pechschwarze Augen erkennen, die sie boshaft anfunkelten. Schwarze Lippen kräuselten sich zu einem teuflischen Grinsen und entblößten spitze, faulige Reißzähne.

Zu Tode erschrocken riss Charlie ihren Säbel aus dem Gürtel und wirbelte herum.

Doch hinter ihr war niemand!

Zumindest kein albtraumhaftes Geistermädchen. Nur Jemma, die auf dem Barhocker saß, die Beine baumeln ließ und Charlie mit hochgezogener Augenbraue ansah.

»Alles klar?«

Charlie stieß die Luft aus und hoffte, dass ihr rasender Herzschlag sich wieder beruhigte. »Mann! Hier war gerade eine echt zombiemäßige Geistergöre. Ich hab sie im Spiegel gesehen.« Vorwurfsvoll fuchtelte sie mit ihrem Säbel vor Jemmas Nase herum. »Du wusstest, dass die hier auftauchen wird!«

Jemma grinste genauso höllisch wie zuvor das Zombiebalg.

»Du bist absolut unmöglich!«, wetterte Charlie. »Wir führen hier gerade ein tiefgründiges Beste-Freundinnen-Gespräch, bei dem ich dir den bevorstehenden Wandel in meinem Liebesleben offenbare, und du warnst mich nicht mal vor?!«

»Doch, tue ich.« Jemma deutete über ihre Schulter. »Die zombiemäßige Geistergöre kriecht gerade hinter dir aus dem Spiegel.«

»*WAS?!*«

Entsetzt fuhr Charlie herum.

Shit!

Tatsächlich kroch das Monsterbalg mit zuckenden Bewegungen aus dem Spiegelglas. Die Augen funkelten finster und das Biest streckte fauchend seine Krallenhand aus. Erschrocken stolperte Charlie ein paar Schritte zurück und hackte ihm die

Klaue ab. Schwarzes Blut spritzte und das Zombiemädchen zischte wütend, schien sich aber ansonsten nicht weiter am Verlust seiner Gliedmaßen zu stören. Ohne Charlie aus den Augen zu lassen, richtete es sich auf, tappte weiter auf sie zu und grapschte mit seiner anderen Klaue nach ihr.

Okay, jetzt reicht's!

Entschlossen ging Charlie zum Angriff über. So schnell sie konnte ließ sie ihren Säbel kreuz und quer durch die Luft sausen und richtete im Nullkommanichts ein Blutbad an.

»Nicht schlecht. Im Säbelschwingen bist du echt gut geworden.« Beeindruckt betrachtete Jemma die Sauerei von ihrem Barhocker aus. »Erstklassig filetiert, würde ich sagen. Ich bin echt stolz auf dich! Du wirst noch eine richtig gute Rollenspielerin.«

Sie schwang sich vom Hocker und legte Charlie einen Arm um die Schultern, obwohl die sie mit einem Blick durchbohrte, der in der echten Welt die Milch von ganz London hätte sauer werden lassen.

»Vielen Dank für deine Hilfe, du Biest!«

Jemma zwickte ihr in die Seite. »Das verklemmte Mauerblümchen wusste, dass du mit Evil Edith auch alleine klarkommst.«

»Toll! Hat mich ja nur gefühlte zehn Jahre meines Lebens gekostet!« Angewidert sah Charlie zu, wie das zerstückelte Zombiemädchen noch einmal kurz aufflackerte und dann verschwand, während das dunkle Blut langsam in den alten Holzdielen des Fußbodens versickerte. »Ist das fiese Gör auf deinem Mist gewachsen oder muss ich Jamie dafür in den Hintern treten?«

Jemma grinste. »Nein, die Kleine ist ausnahmsweise von mir.«

»Okay, dreh dich um und mach dich auf den Tritt des Jahrhunderts gefasst!«

Ungerührt blieb Jemma stehen. »Das wäre aber reichlich unfair. Schließlich ist es allein deine Schuld, dass Edi hier aufgetaucht ist. Du hast sie heraufbeschworen, nicht ich.«

»Was?« Verständnislos blickte Charlie von Jemma zum alten Wandspiegel. »Wieso? Ich hab doch gar nichts gemacht.«

»Oh doch, das hast du«, meinte Jemma schadenfroh. »Die kleine Edith hasst eitle Menschen. Wenn also ein Spieler zu viel Zeit damit verbringt, sich im Spiegel zu betrachten, oder sich gar erdreistet, über dieses wunderhübsche Piratenoutfit zu meckern, taucht sie auf, um ihm eine kleine Lektion zu erteilen!«

WEITERE SERIEN
DER GREENLIGHT PRESS

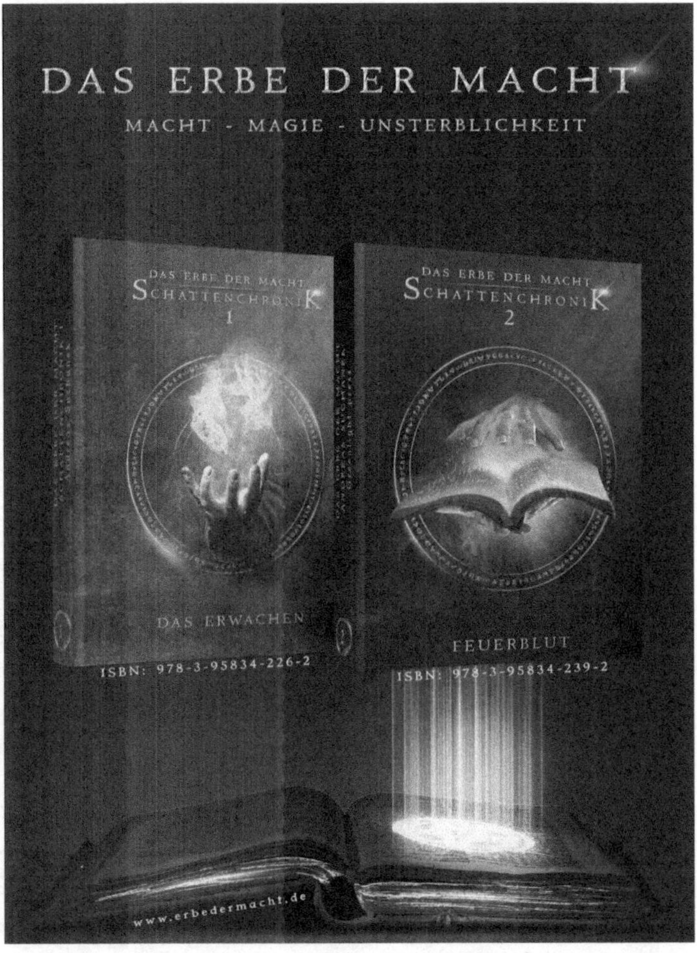
DAS ERBE DER MACHT
MACHT - MAGIE - UNSTERBLICHKEIT
DAS ERBE DER MACHT
SCHATTENCHRONIK
1
DAS ERWACHEN
ISBN: 978-3-95834-226-2
DAS ERBE DER MACHT
SCHATTENCHRONIK
2
FEUERBLUT
ISBN: 978-3-95834-239-2
www.erbedermacht.de

EIN MORDS-TEAM
Wer tötete Marietta King?
DER LAUTLOSE SCHREI
GEFÄHRLICHE SPIELE
DAS BÖSE IM SPIEGEL
DIE MACHT DES GRAFEN
WWW.EINMORDSTEAM.DE
Eine Serie der greenlight Press

HELIOSPHERE 2265
NEU ALS HÖRSPIEL
Von den Mark Brandis-Machern.
Mit bekannten Stimmen aus Film und Fernsehen
SEIT NOVEMBER 2012
Jeden Monat als E-Book, ab Januar 2016 als Hardcover
Drei mal nominiert als „Beste Serie" beim Deutschen Phantastik Preis
MEHR INFOS UNTER
Web www.greenlight-press.de | Twitter @Heliosphere2265 | Facebook www.facebook.com/Heliosphere2265

Die Chroniken der
Seelen Wächter
Vom Jäger zum Gejagten.
Um die Kreaturen des
Schattens zu besiegen, muss er
das Böse entfesseln...
Das Böse in sich.
Seraph
2015
Wir sind
nominiert!
Longlist 2015
„Entfesselt den Jäger"
www.die-seelenwaechter.de
www.greenlight-press.de
Eine Serie der greenlight Press